甘肃历代诗歌选注

庆阳卷

赵逵夫 / 主编

齐社祥 选注

甘肃省哲学社会科学规划项目：多卷本《甘肃历代诗歌选注》的编纂（项目编号20YB035）

甘肃省"十四五"重点图书出版规划项目

西北师范大学文学院"优势学科"特别资助

GANSU LIDAI SHIGE XUANZHU

甘肃文化出版社

甘肃·兰州

图书在版编目（CIP）数据

甘肃历代诗歌选注. 庆阳卷 / 赵逵夫主编 ; 齐社祥选注. -- 兰州 : 甘肃文化出版社, 2024.2
ISBN 978-7-5490-2836-8

Ⅰ. ①甘… Ⅱ. ①赵… ②齐… Ⅲ. ①诗歌－注释－中国 Ⅳ. ①I22

中国国家版本馆CIP数据核字(2023)第244049号

甘肃历代诗歌选注·庆阳卷
GANSU LIDAI SHIGE XUANZHU QINGYANG JUAN

赵逵夫｜主编　齐社祥｜选注

策　　划｜鲁小娜
责任编辑｜李雯娟
封面设计｜马吉庆

出版发行｜甘肃文化出版社
网　　址｜http://www.gswenhua.cn
投稿邮箱｜gswenhuapress@163.com
地　　址｜兰州市城关区曹家巷1号｜730030（邮编）

营销中心｜贾　莉　王　俊
电　　话｜0931-2131306

印　　刷｜深圳市国际彩印有限公司
开　　本｜787毫米×1092毫米　1/16
字　　数｜470千
印　　张｜22.75
彩　　插｜12面
版　　次｜2024年2月第1版
印　　次｜2024年2月第1次
书　　号｜ISBN 978-7-5490-2836-8
定　　价｜110.00元

版权所有　违者必究（举报电话：0931-2131306）
（图书如出现印装质量问题，请与我们联系）

周祖大殿（俄胜平　摄）

周旧邦木坊（俄胜平　摄）

北石窟寺 165 窟全景（张步农　摄）

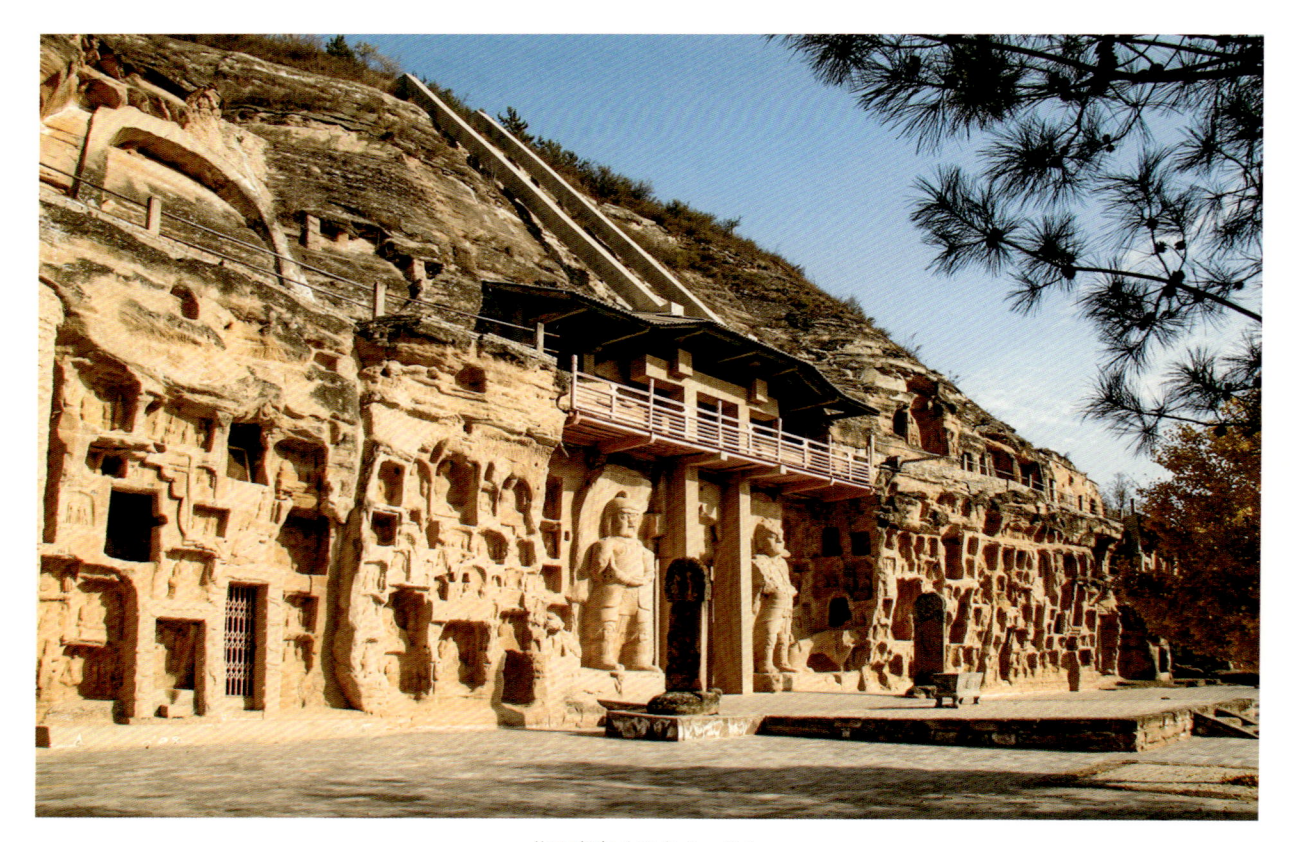

北石窟寺（张步农　摄）

华池双塔寺（刘永刚　摄）

子午岭调令关（视觉中国）

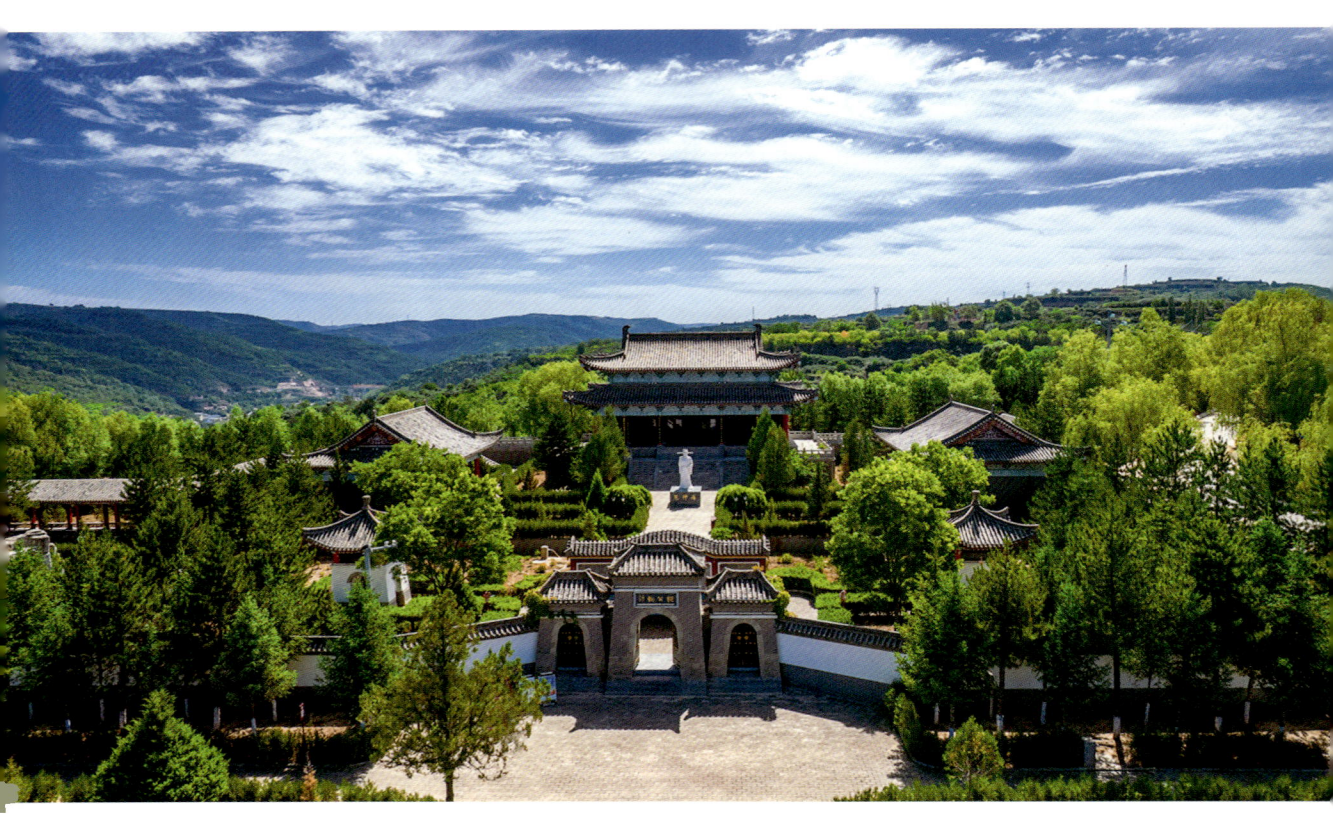

华池范公祠(刘永刚 摄)

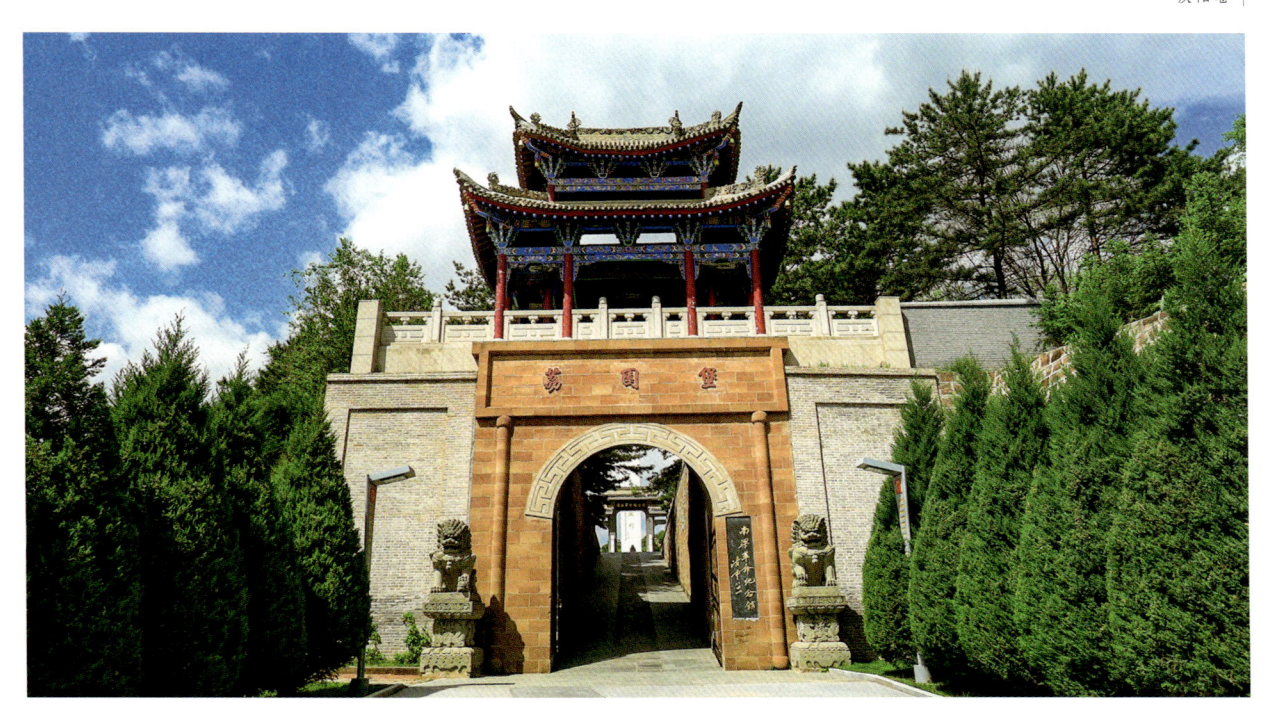

南梁荔园堡（刘永刚　摄）

周祖陵全景（张步农　摄）

周祖陵（视觉中国）

公刘庙（张步农 摄）

王符读书台（张步农　摄）

《黄帝内经》千家碑林全景（俄胜平　摄）

周祖陵山（王世军　摄）

文笔峰（王世军　摄）

李梦阳故里碑亭（俄胜平　摄）

肇周圣祖坊（俄胜平　摄）

镇朔楼（俄胜平　摄）

鹅池洞全景（俄胜平　摄）

前 言

赵逵夫

　　中华优秀传统文化是扎根于祖国的每一块地方,在广袤的祖国大地上开花、结果的。要弘扬祖国优秀文化遗产,除对一些重要典籍、重大的历史事件、有代表性的历史人物进行研究,弘扬其所体现的光辉思想、伟大精神之外,也应对全国各地优秀文化资源进行广泛的挖掘与研究,让人们知道在自己家乡也有一些动人的故事,出过一些爱国家、爱人民的英雄志士、杰出人物。这些和家乡的美好景致都曾引起不少诗人、文士的赞美;自己家乡的前辈诗人也以他们动人的诗笔,写出了一些描绘家乡美景、赞颂英雄贤达、表现淳厚风俗的感人诗篇。这样就可以更普遍、更全面、更深入地彰显中华民族的伟大精神,加深每一个人对家乡、对祖国的热爱之情,增强建设家乡、推动文化建设的自信心。

　　甘肃各地和全国很多地方一样有着美丽奇异的山水风光,但外地人经历过的不多;历史上出过不少爱国英雄、杰出人物,产生过一些动人心弦的故事,但后人不一定知道。然而历代很多杰出的诗人将他们所看到的美好景致和动人的故事描绘出来,将他们当时的心灵感受写出来,使后人如耳闻目睹,亲临其境。诗可以超时空地传递信息、情感,让没有到过、没有阅历的人如同耳闻目睹,有所感受。我们如果把甘肃各地历代杰出诗人的优秀之作和历代到过甘肃的诗人描绘甘肃的山川风光,吟诵甘肃历史、人物的诗篇加以选录,按时代先后汇集起来,不仅可以让我们对甘肃有更多、更全面的了解,也可以使外省人对甘肃有更多、更具体的了解。同时,这也是对甘肃古代、近代文学遗产的挖掘整理,对甘肃优秀文化遗产的宣传和普及。这样,在建设新甘肃当中,可以吸引来更多的支持者、参与者与响应者。当然,从文学研究的角度说,也使更多的人对甘肃古近代诗歌的发展有所了解。

甘肃当黄河上游，是渭水、西汉水的发源处，也是中华文明的重要发祥地之一，其文明可以追溯到中华文明形成的最初阶段。

由关于伏羲的最早文献记载看，伏羲氏是起于今天水一带的。关于黄帝族兴起之地，汉代《易林·屯之萃》中说：

> 黄帝所生，伏羲之宇，兵刃不至，利以居止。

远古、上古之时，北方，大体只有陇右一带可以说是"兵刃不至，利以居止"的。《易林》的《恒之恒》《履之家人》的文字与《屯之萃》基本相同。可见在西汉以前的传说中，黄帝是生于伏羲氏兴起之地的。

《国语·晋语四》云：

> 昔少典娶于有蟜氏，生黄帝、炎帝。黄帝以姬水成，炎帝以姜水成。……故黄帝为姬，炎帝为姜。

在中国上古史研究上做出巨大贡献的徐旭生先生在20世纪20年代曾至西北做过学术考察，他在《中国古史的传说时代》一书中说：炎黄共同源流的少典氏族大约在西方渭水的上流。上古史研究大家刘起釪先生说：

> 显有极大可能，姬水即渭水，姜水即羌水，亦即连白龙江、白水江之水。大抵依此两水所居之姬、姜两族，一在渭水及其以北，一在渭水以南。

可见炎帝族、黄帝族是在自伏羲族开始长期积累的文化基础上发展起来的。

为什么中华早期文明中对后来影响最大的几个氏族都孕育、发展于陇右之地？这与其地理、自然条件有关。因为远古之时人们使用的生产工具极为简单，人口又少，缺乏治水的能力与条件，中原、东部常因河水泛滥或改变河道，淹没生活、生产之地，人类只能聚居于一些相互隔绝的山丘之上，氏族、人群间交流少，语言和生产、生活经验的交流也少，社会发展缓慢，人的思维发展自然也较为迟缓。而陇右的丘陵地带水流稳定，山之阳水土肥沃，阳光充足，宜于居住，也可以种植；山阴树木茂密，禽兽众多，便于狩猎。人类居住较为集中，也相对稳定，争夺少，交流多，因而生产、生活发展较快，语言和社会组织也发展较快。因此，早期人类在中华大地上的分布点很多，而文化积累、发展较快且最早成熟的，是在陇右。炎黄时代，陇右的渭水、西汉水上游以狩猎为主。马家窑遗址（前3300—前2500）中出土的生产工具中有石丸，正反映出渭水、西汉水上游一带狩猎的特点。传为黄帝时的《弹歌》："断竹，续竹，飞土，逐肉。"其所表现也与此一致。《弹歌》形式上二言，也表现出中国诗歌早期的形态。中国最早的一个青铜器，是发现于甘肃东乡县的一把青铜小刀，其附近还发现铜渣。早期铜器在河西走廊其他地方也有发现。

黄帝族姓姬，周人也姓姬。黄帝也曾问道于崆峒山，应是东迁中有一部分族人留于陇东。周人兴起之时农耕技术已达到很高水平。如《诗经·豳风·七月》写到锄地、收获、筑场打碾和纺织等生产习俗；《大雅·公刘》中又写到重视水源、选平坦肥沃之地居住劳动等；《周颂》中《载芟》《良耜》作为周王朝祭祖之作，也写到周人早期农耕的情形，同《生民》中反映的选用优良种子的情形，都是对其早期用力于农业的先周历史的歌颂。周人在长期较稳定的农耕生活中形成的礼仪文化影响了中华民族三千多年。

自陇右至河西不仅是古丝绸之路，也是古玉石之路，在商周以前已成为东西文化交流的通道，对中华文明的发展起到大的推动作用。

秦人发祥于天水、陇南一带，由于长途迁徙的经历和后来以狩猎为主，围猎中重相互配合，多勇敢强悍的性格特征，形成刚强无畏的作风和较明显的法制观念。秦人的郡县制延续两千多年。《诗经·秦风》中有产生于今西汉水上游天水、陇南一带的作品。

周秦文化的交融形成牵牛织女的传说，《周南·汉广》和《秦风·蒹葭》两诗即反映了"牵牛织女"传说的早期形态。

周人、秦人在陇东、陇南的兴起有自然条件上的原因，而此前长时间的文化积累为他们奠定了良好的基础，也是一个重要的原因。

周秦两汉之时，甘肃既多将才，也有富于学、长于文的高才之士。春秋战国间秦祖、壤驷赤、石作蜀，皆孔门七十二贤人之一，被尊为"陇上三贤"。秦祖，字子楠，春秋时上邽人，唐时封长梁伯，宋时封甄城侯。壤驷赤，字子徒，春秋时上邽人，通六艺，教化西陲，唐时封西征伯，宋祥符二年（1009）加封为上邽侯。石作蜀，字子明，春秋末年秦国冀县（今天水甘谷县）人，投身孔门，学成返乡，传播儒学，唐时封邶邑伯，宋祥符二年（1009）加封为成纪侯。明时皆称为地方先贤。西汉时陇西成纪（今秦安）李陵，《汉书》中载其歌，《文选》《古文苑》《艺文类聚》皆存其诗文。东汉之时陇右所出著名学者、文士更不少，如李恂，安定

前言 | 3

临泾（今镇原）人，《后汉书》本传称其"少习《韩诗》，教授诸生常数百人"；张奂，敦煌渊泉（今瓜州县）人，少立志节，言"大丈夫处世当为国家立功边境"，著有《尚书记难》三十余万言，及铭、颂、书、教诫、对策、章表二十四篇，今存文十五篇。至于安定临泾王符、汉阳西县（今西和）赵壹、汉阳平襄（今通渭）秦嘉和徐淑，他们的诗文之作为历代文人所熟知，在各种文学史著作中都有论及。

魏晋之后虽然由于战乱和长期分裂，北方少数民族政权向南扩展，但陇右、河西也产生了一些有影响的作家、诗人。如皇甫谧、辛旷、傅玄、傅咸、张骏、赵整、苻融、王嘉、宗钦、释宝志、段承根、胡叟、阴铿、牛弘、辛德源等。尽管由于秦陇之地在唐以后变得闭塞，经济和文化发展相对滞后，以上这些学者、作家的著作存留下来的很少，但他们在中国思想史、文化史、文学史上的地位还是为历来学者所公认的。

唐代之时由于陇右距京都长安较近，且丝绸之路经济、文化交流频繁，文化上也较为繁荣，产生了一些有影响的作家，如李朝威、李公佐便是数一数二的唐传奇作家；诗歌创作上有赵微明、权德舆、李翱、李建勋、李复言、牛僧孺、李约、李愿、同谷子等，甘州赵彦昭，敦煌悟真、张延锷，也有佳作传世。总体上来看，唐代以前陇右、河西在全国来说并不落后。但古代的文献存留下来的极少。此后一千多年中，有诗文集存世的，大部分为出仕后移居于外地者。仕宦后回到家乡者，即使有诗文论著也多不存于世，唐以前很多诗人学者之作也未能存下来。如唐代李愬，洮州临潭人，《全唐诗》中存张籍《送李仆射愬赴镇凤翔》，王建《赠李愬仆射二首》和《赠李愬仆射》，李愬的诗却没有一首；只在《全唐诗补编》之《续补遗》中见到他的一首七绝《梅花吟》。

五代之时虽南北分裂、战争不断，但由于地理上的原因，陇右受战乱影响较小，尚存大唐遗风，故有王仁裕、牛峤、牛希济等名家产生。

宋代以后南北之间的茶马古道为西南同西北和中原经济文化交流的血脉，茶马互易为西部各民族间的经济、文化交流，以及增进民族团结、保证国家的安全起到很大作用。但以诗文闻于世的诗人作家却较中原及东南一带少，即使仕宦甚有政绩，而如上面所说，回到家乡养老而居者，其诗文之作差不多都无存于后世。北宋时西和的王公仪，官至左中散大夫，被封为上柱国。《全宋诗》中有别人奉和他的诗三首，他的诗却无一首存于今。文州（今文县）张觉民所著诗文百余篇散佚，完篇之诗今只存一首。金初临洮邓千江，有《望海潮》一词，《词谱》言"金人乐府称邓千江《望海潮》为第一"，然而今日也只存此一词。宋金一段诗词创作突出的也就是南宋成纪（今天水）的张镃、元朝武威的余阙、金朝平凉的师拓等不多的几人。张镃与杨万里、陆游、姜夔、辛弃疾等有酬唱之诗。原有文四十余卷，诗有《南湖集》二十五卷，然而已佚。《四库全书》从《永乐大典》中辑出十卷，《提要》谓其诗学"颇为精深"，其诗"大都清新独造，于萧散之中，时见隽永之趣"。余阙在《元史》中有传，言其"诗体尚江左，高视鲍、谢，徐、庾以下不论也"。其著作在其身后即失于战火，其门人辑其文九卷、诗百余首。宋金之间战争造成北方文献的散佚，由此可见。师拓之作有气象，又工于炼句，元好问《中州集》中收其诗十二首。

　　明清两朝社会较稳定，陇右、河西一带科举士人增多，也因时代距今较近，自明代始各市县诗人存下作品者大大增加。明代的杰出诗人，属今兰州市的有黄谏、段坚、彭泽、邹应龙等，属今天水市的有胡缵宗，庆阳有李梦阳，平凉有赵时春，皆为当时很有影响的诗人。其他如陇南的郭从道、朱衣、萧籍，定西的金銮、杨恩、潘光祖，临夏的王竑、马应龙、朱家仕，白银的路升，武威的吴惟英等，皆杰出诗人。大部分市区今存明代诗歌的总量超过元代以前各个朝代数量的总和。

　　至清代，甘肃各地新建书院更多，参加科举考试和在省内外从事仕宦的文人更多，与外省一些学者、诗人的交往也大大增加，诗文的创作较前大有发展；保存下文稿的相对来说也要多。可以说，全省各地都出了一些有影响的诗人。当然，这些人在推动甘肃各地的教育与文化的发展方面也做出了一些贡献。比如兰州市的郝璧、唐琏、秦维岳、马世焘、吴可读，清末至民国的刘尔炘，天水的巩建丰、胡釴、杨于果、王权、任其昌、安维峻，平凉静宁的江瑞芝、刘日萃、赵贡玉、王源翰，灵台的张星南，庆阳的米万钟、李星汉、韩观琦、康绩、钱旭东、杨立程，属今陇南市武都的邢澍、吕震南、郭维城、刘士猷，成县的汪莲洲，定西临洮的张晋、吴镇，安定（今定西）的马疏、王作枢，陇西的吴之瑸，通渭的牛树梅，属今甘南临潭的赵廷璋、陈钟秀、赵维仁、汪映奎，临夏（河州）的张和、祁魁元、马敬堂、马福祥，属今白银市会宁的柳迈祖、吴思权，靖远的潘祐、潘祥、潘祺兄弟，武威的李蕴芳、张翙、郭楷、张澍、潘挹奎，张掖的马羲瑞、陈宏德、王宏珏、冯世和，属今酒泉市的有敦煌赵学诗，雷起瀛、雷起鸿兄弟和尚安稷。这些诗人长期受陇右河西高山大河、长风广漠气象之滋养，多承正直爽朗、刚强豪迈性格的影响。虽然每一个诗人都有着自己的风格和气韵，但其诗风总体上没有纤弱艳丽、过分修饰之情形，而有雄豪之气，且真诚而自然。

　　明清两代距今较近，诗文集散佚的情形较以前大大减少，但一直居于甘陇之地者诗作散佚的情形仍多有。如狄道（今临洮）潘光祖，史载其有《介园集》等诗文集三种，今则只有诗五首；陇西关永杰，本有《晴云亭诗草》等二种，而今存诗亦只四首；武都邢澍，是著名学者，也是诗人，存下来的除在南方时刻印的《南旋诗草》和见于几种地方志和有关辑本中的二十一首外，其他文稿全在兵乱中被烧毁，近年只辑到三首。而大体同时的武威张澍，因结束仕宦后居于西安，其著述文稿全部保存，有一些虽流至海外，但均存于世。由此可以看出古代甘肃诗人作品存留传播的情况。加之总体上陇右、河西诗人同中原、东南以至关中诗人交往、交流较少，所以唐以后文学史上提到的甘肃诗人不多。

辛亥革命推翻了几千年的封建王朝统治，废除了科举制度，现代教育不断发展，民国时上学读书的人更多，自然善于诗文创作的人也比以前大大增加，很多学人笔下表现出对封建思想、旧制度的批判，对民主革命的企盼与赞扬，对外国帝国主义侵略的揭露与反抗。以诗词称于世者很多，且多存有文本。可以说，这一阶段各市县都有一些擅长于诗词创作的人，就今之市县划分而言，如兰州的周应澧、杨巨川、王烜、水梓、叶维熙，天水的哈锐、陈青选、任承允、李克明、冯国瑞。还有霍松林，20世纪40年代时只二十多岁，已在报刊上发表诗词作品，当时民国元老于右任尤爱其才，时约谈至深夜，称其为"西北最杰出的青年"。平凉有吴瑞霞，静宁的王曜南、刘思恭，华亭的幸邦隆、庄浪的王耿光；庆阳有胡廷奎、张精义、慕寿祺；陇南有文县的程天锡、韩定山、刘持生，武都的蔡景忱、樊执敬，西和的赵殿举；定西有陇西的祁荫甲、祁荫杰、王海帆，岷县的尹世彩；临夏有邓春冥、张思温、邓隆，属今白银市的有靖远的贾仙舟、范振绪；白银的苏景山；武威的有李于锴、段永恩，镇番（今民勤县）的桑培荣、聂守仁；张掖有陈宏德、王宏珏、冯世和；酒泉市有敦煌的赵学诗、雷起瀛等。他们有的参加了早期的民主革命活动，有的在古代史、古文献整理研究方面做出贡献，有的在搜集整理民间歌谣和传统节俗方面做了开拓性的工作，很多人同时也在发展地方教育方面做出了突出的贡献。他们的诗作不仅反映了近半个世纪中社会的变化，也唱出了在民主革命与反侵略战争中广大人民的心声。

古代、近代甘肃留下诗集以至刻印传于世的少，成立诗社、常常聚会作诗、同题共赋的情形更少。这其中既有西北高原地域的影响，也与甘肃经济文化的滞后有关，更有陇人秉性刚正端直的气质精神方面的原因。西北，尤其甘肃，由于交通闭塞，经济落后，人尚气质而少机变，致使很多文人及其作品不被重视，传播力和影响力极其有限，与其应有的文学地位和文化地位极不相符。如著名学者杨伯峻先生在其《鸟鼠山人胡缵宗诗选》序文中指出："像当时吴门唐伯虎、祝枝山等人逃世于书画，玩世不恭，倜傥不群，他（胡缵宗）是不肯干的。这大概是胡出生于西北高原，唐、祝出生于东南繁华之会，地土不同，流风遗俗有异罢。

可是唐、祝诸人喧腾于众口，纷呈于数百年来的笔记、小说，至今江南一带故老还津津乐道他们的遗事，并且还有并非事实的传说，而胡氏之后迄今四百多年却默默无闻，寂寞身后，不见记载，更无传于口耳，这是历史的不公！"也正由于此，历代陇右诗人中为作诗而作诗，无病呻吟、只为应酬和玩弄文字游戏的情形也很少，而多直抒胸臆、率真自然，不尚修饰、注情于笔下，真实地反映了诗人的阅历和对社会的看法、感受，描写了西北的大好河山，反映了淳厚的风俗，歌颂了一些杰出人物和动人的事迹。从自然环境、生存条件方面言之，由于黄河、渭水、西汉水汹涌畅朗之气势，岷山、秦岭、祁连山巍峨漫延之雄姿，加之自汉代始陇右之士为武将者多，养成雄浑、率真之风，多悲壮凄婉之句，饱含淳厚真诚之情，而罕见委婉、纤弱之作；少雕凿堆砌，而往往如脱口而出，带有黄河高亢雄浑之气。

汉唐以来，历代都有很多有志之士到陇右、河西，或从军，或仕宦，或游历，或避难，其中有很多杰出的诗人名家，如唐代的陈子昂、王昌龄、王维、高适、岑参、杜甫、李商隐等。杜甫是携带妻子越陇山至秦州的，在秦州辗转几处，不足四个月又跋涉至同谷（今成县），在同谷留月余，又踏上入川之路。一路上留下大量诗歌作品。宋代的陆游、李复等也对陇右之地饱怀深情，创作了一系列脍炙人口的诗作。此后直至近代，如近代史上的名家林则徐、谭嗣同等就在陇右、河西之地留下很多表现爱国之情、豪放之气的脍炙人口、激励人心的名作。

其次是一些至甘肃各州县的仕宦文士，在来往路途及在任上都留下了很多赞美陇右、河西山川景致，书写地方名胜与历史故迹的佳作。有的在这里辗转从政十年，留下了大量书写内心感受与经历的诗篇。如清代苏履吉（1779—1846），福建德化人，1816年署安化（今庆阳）知县，又先后署漳县、宁州、灵台知县。补崇信知县后不久任洮州厅（今临潭县）抚番同知；次年又回崇信，岁末赴敦煌任职，道光七年（1827）署安西州，命以知州，后又兼敦煌县事。道光十二年（1832）赴兰州候迁，次年又署宁州，至十四年方回闽。在甘肃二十年，主修道光《敦煌县志》，刻其所创作诗四集共一千七百多首（另附他人唱和之作二百多首）。不仅记载了他个人的经历，也有对陇右、河西的自然风光、历史文化、人文情怀以生动、细致的描写。本书各卷中也选收了不少外地籍诗人写陇右、河西山川风光、抒发其感受之作，可以帮助我们更好地了解古代之甘肃。

甘肃古代、近代一些诗人学者也留下一些诗话之作，如吴镇的《松花庵诗话》、李苞的《敏斋诗话》、张澍辑《阴常侍诗话》、慕寿祺的《求是斋诗话》、祁荫甲的《梦蘼馆诗话》、王烜的《存庐诗话》等，不仅可以帮助我们认识甘肃诗人某些作品的创作背景、包含的深意，也利于我们认识甘肃诗人的创作观念与诗风。

我们应该认真全面地挖掘、研究、总结甘肃历代诗歌的遗产，编出一套收集作品全面，反映地域与社会内容丰富，重要诗人、诗作无所遗漏的甘肃历代诗歌选，以彰显甘肃省深厚的文化底蕴，继承和弘扬优秀文化传统，推动全省各市的精神文明活动与旅游文化建设。

我老家在陇南，从小学到大学的学习、毕业后的工作和后来读研究生，都是在甘肃。甘肃的很多地方我都去过。第一次经天水到兰州是在1958年，白塔山、五泉山、小西湖等在我头脑中留下了极深的印象。至于天水的麦积山、南郭寺、卦台山等名胜之地后来也都专门去过，其熟悉程度同陇南的一些景点一样。第一次去白银是在1960年，因我二哥在白银厂工作，去看他，在那里停留一周时间。1965年到酒泉参加社教半年，雄伟的钟楼、金佛寺一带的风情使我永远难以忘怀。1984年，为了参加中国唐代文学学会第二次年会的专家到莫高窟参观，先赴敦煌联系及确定住宿处，顺便游了酒泉、嘉峪关、玉门关。1987年中文系在武威办了一个班，我在那里教课五个月，闲暇时寻访了张澍和李铭汉先生的故居，多次至雷台、海藏寺、大云寺等地，借着到张掖师专（今河西学院）之机也顺便去参观了大佛寺，以后因开学术会议和讲学又不止一次到张掖，游览万寿寺木塔、镇远楼、七彩丹霞山景等，令人心旷神怡。陇西、定西是从家乡西和到兰州必经之路；因为我姐姐在武都工作，大学毕业后我又在武都工作，后又在兰州读研，来往中多次经岷县、临洮，中途停留以访友、游览；1968年秋还到漳县金钟公社支农近二十天，也同一些老年人聊起过当地的山水风情、文化遗迹。平凉、庆阳是1993年同他人一起到西安开会，乘坐省教委的车，一路观览，大家一起登崆峒山，并参观了庆阳的北石窟寺。多年后又应平凉市文联之请作学术报告，游了柳湖和周边的景区；又曾应庆阳市政府和陇东学院邀请去讲了一次"陇东的先周历史与农耕文化"，后又由省文史馆组织去庆阳做过一次调研。甘南，不仅几次受合作师专之邀去讲学，2002年7月西北师大文学院主办首次《文学遗产》论坛，很多专家希望到甘南草原去看看，故会议后期移合作师专，专家们看了美丽的草原风光，游览了拉卜楞寺等。2016年去临夏参观了博物馆所藏大量马家窑文化、齐家文化的彩陶、石器、骨器及国内最早的青铜器，还到和政县大族庄的富润园一游，并写一篇小文发表。在以上一些地方，有时也写首小诗以抒发当时的感受。我对甘肃的山山水水，真是充满了感情。

对于甘肃古代诗人诗作，我也一直有着很大的兴趣。家里原来有些古近代甘肃学者、诗人的集子，小时也听父亲讲过一些关于甘肃学人的逸事，所以从内心对本省前代诗人学者十分仰慕。1980年曾应约给《甘肃农民报》连续写过一段时间的《陇上诗选注》，后又为甘肃人民广播电台"甘肃古代作家作品"和"咏陇诗文赏析"两个栏目写过十多篇赏析性文章；1983年曾在中文系学生中组织过一个"甘肃作家研究小组"；1986年前后整理了清初临洮诗人张晋的《张康侯诗草》，于1988年底出版。此后的研究生培养中对于一些本省的学生也强调对甘肃古代文学作品的重视与研究。近四十来年中，常见到一些甘肃古近代诗歌的文本，除几位著名诗人的别集和专人选注本之外，一般篇幅都不大，一些以市、县为范围所编多以当代和民国、清人之作为主，古代诗作只收了些常见之作，主要是量小，对甘肃古代诗人之作关注不够。所以近十多年来我一直想着如何在这方面做些工作。

2010年甘肃省古代文学研究会成立，我被选为会长，即产生联合省内同仁编一部多卷本"甘肃历代诗歌选"的想法；但当年拿到《全先秦汉魏晋南北朝文》编纂与研究"国家社科基金重大项目，这件事便放下来。2018年，我担任首席专家的重大项目完成上报以后，便又想到了这个工程。此前已同省内几位同仁谈起过此事，他们也很赞同，因考虑到民国以前约两千来年中甘肃文献散佚得多，要在浩如烟海的历代文献中钩沉索隐，除省图书馆和各高校图书馆藏书之外，要充分利用各市县图书馆、档案馆以至私人所藏旧籍、遗稿，要做一些深入的寻访工作，故采取按市分卷，各卷主要由本市高校从事古代文学与文献研究的学者承担的想法。于是先后同汪聚应、连振波、朱瑜章、吴浩军、范卫平、齐社祥、吴娱、党万生、张世明和我校冉耀斌、王兴芬、马晓舟等沟通，随即启动《甘肃历代诗歌选注》的编选工作。省图书馆的个别同志也参加了这个工作。当年6月甘肃省古代文学学会第四次年会在河西学院召开，其间我同承担该项目的同志一起开了一个小会，讨论相关问题。我对此前几十年中甘肃古代近代诗人诗作整理、校注、研究的情况作了一个回顾，作为各位的参考，也就选收标准、编注体例谈了一些想法。全书按市分为十二卷，将武威与金昌合为一卷，酒泉与嘉峪关合为一卷。我强调重视早期阶段诗人诗作的查寻，重视本市本省诗人诗作的挖掘收集；重视内容有认识价值和思想意义的作品；外地诗人只选以本市的山川风光、杰出人物、英雄故事为题材之作；注释力求简要，但对外地人生疏的人、地、古迹、事件与典故必注；对本市诗人的介绍要突显其重要经历与在文化教育上的成就。

张掖会议以后，各卷即开始工作。我们建了一个微信群，大家随时交换意见，我也随时同各卷负责同志交流。

2020年，《甘肃历代诗歌选注》被立为甘肃省哲学社会科学规划项目。省委宣传部、省社科联和有关专家的重视，使各卷承担同志进一步增强了信心。

2021年春，各卷大体编成了一个选本，有的已注释了部分，因而于5月中旬在省委党校开了一次交流研讨会，参加编纂工作的所有人员参加了会议，各卷主要负责同志和参加编撰工作的李政荣、张俊立、霍志军、刘雁翔、张文静、田峰、罗茜、赵祥延、乔志、刘梅兰等都到会，甘肃文化出版社鲁小娜同志也参加。我们把各市的选注本打印出来，互相看看，当中难免有重收、误收、失收的情况，宽严标准的掌握上也有不一致的情况。经过互相翻阅、讨论，在一些问题上看法更加一致起来。大家畅所欲言，也谈困难，也谈经验。会议结束时，我在总结完大家的建议、意见后，再次强调早期诗歌的检索辑录，和本市、本省诗人作品的查访搜集工作。并特别强调各卷都应突出反映本省、本市光辉历史与名胜景点之作，减少一般个人抒情之作。以后的工作中，大家在群里相互交流资料、提供线索，交换意见，有时将增订修改本或目录发给我，我看后提出修改意见。我也腾出一些时间翻阅资料，查找一些失收之作，尤其是唐前之作和书写黄河等重要胜迹之作，发给承担相关卷编纂的同志。

今年夏天大部分已先后完稿，个别的在定稿中。七月间乘甘肃省古代文学学会第八次年会在兰州新区召开之际，又开了一次会对有关问题进行讨论，参加编纂工作的所有同志和出版社各卷编辑同志参加了会议。大家就完稿阶段一些要注意的问题进行交流讨论，我也就作品选辑标准和数量、宽严度的掌握、注释的简明等问题谈了些意见。

《甘肃历代诗歌选注》这个项目可以说是我们二十多位同行共同完成的从文学的角度彰显甘肃历史文化的工程。工作进行中，西北师范大学文学院、古籍整理研究所和校社科处给予大力支持；承担项目的天水师范学院、陇东学院、河西学院、甘肃民族师范学院、甘肃中医药大学定西分校、陇南师范高等专科学校的院系领导也都给予支持。甘肃文化出版社领导和编辑同志也都为此作了大量工作。在这里我一并表示衷心的感谢！

今《甘肃历代诗歌选注》交付出版，我和全体参加编纂的同志将它奉献给关心甘肃文化建设、对甘肃历史文化和古代文学感兴趣的朋友，希望这套书对于弘扬甘肃优秀文化传统、增强文化自信，对全省各市县的文化教育、文化建设起到推动作用。

2023年10月1日于西北师范大学

凡　例

一、编选工作遵循全面深入挖掘、收集甘肃古代近代诗歌作品的原则，编选出一套反映各时期各地自然风光、历史文化、精神风貌的诗歌作品集。为便于收集与研究，整套书以市为单位分为十二卷。考虑到历史关系与各卷篇幅的大体均衡问题，将酒泉与嘉峪关市并为一卷，武威与金昌并为一卷。

二、所收诗人诗作时间没有上限。主要考虑到重在挖掘和保存古近代作品这一点，作品的下限定为1949年9月。近代作者的时间下限最迟生于1921年，生于此后者即使作品作于1949年9月以前亦不在收录范围之内。

三、各卷编排均以时为序，并分为先秦汉魏六朝、唐宋金元、明、清、民国五段，以便于在全省范围内对同一时期创作进行横向的观察和比较，从宏观上认识历史上甘肃诗歌创作、发展的状况。

四、与上面所说宗旨一致，本书也选收各个历史时期外地诗人所作吟咏甘肃自然风光、历史人物、文化遗迹等的诗作。

五、作者清楚者，诗作皆系于作者名下。作者以生年为序排列；生于同一年者，以卒年先后为序。生卒年学界看法有分歧者，以中华书局出版《中国文学家大辞典》（七卷本）所载为准；该书未收入者，以地方志所载为准；地方志未载者，据其科举、仕宦、经历、交游确定其生活年代，列入适当位置。作者不确定者和民间歌谣，据文献所载系于适当时段；其大体时间难以确定者，系于相关时段之末。

六、作者介绍，对本市、本省作者阅历、学术成就、文学创作的介绍应具体一些，籍贯最好能落实到乡镇。外省一些著名诗人其生平为一般人所熟知者，主要说明其在甘肃的经历与创作。

七、每一作者所选作品数量以其创作的成就与影响而定。考虑到有些在省内很有影响的诗人所存作品并不多，为避免作者之间所选作品数量过于悬殊及各市之间篇幅失衡、宽严不一，确定即使成就最高、影响最大者如李梦阳，最多也只能收六十首。其他根据其创作成就与在省内外、市内外的影响大小而递减。要特别着力于很有成就但作品散佚的诗人作品的采访收集。

八、所收作品如在作者简介中已说明其所存诗集等作品出处的，不必每首再加说明；如为零星收集者可于该诗注[1]中说明依据。

九、应特别关注写重大题材、著名文化遗迹、重要景点和怀念、颂扬历史上杰出人物之作，以及体现关心国事、热爱家乡思想及张扬真诚、正义、守信、仁爱精神之篇章，避免纯粹消遣、无味空谈之作。

一〇、注释力求简要，但有关本地的重要山水、遗迹、人物、事件应作具体说明。同一名词、事件、典故几次出现时，第二次以后可标明参见某人某诗注几，以减少重复（不是很生僻者也不必一一标明）。

一一、全书用规范简体字。但如用简体字可能引起误解，则用原来之繁体或异体；需要者在注解中加以说明（如"多余"的"余"于诗作中皆应作"餘"，不写作"余"，因"余"在古代为第一人称代词，会引起误解；文中用为介词的"於"全部改为"于"，因"於"今只用于专有名词和感叹词"於呼"，音wū）。所有难字加括号注出汉语拼音。

一二、各卷前关于该市的《历代诗歌概述》，对该市每一历史阶段诗歌创作的成就、代表性诗人、诗作与总体成就、发展过程、艺术特色作一个概括的说明，对历代外地以该市山水、人物、历史事件为题材的杰出诗人、诗作也加以评述。

一三、各卷彩插附一些有关本市名胜古迹、著名景点的照片，以便读者更好地理解诗情，也让读者对甘肃各地自然风光、文化遗迹有更具体的了解。

一四、各卷后附《参考文献》，一则便于有关学者及关心甘肃历史文化、古代诗歌创作的同志作进一步的研究，二则希望广大读者看后能将我们未发现的新材料提供给我们，以便于将后面的增补修订工作做得更好。

目录

MU LU

庆阳历代诗歌概述 / 001

先秦汉魏六朝

《诗经》 豳风·七月 / 013　大雅·公刘 / 015　小雅·六月 / 017　小雅·大田 / 017　周颂·载芟 / 018　周颂·良耜 / 019

班　固　明堂诗 / 020　辟雍诗 / 021　咏史诗 / 021

傅　毅　迪志诗 / 022

曹　植　黄帝赞 / 023

傅　玄　晋郊祀歌三首 / 024　秋胡行 / 025　短歌行 / 026　放歌行 / 026　杂诗 / 026　秋兰篇 / 027　明月篇 / 027　艳歌行 / 027　豫章行·苦相篇 / 028　惟汉行 / 029　青青河边草篇 / 029　怨歌行·朝时篇 / 030　有女篇 / 030　历九秋篇 / 031　拟四愁诗四首 / 032　昔思君 / 033　秦女休行 / 033　两仪诗 / 034　天行篇 / 034　宴会 / 034　众星 / 034　美女篇 / 035　何当行 / 035　飞尘篇 / 035　前有一樽酒行 / 035　西长安行 / 036　炎旱 / 036　苦雨 / 036　鸿雁生塞北行 / 037　惊雷歌 / 037　云歌 / 038　杂言 / 038　车遥遥篇 / 038　吴楚歌 / 038　白杨行 / 039　孙武画赞 / 039　汉高祖画赞 / 039

傅　咸　《论语》诗二章 / 040　《孝经》诗一章 / 040　《左传》诗一章 / 041　赠何劭王济 / 041

傅 縡　笛赋 / 042　采桑 / 042
胡充华　杨白华歌辞 / 043
胡 叟　示所知广平程伯达 / 043

唐宋金元

王 勃　宴圣公泉 / 047
苏 颋　同饯杨将军原州都督 / 047
陶 翰　出萧关怀古 / 048
李 益　立春日宁州行营因赋朔风吹飞雪 / 049
杨巨源　登宁州城楼 / 049
韩 愈　后汉三贤赞·王符赞 / 050
李 涉　奉使京西 / 051
皇甫镛　和武相公闻莺 / 051
杜 牧　闻庆州赵纵使君与党项战中箭身死，辄书长句 / 052
朱庆余　望萧关 / 052
喻 凫　晚次临泾 / 052　送武毅至邠宁 / 053
项 斯　宁州春思 / 053
陈玉兰　寄夫萧关 / 054
杨 夔　宁州道中 / 054
魏 野　登原州城呈张贲从事 / 054
范仲淹　渔家傲·秋思 / 055　城大顺回道中 / 056　劝农 / 056　依韵答梁坚运判见寄 / 056
石 介　击蛇笏铭 / 057
苏舜钦　庆州败 / 058
蔡 挺　喜迁莺 / 059
司马光　送何济川为庞公使庆阳席上探得冬字 / 060
张 载　庆州大顺城记 / 061
王安石　陇东 / 062
强 至　送王夕拜移帅庆阳 / 062
范纯仁　蕃舞 / 063　酬庆州五弟 / 063　昔帅环庆，为部将所讼，冯君学士被制鞫狱而获平，及今相遇于洛 / 063
蒋之奇　临川阁 / 064
苏 轼　送范纯仁知庆州 / 065

黄庭坚　送范德孺知庆州 / 066

晁补之　送龙图范丈德孺帅庆 / 066

阎　灝　范仲淹赞 / 067

高道华　寺沟石窟寺题壁 / 068

宇文虚中　中秋觅酒 / 069

曲　端　无题 / 069

宋万年　北石窟寺 / 069

刘　汲　庆州回过盘岭宿义园 / 070

赵秉文　过庆阳 / 070　发枣社 / 071　过宁州 / 071

马祖常　庆阳 / 072

蒲察天吉　神灵之赞 / 072

明

景　清　题县境 / 075

顾　佐　庆阳有感 / 075

吴士英　周祖遗陵 / 076　孔圣新宫 / 076　狄公古庙 / 077　范公旧宅 / 077　鹅池春水 / 077　龙湫夜月 / 078　庆台晴雪 / 078　彭原晚照 / 078　南城晓市 / 079　普照昏钟 / 079

曹　琏　合水咏古 / 079

许　明　合水咏古 / 080

王　忠　咏宁州八景 / 081

马文升　后乐轩吟 / 081　察院题竹 / 081　观兵洪德城 / 082

王　福　题马巡抚御环庆 / 083　颂太守周公德政 / 083

王汝弼　颂太守周公德政 / 083

张　珣　潜夫书台夜月 / 084

贾　瑾　题宁州高山寺 / 084　高山寺绝句 / 085

李梦阳　环庆怀古八首 / 085　秋怀八首 / 088　屯田 / 090　桥山 / 090　古豳道中 / 090　送仲副使赴陕西 / 091　赠王生 / 091　送王生还里 / 092　逢吉生汴上 / 092　早春繁台 / 093　小至 / 093　忆西南陂九日之泛 / 093　九月晦日西南陂再泛 / 093　夏城漫兴 / 094　夏城坐雨 / 094　杨白花 / 094　从军行 / 095　出塞曲 / 095　出塞 / 095　侠客行 / 095　云中曲 / 096　石将军战场歌 / 096　七歌 / 097　述愤 / 098　夏口夜泊别友人 / 099　林良画两角鹰歌 / 099　咏狱杂物·船板床 / 100　咏庭中菊 / 100　汴中元夕 / 100　春日漫成 / 100　宋龙图阁学士范

　　　　　公画像赞 / 101　　石几铭 / 101　　艮岳篇 / 101　　朝饮马送陈子出塞 / 102　　河上秋兴 / 102　　从军 / 103　　安仁闻夜哭 / 103　　朱仙镇 / 104　　朱仙镇庙 / 104　　玄明宫行 / 104　　喜雨客会 / 105　　土兵行 / 106　　豆莝行 / 106　　得家书 / 107　　得家书寄兄歌 / 107　　杜峰歌 / 108　　鹦鹉 / 108　　元夕 / 108　　秋夜叹 / 109　　去妇词 / 109　　狱夜雷电暴雨 / 110　　南阳宅访徐祯卿 / 110　　泰山 / 110　　开先寺 / 111　　白鹿洞别诸生 / 111　　九日南陵送橙菊 / 111　　春曲 / 112　　塞上 / 112　　寄徐子 / 112　　田园杂诗 / 112

马　理　甘节庙 / 113

吕　经　题狄梁公庙 / 113

毛伯温　将入环 / 114　　环县道中 / 114　　庆阳道中 / 114　　留别萧太守年兄 / 115　　清平驿和壁间友人韵 / 115　　将入宁州 / 115

何景明　赠李献吉 / 116　　赠吕九川都给事 / 116

强　晟　琴山古洞 / 117　　浮屠遗址 / 117　　桥山陵寝 / 117　　阳周故城 / 117

汪　珊　次马端肃韵 / 118

韩　奕　自咏 / 118

浦　鋐　鹅池 / 119　　庆阳行署 / 119

许　理　在任思亲 / 119

王　正　咏真宁十五景 / 120　　甘节庙 / 120

任　瑾　咏临川阁 / 120　　自公堂 / 121　　正己亭 / 121　　桧亭 / 121　　迎秀亭 / 121　　熙熙亭 / 121

秦　昂　庆阳行台 / 122　　山城道中 / 122　　次环县 / 123

萧　海　鹅池铭 / 123

张　珩　子午道中 / 124　　防秋 / 124

张邦教　环县有感 / 125

王　荩　观鹅池 / 125

白　镒　鹅池记事 / 126

李　绅　山水歌 / 127

谢　兰　大水行 / 127

薛应旗　次马端肃韵 / 128

陈　凤　望灵武台有感唐肃宗即位之事 / 128　　自灵武回驻北地 / 129　　木钵道中 / 129

陈　棐　灵武台 / 130

刘寓春　题南山寺 / 130

吕　颀　谒狄梁公祠 / 131

孙　奕　灵武台 / 131

咎如思	甘节庙 / 131	
李文中	登镇朔楼 / 132	桥山陵寝 / 132
陈皋谟	环县城远眺 / 133	
杨　巍	萧关北作 / 133	
马三才	谒景公祠 / 134	
董世彦	鹅池闲眺 / 134	
邹应龙	道经丹阳题潜山许公祠 / 135	
杨　锦	鹅池落成喜赋古风 / 135	
李　桢	周原幽居 / 136	
张九皋	屏山梅影 / 137	
汤显祖	歌书答赵乾所先生 / 137　寿赵仲一母太夫人八十二岁序（有歌）/ 138　寄赵仲一吏部真宁 / 139　过河间题壁留示赵仲一 / 140　谢赵仲一远贶八绝 / 140	
赵邦清	题襄汾丁村民宅 / 141	
李本固	庆阳寓中 / 142	
杨　蛟	五律一首 / 142	
袁宏道	过滕县题赠滕尹赵年兄乾所 / 143	
李春先	题景公祠 / 143	
胡　钺	四兄以宁夏县教谕升庆阳府教授 / 143　四兄将赴庆阳新任寄呈四律 / 144	
米万钟	烂柯山 / 145	
傅振商	环县怀古 / 145	
朱之蕃	赠真宁赵乾所先生 / 146	
顾　汉	暮春雨中看竹 / 146	
练国事	剿寇过宁次马端肃韵 / 147　谒景公祠 / 147	
孙传庭	次马端肃韵 / 147	
周日强	守宁有感 / 148	
金毓峒	次马端肃韵 / 148	
巩尔磐	过景忠烈公庙和韵 / 149	

清

李日芳	周祖庙告成诗 / 153
李国瑾	九日望南山寺 / 153
杨藻凤	劝农 / 154　永春楼酬唱诗四首 / 154　合水修复县城偶咏二首 / 155　宁州道中 / 155

刘源澄	陪杨太尊修复县城 / 156
张羽明	奉和前韵 / 156
杜霁远	宏化署中遇雪步韵 / 157　奉和前韵 / 157
张映辰	庆阳怀古 / 157
张文炳	夏日感雪 / 158　夏日逢雪次韵 / 158
程万仞	和友人春日登文笔峰原韵 / 159
王馨谷	丁酉春清丈地亩灵武道中 / 159　奉和前韵 / 160
扈申忠	清丈地亩 / 160
文士升	秦储荒垄 / 161　梁碑无瑕 / 161
阎明阳	山居自咏 / 161
米汉雯	无题 / 162
傅弘烈	庆阳杂咏 / 162　庆阳歌 / 164　宁赋歌 / 165
雷　和	竹枝词十首 / 165
于腾海	三嗟歌 / 166
宗　书	原州杂诗 / 167　吊王潜夫 / 167
宗　乘	潜夫山松柏歌 / 168
田而芝	周祖庙 / 168
巩我饡	唐台 / 169　圣公泉 / 169
韩　宰	原州八景 / 169
姚宏烈	大寺晨钟 / 170　高山晚霞 / 170
于中柱	潜台夜月 / 171
钱志彤	一草亭诗 / 171
仇　佺	镇朔楼饮集 / 172　蒙恬古城 / 172
赵　选	前题 / 172
李星汉	秋日登镇朔楼 / 173
杨赞绪	庆阳郡署怀古 / 174
丁　蓁	咏西坞桃花 / 175　咏关亭夜月 / 175
赵与鸿	石佛湾步艾广文元韵 / 175
胡　俊	阅张庆人遗文，回溯昔游，不禁怆然涕下 / 176
孙良贵	晓经马岭 / 176　和韵 / 177　柔远山 / 177　柔远城 / 177
高观鲤	环县八景 / 178
张　珑	谒景公祠 / 178
赵本植	咏周祖庙 / 179　咏韩范祠 / 179　镇朔楼工成秋日抒怀 / 179　环县岁饥，筑城代赈，予往来寒暑中，赋长句以志其事 / 180　辛巳郡城夏旱，步祷圣水泉，明

午雨降，得长句十八韵 / 180　三月二十八日自环邑回郡，次日即按行宁、真二属，途间书事二首 / 181　环邑城工始卯冬，成于巳春。祁寒盛暑，穷黎力作，鲁令发帑以济，或阴雨霪雾，万夫敛手，复捐给钱米，不失代赈之本意。工竣，诗以美之 / 181　辛巳夏六月四日，请雨郡城圣水泉。次日大雨，复赋此志喜 / 182　复雨仍用前韵 / 182　满江红（吊明季段公殉难）/ 183　前调 / 183　念奴娇（书前守傅公疏后）/ 184

韩观琦　春日登镇朔楼 / 184　秋日登思潜亭有怀 / 185　读《王符传》有感 / 185　太洋池垂钓晚宿山亭 / 186　游石窟寺步壁间韵 / 186

康　绩　书中乾蝴蝶诗 / 186

折遇兰　咏古四首 / 187　追次姚武功县居诗原韵 / 188　过赵乾所墓 / 189　吊景中丞歌 / 189

赵文重　谒先高祖祠 / 189　罗川书院新成喜赋 / 190

吴一嵩　唐台怀古 / 190

巩帝疆　罗川八景次韵 / 191

巩育清　景公讲书台 / 191

康纶钧　寄题中峰书院 / 192

陈琚繁　题潜夫祠 / 192

苏履吉　庆阳怀古 / 193　中秋夜游钟楼寺晤思文上人 / 193　莅任安化将满一年志感 / 194　题风筝二首，为庆阳太守王少君作 / 194　九斋年谱诗四十首之二十三 / 195　过板桥镇 / 195　庆阳怀古 / 195　谒韩范祠 / 196　五里坡道上 / 196　赴泥阳任途中口占 / 196　题泥阳署内床格二首 / 196　三月十九日谒狄梁公祠并游南山寺 / 197　三月二十日自泥阳书院移住州署，适寺中僧人送牡丹花至，即令力辈先插署内 / 197　泥阳即景四首 / 198　晓起即事 / 198　重至庆阳用前得微雨原韵 / 199　赠凤城书院主讲慕蔼园启慧同年仍用前韵 / 199　重修天池得雨志喜 / 199　过太昌镇 / 200　宿吉 / 200　晓行过崖畔 / 200　华池途中口占 / 200　冬至后十日题扇诗二首赠正宁诸生巩行之必忠 / 201　襄原里道上夜行 / 201　宿盘客镇 / 201　北乡刘孝廉观光偕诸生途中晋谒 / 202　十二月十三日景梁台晚眺即用黄啸村刺史旧题原韵二首 / 202

史　翊　太白镇途次作 / 202

李从图　镇原风俗赞 / 203

高希贤　镇原侨寓杂咏五首 / 204　乱后归里题傅氏尾壁 / 204

慕维成　游潜夫山 / 205

步际桐　咏槐碑 / 205

纳恩登额　咏古槐诗 / 206

祝寿昌　和纳恩登额咏槐诗 / 206

何泳梅　和纳恩登额咏槐诗 / 207

于　鄂　公刘古城 / 207　扶苏墓 / 207　狄梁公祠 / 208　孔道辅击蛇处 / 208

贾思先　光绪丁丑年荒 / 209

王济美　宁州有感 / 209　咏月 / 209　秋日望山村 / 210　饱经过 / 210

惠登甲　土窑 / 211

高士龙　咏古槐 / 211

陈　昌　思潜亭 / 211

许汝贤　忆中秋夜 / 212

华　辉　调补朝歌留别四韵 / 212

黎　丹　题新庄保宁寺壁 / 213

李良栋　姊妹浮图 / 213

钱旭东　登文笔峰 / 214　赋得黄河落天走东海 / 214　重九日同友登不窑坟 / 214　西峰道中 / 215　同许希庵闲步鹅池 / 215　和徐少尉游鹅池原韵 / 215　壬辰六月苦旱之作 / 216　闻和议失策有感而作 / 216　喜雨 / 216　吟菊花 / 217　咏梨花 / 217　望月有怀 / 217　城上闲步 / 217　咏怀 / 218　夜坐书怀 / 218　杏花 / 218　暮春促夏，桃李争芳园林，夜忽大雪，侵晨一览，琼楼玉宇，瑶花琪草，恍入仙境，偶吟数句，奇景未识，能仿佛否 / 218　白牡丹 / 219　登楼述怀 / 219　新月 / 219　月夜偶吟 / 220　学署苦雨之作 / 220　闲坐遣怀 / 220　春日独步凤城讲院怅然有怀 / 220　春日即景 / 221　春日访友 / 221　新月 / 221　文澜桥 / 221　七夕 / 222　水仙花 / 222　雨后登奎星阁 / 222　折探春花 / 222　五月初见燕子 / 223　春阴 / 223　临川阁避暑有感 / 223　壬辰三月十七日出北郭访友 / 223　二月晦日，同段雪舫出郭，间步偶成 / 224　经邑宰吴公墓 / 224

张宸枢　潜山怀古 / 224

胡廷奎　不窑冢 / 225　清明 / 225　雁字 / 225　咏黄菊 / 225　游太和山歌 / 226　游西河湾圣母殿歌 / 228　戏咏吸洋烟 / 229　咏虞美人 / 229　安刘必勃 / 230　张良借箸 / 230　高祖以太牢祀孔子 / 230　陈平六出奇计 / 231　文帝惜百金 / 231　解衣推食 / 231　王陵守正 / 232　鸿门 / 232　磨墨 / 232　献曝 / 233　环江 / 233　白於山 / 233　庆台晴雪 / 233　帝如彭原 / 234　文笔峰 / 234　桥山 / 234　击蛇笏 / 234　击贼笏 / 235　博浪椎 / 235　眉月 / 236　绿竹 / 236　龙湫夜月 / 236　腊八粥 / 236　销兵 / 237　角声 / 237　春日载阳 / 237　鸿雁来宾 / 238　破釜沉舟 / 238　萧规曹随 / 238　张释之为廷尉 / 238　下帷读书 / 239　朱云折槛 / 240　丙吉问牛喘 / 240　张骞通西域 / 241　咏保卫团 / 241　咏车骡代办所 / 241　咏筹学费 / 242　题露葡萄 / 242　题风葡萄 /

242　题晴葡萄 / 243　题雨葡萄 / 243　题鱼龙变化葡萄 / 243　题星点园葡萄 / 243

杨立程　庆阳八景 / 244　韩范祠 / 245　三月二十八日同友人登文笔峰 / 245　过李空同碑 / 246　傅介子墓 / 246　九月九日登不窋坟二首 / 246　不窋坟 / 247　鹅池怀古 / 247　怀古 / 247　天足歌 / 247　选举歌 / 248　清明植树 / 249　闻乡人议婚 / 250　地震行 / 250　古柏行 / 251　菊 / 251　燕 / 251　渔 / 252　樵 / 252　耕 / 252　读 / 253　秋日登慈云寺钟楼 / 253　自嘲 / 253　吊景忠烈公 / 254　秋日游鹅池 / 254　五十初度 / 254　老将 / 255　老吏 / 256　老儒 / 256　老农 / 256　老友 / 257　岁暮市杂感 / 257　元宵观灯 / 258　观戏秋千 / 258　龙灯 / 258　走马灯 / 259　元夜灯船戏 / 259　儿童跑竹马 / 259　灯山 / 259　纸鸢 / 260　春斋夜雨闻啼雁北征 / 260　遣怀 / 260　观李公星汉墨迹 / 261　登庆阳废署升观楼 / 261　咏史 / 261　读明史 / 262　端阳即事 / 262　书感 / 263　题旧府治 / 263　庚申小阳月赠毕业诸子 / 263　解惑 / 263　芟麦 / 264　闻人说虎 / 264　壬午二月连日暴风 / 264　新月 / 265　塞上杂感十首 / 265　杂咏 / 266　首夏晨出董志塬 / 266　乞巧 / 266　泰山庙石佛像 / 267

程先甲　不窋陵 / 267

张精义　谒周祖庙 / 268　周祖庙 / 268　赴东西川查禁烟苗 / 268　十九年冬城陷有感 / 269　喜雪歌 / 269　游菩萨山 / 270　清凉山遇雨 / 270　设教慈云寺 / 270　查荒道经百岔沟 / 271　查荒赤城原 / 271　查荒八家山 / 271　查荒什社 / 272　东川查荒 / 272　民九地震 / 272　柳树沟看稻田 / 273　自遣 / 273　登高远眺 / 274　游西河湾娘娘庙 / 274　亨泉寺 / 274　地震后重游太和山 / 275　昔姬沟 / 275　马莲河 / 275　墕墩 / 276　大顺城 / 276　视学蔡家庙 / 276　视学驿马关 / 277　视学西峰镇 / 277　视学董志乡 / 277　韩黄之役 / 278　十九年冬城陷有感 / 278　《县志》落成 / 279　元宵 / 279　春景 / 280　春耕 / 280　夏耘 / 281　秋收 / 281　冬藏 / 281　公刘古庙 / 282　文笔对峙 / 282　太和仙境 / 283　鹅池春水 / 283　灵岩滴翠 / 283　彭原晚照 / 284　普照昏钟 / 284　赵邦清读书处 / 284　民九地震 / 285　登城观大水 / 285　游马家集黑佛寺 / 285　周祎行宫 / 286　公刘老殿 / 286　谒傅介子墓 / 286　韩范祠 / 287　傅公祠 / 287　陶潜爱菊 / 287　浩然寻梅 / 287　周子爱莲 / 288　羲之好鹅 / 288　娃娃灯 / 288　风琴 / 288　水鼓 / 288

善　昌　鹅池诗 / 289　辛亥秋日登镇朔楼 / 289　登慈云寺钟楼 / 289　鹅池 / 290　鹅池题壁 / 290

民　国

赵　鉽　留别庆阳父老 / 293　鹅池宴集诗 / 294

钟彤云　和赵鉽鹅池宴集诗 / 294

慕寿祺　初游潜夫台 / 295　潜夫台 / 295　游潜夫山 / 295　题《潜夫论》后 / 296　游思潜亭遗址有感 / 296　介亭山长 / 297　过思潜亭 / 297　由省旋镇原途中作 / 297　山居 / 298　过无定河 / 298　宿故人庄 / 298　登金山寺 / 299　望华岳 / 299　途中所见 / 299　定边 / 299　至灵州 / 300　过关山 / 300　谒凤翔苏公祠 / 300　金陵远眺 / 301　遣怀 / 301　郊游 / 301　春日过六盘山 / 301　读项羽本纪 / 301　七夕 / 302　诸葛垒 / 302　新学 / 302　塞上吟 / 303　昭君坟 / 303　至杀虎口 / 303　洛阳吊古 / 303　邠州晚眺 / 304　读《桃花源记》 / 304　田家即事 / 304　闲来 / 304　沔阳过武侯墓 / 305　晓行口占 / 305　客中逢春 / 305　夜泊江渚 / 306　潼关望黄河 / 306　夜渡函谷关 / 306　宿沙坡头 / 307　叶升堡途次望贺兰山 / 307　汉江夜泊即目 / 307　感时 / 307　洛阳遇雨 / 308　香山苏武庙 / 308　元昊台 / 308　六盘晚眺 / 309　陇头水 / 309　女娲庙 / 309　还乡 / 310　秋暮晚眺 / 310　感时 / 310　蒿目 / 311　上张杰三提军 / 311　邠州野望 / 312　有感 / 312　述怀 / 312　游平山堂歌 / 313　病中留别亲友 / 314

慕寿禔　县议会成立 / 315

慕承藩　晚渡县川河进镇戎门 / 315

吴寿平　题南山寺壁 / 315

庞凤仪　题新堡镇敦古砦 / 316

张祥麟　欢送王维舟旅长 / 316

袁耀庭　雨夜闻匪窜镇原有感 / 317

刘养锋　屯字镇解围 / 317

马锡五　题七七零团纪念碑 / 318

田维岚　自兰赴京绝句三首 / 319　吊梦芸义妹 / 319

王孝锡　秋风歌 / 320　咏长江 / 320　登华山有怀 / 320　吊故友七人 / 320

袁国平　答国民党参观团黄埔军校同学劝降 / 321　自题戎马照 / 321

陆　刚　己巳奇荒 / 322　西峰筑外城 / 322　辛未登城有感 / 323　观范仲淹书"飞云破空"碑 / 323　平凉见米万钟墨屏 / 323　道情登台 / 324　惠莲塘故居 / 324　斩断山 / 324　田家城 / 325　驿马关 / 325　重修周旧邦坊 / 326　闻"九一八"事变 / 326　乙酉八月抗战胜利 / 326　吴起 / 326　范蠡 / 327

赵殿举　安定王符 / 327　安定李恂 / 328

张才千 办社筹资本 / 329

王哲夫 赞抗日阵亡将士 / 329

乔日麟 化土 / 329　离歌四首 / 330　客舍除夕夜 / 330　题王昭君墓 / 330　冬望 / 330　崆峒山晓 / 331　客路早行 / 331　美人风筝 / 331　庆祝抗日战争胜利 / 332　绝句四首 / 332

王秉祥 保卫延安 / 333　开国大典颂 / 333

黄罗斌 欢庆日寇投降 / 333

参考文献 / 335

庆阳历代诗歌概述

QING YANG LI DAI SHI GE GAI SHU

庆阳地处甘肃东部，位于陕甘宁三省的交会处，北通宁夏，南控关中，古属雍州，为北地名郡。陇东高原，黄土漫漫；庆环古道，烽燧相望。历史上曾经是岐黄医学文化的发源地之一，周祖农耕文化的发祥地之一，是拱卫汉、唐故都长安的北部门户要塞，也是第二次国内革命战争时期全国硕果仅存的革命根据地陕甘边所在地。全市土地面积27119平方公里，辖宁县、镇原县、合水县、正宁县、庆城县、环县、华池县和西峰区等七县一区。东、南部与陕西毗邻，西、北部与宁夏和平凉接壤。地势北高南低，属黄土高原沟壑区，地形山、川、塬兼有，沟、峁、梁相间，具有独特的黄土高原地理风貌。全境有10万亩以上大塬12条，其中董志塬平畴沃野，一望无垠，有136万亩，是世界上面积最大、土层最厚、保存最完整的黄土塬面，堪称"天下黄土第一塬"。子午岭的400多万亩次生林，为黄土高原上面积最大、植被最好的水源涵养林，有陇东的"绿色屏障""天然水库"之称。马莲河等五大河流和27条较大的支河纵横贯穿，注入泾河，是庆阳的"命脉之河"。银西高铁、甜永高速、国道211、省道202四条主干线纵贯南北，青兰高速、国道309线、省道303线横穿东西，形成"四纵三横"的交通主骨架，与庆阳机场共同构成了立体的交通大格局。庆阳是长庆油田的主产区，油、煤、气储量富足，是国家主要的能源基地。庆阳以其雄浑的黄土地貌、丰富的特色资源、悠久的历史文化、光荣的革命传统，成为西部重要的历史文化名城。

庆阳是中华民族发祥地之一。1920年，在华池县赵家岔的洞洞沟出土了我国第一块旧石器,是考古界公认的我国最早的旧石器出土地。以距今七万年左右的"蒲河人群"和距今四万年左右的"马莲河人群"为代表的远古先民创造了旧石器时代庆阳的远古文明。以南佐遗址、九站遗址、白马塬遗址、巨家塬遗址等为代表的文化遗存体现了新石器时代庆阳的文明高度。正史、方志、碑刻和庆阳的历代诗文都留下了华夏始祖轩辕黄帝问医于北地岐伯、死葬桥山的记载。夏朝末年,孔甲乱政,周先祖不窋失去农官而迁居庆阳(北豳),教民稼穑,开启了庆阳农耕文明的先河,并受到戎狄部族畜牧和狩猎文化的影响,创造了以农牧间作、互动的生产方式和礼乐文化为主要特色的周祖农耕文化,其影响民风、士习("民勤稼穑,士笃文德")非一代也。

庆阳"南卫关辅,北御羌戎",自古为征战重地,乃"汉上六郡之北地、宋时四路之环庆、明代九边之延绥"(《环县文昌阁记》),因此修习战备,民风劲勇。秦、汉时期庆阳属北地郡,名将辈出,如丞相公孙贺、将军公孙敖,西域都护甘延寿,义阳候傅介子、度辽将军皇甫规等。唐代,庆阳曾为肃宗北上募兵、平定安史之乱的大后方和根据地。宋代,庆阳为环庆路,是控扼西夏南下关中的冲要之地,自宋仁宗后近百年一直是宋夏交兵的主战场。明代,自代宗景泰后,庆阳成为"西三边"抗击河套地区蒙古鞑靼骑兵南下的重要防线。

庆阳历史上是以汉文化为主导的多民族迁居、融合的典型地区之一,也是历史上多次移民实边、军屯戍边的主要地区之一。夏末,周人迁居庆阳时当地的主要居民是戎狄,春秋战国时期为义渠戎,秦、汉统一之后的历代庆阳还生活着不同的少数民族,如两汉的匈奴、羌族,魏晋南北朝时期的氐族、鲜卑、突厥,唐朝的党项、吐蕃,宋代的蕃族等。这些不同时期来自不同地域的不同民族或耕或牧,农牧间作,其生产方式促成了农牧经济的成长和繁荣,同时也在庆阳这个特定的区域产生了多民族文化的碰撞和融合。庆阳历史上特有的经济结构、生产方式和古老的不同民族文化特征的共生、交融、发展,使庆阳的区域文化呈现出独特、古老、神秘的文化个性。

历史上,在庆阳广大的乡村社会,遍布着一个个由同姓宗族聚族而居的黄土窑洞村落,川、塬、梁、峁、沟、谷、台、岭、滩、岔、洼、畔、崾岘、沟垴……众多复杂的黄土地貌上散处的无数窑洞村落,几乎都是同姓聚居。由于农耕文化形成的安土重迁意识根深蒂固,这些聚族而居的窑洞村落有的延续千年以上而久居不动。窑洞村落与聚族而居的宗法社会单元形成了独特的文化景观,对勤俭、厚道、贵和、崇文、尚礼的民风、士习具有重要的文化影响。

庆阳在历史上是道教和佛教文化较发达的地区,就道教而言,唐开元间敕建的正宁承天观天下闻名，明清时期逐渐形成了环县兴隆山、西峰小崆峒等著名的道观和道教活动中心。佛教在庆阳传播很早，其影响在民间居于主流地位。北魏时就开凿了北石窟寺，并有北地高僧闻名于世。至隋唐佛教大盛，至今尚留有莲花寺、石空寺等石窟。宗教教义、仪规与古老的原始信仰杂糅，构成了质朴蛮荒又神秘复杂的民俗文化景观，对庆阳民俗中的香包、剪纸、道情、皮影、唢呐、社火、庙会、祭祀礼俗、民间禁忌等民俗事象、民俗活动的文化个性的形成产生了直接的影响，形成了特色独具的庆阳民俗文化。

庆阳古老绵长的历史文化传统，千年传承的农耕经济模式，朴厚勤俭、明礼尚义的民风、士风，川塬沟壑遍布、农牧间作的自然生存条件，交通封闭、聚族而居的窑洞民居村落所构成的乡土社会结构，多民族融合、多宗教共存的文化生存环境，构成了庆阳区域文化生成和传承的独特的文化空间。耕战与礼乐共生，开放与保守兼容。岐黄医学文化、周祖农耕文化、特色民俗文化千年传承，形成了厚重的庆阳历史文化，给我们留下了值得骄傲的地方区域文化遗产。乡邦文献宏富，历代名贤济济，黄帝、岐伯、不窋、公刘、王符、傅介子、班固、班彪、傅玄、傅咸、胡充华、胡义周、范仲淹、李梦阳、赵邦清、米万钟、米汉雯、惠登甲、钱旭东、慕寿祺……文脉赓续，俊采星驰，载之史册，布在众口。

庆阳历史文化，见之于正史、地方史、志典藏的记载固然多，而反映最直接的，则是历代庆阳籍的诗人及其作品以及历代仕宦或游历庆阳的诗人所写的与庆阳有关的诗歌。这些诗歌，是庆阳区域文化的宝藏，是甘肃古代文学的一大亮点，更是地方区域文化研究的宝贵资源。其对庆阳史迹、人物、乡土、民情、山水、名胜的艺术化的描写，使我们清晰地听到历史的脚步，触摸到古人的心跳，感受到庆阳历史文化的巨大魅力。这些诗歌多散见于不同历史时期的诗文集及方志之中，难窥全貌。钩沉发微，会发现许多湮没于历史长河中的史事、人物，让人有耳目一新之感。例如东汉的班氏家族，班彪、班固、班昭、班超，在文学、史学、军事上皆有建树，名闻天下，世人皆知其为陕西安陵人，而班彪的《北征赋》明言"过泥阳之长阪兮，悲祖庙之不修"，等于自报家门，其祖籍是甘肃庆阳的宁县（汉代名泥阳）；宋真宗大中祥符间孔道辅（孔子四十五世孙）在宁州天庆观以笏杀蛇，石介为之作《击蛇笏铭》，赞其刚正之气，而后来文天祥的《正气歌》即与之相互发明；北宋理学家、关学鼻祖张载曾游历庆阳，赴范仲淹军营投军未果，大顺城筑成后，为之作《庆州大顺城铭》；明万历进士、一代廉吏、正宁人赵邦清与著名文学家汤显祖为至交，"风尘两度相携手，笑语悲歌一壶酒"，汤显祖为赵母作《八十二岁寿歌》，为赵邦清的文集作序，并寄诗唱和多首。类似的文坛佳话，再再多有。

庆阳历代留存的诗歌，依体裁而论，四言、五言、七言、律绝、乐府、古体等，几乎无体不备；依题材而言，农事、咏物、记事、言情、咏史、边塞、田园、山水、怀古、登临等，古典诗歌之内容几乎无所不包。按照历史年代，可大致划分为四个时期，即先秦汉魏晋南北朝时期、唐宋金元时期、明清时期、民国时期。

先秦时期庆阳的诗歌以《诗经》中的"豳风""豳雅""豳颂"为代表，达到了四言诗的艺术高峰。周祖不窋居豳，公刘复兴周道，教民稼穑，收入《诗经》的"豳之遗诗"，"风"有《七月》，"雅"有《公刘》《大田》，"颂"有《载芟》《良耜》等，皆可为其代表，是先周的史诗和农事诗。尤其《豳风·七月》，记豳地，言豳俗，以月令为序，详说农桑衣食之事，举凡春耕、秋收、冬藏、采桑、染绩、制衣、狩猎、劳役、酿酒、祭祀、宴飨等，铺叙备至，亲切有味，具有鲜明的史诗特征。反映了周族农耕文化与当地戎狄狩猎文化的交融，再现了三千余年前庆阳一带的社会生活画卷。其以月令统农事的艺术手法对中国民歌的艺术传统产生了深远的影响，至今流传各地的民歌《冻冰》《珍珠倒卷帘》《十对花》《十二月孟姜女》等即是明证。史诗《公刘》写公刘南迁的史实，言兵食具足、相度地势、勘察线路、民情欢洽、祭祀宴飨、制定兵制税法、安置新附民众诸事，气象宏大。尤其"陟则在巘，复降在原""夹其皇涧，溯其过涧"的记述为探索公刘旧邑的确址提供了弥足珍贵的文献参考。《大田》《载芟》《良耜》为周人颂先祖农德的农事诗。举凡伐木开荒、集体耕作、选种、准备农具、播种、灭虫、祈雨、耘田、收割、归仓、寡妇拾遗穗、送饭至田间、酿酒、以五谷牛猪祭祀祈福等，言之井然有序，形象生动，犹如一幅幅农耕风俗图卷，对研究先周农耕文化具有重要的史料价值。

两汉时期庆阳的诗歌以祖居北地泥阳（今庆阳宁县）的班氏家族的班彪、班固为代表，尤其班固的五言咏史诗无论就诗歌的形式还是题材而论在文学史上都具有先声之效。东汉与班固同时期的文学家、北地（今庆阳）人傅毅亦以诗赋见长，其《迪志诗》有一定影响。魏晋时期庆阳的诗歌则以北地泥阳傅氏家族的傅玄、傅咸父子为代表，其文人五言诗和乐府歌行在中国诗史上占有一席之地。傅玄作为著名政治家、哲学家、文学家，少孤贫，博学有才名，累官至司隶校尉，封鹑觚子，追封清泉侯。虽居显官而勤于著述，有《傅子》《傅玄集》百余卷，后散佚。明人张溥辑有《傅鹑觚集》一卷，收入《汉魏六朝百三家集》中。傅玄以乐府诗体见长，今存诗100多首，语言风格古朴刚健与新温婉丽兼备，题材广泛，其中以反映妇女问题的作品最为突出，《秦女休行》《秋胡行》《苦相篇》《历九秋篇》可为其代表，继承了汉乐府的优良艺术传统。南北朝时期庆阳的诗歌以安定胡氏家族的太后胡充华、名士胡叟为代表，尤其胡充华的《杨白花歌辞》，设喻巧妙，隐实示虚，以花写人，缠绵悱恻，情思深婉，与《木兰辞》《孔雀东南飞》一起成为该时期乐府民歌的代表作。安定临泾（今甘肃镇原）人胡叟，善诗文，后秦时，游宦长安、汉中、蜀地、北凉，皆不得志，归北魏，拜虎威将军，赐爵始复男。不治产业，不耻饥贫，诗酒自娱，为一时名士，其五言诗用典精切，抒情自然，有一定影响。

　　唐代是我国古典诗歌的高峰，而距京都长安不远的庆阳却乏本土诗人，与庆阳有关的诗歌亦存诗甚少，只有十几首写到庆阳名胜、史事、人物的诗，有的还有争议，如初唐王勃的《宴圣公泉》。韩愈为乡贤王符写的《王符赞》，流传广，影响大，可谓"唯贤知贤"之作。唐自安史乱后，国势渐衰，庆阳一带成为唐王朝与吐蕃争夺河西陇右的边防之地，于是庆州、宁州、原州、萧关、临泾等频繁出现在唐人的边塞诗中，如苏颋《同饯杨将军原州都督》、陶翰《出萧关怀古》、李益《立春日宁州行营因赋朔风吹飞雪》、李涉《奉使京西》、杨巨源《登宁州城楼》、朱庆余《望萧关》、喻凫《晚次临泾》《送武毅至邠宁》、项斯《宁州春思》、陈玉兰《寄夫萧关》、杨夔《宁州道中》等。这些写庆阳的边塞诗人中，不乏大家，亦有名篇。如李益的《立春日宁州行营因赋朔风吹飞雪》，诗写唐德宗贞元五年（789）九月，吐蕃攻宁州（今庆阳市宁县），邠宁节度使张献甫率部抵御，李益作为其僚属而随往宁州。贞元六年（790），虽节气至立春，而宁州行营寒风劲吹，大雪飞舞，边声四起，感而赋诗。于朔风、边声、飞雪等意象中蕴含边愁与伤感之情，比较典型地体现了李益边塞诗的艺术特色。许国公苏颋与燕国公张说号"燕许大手笔"，其《同饯杨将军原州都督》，诗用后汉张奂（字然明）恩服东羌及前汉霍去病大破匈奴典，抒发立功塞上的豪情，意境阔远、格调峻逸。其中"朔风摇汉鼓，边月思胡笳"，堪称名句。杨巨源的《登宁州城楼》，格调奇丽，不单悲秋，更添国愁，慨叹唐之西域尽失，昔日故关已为边城，成为国家的耻辱，表现了强烈地爱国之情。陶翰的《出萧关怀古》，写边塞生活，纵横于敌我、古今、关河、大漠之间，气象雄浑，慷慨悲壮，体现了唐代边塞诗的典型特征。晚唐杜牧的《闻庆州赵纵使君与党项战中箭身死，辄书长句》，哭唐武宗会昌间与党项战殁阵中的庆州刺史赵纵，是可以坐实的写庆阳史事的诗。江南才子喻凫的《晚次临泾》，写游历临泾，所见城垣高耸，民风劲勇，羊群遍野，烧草肥田，其风土民情，体现边城特色，言之亲切有味，千年前风物，如在目前。诗人王驾之妻陈玉兰的《寄夫萧关》，音节流畅，感情真挚，刻画情思细致入微，语出天然，不假雕饰，情韵悠长，非至情不能成之，具有极强的艺术感染力。总之，唐代写庆阳的诗歌是以边塞诗为主要特色的，并且取得了较高的艺术成就。

　　宋代的庆阳随着首都的东移汴梁，已成为西北边塞之地，战事频仍，关注度骤升，所有的诗歌创作都围绕宋夏战争、宋金战争而展开。其中范仲淹父子三人、四知庆州，多有诗作，而张载、苏轼、黄庭坚、晁补之诸大家也有与之酬唱赠答之作，魏野、石介、苏舜钦、蔡挺、蒋之奇、王安石、司马光等大家也写有与庆阳相关的诗，"国家不幸诗家幸"，可谓极一时之盛。其所反映的庆州之败、筑大顺城、宋金之战等史事，留下了珍贵的历史片段。王安石有直接以《陇东》为题的绝句，以征人口吻写戍边思乡之情。陇水东流所向乃家乡之地，月明西海乃征人夜不能寐之状，空灵疏朗，情思婉曲，意境优美。蒋之奇的《临川阁》，写庆州名胜鹅池洞、临川阁，语言质朴平易，景物人事，白描如画。不窋陵庙、东山烽墩、民居窑洞、鹅池洞水、东河激流，千年前风物历历如在目前。更为可贵的是该诗为宋代尚存周祖不窋陵、不窋庙提供了明确的文献佐证。本土诗人、抗金名将曲端的《无题》，写于宋金在陕西富平会战，宋军大败，五路尽失，退居巴蜀之时。"破碎山河不足论，几时重到渭南村"，表现了诗人忧念时局，收复失地的强烈地报国情怀。尤其范仲淹的《渔家傲·秋思》，以边塞军旅入词，一扫词属艳科的旧习，境界阔大，格调苍凉，情景相得，戍边杀敌的豪情与白发思归的乡愁和谐相融，于壮阔中略含衰飒之气，开豪放词之先河。

金元时期的庆阳少诗，金代著名文学家刘汲曾游历庆阳，留有纪行诗，质简淡远，朴实自然，是其诗歌的代表作之一。金代著名诗人、学者赵秉文，字周臣，号闲闲居士，金世宗大定二十五年（1185）进士，累官至礼部尚书、翰林学士，同修国史，有《闲闲老人滏水文集》，留下了弥足珍贵的一组写庆阳的诗《过庆阳》《发枣社》《过宁州》。尤其《过庆阳》一诗，慨叹四山环拱、二水分流、一城凸起的形胜之险，追念范仲淹一门三帅、戍边御夏，可比汾阳王郭子仪的功业之重，而想象公堂无事、临川阁上日日宴饮的太平景象，写庆阳形胜、史事、人物，对仗工稳，气韵流畅，诗境弘阔而气象远大。元代中原大儒马祖常，以榜眼累官至翰林直学士、礼部尚书，诗文兼擅，才情雄富，有《石田集》传世。其直接以《庆阳》为题的绝句，写苜蓿草高，塞马膘肥，柳色依依，野鸟低回，边城无事的太平景象，意象浑融，清丽疏朗，明快自然，有唐人气象。庆阳府知事蒲察天吉的《神灵之赞》，用杂言，写为人为官，当克己守正，畏天地之察，畏神明之鉴，慎之畏之，方可全身远祸。语虽直白而堂皇正大，类同官箴，确是警世之言，在元诗中别具一格。

明代的庆阳，文教大盛，人文蔚起，仅考中的进士就有46人之多（据《乾隆新修庆阳府志》），超过了关中凤翔府的进士总数，诗歌创作进入了一个高峰期，存诗数量大，艺术水准高，如景清、贾瑾、吕经、韩奕、许理、傅学礼、吕颛、李桢、赵邦清、杨蛟、米万钟、巩尔磐等，皆有佳作存世。而仕宦或游历至庆阳的诗人亦多，如吴士英、曹琏、马文升、毛伯温、强晟、马理、秦昂、张珩、薛应旗、陈凤、陈棐、陈皋谟、杨巍、马三才、董世彦、傅振商、孙传庭等，其中不乏大家，也写了许多与庆阳有关的诗。还有一些与庆阳籍诗人有交游酬唱的明代文坛大家如何景明、汤显祖、袁宏道，诗人邹应龙、朱之蕃等，也留诗多首。尤可称道的是在明代的庆阳，出现了中国文学史上具有重要地位的著名文学家、文坛领袖人物、"前七子"之首李梦阳。李梦阳出生在庆阳府安化县（今甘肃庆城县），出身寒微，弘治七年（1494）中进士，历任户部主事、江西提学副使等职。为人疾恶如仇，刚直敢言，先后上奏章弹劾寿宁候张鹤龄、宦官刘瑾，宦海沉浮，五次入狱。最终因宁王朱宸濠案牵连，被革职削籍。李梦阳负才尚气，工于诗文，反对台阁体，倡导复古以变革文风，与何景明、徐祯卿、边贡、康海、王九思、王廷相号"弘正七子"，是前七子的领袖。主张文宗秦汉、古诗学魏晋，近体学盛唐，为诗主情不主理，倡导"真诗在民间"，影响一时。其诗乐府、古诗较多，关心时政民生，艺术成就高。七律专宗杜甫，气象阔大、雄浑劲健。李梦阳也写了许多与家乡庆阳有关的诗文，代表作如《环庆怀古八首》，咏家乡环庆一带古迹风物、先贤及时事，如数家珍，感情真挚，内容充实，境界阔大，词气健拔，寄慨深远，无泥古之迹，为李梦阳诗中的上品。《七歌》组诗用歌行体，语言通俗，感情沉郁，写尽骨肉亲情和身世之感，可充分了解李梦阳的家世生平和明代中叶庆阳一带的社会状况。李梦阳有《空同集》六六卷存世，是庆阳历史上文学创作数量最多、艺术成就最高、在全国影响最大的一代大家，其文化影响数百年来长盛不衰。

　　清代的庆阳诗歌是历史上的又一个高峰期，出现了大量的本土诗人，如张映辰、雷和、李星汉、韩观琦、赵文重、康绩、巩我麓、仇佺、高希贤、慕维成、于鄂、贾思先、张宸枢、惠登甲等，多登临、怀古之作，对地方风土、山川名胜、史迹人物多有描写，留诗多，艺术水准高。如李星汉《秋日登镇朔楼》，写秋日登高临远，凭栏放眼，关河气象、古城形胜尽入眼底。前朝盛事、风流人物涌上心头。笔力健劲，才气纵横，慷慨豪迈，语言高华爽朗，诗境雄浑高远，为登临诗中的上品。韩观琦《春日登镇朔楼》，诗人于春日早晨登上庆城北门的镇朔楼，看晓日晴烟，楼依层霄，城展凤翅，听樵歌遥遥，马嘶声声，东迎白豹清风，南望赤城朝霞，把酒临风，豪气顿生，书生不用筹边，王粲何来愁思？词彩高华爽朗，立意高迈脱俗，诗风飘逸洒脱。《秋日登思潜亭有怀》，追怀王符一生行迹，笔力刚健苍劲，词采醇厚古雅，境界浑融，风神高迈，有李白古风之遗韵。康绩《书中乾蝴蝶诗》，该组诗以夹在书中的干蝴蝶口吻写其香肌瘦损、春娘老嫁、以字为巢、葬于文冢。以物拟人，想象奇幻，构思精巧，用典于无形，情思绵密，才情富艳，语言流丽清婉，风神飘逸，缠绵悱恻，哀怨动人，情余言外，具有很高的艺术价值，为咏物诗中不可多得的上品。诸人之作，皆属上乘，反映了清代庆阳本土诗人的创作已达到较高的艺术水平。而仕宦或游历于庆阳的诗人众多，如杨藻凤、张文炳、程万仞、傅弘烈、杨赞绪、高观鲤、赵本植、折遇兰、苏履吉、王济美、善昌、程先甲等，其中不乏大家。如山西进贤人傅弘烈，字仲谋，号竹君，康熙三年至九年（1664—1670）任庆阳知府（六年之间五次上疏，备述地荒民残、难以为生之情状，奏请朝廷豁免庆属钱粮，解民于倒悬。民感其德，为之建傅公祠）。诗长于歌行体，有《傅忠毅公全集》行世。其组诗《庆阳杂咏》十二首，写明末清初社会大动荡后庆阳百姓啼饥号寒、鸠首鹄面、流离失所的悲惨生活，体现了诗人哀念民生、为民请命的高尚情怀，语言流畅，顶真回环，曲尽其情，类同民歌，感情真挚。如山西阳曲人折遇兰，字佩湘，号霁山，乾隆二十五年（1760）中进士，任正宁知县。工诗文，善书法，有《折霁山文稿》《看云山房诗草》，袁枚誉之为"山右风流第一人"。其《咏古四首》分别咏正宁桥山黄帝冢、阳周古城蒙恬坟、唐肃宗曾驻跸的罗川唐台、范仲淹所建的庆阳镇朔楼。吊古伤今，情景相得，笔力劲健，诗境萧飒苍凉，于荒烟衰草的凄清孤寂之中蕴含悲慨之情。《追次姚武功县居诗原韵三十首》，该组诗多写日常生活细节及自然风景，民少地僻，事简心闲，"官小轻于叶，城幽冷似村"，故而舞剑、吟诗、弈棋、种柳、踏月、赏花、试马、采药，在闲适雅逸的情调中透露出淡淡的清愁和宦游的乡思。语言清婉明丽，格调冲淡自然。又如福建德化人苏履吉，号九斋，嘉庆二十年（1815）登拔萃科，曾任安化（庆阳）、正宁县令，宁州知州。有诗集《友竹山房诗草》等四种，留诗1700余首，是嘉庆、道光时期著名诗人。任职庆阳地方，多有善政，留下了30多首写庆阳风物、时事、人物的诗，多吊古伤怀、忧念民生之作，非一般的吟风弄月可比。尤为可喜的是，晚清的庆阳诗歌创作出现了"庆阳四家"，即钱旭东、杨立程、胡廷奎、张精义，四人均为安化县（今庆城县）人，生活在同治、光绪年间及民国时期。钱旭东为光绪二十年（1894）举人，曾参与康有为组织的"公车上书"，官甘肃平番（今民勤县）儒学训导，有《瓣香斋诗集》；杨立程为光绪三十四年（1908）岁贡，曾任庆阳孔庙奉祀官，有《慵轩诗集》；胡廷奎为光绪二十年（1894）优贡，官大同训导，有《湖学堂集》《续庆防纪略》；张精义于光绪三十二年（1906）毕业于甘肃速成师范学校，宣统二年（1910）岁贡，有《公余诗文集》。四人诗才宏富，风格各异，多纪实、咏史、咏物、怀古、伤时之作，并称"晚清庆阳四家"，在清末民初掀起了一个诗歌创作的高潮。

民国时期的庆阳社会，军阀混战、天灾人祸不断，民生唯艰，即如民国九年（1920）的海原大地震、民国十八年（1929）的大饥荒，对庆阳的社会民生影响深远。1936年红军长征到庆阳后，庆阳成为陕甘宁边区陇东分区，也成为抗日战争的大后方。这一时期庆阳的诗歌内容多反映民生和抗战，也有一些吊古、感怀之作。本土的诗人有慕寿祺、慕寿褆、刘养锋、田维岚、王孝锡、陆刚、乔曰麟等，也有一些驻军庆阳的红军将领，如袁国平、马锡五、张才千等，其诗多写抗战史实，体现了抗战时期庆阳的一些生活片段，弥足珍贵。民国诗人中慕寿祺、陆刚、乔曰麟，皆有诗集，存诗较多。影响最大者，当为镇原县人慕寿祺（1874—1947），字子介，号少堂，曾任甘肃参政院参政，甘肃学院文史系教授，甘肃通志局副总纂。他学识渊博，兼通经史，工诗，为民国时期甘肃著名学者，有《甘宁青史略》《求是斋丛稿》《求是斋诗抄》《歌谣汇选》等存世。慕寿祺诗歌题材广泛，登临、吊古、咏史、感怀、纪行皆有，律、绝、歌行皆有佳作。如《游思潜亭遗址有感》，以幽兰、秋菊起兴，追怀乡贤王符一生大节，叹其怀才不遇，"干将即无用，补履宁如锥"，语殊沉痛。引汉高祖亦庶出之典，为其庶出为乡人所轻抱不平，并指责与之交好的清流马融、张衡辈知而不辨、未荐一辞，识见尚不如武将皇甫规，发人所未发，立意脱俗。亲临其隐居著书之地，仰慕先贤高风，感叹虽当时不见用，而其著作"炳然日星垂"，亦可告慰前贤与地下。语言简古醇雅，"起兴""叙事""感怀"，结构井然，意境高迈。慕寿祺的诗，气韵沉厚，笔力健劲老到，用典精切入微，对仗工稳，学力深厚，才情雄富，于清新流丽中时见壮慨之气。

纵观庆阳的历代诗歌，代有名篇，不乏大家，也形成了先秦、魏晋、宋、明、清几个高峰。先秦时期以《诗经》为代表的四言农事诗，汉魏晋时期以班固、二傅为代表的文人五言诗，北朝以胡充华为代表的乐府诗，唐代以李益、陶翰等为代表的边塞诗，宋代以三范为核心的酬唱送别诗，明代以李梦阳为代表的登临怀古诗，清代以康绩、折遇兰为代表的咏物感怀诗，民国以慕寿祺为代表的吊古感时诗，各擅其胜，从中可见"陇东文气之盛"。虽地处偏远，却也是文脉赓续，人文荟萃，在甘肃乃至全国的古代文学中可占一席之地。

通过这些诗歌，可以清晰感受到三千年来庆阳的史迹、人物、山水、形胜、风土、民情，成为一次穿越历史风尘的艺术享受。读《诗经》诸篇，则知周祖发祥之不易、稼穑之艰难、礼乐之化民及民风勤朴淳厚之所由；读傅玄、傅咸父子之诗，则知汉、晋之时北地傅氏家族诗礼传家、世代簪缨之盛；读范仲淹之诗文，则想见其父子三人、四知庆州、御戎建功、出将入相的功业和先忧后乐的家国情怀；读马文升、张珩、毛伯温诸公之诗，则明代九边御戎、庆阳为边防重镇、关陇锁钥，抵御鞑靼铁骑，历史的烽烟扑面而来；读李梦阳之诗，则想见其人之嫉恶如仇、刚直敢言、风节凌厉、才气纵横，作为一代文坛领袖，其人格魅力，影响文风士气，非一代也；读蒋之奇、吴士英、杨立程诸公写地方风景名胜的诗，则山水城池、陵庙塔阁、街巷坊市，历历如见；读傅弘烈、张文炳、谢兰、李绅诸公之诗，则可见历史上庆阳百姓曾经的生活状况，体会到诗人哀念民生、为民请命的高尚情怀；读晚清四家之诗，其所写之选举、放足、查荒、视学、禁烟等，犹如一幅幅徐徐展开的晚清至民国庆阳社会变迁的风俗画卷……有些诗歌中的名句，让人过目难忘，浸润其中，久久回味。如"笛声杳杳闻归牧，斧韵丁丁听晚樵"（吴士英）、"霜清塞北三秋月，风卷河西万里烟"（李星汉）、"月明古塞烽烟净，雨霁荒城稼穑稠"（曹珽）、"烟烽已息归程急，笑认家山是庆州"（陈凤）"旧邦新命怀周治，后乐先忧仰宋贤"（苏履吉）、"文章有骨师班马，恩怨无心说李牛"（慕寿祺）……这些诗歌，可触摸历史，神交古人；可知古鉴今，启人深思；可化育人文、怡人情性，使湮没于岁月而变的漫漶不清的史事人物、山川风土重新变的鲜活生动。

《甘肃历代诗歌选注·庆阳卷》按照丛书的编纂要求，所收录诗歌的范围，就时间而论，始于先秦，终于民国；就作者而论，以庆阳籍诗人为主，也有仕宦或游历至此而留有与庆阳有关诗歌的诗人；就作品而论，则以文学艺术价值、地方文化研究价值、历史文献价值、是否代表作者诗歌的较高艺术成就四个方面的标准进行取舍，一些祈雨颂神诗、贞节烈妇诗、应景的八景诗及其他内容和艺术水平不宜选入的均未收录。所选诗歌的出处，主要来自三个方面，即典藏的地方史、志，历代著名的诗文总集，庆阳籍及相关诗人的诗文集等。本着依善本校勘，存真复原的原则，去粗取精，钩沉发微，每位诗人的作品收录的上限不超过60首，精选出近二百位诗人具有代表性的诗歌七百余首。每位作者均有"作者简介"，每篇诗歌都作了"注释"。对诗歌的点评和赏析主要集中在注释［1］中，注释多为简注，主要针对生僻字词和典故，以及与庆阳相关的史事、人物、地名、风俗等。来自古籍和碑刻的诗歌中有漫漶不清、难以辨认的字，以"□"标示。愿本书能对研究甘肃地方文化、展示庆阳历代诗歌艺术成就、促进甘肃文化建设有所裨益。

庆阳地方文献，历经兵燹祸乱，善本难觅，校勘不易，故而错讹之处必所难免。加之闻见固陋，或有遗珠之憾；学力绵薄，或致选、注失当，则俟博学之士补缺、斧正。

齐社祥
2022年9月8日于陇东学院

甘肃历代诗歌选注

先秦汉魏六朝

◎《诗经》

　　《诗经》是我国最早的诗歌总集，收入先周至春秋中期的诗歌305篇。书成于春秋时期，至汉代列入经部，始称《诗经》，是我国四言诗的高峰。依乐分风、雅、颂三类，风多为各诸侯国的民歌，有十五国风；雅分大雅、小雅，为宫廷燕乐歌；颂分周、鲁、商三颂，为宗庙祭祀乐歌。十五国风为《诗经》的精华部分，其写实传统和讽喻精神以及"赋、比、兴"的艺术手法的运用，滋养了历代中国诗人。《诗经》是我国现实主义文学的源头之一。

豳风·七月[1]

　　七月流火[2]，九月授衣。一之日觱发[3]，二之日栗烈[4]。无衣无褐[5]，何以卒岁？三之日于耜[6]，四之日举趾[7]。同我妇子，馌彼南亩[8]，田畯至喜[9]。
　　七月流火，九月授衣。春日载阳[10]，有鸣仓庚[11]。女执懿筐[12]，遵彼微行[13]，爰求柔桑[14]。春日迟迟[15]，采蘩祁祁[16]。女心伤悲，殆及公子同归。
　　七月流火，八月萑苇[17]。蚕月条桑[18]，取彼斧斨，以伐远扬[19]，猗彼女桑[20]。七月鸣鵙[21]，八月载绩[22]，载玄载黄[23]，我朱孔阳[24]，为公子裳。
　　四月秀葽[25]，五月鸣蜩[26]。八月其获，十月陨萚[27]。一之日于貉[28]，取彼狐狸，为公子裘。二之日其同[29]，载缵武功[30]，言私其豵[31]，献豜于公[32]。
　　五月斯螽动股[33]，六月莎鸡振羽[34]。七月在野，八月在宇[35]，九月在户，十月蟋蟀入我床下。穹窒熏鼠[36]，塞向墐户[37]。嗟我妇子，曰为改岁[38]，入此室处。
　　六月食郁及薁[39]，七月亨葵及菽[40]，八月剥枣，十月获稻。为此春酒，以介眉寿[41]。七月食瓜，八月断壶[42]，九月叔苴[43]。采荼薪樗[44]，食我农夫。
　　九月筑场圃，十月纳禾稼。黍稷重穋[45]，禾麻菽麦。嗟我农夫，我稼既同[46]，上入执宫功[47]。昼尔于茅[48]，宵尔索绹[49]。亟其乘屋，其始播百谷。
　　二之日凿冰冲冲，三之日纳于凌阴[50]，四之日其蚤[51]，献羔祭韭[52]。九月肃霜[53]，十月涤场[54]。朋酒斯飨[55]，曰杀羔羊。跻彼公堂[56]，称彼兕觥[57]，万寿无疆！

【注释】

　　[1]《豳风·七月》是十五国风的代表作之一，也是《诗经》中历史年代最久、篇幅最长的我国第一首农业史诗。成诗当在夏末商初，周之先祖不窋、鞠陶、公刘三代居豳之时。史载，夏代末年，夏帝孔甲失政，弃稷官不务，周祖不窋遂率族人自邰（今陕西武功）迁于"戎狄之间"（今甘肃庆阳），史称"北豳"。其祖孙三代居北豳期间，复修周道，教民稼穑，"陶复陶穴以为居，于貉为裘以御寒"，奠定了周代发祥的基础。《史记·周本纪》曰："周道之兴自此始。"《豳风·七月》为北豳遗诗，记豳地，言豳俗，以月令为序，详说农桑衣食之事，举凡春耕、秋收、冬藏、采桑、染绩、制衣、狩猎、劳

役、酿酒、祭祀、宴飨等，铺叙备至，亲切有味，具有鲜明的史诗特征。此诗反映了周族农耕文化与当地戎狄狩猎文化的交融，再现了三千余年前庆阳一带的社会生活画卷。所记之农事、民俗，至今尚有留存。

　　[2] 七月流火：夏历（今农历）七月，火星西移，天气开始转凉。

　　[3] 一之日：即夏历的十一月。周历建正之月在夏历十一月，"二之日"即夏历十二月（腊月），三之日、四之日依次类推。此为当时所用的豳历。觱发：寒风刺骨状。

　　[4] 栗烈：同"凛冽"，寒气逼人之貌。

　　[5] 褐：羊毛或粗麻织的短衣。

　　[6] 于耜：于，为，指修理。耜，翻土的农具。

　　[7] 举趾：抬腿下田，开始春耕之意。

　　[8] 馌彼南亩：送饭至田间。

　　[9] 田畯：田官之称。

　　[10] 载阳：开始温暖。

　　[11] 仓庚：指黄莺鸟。

　　[12] 懿筐：深筐。

　　[13] 遵彼微行：遵，沿着。微行，小路。

　　[14] 爰：语助词，乃。柔桑：嫩桑叶。

　　[15] 迟迟：缓慢状，指春天白昼长。

　　[16] 蘩：白蒿，孵化蚕卵用。祁祁：众多，此处指白蒿繁盛。

　　[17] 萑苇：芦苇类植物，可做蚕箔。

　　[18] 条桑：修剪桑树。

　　[19] 远扬：指桑树的老枝荒条。

　　[20] 猗彼女桑：斜拉柔嫩的桑枝。

　　[21] 鵙：指伯劳鸟。

　　[22] 载绩：开始纺织。

　　[23] 玄：黑色。

　　[24] 朱：红色。孔：很。阳：鲜艳。

　　[25] 秀葽：植物开花名秀。葽，远志，药草名。

　　[26] 蜩：蝉。

　　[27] 陨萚：植物落叶。

　　[28] 于貉：于即为，指猎取。猎取貉子以取其皮制衣。

　　[29] 其同：其，语助词。同，会合众人。

　　[30] 缵：继续。武功：指田猎之事。

　　[31] 豵：小猪。

　　[32] 豣：大猪。泛指兽类。

　　[33] 斯螽：蝗虫。

　　[34] 莎鸡：虫名，即纺织娘。

[35] 在宇：在屋檐下。
[36] 穹：空隙。窒：堵塞。
[37] 塞向墐户：向，北窗。堵塞北窗，用泥涂门缝。
[38] 曰：发语词。改岁：即过年。
[39] 郁：李子。薁：野葡萄。
[40] 葵：野菜。菽：豆类。
[41] 以介眉寿：以助长寿。
[42] 断壶：摘葫芦。
[43] 叔苴：拾麻子。
[44] 荼：苦菜。樗：臭椿树。即采荼作菜，砍樗当柴。
[45] 黍：糜子。稷：高粱。重：即穜，先种后熟的谷物。穋：后种先熟的谷物。
[46] 同：聚集。指收粮入仓。
[47] 宫功：宫，房屋。指室内劳动。
[48] 于茅：于，为。割茅草。
[49] 索綯：搓绳子。
[50] 凌阴：冰窖。
[51] 蚤："早"的假借字。
[52] 献羔祭韭：以羔羊韭菜祭祖。
[53] 肃霜：天高气爽。
[54] 涤场：清扫打谷场。
[55] 朋酒：两樽酒。飨：同"享"，享用。
[56] 跻，登。公堂：即公共聚会之所。
[57] 称：举起。兕觥：犀牛角酒杯。

大雅·公刘[1]

笃公刘[2]，匪居匪康[3]。乃埸乃疆[4]，乃积乃仓[5]；乃裹餱粮[6]，于橐于囊[7]。思辑用光[8]，弓矢斯张；干戈戚扬，爰方启行[9]。

笃公刘，于胥斯原[10]。既庶既繁，既顺乃宣[11]，而无永叹。陟则在巘，复降在原[12]。何以舟之[13]？维玉及瑶，鞞琫容刀[14]。

笃公刘，逝彼百泉。瞻彼溥原[15]，乃陟南冈，乃觏于京[16]。京师之野[17]，于时处处，于时庐旅[18]，于时言言，于时语语[19]。

笃公刘，于京斯依。跄跄济济[20]，俾筵俾几[21]，既登乃依。乃造其曹[22]，执豕于牢，酌之用匏[23]。食之饮之，君之宗之。

笃公刘，既溥既长。既景乃冈，相其阴阳，观其流泉，其军三单[24]。度其隰原[25]，彻田为粮[26]，度其夕阳，豳居允荒[27]。

笃公刘，于豳斯馆[28]。涉渭为乱[29]，取厉取锻[30]。止基乃理，爰众爰有[31]。

夹其皇涧，溯其过涧[32]。止旅乃密，芮鞫之即[33]。

【注释】

[1]《公刘》为周代史诗之一。公刘，周祖不窋之孙，世居北豳（今甘肃庆阳）。至公刘时，正值夏桀失德、夏商易代之际，公刘务本业、重农桑，民众富足，部族大盛，史载"周道之兴自此始"。于是决定乘殷夏兴亡之际武装殖民、广大祖业，南迁于南豳（今陕西彬县、长武、旬邑，甘肃泾川、崇信一带）。今甘肃庆阳市西峰区尚存公刘古庙，被称为"华夏公刘第一庙"。《公刘》一诗即写公刘南迁的史实，言兵食具足、相度地势、勘察线路、民情欢洽、祭祀宴飨、制定兵制税法、安置新附民众诸事，条理井然，气象宏大。

[2]笃：诚实忠厚。

[3]匪：通"非"。

[4]乃埸乃疆：整理田界，划定封疆。乃，于是。

[5]乃积乃仓：露天积粮，入之于仓。

[6]乃裹餱粮：包裹好干粮。

[7]橐：无底口袋。囊：有底口袋。于：语助词。

[8]辑：和睦。光：光大。

[9]爰：于是。方：开始。

[10]胥：察看。

[11]顺：民心归顺。宣：民情舒畅。

[12]陟则在巘，复降在原：登高则在山巅，又下来到平地。

[13]何以舟之：以何物佩戴。

[14]鞞：刀鞘上的饰物。琫：刀柄上的饰物。

[15]溥原：即广大之原。

[16]觏：看见。京：豳之地名。

[17]京师：京邑。

[18]于时：即于是。处处、庐旅：居住。

[19]言言、语语：均为欢言笑语之貌。

[20]跄跄：走路合于礼节。济济：群臣有威仪的样子。

[21]俾筵俾几：铺竹席，设低桌。俾，使。筵，竹席。几，低桌。

[22]造：至。曹：群也，即群臣。

[23]执豕于牢，酌之用匏：从猪圈捉猪，用葫芦做瓢饮酒。北豳古俗，今尚存之。

[24]其军三单：即分军为三部。一说为轮流换防。

[25]度其隰原：测量低湿的原野。

[26]彻田为粮：十分税一以收粮食。

[27]豳居允荒：豳地实在广大。

[28]馆：建房舍。

[29] 乱：横渡。
[30] 厉："砺"的古字，粗磨石。锻：石碪。
[31] 众：人多。有：财足。
[32] 皇涧、过涧：均为京邑周边之水名。
[33] 芮：水边内凹处。鞫：水边外凸处。即：就，前往。

小雅·六月[1]　节选

猃狁匪茹[2]，整居焦获[3]。侵镐及方[4]，至于泾阳。织文鸟章[5]，白旆央央[6]。元戎十乘[7]，以先启行。

戎车既安，如轾如轩[8]。四牡既佶，既佶且闲[9]。薄伐猃狁，至于大原[10]。文武吉甫[11]，万邦为宪[12]。

【注释】

[1] 周宣王五年（公元前823），北方的猃狁大举入侵，扰及关中丰、镐一带。大将尹吉甫率军北伐，至于"大原"（今甘肃陇东一带黄土大原，大原的确指有争议，从顾炎武、陈奂说），大胜而还。此诗言车马旌旗之盛以壮军容，气势沛然。
[2] 猃狁：北方游牧民族。茹：弱。
[3] 焦获：地名，陕西三原、泾阳二县间之焦获泽。
[4] 即镐京、丰京。
[5] 织文鸟章：绘有凤鸟图案的旗帜。
[6] 白旆央央：旆指旗帜末端的垂旒飘带。央央，鲜明之貌。
[7] 元戎：大的战车。
[8] 轾：车前低后高。轩：车前高后低。
[9] 佶：整齐。闲：驯服之貌。
[10] 大原：今甘肃陇东一带。
[11] 吉甫：即尹吉甫，房陵（今湖北房县）人，周宣王大臣，官至内史。
[12] 宪：榜样，楷模。

小雅·大田[1]

大田多稼，既种既戒[2]，既戒乃事，以我覃耜[3]，俶载南亩[4]。播厥百谷，既庭且硕[5]，曾孙是若[6]。

既方既皁[7]，既坚既好，不稂不莠。去其螟螣[8]，及其蟊贼[9]，无害我田稚[10]。田祖有神[11]，秉畀炎火[12]。

有渰萋萋[13]，兴雨祁祁[14]，雨我公田，遂及我私。彼有不获稚，此有不敛穧[15]。

彼有遗秉[16]，此有滞穗[17]，伊寡妇之利[18]。

曾孙来止，以其妇子，馌彼南亩，田畯至喜。来方禋祀，以其骍黑[19]，与其黍稷，以享以祀，以介景福[20]。

【注释】

[1] 这是一首祭祀田祖农神以祈丰年的乐歌，所写的选种、准备农具、播种、灭虫、祈雨、成长、收割、寡妇拾遗穗、送饭至田间、以五谷牛猪祭祀祈福等远古农耕社会的生活场景，细节生动，历历如见，对研究先周农耕文化具有重要的史料价值。其所表现的祭虫、祈雨、"馌彼南亩"等农俗数千年流传，至今可见。

[2] 既种既戒：已经选种、修理农具。

[3] 覃耜：锋利的耒耜。

[4] 俶载：开始耕作。

[5] 既庭且硕：指庄稼挺拔苗壮。

[6] 若：顺心如意。

[7] 既方既皁：方指谷物杨花未结实之状，皁指谷物初结籽粒。

[8] 螟：吃禾心的昆虫。螣：吃禾叶的昆虫。

[9] 蟊：吃禾根的昆虫。贼：吃禾节的昆虫。

[10] 田稚：田中嫩苗。

[11] 田祖：农神，主杀虫。庆阳农俗，旧有八蜡庙，祀虫神，每年春、秋祭虫神，以祈丰年。

[12] 秉：持也。畀：给。

[13] 渰：为云起之貌。萋萋：指清冷之状。

[14] 祁祁：指落雨徐缓、细密之状。

[15] 不敛穧：未收的成捆的禾。

[16] 遗秉：掉下的成把的禾。

[17] 滞穗：留下的禾穗子。

[18] 伊：是。

[19] 骍黑：黄的牛，黑的猪。

[20] 以介景福：以求天赐大福。

周颂·载芟[1]

载芟载柞[2]，其耕泽泽[3]。千耦其耘[4]，徂隰徂畛[5]。侯主侯伯[6]，侯亚侯旅[7]，侯彊侯以[8]。有嗿其馌[9]，思媚其妇[10]，有依其士[11]，有略其耜[12]，俶载南亩。播厥百谷，实函斯活[13]。驿驿其达[14]，有厌有杰[15]。厌厌其苗[16]，绵绵其麃[17]。载获济济[18]，有实其积[19]，万亿及秭[20]。为酒为醴，烝畀祖妣[21]，以洽百礼。有飶其香[22]，邦家之光！有椒其馨，胡考之宁[23]！匪且有且[24]，匪今斯今[25]，振古如兹[26]！

【注释】

[1] 此诗为周人颂先祖农德之作。举凡伐木开荒，集体耕作、播种、送饭、耘田、收割、归仓、酿酒、祭祖，事神祈福，言之井然有序，形象生动，犹如一幅幅农耕风俗图卷。

[2] 载：语助词。芟：割草。柞：伐木。

[3] 泽泽：松散之貌。

[4] 千耦其耘：两人成对并肩而耕为耦。耘，除草。

[5] 徂：往。隰：低湿之地。畛：高垄。

[6] 侯：语助词。主：家主。伯：长子。

[7] 亚：长子以外的诸子。旅：众多。

[8] 彊：通强，强壮之意。以：用。

[9] 噫：众人吃饭的声音。馌：送饭至田间。

[10] 思：语助词。媚：柔美可爱。

[11] 依：盛壮之貌。士：耕作的男子。

[12] 略：锋利之状。

[13] 函：含藏，指含苞发芽。活：生机，成活。

[14] 驿驿：连续貌。达：生也。

[15] 厌：饱满。杰：先出之苗。

[16] 厌厌：苗齐整之貌。

[17] 绵绵：绵密状。麃：除草。

[18] 济济：众多之貌。

[19] 实：满也。积：粮仓。

[20] 秭：数也，千万为亿，十亿为兆，十兆为京，十京为垓，十垓为秭。

[21] 烝：进也。畀：给。妣：亡母。

[22] 馨：饭香。

[23] 胡考之宁：指安康长寿。胡，寿也。

[24] 匪且有且：不料丰收而竟然丰收。匪，非也。

[25] 匪今斯今：不料现在实现而竟然现在实现。

[26] 振古如兹：指自古如此。振古，从古、自古。

周颂·良耜[1]

畟畟良耜[2]，俶载南亩。播厥百谷，实函斯活。或来瞻女，载筐及筥[3]，其饟伊黍[4]。其笠伊纠[5]，其镈斯赵[6]，以薅荼蓼[7]。荼蓼朽止，黍稷茂之。获之挃挃[8]，积之栗栗[9]。其崇如墉[10]，其比如栉[11]，以开百室。百室盈止，

先秦汉魏六朝 | 019

妇子宁止。杀时犉牡[12]，有捄其角[13]。以似以续[14]，续古之人。

【注释】

[1] 此诗为周人颂祖的一首农事诗，朱熹《诗集传》疑为"豳颂"之一。有三句与《载芟》相重，内容亦相类，而写"畟彼南亩"，以"或来瞻女，载筐及筥，其馌伊黍"，描写更为具体生动。状丰收之情形，以"如墉""如栉"来形容，高如城墙，密如梳篦，极尽夸饰。充分体现了"颂"诗的艺术特色。

[2] 畟畟：锋利、入土快之状，今陇东方言尚以"畟畟"形容快捷。耜：曲柄用以起土的农具。

[3] 载筐及筥：方筐为筐，圆筐为筥。

[4] 馌：以食物给人。伊：是。黍：黄米。

[5] 笠：草帽。纠：编织。

[6] 镈：除草的农具。赵：同掏，刺也。以镈入土除草。

[7] 薅：除草。荼：苦菜。蓼：水中杂草。

[8] 挃挃：收割庄稼的声音。

[9] 栗栗：众多之貌。

[10] 崇：高也。墉：城墙。

[11] 比：排列。栉：篦子。

[12] 时：是也。犉牡：黄毛黑唇的公牛。

[13] 有捄其角：弯曲而长的牛角。

[14] 以似以续：把前人的旧事（秋后祭祀）延续。

◎班固

班固（32—92），字孟坚，其祖上曾居北地泥阳（今甘肃宁县，班固父班彪《北征赋》有云"过泥阳之长阪，悲祖庙之不修"；《昭明文选》李善注亦云"泥阳有班氏之庙"；今宁县尚有班姓大族），后迁居扶风安陵（今陕西省咸阳市东北）。东汉史学家、文学家，与司马迁并称"班马"。汉明帝永平中为兰台令史，汉章帝建初中升玄武司马，汉和帝永元初随大将军窦宪出塞，任中护军，中郎将。永元四年（92），窦宪败，坐下狱死。有《汉书》及《班固集》传世。

明堂诗[1]

於昭明堂[2]，明堂孔阳[3]。圣皇宗祀，穆穆煌煌[4]。上帝宴飨，五位时序[5]。谁其配之，世祖光武[6]。普天率土，各以其职。猗欤缉熙[7]，允怀多福[8]。

【注释】

[1] 明堂为天子朝会诸侯、宣明政教、祭祀天地祖宗神灵之地。班固作《东都赋》

系此诗，盛赞明堂之肃穆堂皇，及汉明帝宗祀五帝及光武帝于明堂为天下臣民祈福的盛德。该诗选自逯钦立《先秦汉魏晋南北朝诗·汉诗卷五》。

［2］於昭：於，叹词。昭：光明显耀。

［3］孔：很。阳：鲜艳明亮。

［4］穆穆：庄重恭敬貌。煌煌：光明之貌。

［5］五位时序：天神太一有苍帝、赤帝、黄帝、白帝、黑帝五帝为佐。指祀五帝于明堂。

［6］光武：指后汉光武帝刘秀。

［7］猗：美好盛大之貌。欤：叹词。缉熙：光明。

［8］允怀多福：确实会招来众多的福祉。

辟雍诗[1]

乃流辟雍，辟雍汤汤[2]。圣皇莅止，造舟为梁。皤皤国老[3]，乃父乃兄。抑抑威仪[4]，孝友光明。於赫太上[5]，示我汉行。洪化惟神[6]，永观厥成。

【注释】

［1］辟雍为周代所立的天子之学府，以行礼乐、宣德化。其建筑上圆下方，围以水池（泮水），上建桥梁，遂成定制。光武帝中元元年（56），于洛阳始建东汉辟雍。班固《东都赋》系此诗，以赞美辟雍的礼乐教化之功。该诗选自逯钦立《先秦汉魏晋南北朝诗·汉诗卷五》。

［2］汤汤：水流之貌。

［3］皤皤：白发之貌。

［4］抑抑：器宇轩昂之貌。

［5］於赫：於，叹词。赫，盛大，赞美之词。

［6］洪化：宏大的教化。

咏史诗[1]

三王德弥薄[2]，惟后用肉刑。太仓令有罪[3]，就递长安城。自恨身无子[4]，困急独茕茕。小女痛父言，死者不可生。上书诣北阙，思古歌鸡鸣[5]。忧心摧折裂，晨风扬激声[6]。圣汉孝文帝，恻然感至情。百男何愦愦[7]，不如一缇萦。

【注释】

［1］该诗咏缇萦救父，其事详见《史记·孝文本纪》《史记·扁鹊仓公列传》。少女缇萦之父太仓令淳于意罪当肉刑，缇萦随父西至长安诣阙上书汉文帝，愿没入官府为奴替父赎罪。其孝心感动汉文帝，免淳于意之罪而废肉刑。诗叹肉刑之无道，感缇萦之孝

情,赞文帝之德政,于五言、咏史二端,班固之诗皆有先声之效。

[2] 三王:指夏禹王、商汤王、周文王。

[3] 太苍令:即太仓令,管粮仓之吏。淳于意为齐太仓令。

[4] 自恨身无子:淳于意有五女,无男,及被逮,叹曰:"生子不生男,有缓急,非有益也!"

[5] 鸡鸣:指《诗经·齐风·鸡鸣》,为劝早起、美勤政之作。

[6] 晨风:指《诗经·秦风·晨风》,为忧君弃臣之作。

[7] 愦愦:昏聩、糊涂之貌。

◎傅毅

傅毅(?—约90),字武仲,东汉文学家,北地(今甘肃庆阳)人,傅介子之后,武威太守、护羌校尉傅育子,袭封明进侯。后迁居扶风茂陵(今陕西兴平)。少博学,善属文。汉章帝建初中为兰台令史,拜郎中,与班固、贾逵共典校秘书。汉和帝永元初为大将军窦宪记室,后升司马。当时才名,与班固不相上下。《隋书·经籍志》载有集五卷,今存《七激》《舞赋》《洛都赋》等作品。

迪志诗[1]

咨尔庶士[2],迨时斯勖。日月逾迈,岂云旋复。哀我经营[3],臂力靡及。在兹弱冠,靡所树立。於赫我祖[4],显于殷国。贰迹阿衡[5],克光其则。武丁兴商[6],伊宗皇士。爰作股肱,万邦是纪。奕世载德[7],迄我显考。保膺淑懿,缵修其道。汉之中叶,俊乂式序[8]。秩彼殷宗[9],光此勋绪。伊余小子,秽陋靡建。惧我世烈,自兹以坠。谁能革浊,清我濯溉。谁能昭暗,启我童昧。先人有训,我讯我诰。训我嘉务,诲我博学。爰率朋友,寻此旧则。契阔夙夜[10],庶不懈忒[11]。秩秩大猷[12],纪纲庶式[13]。匪勤匪昭[14],匪壹匪测[15]。农夫不怠,越有黍稷。谁能云作,考之居息。二事败叶[16],多疾我力。如彼遵衢,则罔所极。二志靡成[17],聿劳我心。如彼兼听,则溷于音[18]。於戏君子[19],无恒自逸。徂年如流,鲜兹暇日。行迈屡税[20],胡能有迄。密勿朝夕[21],聿同始卒[22]。

【注释】

[1] 此诗作于汉明帝永平间傅毅在平陵(今陕西咸阳西)读书时,勉励自己上追先祖,立志修德,惜时勤学,不可懈怠。该诗选自逯钦立《先秦汉魏晋南北朝诗·汉诗卷五》。

[2] 咨尔:常用于句首表赞叹。咨,嗟叹。庶士:众士。

[3] 经营:筹措、谋划。

[4] 於赫我祖:指傅毅的远祖、商王武丁的贤相傅说,出身寒微,举于傅岩版筑之间,因以傅为姓。辅佐武丁,天下大治,史称"武丁中兴"。

[5]贰迹：犹比迹，谓功业可与之相比。阿衡：商代师保之官，此指商汤贤相伊尹。

[6]武丁：商朝第二十三代商王，盘庚之侄，在位五十余年，励精图治，唯才是举，政治清明，国势大盛。

[7]奕世载德：意为世代积德。奕世，即累世。

[8]俊乂：指才德出众之人。典出《书·皋陶谟》："翕受敷施，九德咸事，俊乂在官。"式序：按次第，顺序。

[9]秩：指官爵的等级。殷宗：谓商代远祖。

[10]契阔：勤苦。

[11]懈忒：懈怠、失误。

[12]秩秩：有条理。大猷：指治国的典章制度。

[13]纪纲庶式：意谓国家的纲纪庶几有法度。式，指法度、规矩。

[14]匪勤匪昭：意谓没有勤奋不能使之彰明。匪，非也。

[15]匪壹匪测：没有专一就不能测其深厚。

[16]二事：谓事不专一。

[17]二志：心志不专一。

[18]如彼兼听，则溷于音：指兼听众声则音声混乱。溷，同混。

[19]於戏：叹词，同"呜呼"。

[20]行迈：行走不止。

[21]密勿：勤勉努力。

[22]聿：助词，无义。卒：终也。

◎曹植

曹植（192—232），字子建，沛国谯（今安徽亳州）人，曹操四子，封陈王，谥曰思，世称陈思王。少好学，才思敏捷，善属文，诗长于五言，多抒发建功立业的政治抱负和压抑不平之感，"骨气奇高，辞采华茂"，为建安文学的代表作家之一，有《曹子建集》传世。

黄帝赞[1]

少典之孙[2]，神明圣哲。土德承火[3]，赤帝是灭[4]。服牛乘马[5]，衣裳是制。氏云名官[6]，功冠五帝[7]。

【注释】

[1]诗用四言，赞人文始祖黄帝败炎帝、灭蚩尤、制舟车衣冠、建百官礼制诸功。黄帝曾至崆峒山访道于广成子；至北地（今庆阳）问医于岐伯，今传《黄帝内经》，中医学遂称为"岐黄之术"。黄帝死，葬于桥山，《汉书·地理志》载上郡阳周县有黄帝

冢，阳周，隋改为罗川。《括地志》载："黄帝陵在宁州罗川县东八十里子午山。"在今庆阳市正宁县境。

[2] 少典：有熊氏，上古部落首领。《国语·晋语》："昔少典氏娶于有蟜氏，生黄帝、炎帝。"

[3] 土德承火：黄帝以土德之瑞统一炎黄部落。

[4] 赤帝：即炎帝神农氏。

[5] 服牛乘马：驯服牛马驾车。典出《周易·系辞下》："服牛乘马，引重致远，以利天下。"

[6] 氏云名官：黄帝所封官职以云命名。春官为青云，夏官为缙云，秋官为白云，冬官为黑云，中官为黄云。

[7] 五帝：上古五位部落联盟的领袖，指黄帝、颛顼、帝喾、唐尧、虞舜。

◎ 傅玄

傅玄（217—278），字休奕，北地（今甘肃庆阳）人。魏晋时期著名政治家、哲学家、文学家。少孤贫，博学有才名，历任县令、太守、典农校尉、散骑常侍、御史中丞、司隶校尉，封鹑觚子。死后追封清泉侯。傅玄性情刚正、不畏豪强、直言敢谏，使"贵游慑伏，台阁生风"。政治上主张整肃吏治、以德化民、举贤任能、分民定业、重农桑、兴水利、倡节俭、戒奢侈等。虽居显官而勤于著述，有《傅子》《傅玄集》百余卷，后散佚。明人张溥辑有《傅鹑觚集》一卷，收入《汉魏六朝百三家集》中。在文学上，傅玄以乐府诗体见长，今存诗100多首，语言风格古朴刚健与新温婉丽兼备，题材广泛，其中以反映妇女问题的作品最为突出，继承了汉乐府的优良艺术传统。

晋郊祀歌三首[1] 选一

飨神歌

天祚有晋，其命惟新[2]。受终于魏，奄有兆民[3]。燕及皇天，怀柔百神。不显遗烈[4]，之德之纯。享其玄牡，式用肇禋。神祇来格[5]，福禄是臻。时迈其犹，昊天子之[6]。祐享有晋，兆民戴之。畏天之威，敬授民时。不显不承，于犹绎思。皇极斯建[7]，庶绩咸熙。庶几夙夜，惟晋之祺[8]。宣文惟后，克配彼天。抚亨四海，保有康年。于乎缉熙[9]，肆用靖民。爰立典制，爰修礼纪。作民之极，莫匪资始。克昌厥后，永言保之。

【注释】

[1]《郊祀歌》为替西晋王室所作的敬天祭神之歌。傅玄诗中，此类以"郊祀""宗庙""鼓吹""明堂""舞歌"等命名的诗歌，多乐府旧题，在其传世诗作中占一半以上（近60首）。语言古雅典重，有庙堂之气，但内容多言天命归晋、国祚永延，为润色鸿

业的颂歌。

[2]其命惟新：言天命归晋。《诗经·大雅·文王》："周虽旧邦，其命维新。"诗用其典。

[3]兆民：天子之民，泛指百姓。

[4]不显：即丕显。丕，大。显，光。伟大英明之意。

[5]来格：格即至。来临，到来。

[6]昊天：即苍天。昊，元气博大之貌。

[7]皇极：帝王治天下之准则。《书·洪范》："皇极，皇建其有极。"亦可指皇位。

[8]祺：吉祥。

[9]缉熙：光明。典出《诗经·大雅·文王》："穆穆文王，於缉熙敬止。"

秋胡行[1]

娶妇三日，会行仕宦。既享显爵，保兹德音。以禄颐亲[2]，韫此黄金。睹一好妇，采桑路傍。遂下黄金，诱以逢卿[3]。玉磨逾洁，兰动弥馨。源流洁清，水无浊波。奈何秋胡，中道怀邪。美此节妇，高行巍峨。哀哉可愍，自投长河。

秋胡纳令室，三日宦他乡。皎皎洁妇姿，冷冷守空房。燕婉不终夕[4]，别如参与商[5]。忧来犹四海，易感难可防。人言生日短，愁者苦夜长。百草扬春华，攘腕采柔桑。素手寻繁枝，落叶不盈筐。罗衣翳玉体，回目流采章。君子倦仕归，车马如龙骧。精诚驰万里，既至两相忘。行人悦令颜，借问此树旁。诱以逢卿喻，遂下黄金装。烈烈贞女忿，言辞厉秋霜。长驱及居室，奉金升北堂。母立呼妇来，欢乐情未央。秋胡见此妇，惕然怀探汤[6]。负心岂不惭，永誓非所望。清浊必异源，枭凤不并翔。引身赴长流，果哉洁妇肠。彼夫既不淑[7]，此妇亦太刚。

【注释】

[1]《秋胡行》为乐府《清调曲》名。诗写秋胡戏妻事。（见于《列女传》及《西京杂记》）秋胡婚后三日，外出宦游，多年后得官归里，桑园遇妻而不相识，贪其色而以金挑之，遭严拒。归家后，其妻愤而投河自尽。该诗叙事而长于抒情，间以议论，体现了傅玄乐府叙事诗的基本特点。诗人赞颂了秋胡妻对爱情的忠贞和投河的刚烈。

[2]颐亲：颐养双亲。

[3]卿：位在大夫之上的高官。

[4]燕婉：亦作嬿婉，指欢好。

[5]参与商：指参、商二星宿，一在东，一在西，永不相见。

[6]探汤：探试沸水，喻畏惧、痛苦之状。

[7]不淑：不善，不良。典出《诗经·鄘风·君子偕老》："子之不淑，云如之何？"

短歌行[1]

长安高城,层楼亭亭,干云四起[2],上贯天庭。蜉蝣何整[3],行如军征。蟋蟀何感,中夜哀鸣。虮蜉愉乐,粲粲其荣[4],瘖寐念之,谁知我情。昔君视我,如掌中珠,何意一朝,弃我沟渠。昔君与我,如影如形,何意一去,心如流星。昔君与我,两心相结,何意今日,忽然两绝。

【注释】

[1]《短歌行》为乐府《平调曲》名。诗以长安闺妇口吻写离别怨望之情,感物伤怀,层层设喻,今昔对比鲜明,情致婉曲绵长。

[2]干云:高入云霄。

[3]蜉蝣:朝生夕死的小虫。

[4]粲粲:鲜明之貌。

放歌行[1]

灵龟有枯甲,神龙有腐鳞。人无千岁寿,存质空相因。朝露尚移景[2],促哉水上尘。丘冢如履綦[3],不识故与新。高树来悲风,松柏垂威神。旷野何萧条,顾望无生人。但见狐狸迹,虎豹自成群。孤雏攀树鸣,离鸟何缤纷。愁子多哀心,塞耳不忍闻。长啸泪雨下,太息气成云[4]。

【注释】

[1]傅玄少孤贫,避难河内,亲见魏晋之际社会动荡所造成的民生凋敝,荒冢累累,四野无人,狐兔出没,野兽成群,不禁酸心泪目。《放歌行》即真实地反映了战乱之后荒残萧条的社会现实,也可见其哀念民生、悲天悯人的仁者情怀。

[2]移景:日影移动。

[3]履綦:足迹。

[4]太息:叹息。

杂 诗[1]

志士惜日短,愁人知夜长。摄衣步前庭,仰观志雁翔。玄景随形运[2],流响归空房。清风何飘飘,微月出西方。繁星依青天,列宿自成行[3]。蝉鸣高树间,野鸟号东厢。纤云时仿佛,渥露沾我裳。良时无停景,北斗忽低昂。常恐寒节至,凝气结为霜。落叶随风摧,一绝如流光。

【注释】

[1]此诗见录于《昭明文选》,为傅玄五言诗中的上品。诗人感叹流光易逝、人生苦短,而系之以风月、星辰、霜露、落叶、秋雁、鸣蝉诸意象,清婉流丽,韵味悠长。

[2]玄景:夜色。

[3]列宿:众星宿。特指二十八宿。

秋兰篇[1]

秋兰映玉池,池水清且芳。芙蓉随风发,中有双鸳鸯。双鱼自踊跃,两鸟时回翔。君其历九秋[2],与妾同衣裳。

【注释】

[1]《秋兰篇》属乐府《杂曲歌辞》。此诗以秋兰起兴,言双鱼、双鸟、双鸳鸯,咏物及人,抒夫妻相思之情,意象清丽,情思婉曲。

[2]九秋:秋天。

明月篇[1]

皎皎明月光,灼灼朝日晖[2]。昔为春蚕丝,今为秋女衣。丹唇列素齿,翠彩发蛾眉。娇子多好言[3],欢合易为姿。玉颜盛有时,秀色随年衰。常恐新间旧[4],变故兴细微。浮萍本无根,非水将何依?忧喜更相接,乐极还自悲。

【注释】

[1]《明月篇》为乐府《杂曲歌辞》旧题。诗写女子担心色衰爱弛、丈夫喜新厌旧,故而悲喜不定、惶恐不安,犹如游荡无根的水上浮萍的内心活动,心理刻画细致入微。

[2]灼灼:耀眼,鲜明。

[3]娇子:少女。

[4]间:挑拨使人不和。

艳歌行[1]

日出东南隅,照我秦氏楼。秦氏有好女,自字为罗敷。首戴金翠饰,耳缀明月珠。白素为下裾,丹霞为上襦。一顾倾朝市[2],再顾国为虚。问女居安在,堂在城南居。青楼临大巷[3],幽门结重枢[4]。使君自南来,驷马立踟蹰[5]。遣吏谢贤女[6],岂可同行车。斯女长跪对,使君言何殊。使君自有妇[7],贱妾有鄙夫。天地正厥位[8],愿君改其图。

先秦汉魏六朝 | 027

【注释】

[1]《艳歌行》属乐府《相和歌辞》,与《陌上桑》(又名《艳歌罗敷行》《日出东南隅行》)题材相同,咏采桑女罗敷拒绝太守调戏、不为权势所屈的故事。此诗单言罗敷容颜之美,性情之贞,别有意趣。

[2]顾:回头,顾盼。

[3]青楼:青漆涂饰的豪华楼房。

[4]重枢:指重门。枢,门上的转轴。

[5]踟蹰:徘徊犹豫,欲行不行之状。

[6]谢:邀请,致词。

[7]使君:对州郡长官(刺史)的尊称。

[8]厥位:即其位。厥,其。

豫章行·苦相篇[1]

苦相身为女,卑陋难再陈[2]。男儿当门户,堕地自生神。雄心志四海,万里望风尘。女育无欣爱,不为家所珍。长大逃深室,藏头羞见人。垂泪适他乡[3],忽如雨绝云。低头和颜色,素齿结朱唇。跪拜无复数,婢妾如严宾[4]。情合同云汉[5],葵藿仰阳春[6]。心乖甚水火[7],百恶集其身。玉颜随年变,丈夫多好新。昔为形与影,今为胡与秦[8]。胡秦时相见[9],一绝逾参辰[10]。

【注释】

[1]《豫章行》属乐府《相和歌辞·清调曲》。"苦相"即薄命、苦命意。该诗写封建男权思想下女子的悲苦命运,生无所喜、养无所珍,嫁后没有地位,丈夫又喜新厌旧。为受压迫的女性鸣不平,其思想观念超出了同时代其他诗人,体现了傅玄诗歌较高的思想价值。

[2]卑陋:低矮简陋,喻地位低下。

[3]适:出嫁。

[4]严宾:贵宾。此言矜庄自持之貌。

[5]云汉:银河。

[6]葵藿:向日葵和角豆的花叶,皆有向阳之性,以喻忠诚。

[7]乖:背离,不和。

[8]胡与秦:胡指北方草原的匈奴,秦指秦朝。胡与秦为敌,以喻交恶。

[9]时:有时候,不定时。

[10]参辰:指参宿与商宿永不相见,以喻丈夫之绝情。

惟汉行[1]

危哉鸿门会，沛公几不还。轻装入人军，投身汤火间。两雄不俱立，亚父见此权。项庄奋剑起，白刃何翩翩。伯身虽为蔽，事促不及旋。张良慴坐侧[2]，高祖变龙颜。赖得樊将军，虎叱项王前。嗔目骇三军，磨牙咀豚肩[3]。空卮让霸主[4]，临急吐奇言。威凌万乘主，指顾回泰山。神龙困鼎镬，非噲岂得全。狗屠登上将[5]，功业信不原。健儿实可慕，腐儒安足叹[6]。

【注释】

[1]《惟汉行》为乐府《相和曲》名。该诗咏鸿门宴樊哙闯帐事，语言生动，形象鲜明，气势夺人，诗风刚健豪迈，为晋代文人五言诗中的上品。

[2]慴：同"慑"，恐惧，害怕。

[3]豚肩：猪腿。

[4]让：责备，谴责。

[5]狗屠：以屠狗为业者。樊哙寒微时即以屠狗为业。

[6]腐儒：迂腐的儒生，指只知读书而不通世务。

青青河边草篇[1]

青青河边草，悠悠万里道。草生在春时，远道还有期。春至草不生，期尽叹无声。感物怀思心，梦想发中情。梦君如鸳鸯，比翼云间翔。既觉寂无见，旷如参与商[2]。梦君结同心，比翼游北林[3]。既觉寂无见，旷如商与参。河洛自有涘[4]，不如中岳安[5]。回流不及返，浮云往自还。悲风动思心，悠悠谁知者。悬景无停居，忽如驰驷马。倾耳怀音响，转目泪双堕。生存无会期，要君黄泉下。

【注释】

[1]该诗写思妇离别之苦。春至草生，触物感怀，由还当有期的盼望到期尽无还的嗟叹，由梦中的欢会到梦醒的怅然，由时光流逝、风华不再的伤感到生不得见、期于黄泉的坚贞，哀婉缠绵，曲尽其情。张溥《题傅鹑觚集》言傅诗："善言儿女，强直之士怀情正深。"确非过誉。

[2]参与商：参商二宿此出彼隐，永不相见。

[3]北林：北边的树林，此泛指树林。

[4]河洛：指黄河、洛水，此指河洛之地。

[5]中岳：嵩山古称。

怨歌行·朝时篇[1]

昭昭朝时日，皎皎晨明月。十五入君门，一别终华发[2]。同心忽异离，旷若胡与越[3]。胡越有会时，参辰辽且阔。形影虽仿佛，音声寂无达。纤弦感促柱，触之哀声发。情思如循环，忧来不可遏。涂山有余恨[4]，诗人咏采葛[5]。蜻蜓吟床下，回风起幽闼[6]。春荣随露落，芙蓉生木末[7]。自伤命不遇，良辰永乖别。已尔可奈何，譬如纨素裂。孤雌翔故巢，流星光景绝。魂神驰万里，甘心要同穴[8]。

【注释】

[1]《怨歌行》为乐府楚调曲名。该诗写"十五入君门，一别终华发"尚且"魂神驰万里，甘心要同穴"的痴情女与"同心忽异离，旷若胡与越"的薄幸郎，诗用对比，富艺术感染力。

[2]华发：斑白的头发。

[3]胡与越：胡在北，越在南，极言其远。

[4]涂山余恨：指男女久别的怨望之情。传大禹治水，至涂山，娶涂山氏之女曰女娇。后治水久不归，女娇作歌曰"候人兮猗"。

[5]采葛：《诗经·王风·采葛》有"一日不见，如隔三秋"之语，言男女相思之情。

[6]幽闼：幽深的门，指深闺。

[7]木末：树梢。典出《楚辞·九歌·湘君》："采薜荔兮水中，搴芙蓉兮木末。"

[8]同穴：指夫妻合葬。典出《诗经·王风·大车》："榖则异室，死则同穴。谓予不信，有如皦日。"

有女篇[1]

有女怀芬芳，媞媞步东厢[2]。蛾眉分翠羽，明目发清扬。丹唇翳皓齿，秀色若珪璋[3]。巧笑露权靥，众媚不可详。令仪希世出，无乃古毛嫱[4]。头安金步摇[5]，耳系明月珰。珠环约素腕，翠羽垂鲜光。文袍缀藻黼[6]，玉体映罗裳[7]。容华既已艳，志节拟秋霜。徽音冠青云[8]，声响流四方。妙哉英媛德，宜配侯与王。灵应万世合，日月时相望。媒氏陈束帛，羔雁鸣前堂[9]。百两盈中路，起若鸾凤翔。凡夫徒踊跃[10]，望绝殊参商。

【注释】

[1]该诗极言美女容颜之丽，用白描、反衬手法，描写细腻，形象鲜明，有很强的立体感，宛如一幅工笔美人图。

[2]媞媞：美好。

[3] 珪璋：玉制的礼器，用于朝聘、祭祀。

[4] 毛嫱：春秋时越国的美女。

[5] 金步摇：古代妇女的一种首饰，缀以金珠，步则摇动，故名。

[6] 藻黼：华美的纹饰。

[7] 罗裳：罗裙。

[8] 徽音：德音，指女子的美德。

[9] 羔雁：羊羔和雁，婚聘之礼。

[10] 凡夫：平庸之人。

历九秋篇[1]

历九秋兮三春，遣贵客兮远宾。顾多君心所亲，乃命妙伎才人。炳若日月星辰，序金罍兮玉觞[2]。宾主递起雁行，杯若飞电绝光。交觞接卮结裳，慷慨欢笑万方。奏新诗兮夫君，烂然虎变龙文。浑如天地未分，齐讴楚舞纷纷[3]。歌声上激青云，穷八音兮异伦。奇声靡靡每新，微披素齿丹唇。逸响飞薄梁尘，精爽眇眇入神。坐咸醉兮沾欢，引樽促席临轩。进爵献寿翻翻，千秋要君一言。愿爱不移若山，君恩爱兮不竭。譬若朝日夕月，此景万里不绝。长保初醮结发[4]，何忧坐成胡越。携弱手兮金环，上游飞阁云间。穆若鸳凤双鸾，还幸兰房自安。娱心极意难原，乐既极兮多怀。盛时忽逝若颓，寒暑革御景回[5]。春荣随风飘摧，感物动心增哀。妾受命兮孤虚，男儿堕地称珠。女弱虽存若无，骨肉至亲更疏。奉事他人托躯，君如影兮随形。贱妾如水浮萍，明月不能常盈。谁能无根保荣，良时冉冉代征[6]。顾绣领兮含辉，皎日回光则微。朱华忽尔渐衰，影欲舍形高飞。谁言往思可追，荠与麦兮夏零[7]。兰桂践霜逾馨，禄命悬天难明[8]。妾心结意丹青[9]，何忧君心中倾[10]。

【注释】

[1] 该诗以宾客欢宴、传觞奏乐起兴，自"千秋要君一言"下，均为女子的长篇爱情陈词，有对恩爱长久的期盼，有对女子身世的感怀，有对色衰爱弛的忧思。描写细腻，生活气息浓郁。

[2] 金罍玉觞：青铜酒罍和玉杯。

[3] 齐讴楚舞：北方齐国的歌曲，南方楚地的舞蹈。

[4] 初醮结发：初婚，束发成婚。

[5] 革御：改变。

[6] 冉冉：渐渐，缓慢。

[7] 零：凋谢，零落。

[8] 禄命：禄食命运。

[9] 丹青：朱砂、丹臒不易变色，以喻坚贞。

[10] 中倾：偏向一边，指变心。

拟四愁诗四首[1]

我所思兮在瀛洲[2]，愿为双鹄戏中流。牵牛织女期在秋，山高水深路无由。悯予不遘婴殷忧[3]，佳人贻我明月珠。何以要之比目鱼，海广无舟怅劳劬[4]。寄言飞龙天马驹，风起云披飞龙逝。惊波滔天马不厉，何为多念心忧泄。

我所思兮在珠崖，愿为比翼浮清池。刚柔合德配二仪[5]，形影一绝长别离。悯予不遘情如携，佳人贻我兰蕙草。何以要之同心鸟，火热水深忧盈抱。申以琬琰夜光宝，卞和既没玉不察[6]。存若流光忽电灭，何为多念独蕴结。

我所思兮在昆山，愿为鹿狍窥虞渊[7]。日月回耀照景天，参辰旷隔会无缘。悯予不遘罹百艰，佳人赠我苏合香。何以要之翠鸳鸯，悬度弱水川无梁[8]。申以锦衣文绣裳，三光骋迈景不留[9]。鲜矣民生忽如浮，何为多念只自愁。

我所思兮在朔方，愿为飞燕俱南翔。焕乎人道著三光，胡越殊心生异乡。悯予不遘罹百殃，佳人贻我羽葆缨。何以要之影与形，永增忧结繁华零。申以日月指明星，星辰有翳日月移[10]。驽马哀鸣惭不驰，何为多念徒自亏。

【注释】

[1]乐府诗中，七言歌行绝少，且不为时人所重。傅玄诗中，纯七言达七首之多，是对诗歌体式的有益探索，七言后来大盛，班固、张衡、傅玄皆有开创之功。此诗仿张衡《四愁诗》而作，四章皆言思美人而不得见的惆怅忧伤之情。

[2]瀛洲：神话传说中的东海仙山。

[3]悯予不遘：怜我不遇。遘，相见。婴殷忧：婴即触，缠绕。殷忧，深深的忧虑。为忧虑所困扰。

[4]劳劬：劳苦，劳累。

[5]二仪：天、地。

[6]卞和：春秋时期楚国人。善识玉：为楚王献美玉，楚历王、武王皆以为石而刖其罪。至楚文王始识玉，名之为"和氏璧"。

[7]虞渊：亦名"虞泉""隅谷"，神话传说中的日落之处。

[8]弱水：神话传说中险而难渡的江河湖海。

[9]三光：日、月、星。

[10]翳：遮蔽。

昔思君[1]

昔君与我兮形影潜结,今君与我兮云飞雨绝。昔君与我兮音响相和,今君与我兮落叶去柯[2]。昔君与我兮金石无亏,今君与我兮星灭光离。

【注释】

[1]《昔思君》属乐府《杂曲歌辞》。该诗六组意象纯用对比,反复咏叹,形象鲜明,反衬出昔日之恩爱与今日之绝情,传神地写出了失恋女子的决绝与怨望。

[2]柯:草木的枝茎。落叶去柯即落叶离开枝头。

秦女休行[1]

庞氏有烈妇[2],义声驰雍凉[3]。父母家有重怨,仇人暴且强[4]。虽有男兄弟,志弱不能当。烈女念此痛,丹心为寸伤。外若无意者,内潜思无方。白日入都市,怨家如平常。匿剑藏白刃,一奋寻身僵[5]。身首为之异处,伏尸列肆旁[6]。肉与土合成泥,洒血溅飞梁。猛气上干云霓,仇党失守为披攘[7]。一市称烈义,观者收泪并慨慷:"百男何当益?不如一女良!"烈女直造县门,云:"父不幸遭祸殃。今仇身以分裂,虽死情益扬。杀人当伏法,义不苟活隳旧章[8]。"县令解印绶:"令我伤心不忍听!"刑部垂头塞耳:"令我吏举不能成[9]!"烈著希代之绩,义立无穷之名。夫家同受其祚,子子孙孙咸享其荣。今我作歌咏高风,激扬壮发悲且清。

【注释】

[1]《秦女休行》属乐府《杂曲歌辞》,系乐府旧题。写汉灵帝时酒泉烈女赵娥亲于白日入闹市手刃恶霸、为父报仇的故事(见《后汉书》卷八四《庞淯母传》,又《三国志·魏书》卷一八《庞淯传》引皇甫谧《庞娥亲传》)。为傅玄乐府叙事诗的代表作,该诗叙事传神,人物性格鲜明,塑造了赵娥亲不畏豪强、刚烈侠义、大智大勇、敢作敢当的烈女形象。

[2]庞氏:即赵娥亲,嫁酒泉庞子夏为妻,故称庞氏。

[3]雍凉:雍州、凉州。酒泉郡汉属凉州。

[4]仇人:指杀死赵娥亲之父的恶霸李寿。

[5]寻:即刻。身僵:倒地而亡。

[6]列肆:大街市。

[7]披攘:混乱貌。

[8]隳:坏。旧章:过去的法令制度。

[9]吏举:执法。

先秦汉魏六朝 | 033

两仪诗[1]

两仪始分[2]，元气上清。列宿垂象，六位时成[3]。日月西迈，流景东征。悠悠万物，殊品齐名。圣人忧世，实念群生。

【注释】

[1]这是一首四言哲理诗，言阴阳两仪化生万物，日月星辰、四时六位赖之以成，末以"圣人忧世，实念群生"点题，由天、地之玄远而及人世之忧患。语言简括，气象宏大。

[2]两仪：指阴、阳。《易经》："易有太极，始生两仪。两仪生四象，四象生八卦。"

[3]六位：指《易经》六十四卦中每卦六爻的爻位。

天行篇[1]

天行一何健，日月无高纵。百川皆赴海，三辰回泰蒙[2]。

【注释】

[1]诗取"天行健"之意，上至日月，下至百川，气象高远，健劲豪迈。

[2]三辰：指日、月、星。

宴 会[1]

日之既逝，情亦既渥[2]。宾委余欢，主容不足。乐饮今夕，温其如玉[3]。

【注释】

[1]诗写主宾欢宴，以"有余""不足"言友情，生动传神。"温其如玉"之比喻，含蓄蕴藉。

[2]渥：浓厚。

[3]温其如玉：性情温润如玉。典出《诗经·秦风·小戎》："言念君子，温其如玉。"

众 星[1]

东方大明星，光景照千里。少年舍家游，思心昼夜起。朗月并众星，日出擅其明。冬寒地为裂，春和草木荣。阳德虽普济，非阴亦不成。

【注释】

[1]诗写离家"少年"（青年）思念妻子的情怀，妙在以月与日、冬与春、阴与阳设喻对比，言儿女私情而富哲思意趣。

美女篇[1]

美人一何丽，颜若芙蓉花。一顾乱人国，再顾乱人家。未乱犹可奈何。

【注释】

[1]诗以侧面写美人之丽，有乐府古风。

何当行[1]

同声自相应，同心自相知。外合不由中[2]，虽固终必离。管鲍不世出[3]，结交安可为。

【注释】

[1]《何当行》属乐府《杂曲歌辞》。诗人感于世态凉薄，知交难觅，引管仲、鲍叔牙旧事，深慕古人之风，发出了"结交安可为"的叹息。

[2]中：内心。

[3]管鲍：指管仲、鲍叔牙，二人皆春秋时期齐国人，相互信任，交谊深厚，史称"管鲍之交"。

飞尘篇[1]

飞尘秽清流，朝云蔽日光。秋兰岂不芬，鲍肆乱其芳[2]。河决溃金堤[3]，一手不能障。

【注释】

[1]《飞尘篇》属乐府《杂曲歌辞》。诗以"飞尘""朝云""鲍肆"隐喻小人之以邪干正、以黑污白，叹君子处世之难。

[2]鲍肆：即鲍鱼之肆，味腥臭。

[3]金堤：铁铸的堤堰。泛指坚固的堤堰。

前有一樽酒行[1]

置酒结此会，主人起行觞[2]。玉樽两槛间，丝理东西厢[3]。舞袖一何妙，变化穷万方。宾主齐德量,欣欣乐未央[4]。同享千年寿,朋来会此堂。

【注释】

[1] 诗写宾主欢宴,近于白描,而醇厚温润,见晋人雅集之状。
[2] 行觞:行酒,依次敬酒。
[3] 丝理:丝,八音之一,此处指奏乐。
[4] 未央:未已。

西长安行[1]

所思兮何在?乃在西长安。何用存问妾[2]?香橙双珠环。何用重存问?羽爵翠琅玕[3]。今我兮闻君,更有兮异心。香亦不可烧,环亦不可沉。香烧日有歇,环沉日自深。

【注释】

[1] 该诗以女子口吻写对有"异心"的夫君的怨望和担心,以闺中生活细节刻画人物心理,细致入微。
[2] 存问:慰问,慰劳。多指上对下,尊对卑的慰问。
[3] 羽爵:亦名羽觞,古代鸟形酒器。琅玕:似玉的美石。

炎 旱[1]

炎旱历三时[2],天运失其道[3]。河中飞尘起,野田无生草。一餐重丘山,哀哀以终老。君无半粒储,形影不相保。

【注释】

[1] 此诗写河道干涸、野无生草的大旱之象,表现诗人忧患民生的情怀。
[2] 炎旱:炎热干旱。三时:春、夏、秋三个季节,为农作之时。
[3] 天运:天道运行。

苦 雨[1]

徂暑未一旬[2],重阳翳朝霞。厥初月离毕[3],积日遂滂沱。屯云结不解[4],长溜周四阿[5]。霖雨如倒井,黄潦起洪波[6]。湍流激墙隅,门庭若决河。炊爨不复举[7],灶中生蛙虾。

【注释】

[1] 此诗写夏日暴雨造成的洪灾，语言生动，细节传神，如"霖雨如倒井""门庭若决河""灶中生蛙虾"诸句，令人过目难忘。

[2] 徂暑：盛暑。典出《诗经·小雅·四月》："四月维夏，六月徂暑。"

[3] 月离毕：即月离于毕，月入毕星，为大雨征兆。典出《诗经·小雅·渐渐之石》："月离于毕，俾滂沱矣。"

[4] 屯云：指积聚的云气。屯，聚集。

[5] 长溜：亦作"长霤"，指屋檐口下注的雨水。

[6] 黄潦：泥水。

[7] 炊爨：烧火做饭。

鸿雁生塞北行[1]

凤凰远生海西[2]，及时昆山冈[3]。五德存羽仪[4]，和鸣定宫商[5]。百鸟并侍左右，鼓翼腾华光。上熙游云日间[6]，千岁时来翔。孰若彼龙与龟，曳尾泥中藏。非云雨则不升，冬伏春迺骧[7]。退哀此秋兰草，草根绝，随化扬[8]。灵气一何忧美[9]，万里驰芬芳。常恐物微易歇，一朝见弃忘。

【注释】

[1] 此诗想象奇幻，以凤凰与龟、龙作对比，言万物生而有时，际遇各有不同，兰草遇秋而萎，人亦随时而逝，感慨殊深。

[2] 海西：青海以西，泛指西域。

[3] 及时：得时，逢时。昆山：昆仑山。传说为神仙所居的仙山。

[4] 五德：指温良恭俭让。羽仪：居高而有德，被尊为楷模。

[5] 宫商：五音的宫音和商音，泛指乐曲。

[6] 熙游：乐游。

[7] 骧：奔腾。

[8] 随化扬：随自然造化飞扬。

[9] 忧美：忧愁美丽，即幽美。

惊雷歌[1]

惊雷奋兮震万里，威陵宇宙兮动四海，六合不维兮谁能理？

【注释】

[1] 诗以惊雷威震万里喻以雷霆之力治理天下之意，语虽简括而气势恢弘。其意韵可与《大风歌》相仿佛。

先秦汉魏六朝 | 037

云 歌[1]

白云翩翩翔天庭，流景仿佛非君形。白云飘飘，舍我高翔。青云徘徊，为我愁肠。

【注释】

[1]该诗以白云翩翩起兴，写相思之情。意象清远，风韵悠长。

杂 言[1]

雷隐隐[2]，感妾心。倾耳清听非车音。

【注释】

[1]该诗语言简洁而匠心独具，闻雷惊心，疑为车声，用侧面描写，极言思妇用情之痴，收含蓄不尽之致。

[2]隐隐：不分明的样子。

车遥遥篇[1]

车遥遥兮马洋洋[2]，追思君兮不可忘。君安游兮西入秦，愿为影兮随君身。君在阴兮影不见，君依光兮妾所愿。

【注释】

[1]《车遥遥篇》属乐府《杂曲歌辞》。该诗纯用想象，以形影之喻，写女子恋情之深。

[2]遥遥：遥远之貌。洋洋：得意之貌。

吴楚歌[1]

燕人美兮赵女佳，其室则迩兮限层崖。云为车兮风为马，玉在山兮兰在野。云无期兮风有止，思多端兮谁能理？

【注释】

[1]《吴楚歌》属乐府《杂歌谣辞》。诗以"燕人"与"赵女"借指相思男女，以玉喻男，以兰喻女，发奇幻之想象，虽云与风可为车、马，但风云不定，重崖阻隔，燕赵虽近而难以相见，故而愁思烦乱，难以遣怀。该诗构思精巧，曲尽其情。

白杨行[1]

青云固非青,当云奈白云。骥从西北驰来,吾何意,骥来对我悲鸣。举头气凌青云,当奈此骥正龙形,踠足蹉跎长坡下。蹇驴慷忾,敢与我争驰,踯躅盐车之中[2],流汗两耳尽下垂。虽怀千里之逸志,当时一得施?白云飘飘,舍我高翔。青云徘徊,戢我愁啼。上眄增崖,下临清池。日欲西移,既来归君。君不一顾,仰天太息。当用生为青云乎?飞时悲当奈何耶,青云飞乎?

【注释】

[1] 诗用歌行体,以良骥与蹇驴为比,暗寓士怀千里之志而无施展之机的英雄失路之悲。纵有青云之思,奈何"君不一顾",抒发了士族社会寒门子弟无路进取的悲慨不平之情。

[2] 盐车:典出《战国策·楚策四》:"夫骥之齿至矣,服盐车而上太行。"即骥服盐车,喻才不得其用。

孙武画赞[1]

孙武论兵,实妙于神。奇正迭用,变化无形。

【注释】

[1] 孙武为春秋时期齐国人,字长卿,见知于吴王阖闾而为将,大破楚军,名动诸侯。有《孙子兵法》十三篇,后世誉为"兵学圣典"。傅玄为之作画赞,见《傅子》卷六。

汉高祖画赞[1]

赫赫汉祖,受命龙兴。五星协象[2],神母告征[3]。讨秦灭项,如日之升。超从侧陋[4],光据万乘[5]。

【注释】

[1] 汉高祖即西汉开国之君刘邦,江苏丰县人,反暴秦举义于沛,先入咸阳,封为汉王。楚汉相争,灭项羽称帝,开国西汉。以匹夫崛起而有天下,是古代著名政治家、战略家。傅玄为之作画赞。见《傅子》卷六。

[2] 五星协象:即五星连珠的天象,古人以为主秦亡汉兴。

[3] 神母告征:刘邦道斩白蛇,有老妪言白蛇为白帝子,刘邦为赤帝子。事见《史记·高祖本纪》。

[4]侧陋：地位卑贱的贤能之士。此处指刘邦善于识人用人，如萧何、韩信、张良、陈平等，虽位卑而皆得大用，故能得天下。

[5]万乘：即万乘之尊，指帝王。

◎傅咸

　　傅咸（238—294），字长虞，北地（今甘肃庆阳）人，傅玄子，西晋文学家。曾任太子洗马、尚书右丞、御史中丞等职，袭封清泉侯。他为官峻整，疾恶如仇，直言敢谏。主张裁并官府，唯农是务，反对奢侈。傅咸勤于著述，诗今存10余首，多为四言诗，风格庄重典雅。有赋30多篇，多为抒情咏物之作，以小喻大，富含哲理。《隋书·经籍志》载傅咸有集一七卷，今佚。明代张溥辑有《傅中丞集》一卷，收入《汉魏六朝百三家集》。

《论语》诗二章[1]

　　守死善道，磨而不磷[2]。直哉史鱼[3]，可谓大臣。见危授命，能致其身。

　　克己复礼，学优则仕。富贵在天，为仁由己。以道事君，死而后已。

【注释】

　　[1]该诗从《论语》中提炼出两个主要观点，即临危受命，杀身成仁；以道事君，克己复礼。谈人臣之道，见忠直之心。

　　[2]磨而不磷：典出《论语·阳货》："不曰坚乎？磨而不磷。不曰白乎？涅而不缁。"极坚之物，磨不会变薄；极白之物，染不会变黑。喻心志坚定，不受环境左右。

　　[3]史鱼：春秋时期卫国大夫，名佗，字子鱼，卫灵公时任祝史，故亦名祝佗。以忠直如箭，死而尸谏闻名。《论语·卫灵公》中孔子赞曰："直哉史鱼，邦有道，如矢；邦无道，如矢。"

《孝经》诗一章[1]

　　立身行道，始于事亲。上下无怨，不恶于人。孝无终始，不离其身。三者备矣，以临其民[2]。

【注释】

　　[1]诗为读《孝经》的感言，立身始于孝亲，可使上下无怨，且应终生奉行，做到三点，方可"临民"施政，以事亲之心事国。忠出之于孝，立言有警世之效。

　　[2]临民：治民。

《左传》诗一章[1]

事君之礼,敢不尽情。敬奉德义,树之风声[2]。昭德塞违[3],不殒其名。死而利国,以为己荣。兹心不爽[4],忠而能力。不为利诌,古之遗直[5]。威黜不端,勿使能植。

【注释】

[1]该诗为傅咸读《左传》的感言,忠臣事君,当敬德义、死国难、黜佞臣、不贪利。语言质朴,寓意厚重。

[2]树之风声:树立好教化,宣扬好风气。风,教化。声,风气。典出《尚书·毕命》:"彰善瘅恶,树之风声。"

[3]昭德塞违:彰明美德,杜绝错误。典出《左传·桓公二年》:"君人者将昭德塞违,以临照百官。"

[4]爽:差错。

[5]遗直:指正道直行,有古人遗风的人。典出《左传·昭公十四年》:"叔向,古之遗直也。"

赠何劭王济[1]

日月光太清,列宿曜紫微[2]。赫赫大晋朝,明明辟皇闱[3]。吾兄既凤翔,王子亦龙飞。双鸾游兰渚,二离扬清晖[4]。携手升玉阶,并坐侍丹帷[5]。金珰缀惠文,煌煌发令姿。斯荣非攸庶,缱绻情所希。岂不企高踪,麟趾邈难追[6]。临川靡芳饵,何为守空坻[7]。槁叶待风飘,逝将与君违。违君能无恋,尸素当言归[8]。归身蓬荜庐[9],乐道以忘饥。进则无云补,退则恤其私。但愿隆弘美[10],王度日清夷[11]。

【注释】

[1]这是一首五言赠答诗。何劭,字敬祖,官侍中,傅咸从内兄。王济,字武子,官国子祭酒,傅咸从姑之外孙。咸皆与之交好,情同师友。时二人已各得重用,而咸志未伸,遂赋诗申怀以赠。该诗情真意切,深婉缠绵,富于情采。

[2]紫微:紫微垣。星官名,三垣之一,位在北斗七星之北,主帝王。

[3]皇闱:皇宫之门。

[4]二离:离通"螭",传说中的无角之龙。二离喻二人德行之高尚。

[5]丹帷:红色的帐幕。

[6]麟趾:麟足。典出《诗经·周南·麟之趾》:"麟之趾,振振公子。"后以麟趾喻有德才的贤人。

先秦汉魏六朝 | 041

[7] 空坻：空的水边洲渚。
[8] 尸素：居位食禄而不尽职的人。多为自谦之词。
[9] 蓬荜：即蓬门荜户，以草木编门，指贫寒之家的房子。
[10] 弘美：大美。指大道，盛德。
[11] 清夷：清平。

◎ 傅縡

傅縡，字宜事，北地（今甘肃庆阳）人。聪敏好学，善属文。事母至孝，称誉士林。南朝陈时官撰史学士，中书通事舍人。为人刚正，风节凛然，以上书谏陈后主，被赐死狱中。

笛 赋[1]

贞筠翠节，冒霜停雪。江潭荐竿，巴人所截[2]。五音是备[3]，六孔斯设。殊响抑扬，似出平阳[4]。曲疑高殿，声幽洞房。既逐舞而回袖，亦将歌而绕梁。忽从弄而危短[5]，乍调吹而柔长。于是时也，赵瑟辍讴，齐竽息唱。见象筵之悦耳[6]，听清笛之寥亮[7]。

【注释】

[1] 此赋虽短，写笛之选材、制作，笛之或高亢，或幽邃，或短促，或柔长的音乐效果使得赵瑟齐竽相形见绌，饶有意趣，清丽风雅，韵味悠长，情采粲然。
[2] 巴人：巴州人。商周时期有巴国，为秦所灭，置巴郡。今重庆即四川东部即其地。
[3] 五音：古代五声音阶，即宫、商、角、徵、羽。
[4] 平阳：平地。
[5] 危短：高而短促。
[6] 象筵：象牙制的席子。形容豪华的筵席。
[7] 寥亮：清越响亮。

采 桑[1]

罗敷试采桑[2]，出入城南旁。绮裙映珠珥，丝绳提玉筐。度身攀叶聚，耸腕及枝长。空劳使君问，自有侍中郎[3]。

【注释】

[1] 此诗属乐府《相和歌辞》（录入郭茂倩《乐府诗集》卷二八）。用古辞《陌上桑》诗意，赞采桑女之勤劳、美丽、坚贞。词意简古，生动传神。

［2］罗敷：乐府诗《陌上桑》曰："秦氏有好女，自名为罗敷。"即采桑女秦罗敷。

［3］侍中郎：乐府诗《陌上桑》曰："三十侍中郎，四十专城居。"侍中，职官名，秦汉时为出入宫廷奏事的皇帝近臣，故名。魏晋时位同宰相。此为秦罗敷所以自夸以绝使君之辞。

◎胡充华

胡充华（490—528），安定临泾（今甘肃镇原）人。北魏宣武帝元恪皇后，生皇子元诩。熙平元年（516），元诩六岁即位为孝明帝，尊胡充华为皇太后，临朝听政，达十三年（516—528）。初有政声，后因崇佛，耗资无度，天下奢靡，吏治腐败，秽乱后宫，擅权乱政，毒死孝明帝，激起"河阴之变"，为尔朱荣所杀。

杨白华歌辞[1]

阳春二三月，杨柳齐作花，春风一夜入闺闼[2]，杨花飘荡落南家[3]。含情出户脚无力，拾得杨花泪沾臆[4]。秋去春还双燕子，愿衔杨花入巢里。

【注释】

[1]此诗属乐府《杂曲歌辞》（录入郭茂倩《乐府诗集》卷七三）。杨白华，武都仇池人，北魏名将杨大眼之子，有勇力，容貌雄伟，胡太后恋而与之情通。杨白华惧祸而南投梁朝，改名杨华。胡太后追思不已，作此诗，令宫人昼夜歌唱，以寄相思之情。诗中"杨花"一语双关，设喻巧妙，隐实示虚，以花写人，缠绵悱恻，情思深婉，为北朝乐府民歌的代表作之一。

[2]闺闼：女子所居内室的门户。

[3]此句"杨花"暗指杨白华，"南家"暗指南朝，皆隐实示虚之词。

[4]臆：胸。

◎胡叟

胡叟，字伦许，安定临泾（今甘肃镇原）人。聪敏好学，博览群书，过目成诵，善属文，为一时名士。后秦时，入长安、汉中、蜀地游宦，皆不得志。后西投北凉沮渠牧犍，不为所重，遂归北魏，拜虎威将军，赐爵始复男。家居密云，不治产业，不耻饥贫，交接名士，诗酒自娱，年八十而卒。

示所知广平程伯达[1]

群犬吠新客[2]，佞暗排疏宾。直途既已塞，曲路非所遵。望卫惋祝鮀[3]，眄楚悼灵均[4]。何用宣忧怀？托翰寄辅仁[5]。

【注释】

[1] 胡叟居蜀地久，志不得伸，西投北凉，沮渠牧犍亦不重用，遂赋诗赠友人广平（今河北鸡泽）人程伯达，抒发直道难行、遭群小排挤的愤懑不平之情，表明将归北魏的心迹。诗中叹惋卫灵公朝的祝鮀与楚怀王朝的屈原皆忠不见用，慨叹自己的怀才不遇。

[2] 群犬：蔑称北凉国主及权贵名流。

[3] 祝鮀：春秋时期卫灵公朝的贤大夫，以忠直而不见用。

[4] 灵均：即屈原，战国楚怀王时三闾大夫，以忠直而遭谗，被流放，愤而投江。

[5] 辅仁：培养仁德。此指友人程伯达。

甘肃历代诗歌选注

唐宋金元

◎ 王勃

王勃（650—676），字子安，绛州龙门（今山西河津）人。诗文与杨炯、卢照邻、骆宾王齐名，号"初唐四杰"。诗擅长五律和绝句，辞藻华美，清新雄放，有《王子安集》。

宴圣公泉[1]

披襟乘石磴[2]，列籍俯春泉[3]。兰气熏山酌，松声韵野弦。影飘垂叶外，香度落花前。兴洽林塘晚，重岩起夕烟[4]。

【注释】

[1]圣公泉在庆阳合水县老城镇（旧县治）南坎山脚下（圣公泉确址有争议，今从嘉靖本《庆阳府志》所载），林木蔽天，鸟鸣谷应，溪水潺潺，清幽绝尘，为一县之胜景。唐高宗时，王勃游历至蟠蛟县（唐玄宗天宝前合水县名），登临览胜，作此诗。描写晚春日暮，满山松声，花香氤氲，树影班驳的清幽景色。格调明丽清雅，空灵传神。

[2]披襟：敞开衣襟。多喻心情舒畅。

[3]列籍：依次列坐。

[4]重岩：高峻、连绵的山崖。

◎ 苏颋

苏颋（670—727），字廷硕，京兆武功（今陕西武功）人，唐代文学家。弱冠敏悟，举进士第，历官乌程尉、监察御史、给事中、修文馆学士、中书舍人，袭封许国公，唐玄宗开元四年（716），进同紫微黄门平章事。与燕国公张说同以文章显，称望略等，时号"燕许大手笔"。其诗风骨高峻，韵味醇厚，有《苏廷硕集》传世。

同饯杨将军原州都督[1]

右地接龟沙[2]，中朝任虎牙[3]。然明方改俗[4]，去病不为家[5]。将礼登坛盛，军容出塞华。朔风摇汉鼓，边月思胡笳。旗合无邀正，冠危有触邪[6]。当年劳旋日，及此御沟花[7]。

【注释】

[1]这是一首饯别诗。唐代原州即今甘肃镇原一带。杨将军时任原州都督。诗用后汉张奂（字然明）恩服东羌及前汉霍去病大破匈奴典，勉励其立功边塞。其中"朔风摇汉鼓，边月思胡笳"意境阔远、格调峻逸，可为名句。

[2]右地：指西部地区。龟沙：谓龟兹、流沙，泛指西域边远之地。

[3] 中朝：即朝中，朝廷。虎牙：东汉时将军之号，后泛指将军。

[4] 然明：张奂（104—181），字然明，甘肃安西人，为东汉名将、学者，任度辽将军、大司农。与段颎（字纪明）、皇甫规（字威明）并称"凉州三明"。曾恩服羌人，为人称道。《后汉书·张奂传》载，张奂为武威太守时，"其俗多妖忌，凡二月、五月产子及与父母同月生者，悉杀之。奂示以义方，严加赏罚，风俗遂改。百姓生为立祠"。

[5] 去病：霍去病（前140—前117），河东平阳（今山西临汾）人，西汉武帝时名将，军事家，任骠骑将军、大司马，大破匈奴于河西、漠北。曾豪言："匈奴未灭，何以家为？"

[6] 触邪：即触邪冠，又名獬豸冠。神兽獬豸，传说能触奸邪。

[7] 御沟：流经皇宫的河道。

◎陶翰

陶翰，润州丹阳（今江苏）人，唐代诗人。玄宗开元十八年（730）中进士及第，历官太常博士、礼部员外郎。工诗善赋，长于五言，诗多写边塞，抒发报国建功的豪情和功高不赏的愤懑，意气纵横，慷慨悲壮。殷璠《河岳英灵集》选其诗十一首，《全唐诗》录其诗一卷，《全唐文》录其文二十篇。

出萧关怀古[1]

驱马击长剑，行役至萧关[2]。悠悠五原上[3]，永眺关河前。北虏三十万，此中常控弦[4]。秦城亘宇宙，汉帝理旌旃。刁斗鸣不息，羽书日夜传。五军计莫就，三策议空全。大漠横万里，萧条绝人烟。孤城当瀚海，落日照祁连。惨然寒苦奏，怀哉式微篇[5]。更悲秦楼月，夜夜出胡天。

【注释】

[1] 此诗为陶翰边塞诗的代表作。萧关，当指环县北灵武之萧关（以诗中五原、黄河、秦长城等地名可知）。写边塞生活，纵横于敌我、古今、关河大漠之间，气象雄浑，慷慨悲壮，具有盛唐边塞诗的典型特征。

[2] 萧关：指汉萧关，在环县北。

[3] 五原：关塞名，即汉五原郡之榆柳塞，在内蒙河套平原腹地，今内蒙古巴彦淖尔市五原县。

[4] 控弦：操弓射箭，借指士兵。

[5] 式微：天黑之意。《诗经·邶风·式微》："式微，式微，胡不归？"此为征人久戍不归的怨望之词，此处借指征人思归之情。

◎李益

李益（746—829），字君虞，陇西姑臧（今甘肃武威）人，唐代诗人。唐代宗大历四年（769）中进士，初任郑县尉，久不得升迁，唐德宗建中四年（783）登书判拔萃科。因仕途失意，弃官漫游燕赵。后累官至御史中丞、右散骑常侍。唐文宗太和初，以礼部尚书致仕。李益以边塞诗名闻天下，尤长于七言绝句，有《李益集》二卷。

立春日宁州行营因赋朔风吹飞雪[1]

边声日夜合[2]，朔风惊复来。龙山不可望[3]，千里一裴回[4]。捐扇破谁执，素纨轻欲裁[5]。非时妒桃李，自是舞阳台。

【注释】

[1]唐德宗贞元五年（789）九月，吐蕃攻宁州（今庆阳市宁县），邠宁节度使张献甫率部抵御，李益作为其僚属而随往宁州。贞元六年（790），虽节气至立春，而宁州行营寒风劲吹，大雪飞舞，边声四起，遂有感而赋诗。于朔风、边声、飞雪等意象中蕴含边愁与伤感之情，体现了李益边塞诗的艺术特色。
[2]边声：边塞的鼓角、刁斗、弓马之声。
[3]龙山：传说中的北方极寒之山。
[4]裴回：徘徊，彷徨不进之貌。
[5]素纨：白色丝绢，喻飞雪。

◎杨巨源

杨巨源（755—?）字景山，河中（今山西永济）人，中唐诗人。唐德宗贞元五年（789）中进士。官太常博士、授国子司业。杨巨源与元稹、白居易等诗人交好，其诗格律工致，格调奇丽，时有佳句。《全唐诗》录其诗一卷，《唐才子传》有传。

登宁州城楼[1]

宋玉本悲秋[2]，今朝更上楼。清波城下去，此意重悠悠。晚菊临杯思，寒山满郡愁。故关非内地，一为汉家羞[3]。

【注释】

[1]唐德宗贞元五年（789）九月，吐蕃攻宁州（今庆阳市宁县），邠宁节度使张献甫率部抵御，旋克复宁州。诗人于秋日登宁州城楼，不单悲秋，更添国愁，慨叹唐之西域尽失，昔日故关已为边城，成为国家的耻辱，表现了强烈地爱国之情。此诗录于《全唐诗》三三三卷。
[2]宋玉：战国时楚国著名辞赋家，有《九辩》《风赋》《高唐赋》等传世。其《九辩》有"悲哉秋之为气也，萧瑟兮草木摇落而变衰"的名句，诗用其典。

[3]汉家：此代指唐朝。

◎韩愈

韩愈（768—824），字退之，唐河内河阳（今河南孟县）人。郡望为昌黎，故世称韩昌黎。贞元八年（792）中进士。先后任宣武、宁武节度使判官、国子监四门博士、监察御史、阳山令。元和初官至太子右庶子。元和十四年（819），因谏迎佛骨事，贬潮州刺史，改官袁州。穆宗时，复召为国子祭酒，历京兆尹、兵部、吏部侍郎。卒赠礼部尚书，谥号"文"。韩愈以恢复儒家道统自任，力排佛老。提倡古文，反对骈偶文风，主张文以明道，务去陈言，是唐代古文运动的领袖。其文众体兼擅，结构多变，气势雄健，笔力遒劲，语言新颖，有《昌黎先生集》。

后汉三贤赞·王符赞[1]

王符节信，安定临泾[2]。好学有志，为乡人所轻。愤世著论，潜夫是名[3]。述赦之篇，以赦为贼，良民之甚，其旨甚明。皇甫度辽[4]，闻至乃惊，衣不及带，屣履出迎。岂若雁门[5]，问雁呼卿[6]？不仕终家，吁嗟先生！

【注释】

[1]范晔《后汉书》以王符、王充、仲长统三人合传，故韩愈作《后汉三贤赞》。此文虽字不满百，而王符生平略无遗漏。其中盛赞《潜夫论》之《述赦》篇所提提出的明法养善、反对"赦赎"（以钱赎罪）的法制思想；写度辽将军皇甫归解官归里，闻王符在门，衣不及带、屣履出迎，对同时造访的雁门太守则傲不为礼。先生虽为一"逢掖"（儒生）而望重于雁门太守，亦可见作者的敬贤之心。末言"不仕终家"，感叹大贤之不见用于世。

[2]王符（86？—162），字节信，东汉安定临泾（今甘肃镇原）人，东汉中后期著名哲学家、散文家。为人耿介，不同流俗，与马融、张衡等名士交好。以庶出为乡人所轻，终身不仕，隐居著述，作《潜夫论》十卷、三十六篇，议论时政得失，反对谶纬神学，富于批判精神。其文醇厚弘博，结构谨严，语言朴实简练，善用排偶对照。与王充、仲长统并称"后汉三贤"，亦称"东汉政论散文三大家"。

[3]潜夫是名：即名其著作为《潜夫论》。

[4]皇甫度辽：指东汉度辽进军皇甫规。皇甫规（104—174），字威明，安定朝那（今甘肃镇原一带）人。为东汉名将，历任护羌校尉、泰山太守、度辽将军、中郎将、弘农太守，封寿成亭侯，辞不受。规好学，通兵法，招抚羌人，安定西陲。为人清廉刚直，爱士礼贤，不畏权奸，为时人称颂。今存著述二十七篇。

[5]雁门：此指东汉曾任雁门太守的皇甫节。

[6]问雁呼卿：雁门太守皇甫节拜访皇甫规，皇甫规傲不为礼，曰："卿前在雁门，食雁美乎？"

◎李涉

李涉，号清溪子，河南洛阳人，中唐诗人，曾任太子通事舍人，国子博士。有《李涉诗》一卷。

奉使京西[1]

卢龙已复两河平[2]，烽火楼边处处耕。何事书生走羸马[3]，原州城下又添兵。

【注释】

[1]中唐时期，吐蕃侵吞河西陇右一带，兵锋指向关中，在京都长安以西展开拉锯战，时战时和。诗人奉命勘验边事，但见烽火戍楼间处处是耕田的边民，呈现出短暂的太平景象，而陇东的镇原一带战乱又起。该诗真实地反映了中唐京西一带的战乱氛围。

[2]卢龙：古地名，在河北省卢龙县，地处辽西走廊，唐设卢龙节度使。此泛指边城。两河：唐安史之乱后称河南河北二道为两河。

[3]羸马：瘦马。

◎皇甫镛

皇甫镛（788—836），字和卿，安定临泾（今镇原）人，唐宪宗时中进士，历官河南少尹、国子祭酒、太子少保。工诗能文，有集一八卷，今散轶。

和武相公闻莺[1]

华馆沈沈曙境清，伯劳初啭月微明。不知台座宵吟久[2]，犹向花窗惊梦声。

【注释】

[1]此诗为皇甫镛仅存的一首诗，录于《全唐诗》卷三一八。武相公指唐宪宗时宰相武元衡。诗写月夜听鸟惊梦，诗境清丽空灵。

[2]台座：对宰相的敬称。

◎杜牧

杜牧（803—852），字牧之，京兆万年（今陕西西安）人。晚唐著名诗人。文宗大和二年（828）中进士，历任弘文馆校书郎、江西观察使、宣歙观察使、黄、池、睦、湖等州刺史，后入朝为司勋员外郎，官终中书舍人。杜牧以济世之才自负，探究治乱兴亡之迹，留意财赋兵甲之事，然逢晚唐衰世，志不得伸。不愿苟合取容，遂纵情酒色，放浪形骸。故其诗作既有怀才不遇的忧愤不平，又有浅斟低唱的飘逸风情。诗、赋、古文并工，诗歌成就最高，与李商隐并称"小李杜"。古体豪健跌宕，骨气遒劲；近体情致俊逸，风调高爽。七绝尤为人所称道，有《樊川集》。

闻庆州赵纵使君与党项战中箭身死，辄书长句[1]

将军独乘铁骢马，榆溪战中金仆姑[2]。死绥却是古来有，骁将自惊今日无。青史文章争点笔，朱门歌舞叹捐躯。谁知我亦轻生者，不得君王丈二殳[3]。

【注释】

[1]唐武宗会昌间，党项入寇庆州、邠、宁一带，赵纵时任庆州刺史，战殁阵中，杜牧作此诗以吊之。盛赞其捐躯国难的壮烈，末言"谁知我亦轻生者，不得君王丈二殳"，感叹自己有心杀敌无门报国。

[2]金仆姑：箭名。

[3]殳：古代兵器，竹木为柄，青铜殳为头，有棱有刃，可砸可刺。

◎朱庆余

朱庆余，名可久，字庆余，以字行，越州（今浙江绍兴）人，唐代诗人。唐敬宗宝历二年（826）中进士，官至秘书省校书郎。见《唐诗纪事》卷四六、《唐才子传》卷六，《全唐诗》存其诗两卷。

望萧关[1]

渐见风沙暗，萧关欲到时。儿童能探火，妇女解缝旗。川绝衔鱼鹭，林多带箭麋。暂来戎马地，不敢苦吟诗。

【注释】

[1]诗人游历至环县北灵武之萧关，所见风沙弥漫，儿童探火，妇女缝旗，林多狩猎，皆是边塞风物。身处戎马险地，于是有"不敢苦吟诗"的感叹。

◎喻凫

喻凫，毗陵（今江苏常州）人。唐文宗开成五年（840）中进士及第，曾任乌程尉。晚唐著名诗人，江南才子，存诗一卷，见《全唐诗》第五四三卷。

晚次临泾[1]

路入犬羊群，城寒雉堞曛[2]。居人只尚武，过客漫投文[3]。马怯奔浑水，雕沈莽苍云。沙田积蒿艾，竟夕见烧焚。

【注释】

[1]临泾为唐代原州（今甘肃镇原）治所，其城为唐宪宗元和十二年（817）泾原节度使段祐奉诏所筑（地在今镇原县城西）。诗人游历至此，所见城垣高耸，民风劲勇，羊群遍野，烧草肥田，其风土民情，体现边城特色，言之亲切有味，千年前风物，如在目前。

[2]雉堞：城上锯齿状短墙。

[3]投文：投赠文章。

送武毁至邠宁[1]

戍路少人踪，边烟淡复浓。诗宁写别恨，酒不上离容。燕拂沙河柳，鸦高石窟钟。悠然一暌阻[2]，山叠虏云重。

【注释】

[1]这是一首送别诗。邠（今陕西彬县）宁（今甘肃宁县）一带自中唐后成为唐与吐蕃争夺陇右河西的边战之地，"戍路""边烟""虏云"皆为边地风物，友人将身涉险地，故为诗以赠，既写离别之情，又表涉险之忧。

[2]暌阻：离别。

◎项斯

项斯，字子迁，晚唐著名诗人，台州府乐安县（今浙江仙居）人。唐武宗会昌四年（844）中进士，官终丹徒尉，卒于任所。国子祭酒杨敬之激赏其诗才，有"平生不解藏人善，到处逢人说项斯"的名句，留下了"逢人说项"之典。《全唐诗》录其诗一卷。

宁州春思[1]

失意离城早，边城任见花。初为断酒客，旧识卖书家。寒寺稀无雪，春风亦有沙。思归频入梦，即路不言赊[2]。

【注释】

[1]诗人早春游历在唐与吐蕃战争中已沦为边城的宁州，见山花处处，春雪稀少而春风含沙，卖书沽酒，情思萧索，遂起失意而急切思归之情。此诗录于《全唐诗》五五四卷。

[2]赊：赊欠。

◎陈玉兰

陈玉兰,晚唐诗人王驾之妻,能诗。夫戍萧关,玉兰制衣并作诗寄之。

寄夫萧关[1]

夫戍萧关妾在吴,西风吹妾妾忧夫[2]。一行书信千行泪,寒到君边衣到无?

【注释】

[1]此诗音节流畅,感情真挚,刻画情思细致入微,语出天然,不假雕饰,情韵悠长,非至情不能成之。

[2]西风:秋风。

◎杨夔

杨夔,弘农(今河南灵宝)人,约生活于唐昭宗时期,晚唐著名文学家,工赋善文,能诗,终生不仕。有《冗书》十卷存世,《全唐诗》录其诗十二首,该诗见《全唐诗》第七六三卷。

宁州道中[1]

城枕萧关路[2],胡兵日夕临。唯凭一炬火,以慰万人心。春老雪犹重,沙寒草不深。如何驱匹马,向此独闲吟。

【注释】

[1]唐代宁州治所在今甘肃宁县。诗人于雪未化、草犹黄的早春时节游历至此,所见宁州城垣旁依萧关古道,烽火时起,战事频仍,边城的春寒料峭、胡马惊心与诗人的匹马履险、古道独吟形成了萧索衰飒的诗境,耐人寻味。

[2]萧关路:此指环州通宁州之萧关古道。

◎魏野

魏野(960—1019),宋初诗人,字仲先,号草堂居士。居陕州(今河南陕县),自筑草堂于陕州东郊,乐泉林之趣,交游名士,与林逋同为宋初高士,终生不仕,死后追赠著作郎。诗取法姚合、贾岛,但无其瘦硬,风格平朴闲远,间有苍凉壮阔之句,在宋初诗坛尤为难得。有《草堂集》二卷,《钜鹿东观集》十卷。

登原州城呈张贲从事[1]

异乡何处最牵愁,独上边城楼上楼。日暮北来唯有雁,地寒西去更无州。

数声塞角高还咽[2],一派泾河冻不流。君作贫官我为客,此中离恨共难收。

【注释】

[1]唐之原州即今甘肃镇原。该诗为登临咏怀之作,语言清丽流畅,境界苍凉阔远,写异乡客愁而感慨深切,尚有唐人遗韵。为宋初"晚唐体"的代表诗作之一。

[2]塞角:边塞军营所吹的号角。

◎范仲淹

范仲淹(989—1052),字希文,吴县(今江苏苏州)人。北宋名臣,政治家、军事家、文学家。幼孤贫,好学有志,真宗大中祥符八年(1015)中进士。仁宗时晏殊荐为秘阁校理,后任右司谏、知开封府,直言敢谏,以上《百官图》指斥宰相吕夷简进用亲党而贬饶州。庆历元年(1041),西夏元昊大寇延州(今延安)、庆州(今庆阳)一带,西陲震恐,出为陕西经略安抚招讨副使,知延州。后任环庆路经略安抚缘边招讨使,知庆州。肃兵备、裁冗滥、筑城寨、抚羌民,一时肃然,西夏不敢轻入。庆历三年(1043),还朝任枢密院副使、参知政事,条陈十事,推行"庆历新政",为守旧派反对,遭朋党之议,遂自请外任,知邠、邓、杭、青等州,年六十四而卒,谥"文正"。宋仁宗为其亲书"褒贤之碑"。仲淹为人内刚外和,事母至孝,乐善好施,宽厚爱民,所至皆有惠政,其道德、功业、文章俱出一时。诗、词、文皆有名篇传诵于世,有《范文正公集》。仁宗嘉祐五年(1060),庆州立"范公祠"以祀,至今尚存。

渔家傲·秋思[1]

塞下秋来风景异[2],衡阳雁去无留意[3],四面边声连角起[4]。千嶂里[5],长烟落日孤城闭。

浊酒一杯家万里[6],燕然未勒归无计[7],羌管悠悠霜满地[8]。人不寐,将军白发征夫泪。

【注释】

[1]宋仁宗庆历二年(1042),范仲淹为环庆路经略安抚缘边招讨使,知庆州。于环、庆一带广筑堡寨,扼敌冲要,安抚羌民,西夏遂不敢南下,本篇当作于此时。以边塞军旅入词,一扫词属艳科的旧习,境界阔大,格调苍凉,情景相得,戍边杀敌的豪情与白发思归的乡愁和谐相融,于壮阔中略含衰飒之气。

[2]塞下:指边塞之地。

[3]衡阳雁去:湖南衡阳之南岳衡山有回雁峰,传大雁南飞,至此而止。

[4]边声:边塞的马嘶、号角、刁斗等常有的声响。

[5]嶂:高如屏障的山。

[6]浊酒：酿成后未经蒸馏的黄酒。

　　[7]燕然未勒：东汉和帝永元元年（89），车骑将军窦宪大破北匈奴，勒石燕然山以"纪汉威德"，事见《后汉书·窦宪传》。"燕然未勒"喻指抗西夏尚未竟全功。燕然，燕然山，今蒙古国境内之杭爱山。勒，刻。归无计：无法回乡。

　　[8]羌管：羌笛，西北羌人的管乐器。

城大顺回道中[1]

　　三月二十七，羌山始见花[2]。将军了边事，春老未还家。

【注释】

　　[1]《宋史·范仲淹传》云："庆之西北马铺寨，当后桥川口，在贼腹中。仲淹欲城之，度贼必争，密遣子纯佑与蕃将赵明先据其地，引兵随之。诸将不知所向，行至柔远，始号令之，版筑皆具，旬日而城成，即大顺城是也。"大顺城在今华池县境内。观诗题应为自柔远回庆城时马上口占而成。此诗语极简约平易而风骨天成，古风盎然，寄慨遥深，回味悠长。

　　[2]羌山：泛指庆州宋夏边界一带羌人所居之山，非确指。

劝　农[1]

　　烹葵剥枣古年丰[2]，莫管时殊俗自同。太守劝农农勉听，从今再愿诵豳风[3]。

【注释】

　　[1]此诗作于知庆州时。范仲淹招抚流亡羌、汉之民，广行屯田，鼓励农业生产，以充实边防。此诗引周祖居豳之旧事，鼓励农耕，极为切题。

　　[2]典出《诗经·豳风·七月》，有"六月食郁及薁，七月亨葵及菽，八月剥枣，十月获稻"之句，此泛指农事劳动。

　　[3]《诗经·豳风·七月》主言农桑衣食之事，故以"诵豳风"表劝农之意。

依韵答梁坚运判见寄

　　蔽野旌旗色，满山笳吹声。功名早晚就，裴度亦书生[2]。

【注释】

　　[1]宋仁宗康定元年（1040），西夏元昊大举入寇鄜延、环庆一带。范仲淹以文官自荐戍边，先后知延州、耀州、庆州，并任环庆路经略安抚缘边招讨使。面对旌旗蔽野、满山笳声的边塞，诗人豪情满怀，充满自信，以唐宰相裴度自况，表达了立功边

塞、出将入相的政治抱负。

[2] 裴度（765—839），山西闻喜人，唐德宗贞元进士，平藩镇之乱，破蔡州，擒吴元济。在唐穆宗、唐文宗朝两为宰相。后辞官退居洛阳，筑绿野堂，与白居易、刘禹锡等文人酬唱优游，为一时佳话。

◎石介

石介（1005—1045），字守道，兖州奉符（今山东泰安）人。宋初文学家，讲学于徂徕山，后人称"徂徕先生"。出身农家，好学有志，天圣八年（1030）中进士，任郓州观察推官，后为国子监直讲。石介耿直敢言，庆历三年（1043），以撰《庆历圣德颂》赞"庆历新政"，指斥夏竦为大奸被诬陷外放，抑郁而终。文尊韩、柳，著《怪说》反对西昆体之浮华文风，与柳开、穆修、尹洙等为宋初古文运动的中坚。

击蛇笏铭[1]

天地之大，有邪气干于其间，为凶暴，为残贼，听其肆行，如天地卯育之而莫御也。人生最灵，或异类出于其表，为妖怪，信其异端，如人蔽覆之而莫露也。祥符年[2]，宁州天庆观，有蛇妖极怪异，郡刺史日两至其庭朝焉，人以为龙，举州人内外远近，罔不骏奔於门，以观恭壮肃，只无敢怠者。令龙图侍御孔公[3]，时佐幕在是邦，亦随郡刺史于其庭。公曰："明则有礼乐，幽则有鬼神。是蛇不以诬乎？惑吾民，乱吾俗，杀无赦。"以手板击其首，遂毙于前，则蛇无异焉。郡刺史暨州内外远近庶民，昭然若发蒙见青天、睹白日，故不能肆其凶残而成其妖惑。《易》曰：知鬼神之情状，公之谓乎？夫天地间有纯刚至正之气，或钟于物，或钟于人。人有死，物有尽，此气不灭，烈烈然弥亘亿万世而长在。在尧时为指佞草，在鲁为孔子诛少正卯刃，在齐、在晋为董史笔，在汉武帝为东方朔戟，在成帝朝为朱云剑，在东汉为张纲轮，在唐为韩愈《论佛骨表》《逐鳄鱼文》，为段太尉击朱泚笏，今为公击蛇笏。故佞人去，尧德聪；少正卯戮，孔法举；罪赵盾，晋人惧；辟崔子，齐刑明；距董偃、折张禹、劾梁冀，汉室隆；佛老微，圣德行；鳄鱼徙，潮风振；怪蛇死，妖气散。噫！天地钟纯刚至正之气，在公之笏岂徒毙一蛇而已。轩陛之下，有罔上欺民，先意顺旨者，公以此笏指之；庙堂之上，有蔽贤蒙恶违法乱纪者，公以此笏麾之；朝廷之内，有谀容妄色附邪背正者，公以此笏击之。夫如是，则轩陛之下不仁者去，庙堂之上无奸臣，朝廷之内无佞人。则笏之功也，岂止在一蛇！以笏得而用，公方为朝廷正人，笏方为公之良器。敢称德于公作笏铭曰：

　　至正之气，天地则有。
　　笏为灵物，笏能乃受。
　　笏之为物，纯刚正直。
　　公为正人，公乃能得。

笏之在公，能破淫妖。
公之在朝，谗人乃消。
灵气未竭，斯笏不折。
正道未亡，斯笏不藏。
惟公宝之，烈烈其光。

【注释】

[1] 宋真宗大中祥符间，宁州（今甘肃宁县治）天庆观（后名真武庙）有大蛇盘踞，郡人以为龙而礼敬之，不敢懈怠。孔道辅（孔子四十五世孙）时任宁州军事推官，以为惑民乱俗，以笏板击蛇首而杀之，人皆叹服。后石介闻其事，为作《击蛇笏铭》。盛赞其纯刚至正之气，并广引事典，纵横议论，引而申之，锋芒直指"庙堂之上"，其笏板不止杀一蛇，亦可诛朝廷之奸邪。其文正气昂昂，辞气酣畅，议论风发，可与后来的《正气歌》相表里。该文也反映了石介力排佛老、反对鬼神的思想，至今不失其进步意义。

[2] 祥符：宋真宗年号，指大中祥符（1008—1016）。

[3] 孔公：指孔道辅。孔道辅（985—1039）字原鲁，孔子四十五代孙，宋真宗大中祥符三年（1010）中进士，历官大理寺丞、宁州军事推官、左正言、右谏议大夫、御史中丞。

◎苏舜钦

苏舜钦（1008—1048），字子美，汴梁（今河南开封）人，北宋著名文学家、诗人。宋仁宗景祐元年（1034）中进士。历任安徽蒙城、河南长垣县令、大理评事、集贤殿校理，监进奏院等职。以支持范仲淹的庆历革新，为守旧派所忌恨，遭弹劾罢职，闲居苏州，筑沧浪亭，号沧浪翁。其文倡古文，笔锋犀利畅达，诗风豪放超迈，指斥时弊，对北宋诗文革新运动有较大影响，与梅尧臣齐名，合称"苏梅"，有《苏舜钦集》一六卷。

庆州败[1]

无战王者师，有备军之志。天下承平数十年，此语虽存人所弃。今岁西戎背世盟[2]，直随秋风寇边城。屠杀熟户烧障堡[3]，十万驰骋山岳倾。国家防塞今有谁？官为承制乳臭儿[4]。酣觞大嚼乃事业，何尝识会兵之机？符移火急蒐卒乘[5]，意谓就戮如缚尸。未成一军已出战，驱逐急使缘崄巇[6]。马肥甲重士饱喘，虽有弓箭何所施。连颠自欲坠深谷，虏骑笑指声嘻嘻。一麾发伏雁行出[7]，山下掩截成重围。我军免胄乞死所，承制面缚交涕洟。逡巡下令艺者全，争献小技歌且吹。其余刲臢放之去[8]，东走矢液皆淋漓[9]。道无耳准若怪兽[10]，不自愧耻犹生归。守者沮气陷者苦，尽由主将之所为。地机不见欲侥胜[11]，羞辱中国堪伤悲。

【注释】

[1] 宋仁宗景祐元年（1034）七月，西夏修筑白豹及后桥诸堡，柔远寨蕃部巡检鬼浦领兵破之。元昊率兵进犯环州、庆州一线。缘边都巡检杨遵、柔远寨监押卢训等以骑七百阻击失利。环庆路都监齐宗矩等率师驰援，草率出兵，在华池节义烽遇到伏击，战败被俘，后被劓馘放还。白豹、后桥诸寨复为元昊所占。听闻此次丧师辱国的惨败，苏舜钦作了这首诗，对北宋边防的武备松弛和主将的怯懦无能作了尖锐的指斥，感情激昂，气势豪迈，笔力刚健，语言酣畅淋漓，表达了强烈的爱国之情。

[2] 西戎：指西夏主元昊。唐末至北宋，占据夏州的党项羌与中原王朝世相交好，至元昊，始背盟自立为西夏国主，大举入侵。

[3] 熟户：边地为汉族风习同化的羌族人户。

[4] 承制：官名，宋时武官之称。

[5] 蒐：聚集。

[6] 崄巇：险阻的山路。

[7] 雁行：伏兵突现如雁行有序，地在华池节义烽。

[8] 劓馘：割掉鼻子耳朵。

[9] 矢液：大小便。

[10] 耳准：耳朵和鼻子。

[11] 地机：地势上的机宜。

◎ 蔡挺

蔡挺（1014—1079），字子政，宋城（今河南商丘）人。宋仁宗景祐元年（1034）中进士及第，任泾州、廓州通判，提点江西刑狱，直龙图阁、知庆州（今甘肃庆阳），宋神宗时加天章阁待制、知渭州（今甘肃平凉），后官至资政殿学士、枢密副使。蔡挺治军有方，足智多谋，在庆阳，于大顺城大败西夏主谅祚，筑荔原堡；在平凉，建勤武堂，开柳湖，屯田实边，屡拒西夏，为不可多得的"一时良将"。

喜迁莺[1]

霜天秋晓，正紫塞故垒，黄云衰草。汉马嘶风，边鸿叫月，陇上铁衣寒早。剑声骑曲悲壮，尽道君恩须报。塞垣东，橐鞬锦带[2]，山西年少。谈笑刁斗尽[3]，烽火一把，时报平安耗。圣主忧边，威怀遐远，骄寇尚宽天讨。岁华向晚愁思，谁念玉关人老！太平也，且欢娱，莫惜金樽倾倒。

【注释】

[1] 这是一首边塞词。写陇上秋寒、黄云衰草、马嘶雁去、甲冷难著的戍边情景，

抒发敌寇虽远而久戍难归的愁思,故有"玉关人老"之叹。此词与范仲淹《渔家傲》词的写作背景及意象相类,均写塞下秋来,将军老去,然一归之于"燕然未勒",一归之于"金樽倾倒",境界自是不同。

〔2〕櫜鞬:藏箭和弓的袋子。语出《左传·僖公二十三年》:〔晋文公〕对曰:"若以君之灵,得反晋国。晋楚治兵,遇于中原,其辟君三舍。若不获命,其左执鞭弭,右属櫜鞬,以与君周旋。"

〔3〕刁斗:古代军中用于煮饭和打更的斗状铜锅。

◎司马光

司马光(1019—1086),字君实,陕州夏县(今山西夏县)人。居涑水,人称涑水先生,北宋著名政治家、史学家。宋仁宗宝元二年(1039)中进士,官起居舍人同知谏院、御史中丞,后与王安石政见不合,任西京留守御史台,居洛阳十五年,编《资治通鉴》,书成,任资政殿学士。元祐元年(1086)哲宗即位,任尚书左仆射兼门下侍郎,尽废王安石新法,史称"元祐更化"。卒谥"文正",追封温国公,有《温国文正司马公文集》。

送何济川为庞公使庆阳席上探得冬字[1]

幕府遥三舍[2],传车乘一封[3]。忠深轻远道,醉暖失严冬。阎水犹飞檄[4],芦关未灭烽[5]。贤侯虽喜士,难得久从容。

【注释】

〔1〕这是一首酬唱诗。"庞公"指庞籍,庆历元年(1041),庞籍以龙图阁直学士知延州,兼鄜延路经略安抚缘边招讨使。何济川为司马光好友,受谴去庆阳,饯别并赋诗赠之。"幕府""传车""檄书""烽火"写战事之紧急,"严冬""远道"写路途之艰难,"贤侯虽喜士,难得久从容"写使命在身、一饯即别、刻不容缓。诗风简劲,切题自然。

〔2〕幕府:古代将帅的军帐、衙署。三舍:古代一舍三十里,三舍九十里。泛指距离遥远。

〔3〕传车:古时驿站专用车辆。

〔4〕阎水:即无定河,又名奢延水。

〔5〕芦关:即芦子关,在陕西安塞县城北,状如葫芦,控扼咽喉要道,为宋夏边塞要地。

◎张载

张载(1020—1077),字子厚,凤翔郿县(今陕西眉县)横渠镇人。北宋著名哲学家,"关学"(理学支派)创始人之一,世称"张横渠"。仁宗嘉祐进士,官崇文院校书,知太常礼院,有《张子全书》行世。

庆州大顺城记[1]

庆历二年某月某日，经略元帅范公仲淹，镇役总若干，建城于柔远寨东北四十里故大顺川，越某月某日，城成。汴人张载谨次其事，为之文以记其功。词曰：

兵久不用，文张武纵，天警我宋，羌蠢而动。恃地之强，谓兵之众，傲侮中原，如抚而弄。天子曰："嘻！是不可舍。养奸纵残，何以令下！"讲谟于朝[2]，讲士于野，鏚刑斧诛，选付能者。

皇皇范侯，开府于庆[3]，北方之师，坐立以听。公曰："彼羌，地武兵劲，我士未练，宜勿与竞，当避其强，徐以计胜。吾视塞口，有田其中，贼骑未迹，卯横午纵[4]。余欲连壁，以御其冲，保兵储粮，以俟其穷。"将吏掾曹，军师卒走，交口同辞，乐赞公命。

月良日吉，将奋其旅，出卒于营，出器于府，出币于帑，出粮于庾。公曰："戒哉！无败我举！汝砺汝戈，汝鉴汝斧，汝干汝诛，汝勤汝与！"既戒既言，遂及城所，索木箕土，编绳奋杵。

胡虏之来，百千其至，自朝及辰[5]，众积我倍。公曰："无哗！是亦何害！彼奸我乘，及我未备，势虽不敌，吾有以恃。"爰募强弩，其众累百，依城而阵，以坚以格。戒曰："谨之，无斗以力！去则勿追，往终我役。"

贼之逼城，伤死无数，谟不我加，因溃而去。公曰："可矣，我功汝全；无怠无遽，城之惟坚。"劳不累日，池陴以完，深矣如泉，高焉如山，百万雄师，莫可以前。公曰："济矣，吾议其旋。"择士以守，择民而迁，书劳赏才，以饫以筵。图到而止，荐闻于天。天子曰："嗟！我嘉汝贤。"锡号大顺，因名其川。于金于汤，保之万年。

【注释】

[1]张载少喜谈兵，曾致书范仲淹上《边议九条》。庆历二年（1042），范仲淹筑大顺城（地在今甘肃华池县山庄乡），张载为作《庆州大顺城记》。备述建城之缘起、过程及战略意义。文用四言，简约流畅而气势飞动，"深矣如泉，高焉如山，百万雄师，莫可以前"，四句括尽大顺城形制及效果，极为生动。

[2]谟：计策、谋略。

[3]开府：成立府署，选置僚属。

[4]卯横午纵：正北正南为子午，正东正西为卯酉。此指田畴整齐之状。

[5]辰：指辰时，早晨七点至九点。

◎王安石

王安石（1021—1086），字介甫，抚州临川（今属江西）人，因称"临川先生"。北宋著名政治家、文学家。仁宗庆历二年（1042）中进士，历任淮南判官、鄞县知县、舒州、常州通判、提点江南东路刑狱、直集贤院、知制诰。神宗熙宁二年（1069），任参知政事，宰相，推行均输、青苗、保甲、免役等新法，遭保守派官僚反对，后失败。退居江宁（今江苏南京）半山园以终。封荆国公，世称"王荆公"。其文长于说理，简拔峻峭；诗风格敛约，雄健雅丽；词能一洗五代旧习。为唐宋八大家之一，有《临川集》《临川先生歌曲》。

陇 东[1]

陇东流水向东流，不肯相随过陇头[2]。只有月明西海上[3]，伴人征戍替人愁。

【注释】

[1]这是王安石以边塞为题材的一首七绝。陇东即陇山（今关山、六盘山一线）以东地区（主要包括今平凉、庆阳市），为宋时西陲要地，宋夏战争多发生在这一带。诗以征人口吻写戍边思乡之情。陇水东流所向乃家乡之地，月明西海乃征人夜不能寐之状，空灵疏朗，情思婉曲，意境优美。

[2]陇头：陇山，指关山一线边塞。

[3]西海：汉有西海郡，在青海湖及湟水一带。此泛指西部边塞。

◎强至

强至，字几圣，钱塘（今浙江杭州）人。宋真宗乾兴元年（1022）生，庆历六年（1046）中进士，宋初诗人。

送王夕拜移帅庆阳[1]

一月天书两紫泥[2]，朝持使节暮征西。关中父老攀旗尾，阃外偏裨望马蹄[3]。行色欲侵边雪散，威声先压塞云低。情勤佳客双延辟，令肃强兵倍训齐。城堡此时归镇静，朝廷自昔重招携。坐收勋叶光彝鼎[4]，入拜恩私宠介圭[5]。文武兼才缘已试，父兄前烈不难跻。却惭主帅经三易，幕府徘徊守故栖。

【注释】

[1]西夏寇边，王夕拜帅庆阳以御敌，强至以诗赠之。该诗境界阔远，气势雄浑，"行色欲侵边雪散，威声先压塞云低"，足壮军威。

[2]紫泥：即封泥。古代封缄机密文书的封泥多以紫泥为之。

[3]阃外：朝廷之外。

[4]勋叶：两世功勋。叶，指世、代。

[5]介圭：亦名"介珪"。圭，上尖下方的一种美玉。

◎范纯仁

范纯仁（1027—1101），字尧夫，吴县（今江苏苏州）人，范仲淹次子。以父恩补太常寺太祝。宋仁宗皇祐元年（1049）中进士及第。历仁宗、英宗、神宗、哲宗、徽宗五朝，官至给事中、吏部尚书、知枢密院事、尚书右仆射兼中书侍郎。曾知河中、颍昌、太原、河南等府，并两知庆州（今庆阳）。哲宗时，以上疏论吕大防不当流岭南，遭贬，居永州。双目失明，年七十五而卒，谥"忠宣"。范纯仁待人平易忠恕，学问博洽，善诗能文，有《范忠宣公集》二〇卷，《全宋诗》录其诗五卷。

蕃 舞[1]

低昂坐做疾如风，羌管夷歌唱和同[2]。应为降胡能蹈朴[3]，不妨全活向军中。

【注释】

[1]此诗作于范纯仁知庆州时。咏羌族歌舞，从一个侧面反映了边地少数民族的民情风俗，也表现了作者以德化民、不启边衅、民族融合的政治主张。

[2]羌管夷歌：羌笛伴奏的少数民族歌舞。

[3]蹈朴：跳本色的羌族舞蹈。

酬庆州五弟[1]

仲氏居青琐[2]，予西各大州。报君当尽节，省已合回头。继述当何有，荣华过即休，相期知止足，里社早同游[3]。

【注释】

[1]宋哲宗元祐元年（1086），范纯粹（范纯仁弟）知庆州，欲建功于西夏，范纯仁致书以劝："中国与外邦校胜负，非唯不可胜，兼以不足胜，不唯不足胜，虽胜亦非也。"此诗表意与书信基本相同，动之以亲情、乡情，劝其休兵养民，勿轻启边衅。

[2]青琐：装饰皇宫门窗的青色连环花纹。此借指在朝为官。

[3]里社：古代里中祭祀土地神的处所，借指乡里（里为居民单位）。

昔帅环庆，为部将所讼，冯君学士被制鞫狱而获平，及今相遇于洛[1]

忠臣守正不谋身，处己虽危道益尊。直为冤旒宣圣训[2]，岂唯囹圄被宽恩。功阴自可资耆寿[3]，余庆犹当见子孙。徒有爱贤无所达，行将归老愧难论。

【注释】

[1]范纯仁知庆州时,因替路过庆州的环州羌囚雪冤而与环州钤辖种古(前知环州种世衡子)结怨,被种古诬告,下狱。朝廷派使者冯如晦赴宁州审讯,查明范纯仁无罪,种古被流放,但范纯仁亦贬官信阳军。后纯仁入朝,为尚书右仆射(右丞相),感先世之厚谊(范仲淹与种世衡为好友),不念旧怨,荐种古为永兴军钤辖。多年后,范纯仁在洛阳遇见当年审案的冯如晦学士,感慨系之,为诗以赠,表达了自己立身守正、为人忠恕、尽忠谋国的心迹,从中也可见出范纯仁高尚的人格。

[2]冕旒:帝王礼冠及礼冠前后的玉串,代指皇帝。

[3]耆寿:年高德劭者,此指高寿。

◎蒋之奇

蒋之奇(1031—1104),字颖叔,江苏宜兴人。宋仁宗嘉祐二年(1057)中进士,任太常博士。宋神宗时任殿中侍御史,因诬劾欧阳修被贬官。后任淮东转运副使,兴修水利有功,升江淮荆浙发运使。宋徽宗时任观文殿学士。宋哲宗元符二年(1099),蒋之奇知庆州,游历陕西、陇右一带,留诗多首。其诗散见于《四库全书·两宋名贤小集》及清代盛宣怀《春卿遗稿》。

临川阁[1]

陕右号名邦,庆阳乃雄镇。临衲多奇才,结构甚闳竣。城端耸华阁,千里归一瞬。不窋陵庙存,其旁接烽燧[2]。人家住深崦,檐瓦俯可认。陶穴尚遗风,前书自传信[3]。俯窥鹅池泉,窈黑深万仞。黄流缭如带,漱激以湍迅。地险诚在兹,贼骑安可近。深危架略杓[4],过者恐颠偾[5]。抱瓮何累累,远汲就深浚。负担入城门,往来亦劳奋。去年谷不熟,往往见道殣[6]。念此尤系怀,岂敢忘贷赈[7]。比年春雨足,稍觉山田润。东原竞犁锄,远望拟寸进。我愿息民兵,勿使城远郡。庶无农时妨,永使地力尽。伫观富边储,且复宽输运。

【注释】

[1]临川阁,宋时始建于庆阳府城内鹅池之上。"鹅池春水"旧为庆阳八景之一,临川阁架凌其上,俯视东川,益增其色。该诗写登临所见,语言质朴平易,景物人事,白描如画。不窋陵庙、东山烽墩、民居窑洞、鹅池洞水、东河激流,千年前风物历历如在目前。末由所见汲水之劳想到民生之艰,当赈灾恤民,休兵养民,亦见其爱民之心。

[2]"不窋"两句:庆城东山有周祖不窋陵及周祖庙,旁有烽火台。观此诗可知周祖陵庙,宋时尚存。

[3]《诗经·大雅·绵》:"陶复陶穴,未有家室。"写周祖居庆阳开创窑洞民居风俗。

[4]杓:北斗第五、六、七颗星,亦名"斗柄"。

[5]颠偾：毁坏。
[6]道殣：饿死于道路者。
[7]贷赈：借贷、救济。

◎苏轼

苏轼（1037—1101），字子瞻，号东坡居士，眉州眉山（今四川眉山县）人，北宋著名文学家。仁宗嘉祐二年（1057）中进士，历官密、徐、湖、杭、颍等州知州，哲宗元祐间迁翰林学士。后贬惠州（今属广东）、儋州（今属海南）。徽宗时赦还，病逝于常州。一生处于新旧党争之中，宦海沉浮，处之泰然。文学成就辉煌，文与欧阳修并称"欧苏"，为"八大家"之一；诗与黄庭坚并称"苏黄"；词与辛弃疾并称"苏辛"，开创豪放词派。有《东坡集》《东坡乐府》。

送范纯仁知庆州[1]

才大古难用，论高常近迂。君看赵魏老，乃为滕大夫[2]。浮云无根蒂，黄潦能须臾。知经几成败，得见正贤愚。羽旄照城关，谈笑安边隅。当年老使君[3]，赤手降於菟[4]。诸郎更何事，折棰鞭其雏。吾知邓平叔，不用月支胡[5]。

【注释】

[1]宋神宗熙宁间，范纯仁以反对王安石新法，失去兵部员外郎兼起居舍人、同知谏院的官职，被贬出朝，先后任河中知府，成都路转运使，和州知州。熙宁七年（1074），知庆州。苏轼与范纯仁同为保守派，政见相同，故作诗以赠。感叹其才大论高而不见用，诗中引《论语》中的事典，惋惜其本为治赵、魏大国之才今乃为"滕"之大夫，并言其父的功业，为其遭贬抱不平。

[2]"君看"两句：典出《论语》：子曰："孟公绰为赵魏老则优，不可以为滕薛大夫。"老，指家臣。

[3]老使君：指曾知庆州的范纯仁之父范仲淹。

[4]於菟：指老虎。

[5]"吾知"两句：邓平叔，即邓训，字平叔，后汉大司徒邓禹子。汉章帝章和二年（88），任护羌校尉，纳月支胡人，结以恩信，不令与羌人互斗，边境大定。诗用此典勉范纯仁行怀柔安远之道。

◎黄庭坚

黄庭坚（1045—1105），字鲁直，号山谷道人，晚好涪翁。洪州分宁（今江西修水）人，北宋文学家。英宗治平四年（1067）中进士，历官叶县尉、大名府国子监教授、秘书省校书郎、起居舍人，后被贬涪州别驾。政治观点与苏轼同，为"苏门四学士"之一。诗负盛名，宗杜甫，开江西诗派，与苏轼并称

"苏黄",有《山谷集》。

送范德孺知庆州[1]

乃翁知国如知兵,塞垣草木识威名。敌人开户玩处女[2],掩耳不及惊雷霆。平生端有活国计,百不一试薶九京[3]。阿兄两持庆州节,十年麒麟地上行[4]。潭潭大度如卧虎,边头耕桑长儿女。折冲千里虽有余,论道经邦正要渠[5]。妙年出补父兄处,公自才力应时须。春风旌旗拥万夫,幕下诸将思草枯[6]。智名勇功不入眼,可用折箠笞羌胡。

【注释】

[1] 宋哲宗元祐元年(1086),范纯粹(范纯仁弟,字德孺)知庆州。纯仁、纯粹兄弟与苏轼、黄庭坚皆交好,故黄作此诗以赠。诗以庆州为其父兄任职旧地,皆有威名及德政,勉其上追父兄,再建功业。

[2] 典出《孙子兵法·九地》:"始如处女,敌人开户。"言范仲淹治军安闲镇静,如闺中少女,遂使"敌人开户",不加戒备。

[3] 薶:古"埋"字。九京:九泉,即地下。言范仲淹的才略得以施行的尚不及百分之一,赍志以殁。

[4] 范纯仁曾于宋神宗熙宁七年(1074)、元丰八年(1085)两次知庆州。麒麟为仁兽,走路不杀生,以之喻范纯仁之仁厚。

[5] 渠:代词,他。这里指其兄范纯仁。

[6] 思草枯:草枯即防秋之时,"思草枯"者,诸将欲建功也。

◎晁补之

晁补之(1053—1110),字无咎,号归来子,山东巨野人,北宋著名文学家。宋神宗元丰二年(1079)中进士,历任秘书省校书郎、吏部员外郎、礼部郎中、国史编修、知济州、河中府、湖州、达州等。工书画诗词,善属文,才气纵横。与黄庭坚、秦观、张耒并称"苏门四学士"。其散文语言凝练、流畅,文风近柳宗元。诗学陶渊明。其词格调豪爽,语言清秀晓畅,近苏轼,著有《鸡肋集》《晁氏琴趣外篇》等。

送龙图范丈德孺帅庆[1]

君不见先君往在康定中[2],奉诏经略河西戎。大顺葫芦尽耕稼[3],贼书不到秦关东。边人咸识侍中子[4],至今犹说将军似。给事文武龙图贤[5],大冯小冯安足言[6]。韶年书传有肝胆[7],二十起家车槛槛。蛟龙云雨时可用,麒麟图画功非晚[8]。况闻驰传厌山谷,顷时河陇严飞挽。朝廷属休兰会兵[9],

秦人依庆为长城。时平斥堠正须远[10]，军闲留田未宜轻。东风浩浩吹榆柳，相劝西城古原酒。班春岂不问遗老，先公远谋尚多有。女郎山下万貔貅，部曲肥马身轻裘。此曹赏赐饱无用，谈话岂得希封侯。赴边今日须李牧[11]，士无超距姑食肉。

【注释】

[1]宋哲宗元祐元年（1086），范纯粹继其兄范纯仁两知庆州后，又任庆州知州，留下了"父子三人，四知庆州"的佳话。晁补之与范纯粹交好，曾为之作《庆州新修帅府记》。该诗追述其父兄功业，勉其休兵养民，如古之名将李牧，安定边塞。诗用歌行体，语言通俗畅达，国事家事，娓娓而道，亲切有味。

[2]康定：指宋仁宗康定元年（1040），范仲淹赴西北戍边，任延州（今延安）知州。庆历元年（1041）五月知庆州。

[3]大顺葫芦：范仲淹筑葫芦、细腰二城，断明珠、灭藏二族通元昊之路；筑大顺城，巩固东路防御。

[4]侍中：指范仲淹长子范纯佑。

[5]龙图：指范仲淹次子范纯仁，曾为给事中。

[6]大冯小冯：汉代冯奉世子冯野王、冯立兄弟相继为上郡太守，皆公廉有惠政，人称"大冯小冯"。后世遂以"大冯小冯"称誉家族中人相继为官一地而皆有德政者。典出《汉书·冯奉世传》："吏民嘉美野王、立相代为太守，歌之曰：大冯君，小冯君，兄弟继踵相因循。聪明贤知惠吏民，政如鲁卫德化钧，周公康叔犹二君。"

[7]龆年：儿童换牙之时，指童年。

[8]麒麟图画功非晚：指图画功臣之像的麒麟阁。

[9]兰会：指兰州、会州，今兰州、会宁、靖远一带。

[10]斥堠：远出军营的哨探，即侦察兵。

[11]李牧（？—前228），战国末期赵国名将，驻守雁门关，败东胡、匈奴。前223年，大破秦军，以功封武安君。

◎阎灏

阎灏，北宋诗人，生平不详。

范仲淹赞[1]

英英如神[2]，岩岩如山[3]。仁义道德，盎于颜间。大忠皋夔[4]，元勋方召[5]。以赞中枢，以尊岩庙[6]。祐我仁祖，格以皇天。是敬是虔，不倾不骞。维庆有祀，邦民思式。庆山可夷[7]，兹堂巍巍。

【注释】

[1] 庆阳旧有范文正公祠，始建于宋仁宗嘉祐五年（1060）。穆衍知庆州时题阎灏的《范仲淹赞》于范公祠。穆衍，字昌叔，河内人。宋哲宗元祐初年，任左司郎中。后任华池（今庆阳华池县）、淳化（今陕西淳化）县令。绍圣元年（1094），知庆州。范公祠内诗文题咏由于年代久远多剥落无存，唯此赞至明代尚存，录于嘉靖《庆阳府志》。赞用四言，肃穆典重，"庆山可夷，兹堂巍巍"，言范公之英名必与山河同久远。

[2] 英英：才华俊美，气概不凡。

[3] 岩岩：高峻之貌。《诗经·小雅·节南山》："节彼南山，维石岩岩。"

[4] 皋夔：皋即皋陶，虞舜时法官。夔为虞舜时乐官。"皋夔"并称，借指贤臣。

[5] 方召：西周宣王贤臣方叔与召虎并称"方召"，后借指国之重臣。

[6] 岩庙：高大的宗庙。

[7] 夷：平。

◎高道华

高道华，北宋诗人，宋哲宗绍圣间任原州彭阳县令，余不详。

寺沟石窟寺题壁[1]

水云深处藏河寺，石窟经从几世传。我苦劫尘名利役，暂游真境欲忘筌[2]。

【注释】

[1] 此诗刻于北石窟寺石崖之上，落款时间为"绍圣戊寅三月"，即宋哲宗绍圣五年（1098）三月。时任邑令的高道华与同僚友人在春暖花开之时闲游寺沟石窟寺，面对水云深处的临河古寺，表达了摆脱名利羁绊、向往佛门净土的心迹。

[2] 忘筌：忘记捕鱼的筌。语出《庄子·外物》："筌者所以在鱼，得鱼而忘筌。"

◎宇文虚中

宇文虚中（1079—1146），子叔通，号龙溪居士，成都府广都（今成都双流）人，宋代著名政治家，诗人。宋徽宗大观三年（1109）中进士。历任起居舍人、国史编修官、中书舍人等职。上书反对联金灭辽，靖康之难，以资政殿大学士赴金营议和。宋高宗建炎二年（1128），奉诏出使金国，羁縻日久，守节不屈，伪仕金国，为翰林学士、礼部尚书。宋高宗绍兴十六年（1146），欲举事复宋，事泄被杀，阖门百口同日被焚。南宋朝廷追赠开府仪同三司，谥肃愍。宇文虚中曾在宣和四年（1122）任庆阳府知府，上书言范仲淹戍边之功，宋徽宗赐范公祠额曰"忠烈"。

中秋觅酒[1]

今夜家家月,临筵照绮楼。哪知孤馆客,独抱故乡愁。感激时难遇,讴吟意未休。应分千斛酒,来洗百年忧。

【注释】

[1]这是宇文虚中羁留金国、屈任伪职,在金国都城会宁(今黑龙江阿城)的中秋之夜思念家乡故国的诗作。灯火笙歌、绮楼盛筵的奢华之气与诗人孤馆客愁、思念家国的囚臣之思形成鲜明地对比,亡国之耻、降臣之辱、故国之思萦绕郁结,关山万里,壮志难酬,异国独处的悲怆之情,只好借千斛之酒来浇胸中沉重的百年之忧。该诗以乐景写哀情,沉郁厚重,充满家国身世之感。

◎曲端

曲端(1090—1131),字正辅,宋镇戎军(今甘肃镇原)人。曾袭受三班之职,好学能文,知兵略,精骑射,在宋夏、宋金的战争中屡有战功。历任秦凤路队将、泾原路通安寨兵马监押、泾原路第三将、都统制、宣州观察使,拜威武大将军。以为人刚愎,遭构陷,死于刑狱。

无 题[1]

破碎山河不足论,几时重到渭南村。一声长啸东风里,多少人归未断魂。

【注释】

[1]宋高宗建炎四年(1130),宋金在陕西富平会战,宋军大败,五路尽失,退居巴蜀。曲端忧念时局,作此诗以抒发收复失地的报国情怀。

◎宋万年

宋万年,北宋末中进士,号空同逸人。南宋初年,曾任秦凤路提点刑狱,庆阳知府。宋高宗绍兴十年(1140),庆阳城为金所破,不知所终。

北石窟寺[1]

奇工怪迹孰雕镌,闻说神灵造胜缘[2]。高廊一龛开古佛,并包万象见西天[3]。僧为早钵岩前释,民是桃源洞里仙。何去空同为隐逸[4],此中真可老参禅。

【注释】

[1] 此诗刻于北石窟寺石崖之上,落款时间为建炎二年(1128)。宋万年与僧俗友人同游北石窟寺,盛赞七佛造像为"奇工怪迹",表达了在此世外桃源遁世为僧、至老参禅的心迹。

[2] 胜缘:佛缘。

[3] 西天:佛教的西天极乐世界。

[4] 空同:即平凉崆峒山,道教名山。

◎刘汲

刘汲,字伯深,号西岩老人,应州浑源(今山西浑源县)人,金代著名文学家。放浪山水间,不拘礼法,以诗书自娱,是金中叶自适派诗人的代表人物。其诗质简清淡,朴实自然,回味悠长。曾游历陇东一带,留诗多首。

庆州回过盘岭宿义园[1]

随马雨不息,催人日欲晡[2]。山从林杪出[3],路到水边无。拘缚嗟徽宦[4],崎岖走畏途。村家应最乐,鸡酒夜相呼。

【注释】

[1] 该诗写风雨旅途,游历庆州山水,夜至义园,宿于农家,主人杀鸡致酒以待客。虽为纪行而质简有味,"村家应最乐,鸡酒夜相呼",古意盎然,犹如一幅风俗画,充满生活气息。

[2] 晡:即申时,午后三至五点。

[3] 林杪:树梢。

[4] 徽宦:捆绑的官员。

◎赵秉文

赵秉文(1159—1232),字周臣,号闲闲居士,晚年称闲闲老人,磁州滏阳(今河北磁县)人。金世宗大定二十五年(1185)中进士,调安塞主簿,平定州刺史,累官至礼部尚书。金哀宗即位,改翰林学士,同修国史。历仕五朝,能诗文,诗歌多写自然景物,又工草书,著有《闲闲老人滏水文集》。

过庆阳[1]

地形占得古金汤,感叹当时几战场。父子一家三范帅[2],功名异代两汾阳[3]。四山带郭环天险,二水分流会女墙。想见公堂无一事,临川阁上日飞觞[4]。

【注释】

[1] 诗人游历过庆阳，慨叹四山环拱、二水分流、一城凸起的形胜之险，追念范仲淹一门三帅、戍边御夏，郭子仪驻兵平叛、功封汾阳王的功业之重，而想象公堂无事、临川阁上日日宴饮的太平景象。该诗写庆阳形胜、史事、人物，对仗工稳，气韵流畅，诗境弘阔而气象远大。

[2] 三范帅：范仲淹于宋仁宗庆历元年（1041）知庆州，其子范纯仁于宋神宗熙宁七年（1074）、元丰八年（1085）两知庆州，范纯粹亦于宋哲宗元祐元年（1086）知庆州，留下了父子三人、四知庆州的佳话，故曰"一家三范帅"。

[3] 两汾阳：唐安史之乱时，朔方节度使郭子仪曾驻兵庆阳，后以平叛有功封汾阳郡王。诗人以范仲淹功比郭子仪，故曰"异代两汾阳"。

[4] 临川阁：即宋初建于庆城鹅池洞上的临川阁，详见前蒋之奇《临川阁》注释[1]。

发枣社[1]

夜发枣社驿[2]，褰帷见明月。月照断崖冰，风吹阴磴雪。山重复峻岭，十步九盘折。两崖夹深涧，线路仅容辙。缒车下百尺，辚辘声未绝[3]。坡陀到平地[4]，稍喜见雉堞[5]。隔城闻钟鼓，星斗何历历。故人相劳苦，杯酒慰行役。夜阑秉明烛，相对恍如失。

【注释】

[1] 诗人于寒冬月夜乘马车自早胜至宁州，过原下坡，山路崎岖险要，路窄崖深，月照冰雪，十步九回，至平地见城墙、闻钟鼓方由惧而喜，并有故人设酒慰劳。该诗细节描写生动，写尽游人行旅之艰难。

[2] 枣社驿：在今宁县早胜镇，古名枣社，是早胜原上主要的交通枢纽。

[3] 辚辘：车轮转动之声。

[4] 坡陀：倾斜不平之貌。

[5] 雉堞：城墙上的齿状垛口。

过宁州[1]

季冬落日黄，霜雪原野白，驱车上峻坂[2]，十步百夫力。我行未半岭，回首但木末[3]。白云在高顶，可望不可及。北风催去翼，孤烟带远客。居人候征骑，倦仆望远驿。仓皇下坡陀，张灯已昏黑。

【注释】

[1] 诗人驱车自宁州上坡至东原，坡长路陡，行至半山，回首只见树梢，仰望山

顶，白云远在其上。北风孤烟，远客倦仆，写行旅而有苍凉之感。

　　[2]峻坂：陡坡。

　　[3]木末：树梢。

◎马祖常

　　马祖常（1279—1338），字伯庸，光州（今河南潢川）人，元代著名文学家。元仁宗延祐二年（1315），廷试第二，授监察御史，先后任翰林直学士、礼部尚书、御史中丞、枢密副使等职。读书"石田山房"，元文宗誉为"中原硕儒"，诗文兼擅，才情雄富，有《石田集》十五卷传世。

庆　阳[1]

　　苜蓿春原塞马肥，庆阳三月柳依依。行人来上临川阁[2]，读尽碑词野鸟飞。

【注释】

　　[1]元仁宗元祐四年（1317）春，马祖常以监察御史巡视至庆阳，登上府城东之临川阁，见苜蓿草高，塞马膘肥，柳色依依，野鸟低回，感于边城无事的太平景象，而有是咏。该诗意象浑融，清丽疏朗，明快自然，有唐人气象。

　　[2]临川阁：建于庆阳府城东鹅池洞上，详见前蒋之奇《临川阁》注释[1]。

◎蒲察天吉

　　蒲察天吉，字宗庆，将士郎，元庆阳府知事。

神灵之赞[1]

　　人生在世，克己为先。必宜守正，道不可偏。下载者地祇[2]，上覆者皇天，有神明之鉴察，有日月之昭然。敢不慎焉！敢不畏焉！

【注释】

　　[1]此赞词刻于合水县城隍庙碑阴。为人为官，当克己守正，畏天地之察，畏神明之鉴，慎之畏之，方可全身远祸。语虽直白，却是警世之言。

　　[2]地祇：土地神。

甘肃历代诗歌选注

明

◎ 景清

景清，宁州真宁（今庆阳正宁县）人，明太祖洪武二十七年（1394）以榜眼中进士，授翰林院编修，升左佥都御史，后任金华知府。惠帝建文元年（1399），任北平参议，建文二年（1400），升御史大夫。燕王朱棣反，景清阴结方孝孺等密谋讨逆，事不成，方孝孺等死节。永乐元年（1403）复任御史大夫。于上朝时，内着红衣，身怀短剑，当殿刺杀明成祖朱棣，事不成，被处磔刑，壮烈而死，遭"瓜蔓抄"，灭十族。后谥"忠烈"，嘉靖九年（1530），建甘节庙以祀。

题县境[1]

二水交流屈抱冈[2]，登临一望四茫茫。南庄日暖多耕稼，西谷风寒少种桑。果老升仙遗墓古[3]，蒙恬赐死故城荒[4]。乔山惟有灵湫在[5]，历代琼碑焕文章。

【注释】

[1]此诗明嘉靖《庆阳府志》题为曹琏《谒灵湫》，系误录。该诗写罗川（旧真宁县治）景色及史迹传说。四郎河、支党河二水交流，登临四望，禾黍满川，遥想灵湫不远，浮光流金，历代碑刻，文采粲然，并及张果老幻墓、蒙恬赐死阳周诸传说遗迹。读其诗，则一县之风物传说略备于此。所咏之景，于弘治间（1488—1505）多列入"真宁八景"。

[2]二水交流：指流经正宁罗川（旧县城）的支当河、四郎河。

[3]果老遗墓：即张果老遗墓，传张果老升仙，留此衣冠冢，为正宁八景之一。

[4]蒙恬故城：即阳周故城，传秦大将蒙恬赐死于此，为正宁八景之一。

[5]乔山灵湫：在子午岭西麓，正宁湫头乡，为正宁八景之一。

◎ 顾佐

顾佐（1376—1446），字礼卿，河南太康人，明建文二年（1400）中进士。历任陕西庄浪（今甘肃庄浪县）知县、监察御史、顺天府尹、都察院都御史。为官风纪整肃、严惩贪腐，号为廉吏。

庆阳有感[1]

一

雉堞巍然依峭壁，戍楼雄峙接高云。皇朝疆域万年业，范老功勋百世禋[2]。处处桑麻民安堵[3]，家家弦诵士能文。专城喜有乌台客[4]，冰檗还闻似旧真[5]。

二

远道推敲欲踏冰，扁舟空忆蓼花汀。地无禾黍惟余白，天绝云霓只见青。

才拙极知穷五技[6]，民饥聊复咏三星[7]。惭无萧相筹边策[8]，似醉愁怀未得醒。

【注释】

[1]该诗为作者任职陕西、游历庆阳时的题咏。写庆城巍峨之势，"雉堞巍然依峭壁，戍楼雄峙接高云"，极为传神（城系斩山而成、内高外低）。从诗中可见明初庆阳社会经三十余年休养生息，民生恢复、文教进步的情形。

[2]范老功勋百世禋：指范仲淹知庆州、御西夏事。禋，祭名，升烟祭天以求福，泛指祭祀。

[3]安堵：安定，安居乐业。

[4]乌台客：指在御史台供职。

[5]冰檗：黄檗性寒味苦，冰檗喻指处境寒苦艰辛。

[6]五技：指多能而不精一技。典出《荀子·劝学》："螣蛇无足而飞，鼫鼠五技而穷。"

[7]三星：古有"织女三星"之说，代指织女，善织。"咏三星"者，号寒求衣之意。

[8]萧相：指汉高祖的丞相萧何。《史记·高祖本纪》载刘邦论萧何曰："镇国家，抚百姓，给馈饷，不绝粮道，吾不如萧何。"

◎吴士英

吴士英，浙江四明人，以明经入仕，明洪武初通判庆阳府。为政重文治德化，修学宫，作咏归亭，匾府治后堂曰"景范堂"。能诗，境内多有题咏。

周祖遗陵[1]

帝业开基八百秋，遗陵荒草晚烟稠。莫言征伐成王室，自是耕耘起绿畴。泽被豳宁春雨熟，神归环庆暮云收。行人过此应相问，黄壤千年尚属周。

【注释】

[1]周祖遗陵在庆城东山，为周先祖不窋之陵，旧为庆阳八景之一。该诗缅怀周祖开八百年帝业之功，感叹千年黄壤不变而唯有遗陵荒草，其事虽远而其德尚在，"莫言征伐成王室，自是耕耘起绿畴"，言周人以农德为立国之本，至今"泽被豳宁""神归环庆"，遗爱尚存。此诗气象阔大，寄慨遥深，为怀古诗中的上品。

孔圣新宫[1]

礼乐陵夷二十年[2]，杏坛湮没草芊芊[3]。五星奎聚开文运[4]，百堵落成仰圣贤[5]。昼静冕旒帘里见[6]，夜深弦诵月中传。盛时欣见兴文教，尽使闾阎性乐天[7]。

【注释】

　　[1]孔圣新宫即庆阳府儒学内的文庙,在庆阳府署之南,经元末兵燹,通判吴士英重加修葺,巍然焕然,弦歌复起,文教重兴,泮水春融,绛帐风生,为庆阳一景。

　　[2]礼乐陵夷:指文教废弛。陵夷,衰落。

　　[3]杏坛:传为孔子聚徒讲学之处。后泛指书院、学舍等授业讲学处。

　　[4]五星奎聚:即五星聚奎,亦名五星联珠,金、木、水、火、土五星排列近直线的天文现象,古人以为是祥瑞之兆。

　　[5]百堵:指众多房屋。堵,墙。

　　[6]冕旒:帝王礼服。此指文宣王孔子的塑像。

　　[7]闾阎:里巷内外之门,借指里巷,泛指民间。性乐天:《礼记·中庸》曰:"天命之谓性,率性之谓道,修道之谓教。"此指乐习教化之道。

狄公古庙[1]

　　遗祠千载依山头[2],曾谓当时社稷忧。碧草黄花空寂寂,白云流水自悠悠。诚回女祸忠犹在[3],惠及宁民泽尚流。贱子幸来追旧迹,不胜思泪洒清秋。

【注释】

　　[1]诗咏宁州(今甘肃宁县治)狄梁公庙(祀唐贤相狄仁杰)。狄仁杰为宁州刺史,抚和戎汉,清廉爱民,政声卓著。及解官去,州人勒碑以颂。后立庙以祀,在今宁县城西庙嘴坪。

　　[2]山头:狄公祠在宁州城外西一里庙嘴坪,故曰"山头"。

　　[3]诚回女祸:指狄仁杰去武周兴李唐之功。

范公旧宅[1]

　　宋室南迁将业殚,独留空宅后人看。义尊中国精灵在,气逼西戎心胆寒。世变故山烟漠漠,夜深旧垒月团团。人生今古能如此,景慕如何发浩叹。

【注释】

　　[1]范仲淹知庆州,府治内留有官宅,为资后人缅怀,历代未毁,有《景范堂》《二范遗爱堂》《一范堂》等题名。诗人感叹虽世变人移、独留空宅而范公之盛德不泯、英气常存。

鹅池春水[1]

　　两过南城杨柳阴,芳池流水碧沉沉。古人已去鹅群远,泉脉相通龙窟深。

苔护铁窗青窈窕，凉生石涧气萧森。濯缨还许来危坐，独对春风试一吟。

【注释】

[1]"鹅池春水"旧为庆阳八景之一，每至春和景明之时，涟漪澄澈，四山拱翠，群木争奇，万卉竞芳，士民游观饮濯，往来不绝。

龙湫夜月[1]

晚霁泓泉浸碧空，嫦娥散彩射龙宫。天香馥郁三秋际，树影婆娑一镜中。嬴女吹箫承湛露[2]，鲛人织锦沐清风[3]。滂沱此夜应离毕[4]，却为苍生作岁丰。

【注释】

[1]龙湫即庆城北三十里菩萨山下之灵湫，澄澈如镜，高树四围，为历代官民祈雨之所。每至深秋，风清波静，浮光跃金，为庆阳一景。

[2]嬴女吹箫：此用萧史弄玉之典。传秦穆公女儿弄玉善吹箫，后与仙人箫史结缘，乘龙凤仙化而去。

[3]鲛人织锦：神话传说南海有鲛人，鱼形人首，善织，落泪成珠。

[4]离毕：月附于二十八宿之毕星，为天将降雨之兆。典出《诗·小雅·渐渐之石》："月离於毕，俾滂沱矣。"

庆台晴雪[1]

滕六施功赖剪裁[2]，朝阳飞出白云堆。璃阶玉砌千层叠，珠树琪花一夜开。却羡仙翁披氅去，何妨狂客泛舟回，腊前三白谁呈瑞，应拟笙箫下凤台。

【注释】

[1]庆阳斩山为城，四山环绕，自上观之，城中平衍如台，每至冬日雪霁，红日朗照，城中烟火万家，雪积如画，蔚为奇观。

[2]滕六：亦名"封六"，传说中的雪神名。

彭原晚照[1]

平原雨霁暮烟销，秋日西风禾黍饶。地阔草深双兔伏，天晴木末一禽遥。笛声杳杳闻归牧，斧韵丁丁听晚樵。自喜升平无战伐，寸心何以答明朝。

【注释】

[1]又名"彭塔晚照"，旧为庆阳八景之一。彭原古塔传为唐肃宗时彭原太守李遵

奉敕修建，高十二层。每至夕阳西下，四野昏黄，独塔顶恍若日色，明光夺目，远近皆见。1920年大地震颓圮至三层，今已荡然无存。该诗写原不写塔，秋日雨后，彭原夕照，禾黍遍野，飞禽走兽各得其乐，牧笛与樵采之声相互应和，格调清远古雅，"笛声杳杳闻归牧，斧韵丁丁听晚樵"一句，尤耐人玩味。

南城晓市[1]

山廓晴晖照市廛[2]，市声嘈杂带朝烟，山人苦被浮名缚，野客甘为薄利牵。堪叹游商从垄断，几回归梦到春田，西来岚气浑如画，谁赋坡翁海市篇[3]。

【注释】

[1] 在庆阳府城南关，为货物集散、商贾云集之地。士民早晚至市，交易而退，热闹异常，为庆阳一景。

[2] 市廛：市中店铺。

[3] 苏东坡贬至登州已是初冬，而见海市蜃楼，喜赋《登州海市》诗。此以海市喻南城晓市之壮观。

普照昏钟[1]

古刹多年事已非，独留钟韵送斜晖。风生碧汉鲸初吼，人静苍松鹤已归。竹院春游情淡淡，枫桥夜阻思依依。宦情老我边城客，几度思家吟式微[2]。

【注释】

[1] "普照昏钟"旧为庆阳八景之一。庆城北有普照寺，左置钟楼，晨昏叩之，朝夕分明。看四面青山夕照，听古刹钟声袅袅，足可怡人情性。

[2] 式微：昏暗不明，指天色将晚。语出《诗经·邶风·式微》："式微式微，胡不归？"此处借以表达思乡之情。

◎ 曹琏

曹琏，字廷器，湖南郴阳（今永兴）人。明宣宗宣德四年（1429）以诗中乡试解元。历官嘉定州学正，迁国子监学正，河南提学佥事，升陕西按察副使。曾巡按至庆阳。任内清军籍，恤刑狱，多有政绩。升大理寺少卿，参赞延绥军务，以廉能著称。有诗名，所在多有题咏，河南、陕西等地的方志收其诗较多。

合水咏古[1]

北川建水合南流[2]，邑治因名几百秋。太堡岁寒凋桧柏，华池春暖浴骅骝。

明 | 079

月明古塞烽烟净，雨霁荒城稼穑稠。试问东村诸故老，汾阳铁券尚存不[3]？

【注释】

　　[1]这是曹琏为陕西按察副使时巡按至合水（旧县治在今合水老城镇）而作的咏怀诗。写合水得名由来，蟠、蛟二水交流、桧柏遍地、马群在山、宜耕宜牧。"月明古塞烽烟净，雨霁荒城稼穑稠"写边地太平之象，高华疏朗，笔力健劲，气象雄浑，堪称佳句。末以寻访当地老者，与谈当年郭子仪屯兵平叛事，吊古伤今，回味悠长。

　　[2]此句咏合水得名之缘由。

　　[3]郭子仪以平定安史叛军的军功，被唐肃宗封汾阳郡王，并赐丹书铁券（功臣世代享受优遇或免死的凭证）。

◎许明

　　许明，江西吉水人，明代宗景泰间（1450—1456）任合水县儒学教谕。

合水咏古[1]

一

　　县治城环合水流，无边景物不知秋。高岗日暖仪丹凤，附郭风清系紫骝。古塞民居分远近，长堤烟树自疏稠。宦游过此多怀古，为问民俗咏得不？

二

　　长途四牡日非非，吊古兴怀一怆悲。安化西来山突兀[2]，华池东去路崎岖。范公曾筑平戎寨[3]，唐室犹存列圣碑[4]。原上荒城遗故迹，道旁枯柏见高枝。过人知感怀英济[5]，盖世勋名重子仪[6]。揽辔何时重过此，备将民俗播声诗。

【注释】

　　[1]诗写合水史迹及风物。范仲淹所修平戎寨在今合水太白平定川，扼庆延古道；唐睿宗五子李隆业封薛王，居合水，金时立列圣碑；狄仁杰、郭子仪曾为官、屯兵于此。"宦游过此多怀古"，诗人历数前朝旧事，原上荒城、道旁枯柏，无不昭示历史的沧桑。"古塞民居分远近，长堤烟树自疏稠"，写古城景象，对仗工稳，疏朗传神。

　　[2]安化：明时庆阳府安化县即今庆阳市庆城县，地在合水县城（今老城镇）之西。

　　[3]平戎寨：在今合水县太白镇平定川，遗址尚存。

　　[4]列圣碑：唐薛王李隆业居合水，有《列圣碑》，今存合水县博物馆。

　　[5]怀英：狄仁杰，字怀英，曾任宁州刺史。

　　[6]子仪：唐汾阳郡王郭子仪，传曾于此屯兵。

◎王忠

王忠，山西绛州人。明代宗景泰间（1450—1456）任宁州儒学学正。

咏宁州八景[1]

梁公碑古字无瑕，秦储丘陵噪暮鸦。顺利瑚川生紫砚，高山晚照散红霞。九龙春晓真堪羡，三水合流甚可嘉。最爱金泉崖畔涌，关亭夜月挂天涯。

【注释】

[1] 该诗巧妙融会宁州八景（即"梁公古碑、秦储荒冢、瑚川紫砚、高山晚霞、九龙春晓、三水合流、金沙泉涌、关亭夜月"）为一诗，化静为动，内容连贯，层次分明，无堆砌之感。境界阔远，语言流丽，诗境清雅秀逸，耐人回味。

◎马文升

马文升（1426—1510），字负图，号约斋，又号三峰居士。河南钧州（今禹州）人，明代宗景泰二年（1451）中进士。仕五朝，任山西、湖广巡按，福建按察使。宪宗成化初，巡抚陕西，驻节庆阳，御蒙古鞑靼部并平定满四起事。成化十二年（1476）以兵部右侍郎整饬辽东军务，上边计十五事。为权阉汪直所诬，谪戍重庆卫。成化二十年（1484），再度巡抚辽东。次年任漕运总督。孝宗弘治中历任兵部、吏部尚书，严整军务，罢黜贪懦，屡平西北边塞。武宗正德二年（1507），权阉刘瑾乱政，被罢官。有文武才，长于应变，尤重名节。卒谥端肃。有《马端肃公诗集》《马端肃奏议》等。

后乐轩吟[1]

几载提兵寓庆阳，凯旋南去喜洋洋。关中黎庶停供亿，塞外羌胡远遁藏。圣主用纾西顾忧，王师尽还北征装。时来屡有雪盈尺，来岁丰登已兆祥。

【注释】

[1] 此诗作于成化九年（1473）冬十二月，时马文升已巡按陕西、驻节庆阳五年。是年冬，获隆德汤羊岭大捷，又连降瑞雪，皆可喜之事，遂赋诗记之。"后乐"为马文升别号。该诗语言流畅，节奏明快，直抒胸臆，不假雕饰，轻松欢快之情，溢于言表。公自序云"读者勿哂其不工"，实则出自真情，自是好诗，比之情寡词工者尤胜。

察院题竹[1]

庭前万个翠琅玕[2]，劲节凌霄耐岁寒。昼静风摇声可听，夜深月照影谁看。

时来暂尔栖黄雀，日后应须集彩鸾。我欲与君结社友，虚心想共此心丹。

【注释】

[1]此诗作于宁州（今甘肃宁县）察院，虽咏竹，而以暂栖黄雀、后集彩鸾为喻，深有寓意。下为作者自序。

平鲁凯旋，驻节宁州。分司后堂前丛竹数千杆，昼则风摇，其声可听，夜则月照，其影可看。劲节凌霄，俨然潇湘之景，惜乎止见寒雀之集，而无彩鸾之栖也。诗以咏之，聊寓其意，工拙弗计焉。

[2]琅玕：翠竹的美称。

观兵洪德城[1]

九月霜寒洪德城[2]，边风吹雁向南征。将军虎镇黄花寨[3]，壮士龙骧细柳营[4]。灵武已墟唐代事[5]，朔方犹赖宋时兵[6]。为怜重地凋零后，一片荒山晓月明。

【注释】

[1]明宪宗成化间，河套的蒙古鞑靼部经常南下鄜延、环庆，马文升钦差提督军务巡抚陕西，驻节庆阳，防御环、庆一线。修灵武、洪德、木钵、马岭四城，以遏敌南下之路。该诗为视察洪德城防务时所作，月夜巡营，霜寒风劲，边地凋残，而将士用命，营垒肃然，引灵武募兵、范公戍边之典，抒发建功塞上的豪情。对仗工稳，气韵沉雄，为边塞诗中的上品。

[2]洪德城：在环县城北五十余里。

[3]黄花寨：湖北宜昌黄花镇一带悬崖有多座兵寨相连，统称黄花寨，地势险绝，为入蜀咽喉要塞。此处泛指兵寨。

[4]细柳营：汉文帝时将军周亚夫屯军细柳营，军法严明，帝劳军不得入，使者持节下诏，方得入。细柳营后泛指军营。

[5]指唐肃宗灵武继位之事。

[6]马文升戍边环庆一带，方略多用宋时范仲淹之策，广筑城寨以扼敌冲要，大见成效，故言。

◎王福

王福，字以德，号庸庵，明代安化（今庆阳市庆城县）人。博学能文，有大志，中成化间乡试解元，后官河内尹。其子王纶，哲学家，明孝宗弘治九年（1496）中进士，任兵部主事，江西参政，宣礼教以正人心，以才名重世，时与王守仁齐名，有"南王""北王"之称。后陷于宁王谋反案，为王守仁所杀。

题马巡抚御环庆[1]

将军碑树古祠前,读罢遗吟涕泪连。挥战汗流骢马瘦,当锋血溅锦袍鲜。幨帷不厌三冬夜[2],介胄宁辞九夏天[3]。边鄙无虞身去国,谁将风采赋凌烟。

【注释】

[1]此诗为韩范祠前观马文升碑记,有感于其御鞑靼之功而咏。因身在其地,亲历其事,故描写生动,形象鲜明。

[2]幨帷:车上的帷幕。

[3]介胄:即甲胄,铠甲和头盔。

颂太守周公德政[1]

发廪活人尚未休,天灾民隐两堪忧。悬鱼愧客称羊续[2],易马嘶归叹白侯[3]。尺布感神来梦里,一帘买求向河头。略将六异书青史[4],耿耿芳名万古留。

【注释】

[1]太守周公即周茂,直隶卢龙(今河北卢龙县)人,明宪宗成化间任庆阳知府。廉明果毅,卓有异政,荒旱之年,开仓赈灾,活人无数。每以气节自负,士民皆感恩威。

[2]羊续(142—189),字兴祖,兖州平阳(今山东新泰市)人。东汉著名的廉吏。历任扬州庐江郡太守,荆州南阳郡太守,廉洁自律。府丞献生鱼,羊续悬之于庭以拒之,留下悬鱼拒贿的佳话。

[3]白侯:指白景亮,字明甫,任衢州路总管。不与农夫争路,人称其贤。

[4]六异:民间传说中的六种神秘异术。此借指多种异政。

◎王汝弼

生平不详。

颂太守周公德政[1]

近来环庆雨愆期,共荷神明太守慈。万户勤劳多赈济,一方清晏少流移。范公经略威名重,父老饥荒惠政遗。咫尺天书催赴阙,庶民争立去思碑。

【注释】

[1]诗写庆阳知府周茂赈济灾民之惠政,使一方清晏,民少流移,卸任之时,百姓争立去思碑。

◎ 张琡

张琡，字文璧，庆阳府镇原（今庆阳市镇原县）人，明宪宗成化八年（1472）进士，历官工部主事、员外郎中、真定知府、河南参政。刚正爱民，不畏权要，修义仓，兴学校，筑滹沱河堤百里，有惠政。

潜夫书台夜月[1]

读书台上暮云收，天际水轮是旧游。清澈杏坛花影外，光摇洙泗水源头[2]。遗芳尚有三春草，夜气常涵八月秋。一自潜夫留此迹，至今蟾桂属吾流[3]。

【注释】

[1]镇原县城北有潜夫山，上有潜夫读书台。诗人夜游潜夫山，登读书台，感叹自乡贤王符开一地读书向学之风气，千余年来文脉赓续，科名繁盛。

[2]洙泗：洙、泗二水在山东曲阜，后世以代称孔子及儒家。

[3]蟾桂：即蟾宫折桂，喻科举高中。

◎ 贾瓘

贾瓘，字佝玉，号午山，宁县人，明弘治三年（1490）中进士，历官南京户部主事，广平、开封、徽州、平阳知府，四川兵备道按察使兼平戎总督。清廉爱民，所至有惠政。

题宁州高山寺[1]

霄汉凭陵眼界宽，百年浮世几悲欢。彭原幸我重倾盖，神武输君早挂冠。莫谓将军夸大树[2]，肯从博士笑寒毡[3]。相逢一笑西风急，索取黄花晚节看。

【注释】

[1]高山寺在宁州（今宁县治）城东山上，始建于明英宗正统十一年（1446），禅房深院，花木葱郁，为当时胜景。明宁州同知顾喻有《宁州高山寺记》。作者秋日登临，追念汉唐旧事，感怀浮世无常。

[2]将军夸大树：此用大树将军冯异之典。冯异（？—34），字公孙，颍川父城（今河南宝丰）人，东汉中兴名将，列"云台二十八将"。冯异为人谦退，诸将每论功，冯异独具树下，人誉为"大树将军"。冯异北伐，曾至北地。

[3]寒毡：《新唐书》载，郑虔居官清贫简约，淡然自处，杜甫为诗赠之曰："才名四十年，坐客寒无毡。"后以"寒毡"形容寒士之清贫。

高山寺绝句[1]

此生已觉都无事,今岁仍逢大有年[2]。山寺归来闻好语,野花啼鸟亦欣然。

【注释】

[1] 解官归里,入山寺空门以怡情,归闻丰年而欢欣,野花啼鸟,似欲同乐。此为乡居生活之写照。

[2] 大有:本《易经》六十四卦之一,为盛大丰有之象。后多指年岁丰收。

◎李梦阳

李梦阳(1473—1530),字献吉,号空同子。庆阳(今甘肃庆城)人。明代著名文学家。出身寒微,弘治六年(1493)中进士,历任户部主事、江西提学副使等职。为人疾恶如仇,刚直敢言,先后上奏章弹劾寿宁候张鹤龄、宦官刘瑾,宦海沉浮,几次入狱。最终因宁王朱宸濠案牵连,被革职削籍。李梦阳负才尚气,工于诗文,反对台阁体,倡导复古以变革文风,与何景明、徐祯卿、边贡、康海、王九思、王廷相号"弘正七子",是前七子的领袖。主张文宗秦汉、古诗学魏晋,近体学盛唐,为诗主情不主理,影响一时。但过于强调格调法度,刻意复古而少创新,诗歌创作缺乏生机,影响了他的文学成就。他的诗歌中,乐府、古诗较多,关心时政民生,有现实意义,艺术成就高。七律专宗杜甫,气象阔大、雄浑劲健。有《空同集》六六卷。

环庆怀古八首[1]

黄帝陵

黄帝骑龙事杳茫,桥山未必葬冠裳。内经泄秘无天地[2],律吕通神有凤凰[3]。创建文明归制度,要知垂拱变洪荒[4]。汉皇巡视西游日,万有八千空路长。

【注释】

[1] 这组怀古诗多为七律,皆咏家乡环庆一带古迹风物、先贤及时事,如数家珍,感情真挚,内容充实,境界阔大,词气健拔,寄慨深远,无泥古之迹,为李梦阳诗中的上品。黄帝陵及汉武帝事见前曹植《黄帝赞》注释[1]。诗咏黄帝功德及葬事,讥汉武寻仙道之无稽。黄帝冢原址,今人多有争议,或以为在黄陵县,或以为在正宁县,观宋时李维之碑记,明、清时李梦阳、强晟、景清、折遇兰诸人题咏庆阳之诗,则当时皆有公论,可为在庆阳正宁之一证。

[2] 内经:指黄帝与岐伯论医事,今有《黄帝内经》传世。南宋郑樵《通志》:"古有岐伯,为黄帝师,望出安化。"

[3]律吕：本指校正乐律的十二个长短不齐的竹管，奇数为"律"，偶数为"吕"，合称"律吕"。后统称音律为"律吕"。传黄帝命乐官伶伦制乐，伶伦于昆仑山解谷听凤鸣而制六律，听凰鸣而制六吕。

[4]垂拱：垂衣拱手，喻无为而治。

庆阳城[1]

庆阳亦是先王地，城对东山不窑坟。白豹寨头惟皎月[2]，野狐川北尽黄云[3]。天清障塞收禾黍，日落谿山散马群。回首可怜鼙鼓急，几时重起郭将军[4]。

【注释】

[1]诗言庆城为周祖发祥旧地，禾黍遍川，马群在山，亦农亦牧。白豹川、野狐沟皆庆城周围之地名，至今沿用，读来倍感亲切。末因成化间鞑靼入寇事而感言，希望有郭子仪般的将才复出以靖边患。该诗气象阔远，写景生动如画，感情真切。

[2]白豹寨：安化县白豹里（今陕西吴起县白豹镇）有白豹寨，宋时所筑，在庆阳府城东北百余公里，今遗址尚存。

[3]野狐川：在庆城北，今名野狐沟。

[4]郭将军：指唐汾阳王郭子仪。

秦扶苏蒙恬[1]

紫塞桥山惨暮云[2]，旧时冤枉不堪论。玄黄天地空埋血，鹿马江山不返魂[3]。自是孤臣才易得[4]，肯迟一死义还尊。阳周城下青青树[5]，犹拟牙旗驻虎贲。

【注释】

[1]扶苏：秦始皇太子，监蒙恬军筑长城。始皇崩，为丞相李斯矫诏赐死，葬于宁县（新宁镇旧有太子冢）。蒙恬亦被斩于阳周（今正宁县境，在罗川北三十里）。该诗感叹二人皆不遇时，为权奸所弄，太子以孝死，蒙恬以忠死，故曰"旧时冤枉不堪论"。诗境慷慨悲凉，语言流丽。

[2]紫塞：长城。

[3]鹿马：此用奸宦赵高指鹿为马之典。

[4]孤臣：指被矫诏赐死的秦大将蒙恬。

[5]阳周城：传在正宁县罗川北三十里，今永正乡。

傅介子坟[1]

刺杀楼兰归便侯，四夷稽颡万方愁。义阳陵墓今人指，异域功名汉史收。使节飞尘空道路，古碑生藓尚交虬。华夷异种同天地，错尽将军报国谋。

【注释】

[1]傅介子,西汉北地郡义渠(今甘肃庆阳)人,昭帝时奉使出西域,计斩楼兰王安归,封义阳侯。墓在今庆城西塬石马坳。

灵武台[1]

环县城边灵武台,肃宗即位披蒿莱。二仪高下皇舆建,三极西南玉玺来。衣白山人经国计,朔方孤将济时才。只为天子东征去,圣武神功亦壮哉。

【注释】

[1]环县城北二里有灵武台,传为唐肃宗即位处。"衣白山人"指李泌(佐唐肃宗,不受官而总揽枢务,自称"山人"。与肃宗出行,将士言:"衣黄衣者,圣人也;衣白衣者,山人也。"),"朔方孤将"指郭子仪(时任朔方节度使)。二人皆救时将相,聚于灵武,安史之乱平定,起自灵武募兵,诗咏其事。

狄梁公庙[1]

狄老昔为州刺史,千秋万载土人思。向来伊洛瞻陵墓,又在宁江见庙祠。鹦鹉梦中天地转[2],太行山上旆旌迟[3]。平生忠孝垂今古,不愧希文数字碑[4]。

【注释】

[1]诗咏宁州狄梁公庙(详见前范仲淹《狄梁公庙碑》及吴士英《狄公古庙》注释[1])。昔留政声,今我来谒,言其功德,至用一联,"鹦鹉梦中天地转"言其忠(指为武后解梦而谏立太子事),"太行山上旆旌迟"言其孝(指望云思亲事),故下联以"平生忠孝垂今古"为照应。构思缜密,对仗工稳。

[2]武则天梦鹦鹉折双翅,狄仁杰以鹦鹉寓意"武",相王、庐陵王(李旦、李显)为武氏之羽翼解之,武后遂悟,立庐陵王为太子。

[3]狄仁杰北行,道出太行山,西望白云,下有其双亲,久不忍去。史称"望云思亲"。

[4]不愧希文数字碑:范仲淹字希文,曾作《狄梁公庙碑记》,一事一议一嗟叹,望云思亲则见其孝,抗上不屈则见其节,代人出使则见其义,再造唐室则见其忠,断案如神则见其智,荐贤识人则见其明,爱民救难则见其仁,寥寥数事,狄公之形神俱见。《潜夫论》云:"同明相见,同听相闻。唯圣知圣,唯贤知贤。"范公诚可为狄公之异代知己。

韩范祠[1]

范公人物当三代,韩相元勋定两朝[2]。延庆曾连唐节度[3],生平不数汉骠姚[4]。一封攻守安边策[5],千岁威名破胆谣[6]。郡府城南双庙貌,异时追慕此情遥。

【注释】

[1] 该诗以汉、唐之霍去病、郭子仪比宋时之韩琦、范仲淹，表其景仰之情。"范公人物当三代，韩相元勋定两朝"，范为三代遗才，韩为两朝元勋，用语精拔，气势飞动，极见功力。

[2] 韩琦历仕仁宗、英宗、神宗三朝，两定储君，及去世，宋神宗御撰"两朝顾命定策元勋"之碑。

[3] 唐节度：指唐朔方节度使郭子仪。

[4] 汉骠姚：西汉霍去病曾为骠姚校尉，骠骑将军，后以"骠姚"指霍去病。

[5] 攻守安边策：范仲淹戍边环庆路，上《攻议》《守议》二策，主张积极防御，广筑城寨，扼敌冲要，元昊不敢轻入。

[6] 破胆谣：范仲淹任环庆路缘边招讨使，兼知庆州，肃兵备、裁冗滥、筑城寨、抚羌民，一时肃然，党项畏惧，不敢轻入。韩琦时为陕西经略安抚副使，与范仲淹共御西夏，有勇略，并称"韩范"。民有谣曰："军中有一韩，西贼闻之心骨寒；军中有一范，西贼闻之惊破胆。"

环县道中[1]

昔人习鞍马，而我惮孤征。水抱琵琶寨[2]，山衔木钵城[3]。裹疮新罢战，插羽又征兵。不到穷边处，哪知远戍情。

【注释】

[1] 此诗写作者鞍马独行于环县道中的见闻和感受。自明宪宗成化初年鞑靼入寇以后，环庆一线成为边防重地。琵琶寨、木钵城皆为当时屯兵要塞，边战时断时续，"裹疮新罢战，插羽又征兵"，作者亲历其地，故而描写具体，感受真切。

[2] 琵琶寨：在庆城马岭镇以北，为控扼北去河套的重要兵寨。

[3] 木钵城：在环县县城南，唐时即有木波堡，宋时范仲淹重筑，明成化间马文升复修。

秋怀八首[1]

龙池放舫他年事[2]，坐对南山忆旧时[3]。紫阁峰如欺太白[4]，昆吾山自绕皇陂[5]。双洲菡萏秋堪落，乱木兼葭晚更悲。谷口子真今得否[6]？攀云骑马任吾之。

黄河水绕汉边墙，河上秋风雁几行。客子过壕追野马，将军韬箭射天狼[7]。黄尘古渡迷飞挽，白月横空冷战场。闻道朔方多勇略，只今谁是郭汾阳。

宣宗玉殿空山里[8]，野寺霜黄锁碧梧。不见虎贲移大内，尚闻龙舸戏西湖。

芙蓉断绝秋江冷，环佩凄凉夜月孤。辛苦调羹三相国[9]，十年垂拱一愁无。

苑西辽后洗妆楼[10]，槛外芳湖静不流。乱世君臣那在眼，异时松柏自深愁。雕栏玉柱留天女，锦石秋花引御舟。万古中华还此地，我皇亲为扫神州。

胡奴本意慕华风，将校和戎反剧戎。遂使至尊临便殿，坐忧兵甲不还宫。调和幸赖惟三老，阅实今看有数公。闻道健儿多战死，暮云羌笛满云中。

大同宣府羽书同[11]，莫道居庸设险功。安得昔日白马将，横行早破西山戎。书生误国空谈里，禄食惊心旅病中。女直外连忧不细[12]，急将兵马备辽东。

曾为转饷趋榆塞[13]，尚忆悲秋泪满衣。沙白冻霜月皎皎，城孤哀笛雁飞飞。运筹前后无功伐，推毂分明有是非。西国壮丁输挽尽，近边烽火至今稀。

昆仑北极转天河，独马年时向此过[14]。渥洼西望迷龙种[15]，突厥男侵牧橐驼。黄花古驿风沙起[16]，白云阴山金鼓多。况是固原新战斗[17]，居人指点说干戈。

【注释】

[1]八首咏怀诗多写清秋时节古云中（今山西大同）、宁夏、榆林、固原一带苍茫辽远的边塞风物，其地在明代属"九边重镇"。诗人感前朝旧事，伤边患未除，诗风雄浑劲健，慷慨悲凉。

[2]龙池：唐长安城兴庆宫内有龙池，在今西安兴庆公园内。

[3]南山：指终南山，属秦岭山脉，在西安城南。

[4]紫阁峰：终南山之一峰，在户县东南。太白：太白山，西秦岭最高峰，在眉县东南。

[5]昆吾山：在西安城南终南山附近，汉属上林苑。

[6]谷口子真：西汉末年，褒中高士郑朴，字子真，居谷口，修道守真，隐居不仕，名动京师。

[7]天狼：星名，古代星象家以为主侵掠，后喻指入侵的异族。此指入侵的鞑靼。

[8]宣宗：明宣宗朱瞻基。明宣宗于京西玉泉山重建功德寺，以为离宫，常巡幸。

[9]三相国：指明宣宗时三位内阁大学士杨士奇、杨溥、杨荣，时称"三杨"，为台阁体诗文的代表人物。

[10]洗妆楼：在北京太液池之东，本名梳妆台，为辽时后妃游憩之所。

[11]宣府：今河北宣化一带。

[12]女直：即女真，居东北的古代少数民族，史有肃慎、靺鞨等名称。辽时避辽主耶律宗真讳改称女直。

[13] 榆塞：即榆林塞，明"九边重镇"中"西三边"之延绥镇驻此。
[14] 年时：陇东方言，去年。指李梦阳于明孝宗弘治十六年（1503）奉命犒军巡边于宁夏事。
[15] 渥洼：水名，在甘肃瓜州境，传说产神马。
[16] 黄花古驿：即黄花镇，在河北怀柔境内。
[17] 固原：今宁夏固原，明"九边重镇"中"西三边"之固原镇驻此。

屯 田 [1]

叶落归故根，孤云有时还。凶年闾里尽，谁门今幸全。全者自何归，皮肤半不完。百租丛其身，欲诉谁见怜。吾家十八军，独我犹从战。昨当战交河，左髀贯双箭。本不识犁锄，况复千亩租。三诉吏不语，锁颈向囹圄。

日落苍天昏，奔驰吏下屯。扬言科打使，论丁不论门。老军出听卯，老妇吞声言。边城寡机杼，耕种育儿孙。诛求馀粒尽，竭力豢孤豚。昨晚统管来，宰剥充盘餐。言既复长号，吏去收他村。

【注释】

[1] 两首诗皆控诉明代社会黑暗、揭露边民无以为生的惨状，比较典型地反映了李梦阳诗歌的现实主义精神和批判意识。伤残军士不识农作又交不起重税，再三申诉而终被投入监狱；差役日暮催科，老军家属已无粮可交，只有一小猪已被"统管"宰杀，老妇失声长号。读之可与杜甫的《三吏》引为同调。

桥 山 [1]

青宫栖古岑，白露静松林。忽下乌号泪，遥悲龙去深。衣冠万国后，辙迹四方心。一气流群帝，哀哉笙凤音。

【注释】

[1] 此诗写桥山黄帝冢。观其诗可知当时黄帝冢尚有"青宫""松林"，今已荡然，令人有不胜今昔之慨。

古豳道中 [1]

高原骢马晓嘶风，历历封疆一望中。亩有耰锄沟遂改，野无鞭箠处庐空 [2]。豳山泾水遗民庆，秋谷春蚕启国功。读罢二南歌七月 [3]，始知深虑是周公。

【注释】

[1]李梦阳返里，过公刘之子庆节所立古豳国之疆野（今彬县、长武、宁县一带），观禾稼处处，感先周之遗化，而作此诗。

[2]鞞琫：刀鞘、刀柄上的饰物。《诗经·大雅·公刘》曰："鞞琫容刀。"

[3]二南：即《诗经》之《周南》《召南》。七月：即《诗经》之《豳风·七月》。

送仲副使赴陕西[1]

骢马白玉鞍，长鸣下云端。今朝发汴水[2]，何日到长安。孝王台前雪如山[3]，垂杨扫地春风还。使君不带冰霜色，却带春风入汉关。相思明月楼，西望古秦州[4]。河南咫尺不可见，何况千山万水头。西望秦州是我乡，陇树秦云空断肠。褰帷仗钺经行地[5]，欲寄双鱼到庆阳[6]。

【注释】

[1]李梦阳革职赋闲，家居开封，以诗酒、射猎自娱。明武宗正德十三年（1518），好友何景明（字仲默）升陕西提学副使，自京城赴陕西上任，过开封，梦阳设宴饯行，为诗以赠，赞友人之才及朋友情谊，表达自己对家乡庆阳的思念之情（明代庆阳府属陕西省）。该诗语言明快，意象清丽，感情真挚。

[2]汴水：即河南开封城北的汴河。

[3]孝王台：即吹台，传为春秋时师旷吹乐之台。汉梁孝王增筑，称明台，后人亦名孝王台。后有繁姓居台之侧，亦名繁台，在今开封市禹王台公园。

[4]秦州：陕西为秦人故地，此处代指陕西。

[5]褰帷仗钺：叠起帷仗，拿起兵器。此处指其曾于明孝宗弘治十六年（1503）奉命犒军巡边，路过故土庆阳之事。

[6]双鱼：古乐府云："客从远方来，遗我双鲤鱼。呼儿烹鲤鱼，中有尺素书。"后以"双鱼"或"双鲤"代指书信。此句言思乡之情，欲托友寄书故乡。

赠王生[1]

凤鸟世稀有，众人常见疑。一朝下西周，夏焉鸣高岐。光彩照四极，观者惊以咨。神物耻目炫，卑鄙甘见欺。骥马匪伯乐，盐车空号悲。烨烨丰城剑[2]，非华谁固知？

伯牙违钟期，有琴不复弹。兹意奚以取，良为知音难。得失有荣枯，合离成怨欢。黄鹄戾天云，玄鸿渐河干。浅夫贵多矜，侠士贱自残。幸子固明志，显塞察所安[3]。

【注释】

[1]王生即华池（古乐蟠县，今合水）人王祐，字士吉。明孝宗弘治六年、七年（1493、1494），李梦阳母亲、父亲相继去世，李梦阳丁忧在家，守孝三年，并尊庆阳古俗，避宅（家中连亡二人，故宅不宜居，避居他处）于华池（今合水县西华池一带），时在弘治八年至十年（1495—1497）。其间，随他求学的有妻弟左国玑、舅家表弟高尚志、高尚德，合水生员王祐。王祐家贫而好学，弃樵牧而向往诗书，梦阳深为器重，赞为"凤鸟"，引为知音，与李梦阳亦师亦友。

[2]烨烨：光明灿烂之貌。

[3]显塞：犹穷达，穷通。

送王生还里[1]

华池避俗屯萤火[2]，往日谈经近鹿场。万里飘零余作客，诸生新炙尔升堂。昨来见面生春色，岁暮还家带雪霜。怀土力微难并进，强吟临路独凄凉。

【注释】

[1]明武宗正德三年（1508），李梦阳以弹劾权奸刘瑾，被捕入狱，经友人康海营救出狱，闲居开封家中。第二年，李梦阳家乡庆阳华池（今合水）的学生王祐因在京师仕进无门，还家路过开封，登门拜访。梦阳为诗以赠，怀念十二年前在故乡师生交往的情谊，并为他不得仕进而深感惋惜。既有相逢的欢悦，又有离别的惆怅，情感醇厚深沉。

[2]华池避俗：明孝宗弘治六年、七年（1493、1494），李梦阳母亲、父亲相继去世，李梦阳丁忧在家，守孝三年。庆阳古俗，家中连亡二人，故宅不宜居，宜避居他处，名为"避宅"。李梦阳遵其俗，避宅于华池（今合水县西华池一带），时在弘治八年至十年（1495—1497）。

逢吉生汴上[1]

汴上相逢俱白头[2]，秦中却忆少时游。烟花楼阁春风日，锦绣山河百二州[3]。未论听莺穿细柳，实因走马出长楸。金尊邂逅今宵月，明发仍悬两地愁[4]。

【注释】

[1]明武宗正德四年（1509），李梦阳十二年前在故乡庆阳的学生王祐至开封家中拜访，梦阳临别作诗赠之。怀念昔日秦中之游，抒发师友相得之情，末以离愁作结，情真意切。

[2]汴上：汴河之上，指河南开封，古称汴梁。

[3]百二州：指陕西关中之地。《史记·高帝本纪》："秦，形胜之国，带河山之险，

县隔千里，持戟百万，秦得百二焉。"

[4]明发：黎明。《诗经·小雅·小宛》："明发不寐，有怀二人。"

早春繁台[1]

泯泯春犹早[2]，行行赏不迟。柳黄沙际见，草色雪中归。积水生云气，孤城下夕晖。谁禁台寺望[3]，北雁又将飞。

【注释】

[1]该诗约作于正德初年开封闲居时。繁台：吹台，亦名孝王台，在开封城东南。诗写繁台春早，柳黄草淡，晚霞云气，南雁北归，状景细腻，情致淡远。

[2]泯泯：众多貌。

[3]台寺：繁台上有禹王庙、三贤祠（祀李白、杜甫、高适）。

小　至[1]

连年至日多暄暖，不似今年暖更饶。脉脉水泉元自动，微微云物向人遥。即防腊意传梅蕊，更遣风光媚柳条。便可抽身解簪组，且谋春事伴渔樵。

【注释】

[1]此诗写冬至日暖，春气已动，以梅蕊柳条写春意，生动细腻，活泼而充满动感。末以"且谋春事伴渔樵"一笔荡开，回味悠长。

忆西南陂九日之泛[1]

一游水亭心自牵，沙色湖风常眼前。荡摇每疑菊在把，出没似有鸥随船。冥冥浦溆几落日[2]，苍苍兼葭时远天[3]。频来此地亦可借，恨无好诗酬紫烟。

【注释】

[1]两首诗见《空同集》卷三二。李梦阳于正德十三年（1518）重阳节及月底，两次约友人在开封繁台一带纵情山水、诗酒酬唱。

[2]浦溆：水边。

[3]兼葭：荻、芦类的水草。

九月晦日西南陂再泛

水国穷秋霁更寒，渚宫重宴菊犹残。闲身欲住张融舸[1]，短发羞欹杜甫冠。

明 | 093

日映楼台天上过,风恬鱼鸟镜中看。缘池莫恋团圞竹,即拟枚乘赋不难。

【注释】

[1]张融舸:《南齐书张融传》载,张融殊贫,"后日上问融从兄绪,绪曰:融近东出,未有居止,权牵小船,于岸上住。上大笑"。以船为居,后指生活贫困,居所简陋。

夏城漫兴[1]

行尽沙陲又见河,贺兰西望碧嵯峨。名成异代唐渠古,云锁空山夏寺多。万里君恩劳馈饷,三边封事重干戈[2]。朔方今难汾阳老,谁向军门奏凯歌。

【注释】

[1]明孝宗弘治十六年(1503),李梦阳赴宁夏犒军巡边。宁夏为明代西北"三边"中的军事要地,地处河套平原,为鞑靼部南下冲要。诗咏其山河地理及历史风物,感叹三边战事不绝,盼望有郭子仪(封汾阳郡王)这样的雄略之才以靖边患。

[2]封事:密封的奏章。

夏城坐雨[1]

河外孤城枕草莱,绝边风雨送愁来。一秋穿堑兵多死,十月烧荒将未回。往事空余元昊骨,壮心思上李陵台[2]。朝廷遣使吾何补,白面惭非济世才。

【注释】

[1]诗作于明孝宗弘治十六年(1503),李梦阳赴宁夏犒军巡边时。诗人感边城荒寒,思古之名将,抒发济世报国的爱国情怀。

[2]李陵台:在古云中都护府燕然山,今内蒙古正蓝旗之黑城子,传李陵登台以望汉处。

杨白花[1]

三月大路旁,绿杨弄芳春。可怜雪白花,来往送行人。

宁唱采菱曲,休歌杨白花。菱生犹有蒂,花去落谁家?

【注释】

[1]《杨白花》属乐府《杂曲歌辞》旧题。该诗语言通俗,是乐府本色,咏物而情思深婉,余味悠长。

从军行[1]

弃家从上将，报主扫胡尘。弩满常随月，旗翻数起风。右指昆邪尽，左盼月支空。驰名紫塞外，开府玉关东。不逢百战日，谁识万夫雄。

【注释】

[1]《从军行》属《相和歌辞·平调曲》，写军旅战事，唐人边塞诗多以之为题。该诗用乐府旧题，写弃家从军、杀敌报国的豪情。诗风刚健豪迈，气势凌厉。

出塞曲[1]

单于寇边城，汉将列长营。旌旗蔽山谷，征鼓昼夜鸣。乘我浮云骑，彀我明月弓。奇兵左右出，长驱向云中。彭彭阵结虎，飒飒剑俘虹。一战皋兰灰，再战沙漠空。归来献天子，长揖不言功。

【注释】

[1]《出塞》属《鼓吹曲辞·汉横吹曲》。该诗用乐府旧题，写戍边杀敌、建功报国之情。描写旗鼓战阵，铿锵有声；功成而不论，充满豪侠之气。

出　塞[1]

黄河白草莽萧萧，青海银州杀气遥。关塞岂无秦日月，将军独数汉嫖姚。往来饮马时寻窟，弓箭行人日在腰。晨发灵州更西望，贺兰千嶂果云霄。

【注释】

[1]诗以"三边"之宁夏为背景，写边塞战事。诗境凄清辽远，慷慨悲凉。

侠客行[1]

幽并豪侠地，燕赵称悲歌。千金市骏马，万里向交河。公卿赠宝剑，君王赐玉戈。捐躯赴国难，常令海不波。

【注释】

[1]幽并、燕赵，豪侠之地；骏马宝剑，出交河万里，豪侠之事；捐躯国难，令四海升平，豪侠之功。结构井然，词气健劲。

云中曲[1] 选三

壮士驱车出汉关,马头丝络紫金环。莽莽黄云迷代北,凄凄白雾满燕山。

黑帽健儿黄褐裘,匹马追胡紫塞头。相逢不肯通名姓,但称家住古云州[2]。

白登山寒低朔云[3],野马黄羊各一群。冒顿曾围汉天子,胡儿惟说李将军。

【注释】

[1]诗写云州一带的边塞风光和人物。第一首境界阔远,苍凉沉郁。第二首写黑帽黄褐、匹马追敌的"健儿",形象鲜明,豪气纵横,结句气韵悠长,耐人回味。该诗有唐人气象,为李梦阳边塞诗中的上品。

[2]云州:燕云十六州之一,今山西大同一带。

[3]白登山:在山西大同城以东,西汉时匈奴围汉高祖处。

石将军战场歌[1]

清风店南逢父老,告我己巳年间事[2]。店北犹存古战场,遗镞尚带勤王字。忆昔蒙尘实惨怛,反覆势如风雨至。紫荆关头昼吹角[3],杀气军声满幽朔[4]。胡儿饮马彰义门[5],烽火夜照燕山云。内有于尚书,外有石将军。石家官军若雷电,天清野旷来酣战。朝廷既失紫荆关,吾民岂保清风店。牵爷负子无处逃,哭声震天风怒号。儿女床头伏鼓角,野人屋上看旌旄。将军此时挺戈出,杀敌不异草与蒿。追北归来血洗刀,白日不动苍天高。万里烟尘一剑扫,父子英雄古来少[6]。单于痛哭倒马关[7],羯奴半死飞狐道[8]。处处欢声噪鼓旗,家家羊酒犒王师。应追汉室嫖姚将,还忆唐家郭子仪。沉吟此事六十春,此地经过泪满巾。黄云落日古骨白,砂砾惨淡愁行人。行人来折战场柳,下马坐望居庸口。却忆千官迎驾初[9],千乘万骑下皇都。乾坤得见中兴主,杀伐重开再造图。姓名应勒云台上,如此战功天下无。呜呼战功今已无,安得再生此辈西备胡?

【注释】

[1]诗用歌行体,石将军即石亨,陕西渭南人,宽河卫指挥佥事,都督同知。明英宗正统十四年(1449),蒙古瓦剌部也先大举入寇,于土木堡俘获英宗,挟英宗进逼北京。尚书于谦荐石亨掌五军大营,进右都督,于京郊设伏击退瓦剌大军,保全京城。又指挥大军追击,在河北定县清风店一带大破败退的瓦剌军。该诗即咏六十年前的清风店战事(诗作于1508年),词锋健劲、声调激昂、描写生动、豪气纵横,曾传诵一时。

［2］己巳：即明英宗正统十四年（1449）。

［3］紫荆关：在今河北省易县西北。

［4］幽朔：泛指今河北山西一带。

［5］彰义门：北京城九门之一。

［6］父子英雄：指石亨及其从子石彪。

［7］倒马关：在今河北省唐县西北，与居庸关、紫荆关合成三关。

［8］飞狐道：即飞狐口，在今河北省涞源县以北、蔚县以南，山谷险要，绵延百余里，为交通要道。

［9］却忆千官迎驾初：指明代宗景泰元年（1450），明英宗还京之事。

七 歌[1]

一

吁嗟我生三十三，我今十年父不见。浊泾日寒关塞黑，杳杳松楸隔秦甸。梁王宾客昔全盛，我父优游谁不羡？当时携我登朱门，舞嫱歌滕争看面。二十二年一回首，往事凋零泪如霰。呜呼一歌兮歌一发，北风为我号冬月。

二

母之生我日初赫，缺突无烟榻无席。当时家难金铁鸣，仓皇抱予走且匿。艾当灼脐无处觅，邻里相吊失颜色。男人有亲生不封，万钟于我乎何益？高天苍苍白日冻，今辰何辰夕何夕。呜呼二歌兮歌思长，吾亲俨在孤儿旁。

三

有弟有弟青云姿，以兄为友兼为师。十五遍探古人籍，十九不作今人诗。从兄翱翔潞河侧，宁料为殇返乡域。孤坟寂寞崔桥西，渺渺游魂泣寒食。呜呼三歌兮歌转烈，汝虽抱女祀终绝。

四

有姊有姊天一方，风蓬摇转思故乡。岁收秫秉不盈百，男号女啼常在旁。黄鸟飞来啄屋角，硕鼠唧唧霄近床。洪河斗蛟波浪怒，我欲济之难为梁。呜呼四歌兮歌四阕，我本与尔同肉血。

五

古城十家九家空，有姊有姊城之中。峭壑直下五千尺，鸡鸣汲回山日红。犁锄纵健把岂得，病姑垂白双耳聋。小孤痴蠢大孤惰，霜闺夜夜悲回风。呜呼五歌兮歌五转，寒崖吹律何时变。

六

冰河蜿蜒雪为岸，忽得鲤鱼长尺半。剖之中有元方书，许我是月来相看。腊寒岁穷多烈风，日暮高楼眼空断。梁都北来道如砥，熟马□轮为谁绊？呜呼六歌兮歌未极，原鸰为我无颜色。

七

丈夫生不得志居人下，低头腼面何为者。薄禄不救诸亲饥，壮志羞称万间厦。东华软尘十丈红，入拥簿书出鞍马。王门好竽不好瑟，何日归樵孟诸野。呜呼七歌兮歌思停，极目南山空翠屏。

【注释】

[1] 李梦阳在该组诗前有序云："弘治甲子，届我初度，追念往事，死生骨肉，怆然动怀，拟杜七歌，用抒愤抱云尔。"明孝宗弘治十七年（1504）十二月七日，届李梦阳三十三岁生日，诗人追念已经离世十年的父母和五年前病死通州的弟弟李孟章，思念远在家乡庆阳家境贫寒、孤苦无依的两个姐姐李香、李真以及忠厚勤劳的长兄李孟和，感念自己壮志难伸，屈居人下，俸禄微薄，难以周济亲人的羞愧与愤懑。该组诗用歌行体，语言通俗，感情沉郁，写尽骨肉亲情和身世之感，对了解李梦阳的家世生平和明代中叶庆阳一带的社会状况良有裨益。

述 愤 [1] 选二

帝居遥何许，苍苍隔九阍[2]。白玉为阿阁，黄金为重门。可望不可扣，仰见飞云奔。何当发炎旭，下照孤葵根。

飘风自南来，飒飒入我怀。伐欲随之翔，北向三重垓。守阍遥望余，阊阖何由排[3]？戚戚无重陈，危言多厉阶。

【注释】

[1] 明孝宗弘治十八年（1505），李梦阳因弹劾孝宗张皇后之弟张鹤龄被下狱，诗当作于此时。张鹤龄"招纳无赖，罔利贼民，势如翼虎"，李梦阳不畏权贵，忠直敢言，竟被构陷下狱，遂赋诗抒其忠愤之情，希望孝宗能明辨是非，谅其忠直之心。

[2] 九阍：九天之门，喻指朝廷。

[3] 阊阖：西边的天门。典出《离骚》："吾令帝阍开关兮，倚阊阖而望予。"泛指帝王的宫门。

夏口夜泊别友人[1]

黄鹤楼前日欲低,汉阳城树乱乌啼。孤舟夜泊东游客,恨杀长江不向西。

【注释】

[1]明武宗正德六年(1511),诗人赴江西任提学副使,道出武昌,将沿江东下,而友人西行,遂作此送别诗。抒发惜别之情而作"恨杀长江不向西"的豪横之语,反衬友情之深,想象大胆奇特,明人钟惺以为"直极唐人之盛,是空同本色"(《明诗归》卷三)。

林良画两角鹰歌[1]

百余年来画禽鸟,后有吕纪前边昭[2]。二子工似不工意,吮笔决眥分毫毛。林良写鸟只用墨,开缣半扫风云黑。水禽陆禽各臻妙,挂出满堂皆动色。空山古林江怒涛,两鹰突出霜崖高。整骨刷羽意势动,四壁六月生秋飇[3]。一鹰下视睛不转,已知两眼无秋毫。一鹰掉头复欲下,渐觉振翮风萧萧。匹绡虽惨淡,杀气不可灭。戴角森森爪拳铁,迥如愁胡眦欲裂。朔风吹沙秋草黄,安得臂尔骑驷骠。草间妖鸟尽击死,万里晴空洒毛血。我闻宋徽宗,亦善貌此鹰,后来失天子,饿死五国城[4]。乃知图画小人艺,工意工似皆虚名。校猎驰骋亦末事,外作禽荒古有经。今王恭默罢游宴,讲经日御文华殿。南海西湖驰道荒[5],猎师虞长皆贫贱[6]。吕纪白首金炉边,日暮还家无酒钱。从来上智不贵物,淫巧岂敢陈王前?良乎良乎,宁使尔画不直钱,无令后世好画兼好畋。

【注释】

[1]这是一首题画诗。林良,字以善,广东南海(今广州)人,花鸟画家。明英宗时供奉内廷,官工部营缮所丞,改锦衣卫百户。其画着色精简,尤善水墨写意禽鸟,神采飞动,名盛一时。该诗前半部分极力渲染林良画鹰之妙,想象丰富,笔力健劲,描写生动,不亚杜甫之《画鹰》。后半部分笔锋一转,写宋徽宗亦好画鹰,而最终玩物丧志,国亡身死。借此发议论,对明武宗明誉而暗讽,以作当政者之鉴戒,在题画诗中别具一格。

[2]吕纪,浙江宁波人,弘治中供奉内廷,官锦衣卫指挥,以善画花鸟著名。边昭,即边景昭,福建沙县人,永乐中任武英殿待诏,为花鸟画名家。

[3]秋飇:即秋风。飇,大风。

[4]五国城:在今黑龙江省依兰县。

[5]南海:指北京南苑,为明代御苑。西湖:指北京三海(北海、中海、南海),在紫禁城西,故名。

[6]猎师：专侍皇帝打猎之官。虞长：掌山泽园囿之官。

咏狱杂物·船板床[1]

船板胡在兹，而我寝其上。情知非江湖，梦寐亦风浪。

【注释】

[1]李梦阳刚烈耿直，不畏权势，一生多次入狱。明武宗正德三年（1508），被奸宦刘瑾矫诏下锦衣卫狱。此诗言人虽在狱中船板床上而梦中犹在江湖风浪之上，写宦海之险恶，体会真切。虽为咏物而抒情切至，言约而意丰。

咏庭中菊[1]

亦随群草出，能后百花荣。气为凌秋健，香缘饮露清。细开疑避世，独立每含情。可道蓬蒿地，东篱万代名。

【注释】

[1]诗咏庭中傲秋凌霜、避世独立之菊花，清雅醇厚，格调高古。"可道蓬蒿地，东篱万代名"一句，可为作者生平及人格之写照。

汴中元夕[1] 选二

中山孺子倚新妆，郑女燕姬独擅场。齐唱宪王新乐府[2]，金梁桥外月如霜[3]。

细雨春灯夜色新，酒楼花市不胜春。和风欲动千门月，醉杀东西南北人。

【注释】

[1]诗作于李梦阳晚年开封闲居时。该组诗极言开封元宵节万人空巷、观灯赏月、满城烟花、演艺游乐的繁华之景，韵味富丽高华，有太平气象。

[2]宪王：明藩王朱有燉，即周定王长子，明太祖朱元璋孙，封于开封。通晓音律，作杂剧、散曲多种，有《诚斋乐府》。

[3]金梁桥：在开封城大梁门外。

春日漫成[1]

豪真欺酒绿，老每厌花红。人事年年异，春风物物同。云霄犹旅雁，时序又新䔖。潦倒元吾分，金樽莫放空。

【注释】

[1]此诗作于李梦阳在开封赋闲家居时。年年春风花开,岁岁人事不同,诗人感叹时序匆匆、人生易老,望新荪、红花而生厌,惟有及时行乐、以酒遣怀。"潦倒元吾分,金樽莫放空",表现了晚年的李梦阳旷放又兼颓废的复杂心境。

宋龙图阁学士范公画像赞[1]

予观范龙图,则慕其人,嘉其忠;观龙图出处,则哀其时。予过无锡秦氏,获睹其画像,峨冠法服,庄严宏毅,盖得其仿佛焉。则又识人心不泯,不然即顾、吴更生[2],安所置毫哉?予生长环庆间,与故老谈龙图扼元昊事,虽古名将何加矣。于是沐熏再拜,赞曰:

有伟一人,清明令仪。
三代遗才,百世之师。

【注释】

[1]范仲淹之德,梦阳少所耳闻。及过无锡,亲睹其画像,更生敬意,遂作《画像赞》。

[2]顾、吴:指东晋画家顾恺之和唐代画家吴道子,俱善画人物,分别以《洛神赋图》《八十七神仙卷》知名。

石几铭[1]

李子获石焉,平四方,为几焉,而铭之。铭曰:色乾之清,质坤之刚。扣之铿然,平直静方。我有嘉林,庋汝其旁[2]。汝凭汝翼,可咏可觞。我有兄弟,友朋亲戚。燕无丰约[3],来惟汝觌。朝之夕之,汝欢汝昵。人情靡同,汝应则一。浴露吞烟,莹月烜日。孤贞介确,光泽缜栗。虽有霜霰,毒蒸厉飙。侵之不入,而撼之汝摇哉。

【注释】

[1]石生于天地,以之为几,则色清质刚,平直静方,人情不同、应之如一,孤贞不移,风霜不惧,虽为铭石,实则写人。

[2]庋:放置。

[3]燕:同宴,宴饮。

艮岳篇[1]

宋家行殿此山头[2],千载来人水一邱。到眼黄蒿元玉砌,伤心锦缆有渔舟[3]。金缯社稷和戎日[4],花石君臣弃国秋[5]。漫倚南云望南土[6],古今龙战是中州[7]。

【注释】

[1]宋徽宗政和间（1111—1118），在东京汴梁（今河南开封）东北隅堆土山，名寿山艮岳，上建行宫、园林，供其享乐。诗人晚年居开封，登艮岳遗迹，昔日雕栏玉砌，今日满眼黄蒿。遥想宋室君臣一味媾和，不惜民力，奢靡享乐，民心尽失，吊古伤怀，顿生兴亡之感。该诗对比鲜明，用语警拔，指斥奢靡误国，发人深省。

[2]宋家行殿即宋徽宗行宫，山头即艮岳，因据都城东京（今开封）的艮方（东北方），故名。

[3]锦缆：金丝缆绳，指皇帝的游船。

[4]金缯：宋金媾和，宋岁赐金人以金帛。

[5]花石：宋徽宗在苏杭设应奉局，搜罗江浙民间奇花异石，十船为一纲，运往东京汴梁，供其修建园林享乐，扰动东南，激起民怨。

[6]南土：宋室南渡后之国土。

[7]中州：豫州处九州之中，故名中州，今曰中原。

朝饮马送陈子出塞[1]

朝饮马，夕饮马，水咸草枯马不食，行人痛哭长城下。城中白骨借问谁？云是今年筑城者。但道辞家别六亲，宁知九死无还身。不惜身为城下土，所恨功成赏别人。去年贼掠开城县[2]，黑山血迸单于箭[3]。万里黄尘哭震天，城门昼闭无人战。今年下令修筑边[4]，丁夫半死长城前。城南城北秋草白，愁云日暮鸣胡鞭。

【注释】

[1]明宪宗成化间，河套一带的蒙古鞑靼部经常南下袭扰鄜延、环庆、固原一线，"西三边"成为九边重镇的防御重点。明孝宗弘治间，在榆林黑山、固原开成被袭扰后，大量征发民夫修葺榆林定边一线长城，劳役而死者众多，造成了"丁夫半死长城前"的惨状。该诗以写实的手法描述了战争给百姓带来的苦难，对"九死无还"的"丁夫"给予了深切地同情。

[2]开城县：元代开成州，明洪武时降为开成县，明孝宗弘治十五年（1502）改为固原州。在今宁夏回族自治区固原县南。

[3]黑山：即黑山堡，明代西三边军事重镇。宪宗成化中，陕西巡抚余子俊所筑，在陕西榆林以西。

[4]修筑边：修筑长城。明武宗正德十六年（1521）九月，曾大发民夫修延绥、定边一线长城。

河上秋兴[1] 十首选一

十载宋梁间[2]，鸡鸣望四关[3]。月来天似水，云起树为山。朝市今何处[4]，流波去不还。高秋未归客[5]，肠断浊泾湾[6]。

【注释】

[1]此为李梦阳晚年罢官闲居开封时的思乡之诗。深秋月夜，云树如山，遥想家乡，感叹人事代谢，顿起客愁。该诗意象清丽，情景相得。

[2]宋梁：春秋战国时期的宋国、魏国，魏惠王都大梁（今河南开封），故魏国亦名梁国。此处指开封一带。

[3]四关：陕西关中之地，指东函谷关、西散关、南武关、北萧关。

[4]朝市：开封本为魏之大梁、宋之汴梁，有八朝古都之称，此处指曾经定都于此的朝廷。

[5]未归客：客居他乡的游子，系作者自指。

[6]浊泾：指泾河，为黄河主要支流，在陕西，其上游主要支流马莲河在庆阳，作者常用以代指家乡。如《七歌》中的"浊泾日寒关塞黑"。

从　军[1]　四首选一

汉虏互胜负[2]，边塞无休兵。壮丁战尽死，次选中男行。白日隐碛戍，胡沙惨不惊。交加白骨堆，年年青草生。开疆憖未已[3]，召募何多名？萧萧千里烟，狼虎奔纵横。哀哉良家子[4]，行者常吞声！

【注释】

[1]诗写连年边战，狼烟千里不绝，丁壮死伤无数，年年征兵不停，目睹白日隐沙碛、青草掩白骨的惨状，不禁为"良家子"而哀痛失声。

[2]汉虏：指明王朝与河套地区的蒙古鞑靼部落。

[3]憖：伤残。

[4]良家子：从军的士卒。《汉书·李广传》："汉制，凡从军不在七科谪内者，谓之良家子。"

安仁闻夜哭[1]

缥缈因风诉，哀哀何处音？声随落月断，听入过云深。转战增新鬼，诛求损众心[2]。悬军今更急[3]，寨满碧山岑。

【注释】

[1]安仁：即湖南东南部之安仁县，今属郴州。诗人于月夜听闻哀痛的哭声，源于战争伤亡军士的亲人，从一个侧面表达了战争对民生伤害的谴责和同情。

[2]诛求：杀戮索要。

[3]悬军：孤军。

朱仙镇[1]

水店回风抱，春湍滚白沙。战场犹伤柳，遗庙只栖鸦。万古关河泪，孤村日暮笳。向来戎马志[2]，辛苦为中华。

【注释】

[1]朱仙镇居开封西南，今属祥符区，为全国四大名镇之一。宋高宗绍兴十年（1140），岳飞第四次北伐，于朱仙镇大破金军，名闻天下，惜为高宗召回，未能尽其志、全其功。诗人凭吊朱仙镇古战场，但见孤村高柳、岳庙暮鸦，追念岳飞功业，发出了"向来戎马志，辛苦为中华"的慨叹。

[2]戎马志：从军杀敌、建功沙场的志向。

朱仙镇庙[1]

宋墓莽岑寂，岳宫今在兹。风霜留桧柏，阴雨见旌旗。百战回戈地[2]，中原左衽时[3]。土人严伏腊[4]，偏护向南枝。

【注释】

[1]诗人凭吊朱仙镇岳王庙，慨叹百战回戈、中原左衽的史事，为岳飞志不得伸而鸣不平。虽数百年后，乡民犹逢节必祭，连庙中的桧柏都偏向南方生长，对民族英雄岳飞表达了深深地敬仰之情。

[2]回戈地：朱仙镇大捷是岳飞北伐的最后一战，回戈指撤军南下。

[3]左衽：衣襟左掩，为夷狄之俗，华夏则右衽。此指中原沦陷为金人统治。

[4]伏腊：指伏祭和腊祭，亦泛指节日祭祀。

玄明宫行[1]

今冬有人自京至，向我道说玄明宫。土木侈丽谁办此，乃令遗臭京城东。割夺面势创巀嶭[2]，出入日月开帡幪[3]。矫托敢与天子竞，立观忍将双阙同。前砌石柱双蟠龙，飞梁逶迤三彩虹[4]。宝构合沓殿其后，俨如山岳翔天中。金银为堂玉布地，千门万户森相通。光景闪烁倏忽异，云烟鬼怪芜杳蒙[5]。以东金榜祠更侈[6]，树之松槚双梧桐。溟池岛屿鳏鲤跃，孔雀翡翠兼罴熊。那知势极有消歇，前日虎豹今沙虫[7]。窗扉自开卫不守，人来游玩摇玲珑。陛隅龙兽折其角，近有盗换香炉铜。青苔生泥猊面锁[8]，野鸽哺子雕花栊。忆昔此阉握乾柄，帝推赤心阉罔忠。威刑霹雳缙绅毒，自尊奴仆侯与公。变更累朝意叵测，掊克四海真困穷。长安夺地塞巷陌[9]，心复艳此阉何蒙[10]。构结拟绝天下巧，搜剔遂尽输倕工[11]。神厂择木内苑竭，官坑选石西山空。夷坟伐屋白日黑[12]，挥汗如雨斤成风。转身唾骂阉得知？退朝督劳何匆匆！人心嗟怨入骨髓，鬼也孰敢安高崇[13]！峨碑照耀颂何事？或有送男充道童。闻言怆恻黯无答，私痛圣祖开疆功[14]。渠干威福开者谁[15]？法典虽严奈怙终。锦衣玉食已叨窃，琳官宝宇将安雄？何宫无碑镌护敕[16]，来者但看玄明宫。

【注释】

[1] 玄明宫为明武宗时司礼监掌印太监、奸宦刘瑾在北京城东所修的宫室，极尽奢华。刘瑾勾结多名宦官，把持朝政，打击正直的朝臣，货贿公行，权势熏天，号称"八虎"。明武宗正德五年（1510）刘瑾以谋逆而伏诛，玄明宫遂废。李梦阳曾于明武宗正德元年（1506）替户部尚书韩文撰《劾宦官疏》，为刘瑾迫害入狱，后罢官闲居五年。该诗用歌行体，对比玄明宫极盛时之富丽奢华与刘瑾被诛后之萧条破败，从一个侧面对奸宦误国进行了无情鞭挞。

[2] 巉嶪：山高峻之貌，喻玄明宫之高大。

[3] 姘㠲：帐幕。

[4] 飞梁：楼阁之间凌空飞架的桥梁。

[5] 芃杳蒙：草木茂密幽深。

[6] 金榜祠：祠悬金漆大匾。

[7] 前日虎豹今沙虫：隐指明武宗正德五年（1510）宦官张永告变、刘瑾伏诛之事。

[8] 猰面：形似虎豹而小的恶兽，此指形如猰面的门锁。

[9] 长安：唐都，借指北京。

[10] 蒙：遮盖。

[11] 输倕：公输盘（鲁班）与倕，古之巧匠。

[12] 夷坟伐屋：即平坟、拆房。

[13] 高崇：山岭高峻，喻宫室高大。

[14] 圣祖：指明太祖朱元璋。

[15] 渠：人称代词，他。

[16] 何宫无碑镌护敕：一作"何宫不镌护敕碑"，指宫前立有皇命护卫的石碑。

喜雨客会[1]

万物今逢雨，吾堂晚集宾。寒声催电至[2]，猛力搅风频。坐看水平席，归防泥没轮。沾濡无自苦，悯悯是农人[4]。

【注释】

[1] 置酒高会而风雨骤至，衣湿车陷不足惜，而有悯农之思，亦仁人之德，可见作

者人格之一面。

［2］寒声：打雷声。

［3］沾濡：即沾湿。

［4］悯悯：怜悯。

土兵行[1]

豫章城楼饥啄乌[2]，黄狐跳跄追赤狐。北风北来江怒涌[3]，土兵攫人人叫呼。城外之人徙城内，尘埃不见章江途[4]。花裙蛮奴逐妇女，白夺钗环换酒沽。父老向前语蛮奴："慎勿横行王法诛。华林姚源诸贼徒[5]，金帛女子山不如。汝能破之惟汝欲，犒赏有酒牛羊猪，大者升官佩绶趋。"蛮奴怒言："万里入尔都。尔生我生屠我屠！"劲弓毒矢莫敢何，意气似欲无彭湖[6]，彭湖翩翩飘白旗[7]，轻舸蔽水陆走车。黄云卷地春草死，烈火难分瓦与珠。寒崖日月岂尽照，大邦鬼魅难久居。天下有道四夷守，此辈可使亦可虞[8]。何况土官妻妾俱[9]，美酒大肉吹笙竽。

【注释】

［1］明武宗正德三年（1508）江西东部姚源洞地区农民王浩八起义，拥兵数万，屡败明军。明武宗正德七年（1512），都御史陈金调广西"狼兵"数万镇压起义的农民军。土兵指广西"狼兵"，即广西少数民族军士。该诗用歌行体，描写了明中叶阶级矛盾尖锐、社会动荡对民生的伤害，真实反映了明代社会生活的一个片段。

［2］豫章：南昌古称。

［3］江：指流经南昌之赣江。

［4］章江：即章水，赣江西源，与贡水合而称赣江。

［5］华林姚源：指赣西北之农民起义军华林军，赣东之姚源洞起义军。

［6］彭湖：即鄱阳湖，古称彭湖、彭泽、彭蠡。

［7］白旗：有猛禽图案的白色军旗。

［8］可虞：可忧。

［9］土官：土兵头目。

豆萁行[1]

昨当大风吹雪过，湖船无数冰打破。冰骢垒鬼山岳立，行人骇观泪交堕。景泰年间一丈雪[2]，父老见之无此祸。鄱阳十日路断截，庐山百姓啼寒饿。旌竿冻折鼙鼓哑，浙军楚军袖手坐[3]。将军部兵蔽江下，飞报沿江催豆萁。邑官号呼手足皴[4]，马骡鸡犬遗眠卧。前时边达三千军[5]，五个病热死两个。弯弓值冻不敢发，昔何猛毅今何懦！李郭邺城围不下[6]，裴度淮西手可唾[7]。从来强弱不限域,任人岂论小与大?当衢寡妇携儿哭,秋禾枯槁春难播。纵健征科何自出[8],大儿牵繟陆挽驮[9]。

【注释】

[1]豆荁:即军需粮草。诗用歌行体,写奇寒之下,兵行艰难,催科不停,秋逢大旱,百姓啼饥号寒的惨状,体现了诗人哀念民生的情怀。

[2]景泰:明代宗年号,时在1450—1456年。

[3]浙军楚军:指浙江、湖北的军队。

[4]邑官:地方官。

[5]边:指边地。

[6]李郭邺城围不下:唐名将李光弼、郭子仪平安史之乱,于唐肃宗乾元元年(758)冬围叛军于邺城,久攻不下,以粮草不济而大败。

[7]裴度淮西手可唾:唐宪宗时宰相裴度力主削藩,于元和十二年(817)冬督师雪夜奇袭蔡州,擒获割据一方的淮西节度使吴元济。

[8]征科:官府的捐税。

[9]牵繟:拉纤。挽驮:赶牲口驮运粮草。

得家书[1]

隔岁才通此[2],一书真万金。时危作宦久,家远战场深。惨惨屯黄雾,纷纷走绿林[3]。怒来思击楫[4],时有渡江心。

【注释】

[1]明武宗正德六年(1511),李梦阳在刘瑾伏诛后被重新起用,任江西提学副使。一年后,收到远在开封的长兄李孟和的家书,有感而作此诗,表达了自己欲在乱世危局建功立业的心迹。

[2]隔岁:隔年,即过了一年。

[3]绿林:新莽末有王匡、王凤聚绿林山起义,后以绿林指啸聚山林的造反者。此处指在江西华林、姚源洞一带起义的农民军。

[4]击楫:用东晋名将祖逖北伐,击楫中流,誓复中原之典。

得家书寄兄歌[1]

三年路遥消息阻,缄书实冻兄心苦。鸿雁无愁奋翅难[2],鹡鸰且暂游寒渚[3]。时望东湖西日微,雪冬庐岳北思归[4]。独虞四海干戈满,生别悲伤见面稀。

【注释】

[1] 明武宗正德九年（1514），李梦阳在江西提学副使任上三年，复书院、兴社学、正士风、励气节，风教大行。然以刚正不阿，与巡抚江万实、总督陈金失和，被构陷入广信（江西上饶）狱中，事虽平而最终被罢官。经此变故，身心憔悴的诗人在得到兄长李孟和的家书后作诗以答，表达了宦海沉浮、生离死别的身世之感和急于北归的思乡之情。

[2] 鸿雁：大雁，俗传鸿雁可捎书。

[3] 鹡鸰：亦名脊令鸟、张飞鸟，常用以喻兄弟感情深厚。

[4] 庐岳：指江西之庐山，此处代指江西。

杜峰歌[1]

杜山曾有凤来鸣，凤舞山青海月明。传道有人向峰去，九天风散玉箫声。

【注释】

[1] 写杜峰山之景，由实入虚，纯用想象，意趣空灵，神韵自然。

鹦 鹉[1]

鹦鹉吾乡物，何时来此方？绿衣经雪短，红嘴历年长。学语疑矜媚[2]，垂头知自伤。他年吾倘遂，归尔陇山阳。

【注释】

[1] 鹦鹉产自陇山，乃诗人家乡之鸟，咏物而寓思乡之情。

[2] 矜媚：骄矜，妩媚。

元 夕[1]

千年烂熳鳌山地[2]，少小看灯忽二毛[3]。兵后忍闻新乐曲，月前真愧旧宫袍[4]。南州楼阁烟花起，北极风云嶂塞高[5]。怅望碧天聊独立，夜阑车马尚滔滔。

【注释】

[1] 诗人晚年闲居开封，在元宵月夜，面对灯火辉煌、烟花璀璨、车水马龙的繁华景象，感叹时光流逝，功业未建，忧心北方边患未除。乐中见忧，表现了沉郁的爱国情怀。

[2] 鳌山：元宵灯会时连彩灯以成山，状如巨鳌，名为鳌山。

[3] 二毛：头发花白，指老人。典出《左传·僖公二十二年》："君子不重伤，不禽二毛。"

[4]宫袍：官服。
[5]北极：北部边地。

秋夜叹[1] 二首选一

臭虫多足蚊有翅，当我眠时忽而至。愤闷披衣坐叹息，竟夜搔爬无气力[2]。寒霖萧萧响荆棘[3]。君不见，坎灯无烟四壁暗[4]，野狐跳梁鬼啾唧。

【注释】

[1]诗写秋夜冷雨潇潇，蚊虫滋扰，野狐跳梁，终夜难眠的情状，生动传神。
[2]竟夜：终夜。
[3]寒霖：冷雨。
[4]坎灯：墙坎里的小油灯。

去妇词[1]

孔雀南飞雁北翔，含颦揽涕下君堂。绣幕空留并菡萏，罗袪尚带双鸳鸯。菡萏鸳鸯谁不羡，人生一别何由见。只解黄金顷刻成，那知碧海须臾变！贱妾甘为覆地水[2]，郎君忍作弦箭。忆昔嫁来花满天，贱妾郎君俱少年。瑶台筑就犹嫌恶，金屋装成不论钱[3]。重楼复道天中起，结绮临春照春水[4]。宛转流苏夜月前，萋迷宝瑟烟花里。夜月烟花不相待，安得朱颜常不改。若使相逢无别离，肯放驰波到东海。薄命难教娣姒知[5]，衰年恨少姑嫜在[6]。长安大道接燕川，邻里携壶旧路边。妾悲妾怨凭谁省，君舞君歌空自怜。郎君岂是会稽守[7]，贱妾宁同会稽妇。郎乎幸爱千金躯，但愿新人故不如。

【注释】

[1]明武宗正德元年（1506），奸宦刘瑾等"八虎"乱政，户部尚书韩文上书弹劾，李梦阳代写《劾宦官疏》，事泄而败，韩文等四十八人于正德二年（1507）正月被黜，李梦阳亦由户部员外郎被贬为山西布政司经历司经历。大批正直的朝官被贬出京，李梦阳愤懑难平，故作《去妇词》。以夫妇离合喻君臣际遇，状"去妇"之情而写"逐臣"之忧，用典精工，情思深婉而暗含讽谏，在《空同集》中别具一格。
[2]覆地水：泼在地下的水，此用朱买臣马前泼水之典。汉朱买臣家贫，其妻弃之而去。后买臣富贵，为会稽太守，妻又求合，买臣取水倾泼于地，以示覆水难收，夫妻难以再合。
[3]金屋：指金屋藏娇，爱之过甚之意。典出《汉武故事》：汉武帝刘彻年少时，长公主指其女问曰："阿娇好不？"曰："若得阿娇作妇，当作金屋贮之也。"
[4]结绮临春：二楼阁名，南朝陈后主至德二年（584）在光照殿前起临春、结绮、

望仙三阁，有复道相通，供其游乐。

[5] 娣姒：旧时同夫之妾的互称，年幼者为娣、年长为姒。亦指妯娌，为句中之意。

[6] 姑嫜：公婆。

[7] 会稽守：会稽郡太守，此处指朱买臣。会稽，今浙江绍兴。

狱夜雷电暴雨[1]

一雨暮何急，孤眠宵未央。疾雷翻暗壁，落电转空梁。势极千山动，光还万里长。天威终不测，魑魅可潜藏？

【注释】

[1] 诗写夜晚狱中，见雷电交加，暴雨倾盆，一夜难眠之状，形象传神，画面感极强。"天威终不测，魑魅可潜藏"一句，语带双关，被羁之囚，既忧天意（朝廷）难测，又盼"魑魅"（奸人）难以遁形，状昭雪之意而不露行迹。

南阳宅访徐祯卿[1]

东阁能留第[2]，南人暂亦居[3]。琴书迁卧内，骑马到堂除。残树喧巢鹊，微风走壁鱼[4]。追思秉钧日[5]，冠盖烂盈间[6]。

【注释】

[1] 徐祯卿为"弘正七子"之一，"吴中四才子"之一，诗有盛名，与李梦阳为友。诗人访友南阳，所见残树鸟噪、琴书萧条，回想昔日京华之盛，不胜感慨。

[2] 东阁：宰相待客之所。

[3] 南人：此指徐祯卿，本江苏吴县（今苏州）人，故称南人。

[4] 壁鱼：衣服或书中的蠹虫。

[5] 秉钧：喻执政。钧，指制陶的转轮。

[6] 冠盖：官员的冠服、车乘，借指高官显贵。

泰　山[1]

俯首元齐鲁，东瞻海似杯。斗然一峰上，不信万山开。日抱扶桑跃，天横碣石来。君看秦始后，仍有汉皇台。

【注释】

[1] 诗咏东岳，俯首但见万山、东海，日抱扶桑，天横碣石，联想秦皇汉武封禅旧

事，气象宏阔，酣畅充沛，有豪壮之气。

开先寺[1]

瀑布半天上，飞响落人间。莫言此潭小，摇动匡庐山。

【注释】

[1]开先寺在江西庐山五老峰南麓，今名秀峰寺。明武宗正德八年（1513），李梦阳至白鹿洞书院讲学，与诸生游览开先寺，故有此作。自天上而至人间，以壮瀑布之势；潭水虽小而庐山倒影其中，故曰"摇动"，颇得禅趣。该诗气格飘逸清奇，耐人寻味。

白鹿洞别诸生[1]

东南自有匡庐山，遂与天地增籓卫。山根插入彭蠡湖，峥嵘背杀三江势[2]。地因人胜古有语，於乎万物随兴废。学馆林宫客不栖，千岩万壑堪流涕。文采昔贤今尚存[3]，讲堂寂寞对松门。松门桂华秋月圆，拄杖高寻万古源。梅岭古色照石镜，扶桑丹霞迎我轩。绝顶坐歌霜月静，石潭洗足芝草繁。更有冠者五六人，峭崖穷嶂同攀搴。草行有时闻过虎，旦暮时复啼清猿。我今胡为公务牵，蟋蟀在户难久延[4]。出山车马走相送，落日遂上鄱阳船。生徒绻恋集涯浒，孤帆月照仍留连。情深过厚亦其礼，谫薄窃愧劳诸贤[5]。明朝伐鼓凌浩荡，五峰双剑生秋烟。

【注释】

[1]明武宗正德八年（1513）秋天，李梦阳至白鹿洞书院讲学，临别时而有此作。该诗写白鹿洞书院之形胜和兴废，表达了对先贤朱熹的敬仰之情和诸生深情相送的谢意，才情富丽而有高古之气。

[2]三江：指长江、赣江、信江。

[3]昔贤：指南宋理学家朱熹，曾重修白鹿洞书院，并讲学于此，使白鹿洞书院成为天下四大书院之一。

[4]蟋蟀在户：《诗经·豳风·七月》有"八月在宇，九月在户，十月蟋蟀入我床下"之句，此处借指时在九月。

[5]谫薄：能薄而才浅，谦辞。

九日南陵送橙菊[1]

朱门美菊采先芳，玉圃新橙摘早霜。传送满盘真斗色，分看随手各矜香。

深怜便合移樽酹，暂贮应须得蟹尝。独醉秋堂卧风物，一年晴雨任重阳。

【注释】

[1]诗人罢官闲居，登高赏菊，有新橙、时蟹、美酒，皆秋时风物，四美具备，不论晴雨，独醉重阳，亦是闲适情趣之写照。

春　曲[1]　二首

春风度山阁，凭轩望江路。帘动时有香，不见花开处。

翩翩谁家燕？衔泥向何所？避人花丛里，忽复梁间语。

【注释】

[1]写春日之景，闻香不见花，听声不见鸟，别有意趣。

塞　上[1]

天设居庸百二关[2]，祁连更隔万重山。不知谁放呼延入[3]，昨日杨河大战还。

【注释】

[1]明武宗正德十一年（1516）冬，明武宗出关游乐，蒙古鞑靼部乘机入寇，在杨河大败明军，诗咏其事。以关塞之险反衬杨河之败，意在讽刺明武宗之游乐无度。该诗沉雄大气，婉而多讽。

[2]居庸：指居庸关，在北京昌平，是京西北长城一线的门户要塞。

[3]呼延：源出匈奴的复姓，此处借指蒙古鞑靼部骑兵。

寄徐子[1]

东省堂前树，南阳宅里花。春风如往日，夜月向谁家？

【注释】

[1]此为春日思友人徐祯卿之作。意象简约而寄情深婉，与杜甫《春日忆李白》之"渭北春天树，江东日暮云"可引为同调。

田园杂诗[1]

壮时掉尘鞅[2]，老乃即农务。值兹田事终，怛然感霜露。原薆日以敛，林华不守故。严霜净游气，翔鹄在天路。骓雀跃蓬蒿，啄食不满嗉[3]。而余竟何言，饭牛发今素[4]。

【注释】

[1]李梦阳自明武宗正德九年（1514）罢官，赋闲家居达十六年之久，课子授徒，既有与友人诗酒唱和的高致，也有退居林下的田园之趣。虽仕途险恶，已生厌倦之心，然鸟雀求食与白发饭牛为比，也暗寓诗人志不得伸、屈居林下的无奈心迹。

[2]尘鞁：喻指世俗事务的束缚。鞁，指马颈上的皮带。

[3]嗉：鸟类食管下的嗉囊。

[4]饭牛：喂牛。寓不慕爵禄，过躬耕自适的生活。

◎马理

马理（1474—1556），字伯循，号溪田，陕西三原人。明武宗正德九年（1514）中进士，历任吏部主事、吏部员外郎、考功郎中、户部侍郎、光禄卿、南京通政参议。后辞官讲学于嵯峨精舍、商山书院，为明代关学"三原学派"代表人物。有《溪田文集》一二卷及《陕西通志》传世。

甘节庙[1]

一山缭绕四山围，驻马行人泪湿衣。报国昔贤心似铁，至今岩壑借余辉。

【注释】

[1]这是诗人路过甘节庙（祀景清）的咏怀之作。甘节庙在四围山色中，行人过此，追怀景清之壮烈，驻马徘徊，热泪沾衣。赞叹岩壑亦因其忠烈之气而生辉。该诗语言流丽，清婉疏朗，哀而不伤，意韵深长。

◎吕经

吕经（1475—1544），字道辅，号九川，宁州（今宁县）人，明武宗正德三年（1508）中进士。历官礼科都给事中、山东参政、右副都御史、辽东巡抚。刚直敢谏，不畏权要，风节凌厉，朝野有声。

题狄梁公庙[1]

堂堂帝室暗重门，解梦宫闱启旧阍。四海臣民谁识主，一心忠谊独承坤。武家群孽消亡尽，李氏洪基壮远存。更说宁州遗爱在，活民到此哭英魂[2]。

【注释】

[1]狄梁公庙见前吴士英《狄公古庙》注释[1]。狄公庙是宁州名胜,范仲淹曾作《唐狄梁公庙碑记》,古碑今存。诗人盛赞狄仁杰再造唐室之功,爱民救难之仁。

[2]688年,越王李贞起兵伐武则天,兵败后,百姓被裹胁者众多,狄仁杰上书宽宥,免死流放九原。道出宁州,民皆哭于"狄梁公德政碑"下。后名之为"狄梁公坠泪碑"。

◎毛伯温

毛伯温(1482—1545),字汝厉,号东塘,江西吉水人,明武宗正德三年(1508)中进士及第。历官绍兴府推官,监察御史,福建、河南巡按。明世宗嘉靖初任大理寺丞、右佥都御史,宁夏巡抚。后官至工部、兵部尚书,平安南有功。工诗能文,有《毛襄懋集》一八卷、《东塘诗集》十卷、《平南录》等著作。

将入环[1]

昔人常道萧关远,我过萧关又几程。独戍黄昏惟角语,长途白昼少人行。山河险峻华夷界,唐汉渠流灵夏城。自古封侯非易事,此回聊可助谈兵。

【注释】

[1]明世宗嘉靖七年(1528),毛伯温时任宁夏巡抚,巡边至环县,有感而作。该诗描写萧关古道漫长、人烟稀少、山河险峻之状,感慨惟有身临其境,方知古人经营边陲之艰难。

环县道中[1]

行程将十日,今始见邮亭。渐离龙沙远,喜看春树青。牛羊下山麓,烟火散郊垌[2]。昨去今来路,何如水上萍。

【注释】

[1]此诗为纪行之作。行走十日方出沙漠,至环县境,见邮亭、春树、牛羊、烟火、人家,倍感亲切,平常景物,却用"喜看"形容,非亲历其境不能体会。描写细腻,感受真切自然,格调质朴简古,耐人寻味。

[2]郊垌:郊野之地。

庆阳道中[1]

腊容尚占冰,春色草初侵。牧唱扬坡远,穴居松径深。轻云飞绝壁,残日驻疏林。客路多诗兴,长吟复短吟。

【注释】

[1]这是巡边至庆阳途中的行吟之作。早春日暮,残阳夕照,看松林中的窑洞,听山坡上的牧歌,的确能激发诗人的诗兴,故而"长吟复短吟"。该诗写景层次分明如画,远近、高下铺排得当,极有立体感。

留别萧太守年兄[1]

庆阳雄郡冠三秦,抚字如君大得民。春榜廿年惟我拙,天涯聚语更谁亲。日临古道河流细,风起平堤柳色新。此别未知何处会,离筵酌酒不嫌频。

【注释】

[1]这是一首赠答诗。萧太守指时任庆阳知府的萧海(南直隶江都人,以刑部郎中升任)。二人为正德三年(1508)同榜进士,故称"年兄"。1528年,毛伯温在宁夏巡抚任上,巡行边塞,道出庆阳,异地逢故友,为诗以赠。写庆阳形胜,忆往昔情谊,赞友人政绩,表惜别之情,语言平易,亲切自然。

清平驿和壁间友人韵[1]

我于沙井度元宵,恨不逢君破寂寥。边堡月明人语静,驿庭夜迥马嘶骄。回瞻灵夏河山近,南望乡关江汉遥。半载往来何太速,迂疏无补圣明朝。

【注释】

[1]诗人自宁夏南下巡行边塞,元宵夜驻沙井清平驿站,见故友题壁诗,遂和之。月夜边堡,不闻人语,只有马嘶,空旷寂寥,回想戍边半载,而功业未建,南望乡关,顿起思乡之情。该诗情景相得,历历如见,细腻感人。

将入宁州[1]

群山如列戟,忽尔见古城。冰解春流细,云开夕照明。飞尘迷宿莽[2],过鸟拂行旌。百里浑忘倦,微吟兴转清。

【注释】

[1]这是毛伯温于初春巡边将至宁州(今宁县治)的咏怀之作。首联写宁州古城四面环山的地势特点,描写生动,充满动感。冰化云开的景色既显示初春的节令,又与诗人轻松的心情相照应。

[2]宿莽:经冬不死之草,此泛指野草。典出《离骚》:"朝搴阰之木兰兮,夕揽洲之宿莽。"

◎ 何景明

何景明（1483—1521），字仲默，号白坡，又号大复山人，河南信阳人。明文学家，前七子之一，弘治十六年（1503）中进士，授中书舍人，因上书弹劾奸宦刘瑾而被免官。刘瑾败，复任吏部员外郎，陕西提学副使等职。何景明与李梦阳政治观点及文学思想基本相同，主张文宗秦汉、诗学盛唐，但反对过于尺寸古法，以至成为"古人影子"。有《大复集》三八卷传世。

赠李献吉[1]

东风吹我衣，白日何杲杲[2]。整驾出郭门，修途浩横潦。登山采幽兰，日暮不盈抱。采之亦何为，遗我平生好。岂无艳阳花，言子好香草。丈夫有本性，安得不自保。寸心苟弗移，可以坚穹昊[3]。

【注释】

[1]此诗格调高古，言约意丰，幽兰香草，以喻节操，以赠友人，有魏晋文人五言诗之遗韵。

[2]杲杲：明亮之貌。典出《诗经·卫风·伯兮》："其雨其雨，杲杲日出。"

[3]穹昊：犹穹苍，天空。

赠吕九川都给事[1]

月明鸩雀观，日丽凤凰城[2]。自昔飞腾入，今看草奏行。衔沙填海志，炼石补天情[3]。无限乾坤事，非因万古名。

【注释】

[1]这是何景明给吕经的一首赠答诗。吕经，号九川，宁州（今宁县）人，明武宗正德三年（1508）中进士。时官礼科都给事中，刚直敢谏，不畏权要，风节凌厉，朝野有声。何景明于刘瑾败后复职，时任吏部员外郎，为诗以赠，引"填海""补天"之典赞扬其接连上疏、革除弊政的忠直为国之行。

[2]凤凰城：指庆阳府城，城形似凤，故名。

[3]用精卫填海、女娲补天事典。

◎ 强晟

强晟，河南汝宁人，由举人弘治间（1488—1505）任真宁县儒学教谕。博通经书，能诗善教，后升秦王府伴读。

琴山古洞[1]

罗山城子对崔巍，曾见仙翁石洞开。药灶犹余神物守，岩扉常有白云埋。樵柯烂后人初觉，沧海干时鹤未来。瘦马行行吟眺处，凭今镇日不能回。

【注释】

[1]琴山古洞旧为正宁八景之一，在罗川南一里，即抚琴山。桃李成荫、烟岚异态，传为唐玄宗梦群仙处。

浮屠遗址[1]

内典荒唐竟有无，人传遗址在荒丘。亡亲犹陷明王法，救母还超佛氏徒[2]。旷野春晖伤寸草，空林野静感慈乌[3]。吟鞭过此频回首，指点东风问仆夫。

【注释】

[1]罗川东六十里有要册湫，旁有目莲寺，即浮屠遗址，旧为正宁八景之一。诗人游目莲寺遗址，咏目莲救母事。

[2]"内典"四句：皆咏佛教故事目莲救母。

[3]慈乌：乌鸦有反哺之义，故以为孝亲之喻。

桥山陵寝[1]

轩辕何事厌尘寰，自昔乘龙去未还。万国有臣空恋慕，九重无路许追攀。争知仙驾游何处，犹说衣冠葬此山。终古风云劳拥护，神光尝射斗牛间。

【注释】

[1]桥山陵寝旧为正宁八景之一，嘉靖《庆阳府志》载："在县东子午山旁，黄帝葬衣冠于此。"

阳周故城[1]

将军赐死余荒冢，千载阳周有古城。山气犹含冤气在，水声常带怨声鸣。九阍莫叫天高远，一死无辞主圣明。芳草夕阳凭吊久，斯高遗恨几时平[2]。

【注释】

[1]阳周故城在正宁罗川北三十里，一名驰武，秦将蒙恬赐死于此。旧为正宁八景

之一。该诗咏史切题，以"冤气""遗恨"结构全篇，对仗工稳，才气蕴藉，诗境悲凉萧疏，收低回不尽之致。

[2] 斯高：指秦始皇的丞相李斯、宦官赵高矫诏赐死蒙恬事。

◎汪珊

汪珊，字德声，秋浦（今安徽省贵池市）人。明武宗正德六年（1511）中进士。历任御史、宪副、贵州巡抚。

次马端肃韵[1]

畴从陆海植琅玕，翠葆潇潇曙影寒。文可传来神复异[2]，子猷老去好谁看[3]。标枝映日浮金碧，声韵骞风肖凤鸾。欲向孤根寻道侣，虚中应示此心丹。

【注释】

[1] 此诗和马文升《察院题竹》，引文与可画竹、王子猷爱竹之典，从竹悟"道"，以"虚中"立意，与马端肃黄雀彩鸾之喻，各有意趣。

[2] 用宋人文与可画竹传神之典。

[3] 子猷：王羲之有七子，其三子名徽之，字子猷，爱竹成癖，名闻天下。

◎韩奕

韩奕，字大之，号小山，庆阳人。明武宗正德九年（1514）中进士，历官四川新都令、检察御史、巡盐两浙、四川按察佥事。引疾归田，开窑洞于庆城南五里庄，教授生徒，怡真乐道，澹然自得，养花种菜，建灶烹药，不涉俗务近三十年。

自　咏[1]

满室天香仙子家，一琴一剑一杯茶。羽衣尝带烟霞色，不惹人间桃李花。

【注释】

[1] 该诗空灵疏朗，气韵清逸，有摇首出红尘之慨，飘飘然有李太白风。读其诗，知其人，可为其隐逸生活之写照。

◎浦鋐

浦鋐，字汝器，文登（今山东文登县）人。明武宗正德十二年（1517）中进士。授洪洞知县，有异政。嘉靖间，历任御史、掌河南道事、陕西巡按御史。耿直敢言，以直谏获罪，死于狱中。

鹅 池 [1]

　　百丈鹅池城背阴，疏凿设备狄人侵。远山近抱河流转，阁道潜通地脉深。后汲终收千世利，先忧始识古人心。观风因过寻遗迹，伫看楼前碧树林。

【注释】

　　[1]鹅池旧传为周祖鞠陶养鹅处，潜通东河，可不出城而汲水取饮。诗咏鹅池遗迹，感叹古人一朝经营而后人千年获利。

庆阳行署 [1]

　　报国心惟重，忘身夜不眠。临池题谏草，扫壁和诗篇。晚照花影里，高云鸟度前。边城无外警，院静对秋天。

【注释】

　　[1]此诗为巡按庆阳时题于府衙。所言忧心国事而不眠、边城无警而心静、题谏和诗、观花看鸟诸事，可为封建士大夫宦游生涯之写照。

◎许理

　　许理，字伯温，号潜山，庆阳镇原人。明正德间（1506—1521）中进士，历任观政都察院、丹阳知县、兵科给事中。治丹阳（今属江苏），有政声，反对奢侈，奖励守法，宽刑缓赋，除强扶弱，革除弊政。修筑练湖堤，种树养鱼，民得其利，百姓为之建祠纪念。任兵科给事中，不畏权要，弹劾不法官员多人，朝野称赞。后以亲疾辞归。

在任思亲 [1] 选一

　　儿在江南亲在西，白云飞处泪频垂。儒冠误我庭闱养[2]，纯孝谁知是布衣。

【注释】

　　[1]许理为人至孝，至今乡里传颂。在丹阳任上，虽尽瘁于民事而思亲心切，公务在身而不能奉亲尽孝，感慨自己反不如平常百姓可以在家安心侍奉二老。诗用狄公望云思亲典，语言质朴，虽近于直白而读来感人，因真情所系，发之肺腑，故不假雕饰而自动人。

　　[2]庭闱：内舍，父母居所。借指父母。

◎王正

王正，四川眉山县人，明武宗正德十六年（1521）任真宁县儒学教谕。

咏真宁十五景[1] 选二

琴山古洞

一冈趺座鼓琴形，何代群仙曾比枰。浪说烂柯人已去，空闻落子鹤无声。水云想隔尘凡路，夜月谁调太古音。胜迹尚须有兴废，如何人事不升沉。

石门排翠

如黛云山万叠高，几回翘首欲魂销。岚光掩映当窗户，灏气飞扬入汉霄。春日鸟声娇富贵，晓风花色弄妖娆。分明一幅无言画，太极开时谁写描。

【注释】

[1] 正宁旧有八景，为琴山古洞、罗川兔穴、彭祖遗丘、浮屠遗址、桥山陵寝、灵湫古祠、阳周故城、果老幻墓。王正复增七景，为万寿晓钟、岳山夜翠、石门排翠、龙门天险、古刹荷池、双河柳色、支党古渡，共成十五景。今景多废，仅存其名。

甘节庙[1]

耿耿银河星斗铿，景公抗节犯天颜。金陵市里甘刀锯，太史编中重岳山。王魏偷生功莫输[2]，夷齐饿死节谁班。应知正气君之赋，赢得芳名宇宙间。

【注释】

[1] 甘节庙在正宁旧县治罗川，建于明嘉靖九年（1530），祀明殉难都御史景清（景清事迹详前"景清简介"）。诗中盛赞其气节堪比古之伯夷、叔齐。

[2] 王魏：指周世宗柴荣的托孤重臣王溥、魏仁甫，陈桥兵变后，拥立新君。用此典以反衬景清之忠烈。

◎任瓛

任瓛，明总督，都御史，余不详。

咏临川阁[1]

昔年杖钺曾游地，此日携尊独上楼。山绕凤城云欲合，池通龙窟水潜流。荒村兵后人烟寂，故国霜前客梦稠。忽见天边鸿雁影，依栏应动仲宣愁[2]。

【注释】

[1]这是一首登临诗。诗人登临川阁（详见前蒋子奇《临川阁》注释[1]），远眺城形如凤，俯瞰池水潜流，荒村人烟、天边鸿雁，牵动乡愁，并引王粲登楼旧事，抒发怀乡之情。

[2]仲宣：王粲字仲宣，东汉末诗人，避乱依刘表，登麦城城楼，作《登楼赋》，以抒发怀才不遇、忧时怀乡之情。此处借以自况。

自公堂[1]

庭阴未昃敢先私，薄领销残退食时。箫篱坦迹聊偃息，轩窗高敞爬委蛇。闲中始觉谋身拙，静虑方知报政迟。毫发于君无备助，经年出入亦何为？

【注释】

[1]自《自公堂》以下《正己亭》《桧亭》《迎秀亭》《熙熙亭》共五首，皆吟咏合水县治（在今合水县老城镇）旧时之景。今诸景俱废，观诗可遥想当年之胜。

正己亭

立德非专越，威仪贵可观。直前无反侧，持志在庄端。必也防弓拨，求诸自体肝。惭非夔相闹，聊以助清欢。

桧 亭

真干参天雨露清，森森交翠荫幽亭。叶疑苍柏凌冬茂，材拟长松禀地灵。护日浓阴檐外合，闲人烦暑坐中醒。凭君为唤丹青手，模取烟姿入画屏。

迎秀亭

南山正对北山亭，常爱南山独秀名。不放荣光归别地，尽邀佳气入重楹。葱葱晚照樽罍绿，郁郁晴添户牖明。不止与民同胜赏，从今卿相出斯城。

熙熙亭

山腰危构号熙熙，策仗登临正麦时。和气浮空笼万象，欢声载路得千斯。仁风细入薰弦缓，化日难留午漏迟。行乐固知年少事，乐民之乐亦何迟。

◎秦昂

　　秦昂，山西蒲州人，由进士正德间（1506—1521）以监察御史、保定府知府升任陕西环庆兵备副使，兼理灵州盐课，驻庆阳。能诗，任内题咏较多。

庆阳行台[1]

　　重负霜台若履冰，投闲何处觅鱼汀。深山簪雪头还白，细柳窥春眼欲青。客路悠悠疑泛梗，人家落落似疏星。世间百物浑如醉，尽被东风一唤醒。

　　秦关有路通西夏，突兀荒台半倚云。范老当年曾著绩，孔门何地不明禋。千寻峭壁生成画，万缕青霞缀作文。玉斧霜旌前路去，虚名虽好非吾真。

【注释】

　　[1]此诗描写初春时节庆城一带的景色，"深山簪雪""细柳窥春"，比物拟人，化静为动；观范公祠与文庙，追怀前人的文治与功业，而"秦关""客路""荒台"等萧疏的意象及不好虚名愿投闲的心态又反映了诗人宦游边城的寂寥心境。才思细腻，取景开阔。

山城道中[1]

一

　　小圃何年别，风尘已十霜。深山含雨意，细草漏春光。水阔鸥为土，天空雁布行。赤心常自负，遥望五云乡[2]。

二

　　客路三千里，渴程水一瓢。苔痕经雨出，鸟语入春娇。山静云潜石，风轻麦弄苗。故乡应恋我，举目见中条。

三

　　塞上风烟静，山城去复还。白侵边地雪，青袅瓦窟烟。屈指人千里，归途马一鞭。百忧推不去，衣绣也徒然。

四

　　日落荒村晚，客怀不可禁。云痴山碍路，风细鸟投林。瘦竹坚清节，寒泉送好音。篱边多野趣，聊可助孤吟。

【注释】

　　[1]这是秦昂自宁夏回庆阳途中的行吟之作。春日雨后，云静风清，麦苗青青，炊

烟袅袅，美丽的景色触动了诗人离家十年的宦游思乡之情，"举目见中条"，事虽不可而情真意切。在清远闲淡中蕴含着浓浓的乡愁。

[2]五云乡：有五色瑞云的仙人居处。此借指帝官，朝廷。

次环县[1]

漠漠风烟卷敝裘，尘怀何处一登楼。遥天老雁空相忆，远路轺车岂浪游。望里飞云随我去，吟边荒草向人愁。伊谁能献平胡策，宵旰还分圣主忧[2]。

百里修城百里冈，官河一派水如汤。黄云碍路劳行役，白骨侵沙想战场。四序推迁天乃数，千山绵亘地之纲。柏台我已妨贤路[3]，抛却当年绿野堂[4]。

【注释】

[1]这是诗人巡盐宁夏，路过环县的两首登临感怀之作。描写黄云漠漠、白骨侵沙、荒草边城的凄清衰飒的景象，表现了若有能臣使边地太平，自己甘愿让贤的复杂心情。

[2]宵旰：宵衣旰食，未明即起，至晚方食，指勤于政事。

[3]柏台：汉御史台有柏树上千，上有乌鸦群集，故历代称御史台为柏台、乌台。

[4]绿野堂：唐宰相裴度退隐洛阳的园林，名绿野堂。

◎萧海

萧海，南直隶江都（今江苏省扬州市江都区）人，明武宗正德三年（1508）中进士。少负文名，和易好士。以刑部郎中升任庆阳知府，清廉淡泊，修周祖庙、鹅池洞，多有惠政。后升太仆寺少卿。

鹅池铭[1]

郡有赭水，适当艮隅[2]，考图咨旧，莫知所存。始□泓汪，岁汲用不涸，佥名鹅池。予惟作者，大存深计，在治熙化洽之日立，民不足能知也。名池之义，古说不经，予遂黜而弗征焉。池在予城山阿之下，有阿邃之义，为阿池，未可知。已予乡先达王庵先生经略三秦，到郡观池，命予嗣治。□兹美利，予遂勒铭石上，惕智警愚，以宣予怀。铭曰：

大君有命，牧此遐方。崇山巨壑，梗揽处口。

言言其庸，凭高负固。天昔眷周，载锡窑祖。

降世迄秦，维戎义渠。政殄厥邦，列郡以居。

爰有泉池，乎城之下。坎地引河，念始作者。

匪直濯溉，挹之南清。繁民命脉，利用厚生。

明 | 123

慨彼先机，安出危计。乃若凡庸，其可告谓。
温温王公，历土游兹。俯今仰古，命疏治之。
拔塞剔秽，池平泉达。泽润膏屯，我心用怛。
美曷之用，实劳予心。眷彼涓涯，亦既润民。
孰决能导，放诸四海。增洪益深，用观沛灌。
深仁茂绩，力巧并臻。何千万年，福此下民。
维民孙子，勿阙以竭。我勒斯铭，以示来哲。
大明嘉靖丙戌孟春上日[3]，前进士、江都萧海。

【注释】

[1]明世宗嘉靖初年，萧海任庆阳知府。明世宗嘉靖五年（1526），其同乡王庵经略陕西，至庆阳，观鹅池，命疏治加固。竣工之时，萧海作此铭，并勒石于鹅池洞下洞。对鹅池洞这一既利民汲水又利于军事防御的水利工程大为赞赏，誉之为"繫民命脉，利用厚生""何千万年，福此下民"。并对鹅池的得名进行考证，以为池在山阿之下，应为"阿池"之讹传。亦为鹅池得名之一说。

[2]艮隅：艮为东北方向，意为池在庆阳城东北方之城墙脚下。

[3]嘉靖丙戌：即明世宗嘉靖五年（1526）。

◎张珩

张珩，字佩玉，号南川，山西石州（今山西离石）人。明武宗正德十六年（1521）中进士，历任监察御史、大理寺少卿、廊延及宁夏巡抚都御史，总督三边，以事贬，居庆城多年，后起为陕西巡抚。著有《南川录》。

子午道中[1]

白日云霄上，青春子午中。鸟声山谷应，涧道石桥通。野寺僧迎客，岩花盖覆红。电雷东北作，风雨四方同。

【注释】

[1]这是一首纪行诗。子午道：即子午岭中的庆延古道，张珩在总督任上，多次巡边，途经子午岭古道。该诗写春日子午岭山道中的景色，涧水、鸟声、野寺、山花，点缀成诗，语言简古而有味。

防　秋[1]

红山返照堪图画，戍堞悲笳动客怀。戎马十年双鬓白，深秋孤兴与谁偕。

兴武营西清水河，牧童横笛夕阳过。逢人报到今年好，战马闲嘶绿草坡。

将士河边饮马回，元戎正在望高台。扬鞭队队如熊虎，欲缚单于俺不孩[2]。

黄河影倒贺兰山，红柳滩头奏凯还。月色辕门寒剑戟，忽闻鸿雁度云间。

【注释】

　　[1]古代边地游牧民族往往于秋天草长马肥时入侵，故称防边为防秋，此处当指防御西迁的蒙古鞑靼俺答部。本诗截取将士防秋时的几组军旅生活场景，闻笳、听雁、放马、行军，描写生动，形象鲜明，诗境苍凉阔远，感怀真切自然。
　　[2]俺不孩：指蒙古鞑靼部俺答汗。

◎张邦教

　　张邦教，山西蒲州人，明世宗嘉靖四年（1525）中进士，历官池阳郡（今安徽池州）同知、山东临清兵备副史、户部员外郎、陕西右参政、分守河西道，驻庆阳。后升陕西按察使。善诗，为官重文教。嘉靖《庆阳府志》录其诗。

环县有感[1]

　　环江如带绕城流，四闼青山拥画楼。唐代衣冠余故垒，萧关烽火尚崇丘。谩留书记消长夏，岂有风云壮远猷。年去年来惭暮齿，叹将团箑障尘浮[2]。

【注释】

　　[1]这是张邦教分守河西道，巡察至环县的咏怀之作。四面青山、环江如带，写眼前之景。萧关烽燧、唐时故垒，怀旧时盛事。触目伤怀，感叹自己垂老而不能建立功业。气象阔大，笔力劲健，语言明丽，意韵深婉。
　　[2]团箑：团扇。

◎王荩

　　王荩，明世宗嘉靖四年（1525）任陕西巡抚，都御史。

观鹅池[1]

　　城上阁临凭雄堞，城边散步看鹅池。苔封断石留前志，渠引寒流接远涯。脉络似从天派出，规模正与地形直。何人经画无余力，遗迹翻成一段奇。

　　鹅池百丈下通泉，城古池开不记年。洞口灵涵神自获，河流巧借味应偏。

兵家宛若生民计，分野森看并度连。巡历偶经瞻伫久，奇功好为昔人传。

【注释】

[1] 此诗刻碑镶于鹅池洞下洞。诗人巡察至庆城，对鹅池洞这一兵民两便、设计精巧的水利工程大加赞赏，称之为"奇迹""奇工"。

◎ 白镒

白镒，山西平定人，进士，任奉政大夫，嘉靖十年（1531）任庆阳府同知。

鹅池记事[1]

池开曾为被兵谋，郭外通泉计亦周。光武井顷真可拟[2]，耿恭礼拜不须修[3]。民资水火堪生活，门扣昏宵足应酬。设险谩夸凭地利，人和共享太平秋。

【注释】

[1]《鹅池记事》碑存于鹅池洞下洞，落款为"嘉靖壬辰六月既望"，可知其诗作于明世宗嘉靖十一年（1532）。该诗引刘秀、耿恭困境得水之典，盛赞鹅池得地利之便，于城防之重要。

[2] 光武：即东汉开国之君、光武帝刘秀。更始元年（23）十月，更始帝刘玄遣破虏将军，行大司马事刘秀平定河北。时王郎起于邯郸，遣兵讨秀。光武不敌，败走蓟城，奔于河北。王郎遣大将刘玠追之，刘秀且战且退。至漳水畔，人困马乏，故不能行。时河北大旱，赤地千里。兵士遍寻水而不得，刘秀见一枯井，伏身其上，嗅其湿气，未几，枯井响，泉水出。秀大喜，着兵士饮之，军势复振。

[3] 耿恭：字伯宗，扶风茂陵（今陕西兴平）人，东汉骁将。为人慷慨多谋略，有将才。汉明帝永平十七年（74），担任司马，随奉车都尉窦固等打败车师，建立军功，朝廷任命耿恭为戊己校尉，屯兵疏勒城。永平十八年（75），耿恭遭车师和北匈奴单于的围攻。匈奴人截断河流上游，守军断水，一度"笮马粪汁而饮之"。耿恭下令打井取水，打到十五丈深，仍不见水。耿恭下拜祈祷，奇迹出现，"飞泉奔出，众皆称万岁"。不久断粮，"乃煮铠弩，食其筋革"，坚守孤城。汉章帝建初元年（76），朝廷援军打败车师，北匈奴惊慌而逃，耿恭才脱离险境，将士仅剩二十六人。且战且退至玉门关，生还者仅十三人。《后汉书》称其"节过苏武"。

◎ 李绅

李绅，河南祥符人，进士，明世宗嘉靖二十五年（1546）由山东登州知府改任庆阳知府，后升苑马寺少卿。

山水歌[1]

庆阳山水何太俗,水无鱼兮山无木。水无鱼兮水性湍,山无木兮山顶秃。无鱼吾民无以食,无木吾民无以屋。无食终岁见鳞鲜,无屋大半居窑窟。水滨绝无鱼网集,山头但有农驱犊。水性湍兮势滔滔,俄尔高岸为深谷。山顶秃兮时濯濯,秋来坡上惟糜菽。鱼鳖既无鸡豚瘦,七十者常难食肉[2]。糜菽岁或一丰收,田中不识艺粮谷。无食无屋民困穷,敢望安居百姓足?又且女兮不解织,御寒乃仅掩皮服。仍兼往年遭胡虏[3],盈野交加堆白骨。我来不辰吏兹土[4],恫瘝乃身欲痛哭。纵有卓鲁及龚黄[5],授此瘠郡亦难牧。监司胡不体下情,严将厉法频相促。卖丝卖谷输赋税,抬足沾手供徭役。往往有司肆诛求,老少被刑无完肤。我欲谢政归田园,忍见吾民罹荼毒。古云宽得一分惠,百姓便受一分福。嗟乎伤哉庆土民,生长于斯即不禄[6]。安得诏赐田租半,深山穷谷阳春育。

【注释】

[1] 该诗用歌行体,写明代中叶庆阳山秃水急,地瘠物薄的自然环境和重税盘剥、兵连祸结、衣食艰难的民生困苦之状。通俗易懂,真实自然,读来深感民生之艰,令人唏嘘不已。

[2] 典出《孟子·梁惠王》:"鸡豚狗彘之畜,无失其时,七十者可以食肉矣。"是孟子"仁政"的社会理想之一。

[3] 指明宪宗成化间蒙古骑兵南下侵扰环、庆之事。

[4] 不辰:不得其时。语出《诗经·大雅·桑柔》:"我生不辰,逢天僤怒。"

[5] 卓鲁:汉卓茂、鲁恭皆以贤能见称,并称卓鲁。龚黄:汉循吏龚遂、黄霸并称龚黄。后世多用卓鲁、龚黄代指贤明官吏。

[6] 不禄:《礼记·曲礼》"天子死曰崩,诸侯死曰薨,大夫死曰卒,士曰不禄,庶人曰死"。此处泛指死,即一出生就面临饥寒而死的困境。

◎ 谢兰

谢兰,代州(今山西忻州代县)人,明世宗嘉靖间任陕西巡抚,都御史。

大水行[1]

七月二日雨如注,凌晨水涨川西东。惊涛怒浪三十尺,倒海排山势欲凌。况值夜深风雨恶,惊起居民如醉梦。遂使关南数千家,须臾尽陷洪涛中。少壮攀援间存活,老稚随波罔知终。父子兄弟不相顾,一朝骨肉尽飘蓬。满城哭声震天地,天昏云黑城欲崩。我欲登城不忍见,临风洒泪悲民穷。吁嗟乎庆州之民,上天降罚胡遭逢。昔日虏患今水患,闾阎十室已九空。自惭奉职本无状,致伤和气于苍穹。小民何辜灾我躬,□□□□□□。

【注释】

[1]嘉靖傅学礼《庆阳府志》卷一八"纪异"载:"(嘉靖)二十八年秋七月,大水。南关居民溺死者万余,夹河两岸仅数里许,死者亦万人。庐居货市,顷成沙碛。"该诗以歌行体描写了庆阳发生在1549年7月2日深夜的这场大水灾。水势排山倒海,万人漂没无存,满城哭声震天,读来令人唏嘘不已,实可为后来者戒!

◎薛应旂

薛应旂(1500—1575),学者、藏书家。字仲常,号方山,江苏省常州市武进区人。博学,与唐顺之等齐名,明世宗嘉靖十四年(1535)中进士,曾任慈溪知县,官南京考工郎中。以得罪严嵩,仕途坎坷。慧眼识人,为邹应龙、顾宪成师。明世宗嘉靖三十四年(1555),任陕西郎州兵备副使、陕西按察司副使,整饬延绥兵备兼分守河西道,曾驻庆阳、固原、榆林等地。一生著述颇丰,有《宋元资治通鉴》一五七卷、《四书人物考》四〇卷、《宪章录》四六卷、《方山文录》《浙江通志》七二卷等传世。

次马端肃韵[1]

满庭燕石混琅玕,冬夜萧萧雪作寒。老去虚心徒自负,从来直节竟谁看。乳鸦争噪休猜凤,野鸟群飞莫拟鸾。惆怅钧阳今不见[2],相知惟有寸衷丹。

【注释】

[1]冬夜看雪竹,而虚心直节,徒然自负,无人赏识,寻常鸦雀,莫与凤鸾相比。联系诗人身世遭际,怀才不遇,故而牢骚满腹。末以怀人作结,犹见余味。

[2]钧阳:指马文升,河南钧阳人,谥端肃。

◎陈凤

陈凤,字羽伯,号玉泉,南京京卫(今南京市)人。明世宗嘉靖十四年(1535)中进士。明世宗嘉靖三十六年(1557)以刑部郎中升陕西布政司左参议,分守河西道,驻庆阳,监理盐法。能诗,善行书,《列朝诗集》录其诗。

望灵武台有感唐肃宗即位之事[1]

金钱诲燕盗,青骡谣入蜀。马嵬摧玉颜,灵武建黄屋[2]。名将得李郭,两京旋收复。皇唐赫中兴,腥膻尽驱逐。上皇归西内,焰妻煽荼毒。致令天性乖,千祀污简牍。吁嗟再造功,此辜竟冥赎。当时诏诸王,四海分出牧。黠虏闻褫魄,骨肉肆屠戮。天意则有笃,人谋亦可铄。房琯本贤相[3],富贵宁欲速。纷纷文笔徒,往往恣咎辱。次山摩崖颂,臣甫再拜哭。炯炯今尚存,太息试为读。

【注释】

[1]此诗为巡盐过灵武台有感而作。追述安史乱起、唐肃宗灵武即位、募兵关陇、收复两京诸功及宠张良娣乱政之过,末读元吉(字次山)《大唐中兴颂》摩崖石刻而慨然长叹,余韵悠长。用词健拔,叙议得体,寄慨深远。

[2]黄屋:帝王专用的黄缯车盖。借指帝王宫室或帝位。

[3]房琯:河南偃师人,唐肃宗时任宰相。收复两京之役,以急功冒进,导致陈涛斜大败。

自灵武回驻北地[1] 四首

一

霜碛茫茫白草秋,边声时起动乡愁。烟烽已息归程急,笑认家山是庆州。

二

黄河曲里尽沙尘,崖上居民窟屋新。岁事一年看又了,更无胡马乱惊人。

三

边寒归时已暮秋,萧萧黄叶满沙州。行人道上尘蒙面,村妇窟前布裹头。

四

小单于向笛中吹,士马驱胡力已疲。驿使宵驰报天子,沙场战骨有谁知。

【注释】

[1]此诗写晚秋时节自灵武返庆阳时沿途的见闻及感受。沙尘漫漫、黄叶萧萧、白草茫茫,行人蒙尘,村妇裹头,听边声羌笛,看崖上窟屋(即窑洞),传神地再现了五百年前环庆一带的民情、风物。描写生动细腻,平和轻松中蕴含着边战与乡愁,诗境清远萧疏,韵味深厚。

木钵道中[1]

天上薇垣使,云中木钵城。行来时怯险,老去忽论兵。夜岸明沙雪,寒风卷旆旌。胡儿潜遁久,长啸赋须成。

【注释】

[1]环县木钵城为明成化间陕西巡抚马文升所筑的屯兵要地,该诗为冬日途经木钵城所作。"云中""怯险"写其高峻险要;"寒风卷旆旌"写其至今屯兵;"胡儿潜遁久"写其制敌之效。于萧飒中露威重之气。

◎陈棐

陈棐,字文冈,河南鄢陵人,明世宗嘉靖十四年(1535)中进士。官至宁夏、甘肃巡抚。善诗能文,甘肃境内多有题咏。今合水太白尚存陈棐手迹"碧落霞天"摩崖石刻。有《文冈集》二〇卷。

灵武台[1]

一

霓裳舞作马嵬台,灵武台高世事新。台上举头南望否,翠英蜀道是何人。

二

紫垣黄扉去千秋,城倚青山草树愁。总四百年唐世业,依然环水向东流。

【注释】

[1]两首绝句皆用对比,前以灵武台对比马嵬台,一兴一衰,发人深省;后以"紫垣黄扉"对比青山环水,一今一昔,感慨系之。古今往来,人事代谢,功业过眼而山水长留。构思巧妙,语言平易畅达,气韵深长。

◎刘寓春

刘寓春,湖广石首人,明举人,嘉靖时为宁州知州,清谨平易,有惠政。

题南山寺[1]

隔江鸟道入云隈,古刹深深依碧崖。簿牒春堂俗少却,笙镛竹院客闲来。芳樽浥露尘踪寂,曲槛归云天宇开。况有高贤迭唱和,月明清兴未尝灰。

【注释】

[1]南山寺在宁州城南山麓,每至风清气爽、红叶黄花、满目秋色时,为士民游观之地。此诗写公务之暇,约客至南山寺游览,酬唱遣怀。

◎吕顼

吕顼,字幼纯,宁州(今宁县)人,明嘉靖间贡生,吕经之子,任山西寿阳县儒学教谕，周王府、秦王府儒学教授。

谒狄梁公祠[1]

出郭登山见像真，千年遗泽在吾人。满门桃李忠诚父，两世河峰社稷臣。虞渊不独日过午[2]，唐历犹能斗建寅[3]。一自赤心垂太史，谈杯共酿太平春。

【注释】

[1]狄仁杰治宁，抚和戎夏，多有惠政，民立德政碑，建庙以祀。狄公祠在州城西庙嘴坪，故曰"出郭登山"。诗人拜谒狄公祠，感其惠政遗泽千年，叹其再造唐室如天下回春，极表敬仰之情。

[2]虞渊：神话传说中的日没之处，亦名虞泉、隅谷。

[3]斗建寅：谓斗柄东指，天下皆春。以回春喻其再造唐室。

◎孙奕

生平不详，嘉靖《庆阳府志》录其诗。

灵武台[1]

半亩荒台数尺墙，唐宗曾此驻舆裳。河山岁月残碑仆，戎马风尘去路长。林壑烟岚啼鹳雀，原隰禾寂下牛羊。几回惆怅无他事，倚剑长吟对夕阳。

【注释】

[1]环县城北有灵武台，居萧关古道边，传为至德元年（756）唐肃宗继位处，历来为吊古之地。诗人观风尘古道、荒台残碑，感叹世事沧桑，无限惆怅。诗境沉郁苍凉，余味悠长。

◎昝如思

昝如思，陕西三原人，明世宗嘉靖间（1522—1567）中进士，官监察御史。

甘节庙[1]

山下孤城水抱流，依然呜咽未曾休。几回欲问中丞事，直恐伤神一段愁。

【注释】

[1]该诗以山环孤城、流水呜咽起兴，既写山水之势，又衬托自己的悲慨之情。吊古伤神，几次想问景清当年事而又不敢问，强烈反衬其事之壮烈。婉转达情，低回不

尽，读来感人至深。

◎李文中

李文中，云南大理人，明嘉靖举人，任户部金事，陕西环庆右参议，分守河西道。为官爱民，有政声，能诗。明傅学礼《庆阳府志》录其诗。

登镇朔楼[1]

诗人于秋日登楼北望关河烽燧，追怀范仲淹的千秋功业及先忧后乐之胸怀，发出"千载我师惟范老"的感慨。其诗风苍凉劲健，气韵沉雄，"万里龙沙摧黠虏，两川烽燧寝高秋"，有唐人气象。第二首写塞上秋寒、鸿雁哀鸣，触动思亲乡愁，登楼遣怀而反增客愁，感怀自然，情景相得。

一

四山如削拥层楼，雄居关河最上游。万里龙沙摧黠虏，两川烽燧寝高秋。人和尚藉金汤险，世泰难忘战守谋。千载我师惟范老，一生芹曝是先忧[2]。

二

西风渐近客中怀，一上层楼四望开。天末尘空胡骑远，水南烟溟塞鸿哀。寒欺病骨衣绵薄，暖散酡颜酒力颓。倚槛不胜回首泪，关山何处是南陔[3]？

【注释】

[1]这是两首登临诗。前重在怀古，后重在遣怀。镇朔楼为庆阳府城北门楼，宋庆历初年范仲淹建，明正德八年（1513）都御史、三边总制杨一清重修，给事中王重题"天开雄胜""险设金汤"大匾。为庆城一大名胜。清同治七年（1868）毁于战火。今其楼主梁尚在，题为"范纯仁遗栋"，千年前物，收藏于庆城县博物馆。

[2]芹曝：谦辞，谓所献微不足道。

[3]南陔：古笙诗篇名。《诗·小序》："南陔，孝子相戒以养也。"引指孝子思亲、侍养父母意。

桥山陵寝[1]

万代衣冠始涣颁[2]，轩辕功德亘尘寰。神皋御气留弓剑，云路仙踪寄佩环。凤历有年时未改，龙髯无分泪空潸。独怜汉武劳祈筑，辜负荒台枕碧山。

【注释】

[1]此诗咏桥山黄帝陵。黄帝陵在宁州罗川县（今甘肃正宁县，详见前曹植《黄帝

赞》注释[1]）。传黄帝骑龙登仙，留衣冠冢，汉武帝西巡曾亲临致祭。诗用此史迹及传说，感叹古人远去，独留荒台碧山，徒增后人沧桑之浩叹。

[2]涣颁：帝王发布诏令。

◎陈皋谟

陈皋谟，字思赞，江阴人。嘉靖甲辰（1544）中进士，历官南京工部郎中。

环县城远眺[1]

灵武孤城霁色开，感时还上最高台[2]。山楼风急熊旗动[3]，关塞天连鸟道回。经略久寒西夏胆[4]，安危深仗北门才[5]。殊方独抱怀乡思，日暮愁闻画角哀。

【注释】

[1]诗人登上环县城北的灵武台，关塞险阻，鸟道萦回，残阳如血，军旗猎猎，画角声声，追思范仲淹当年经略环庆、御夏建功的史事，感于西三边战事频仍，盼望有范仲淹这样的将才御敌安边。该诗感时怀人，景中寓情，对仗工稳，是登临诗中的上品。此诗见《明诗别裁》卷七。

[2]环县城北有灵武台，传唐肃宗曾驻跸于此。

[3]熊旗：亦作熊旂，绘有熊、虎等猛兽的军旗。

[4]范仲淹为环庆路经略安抚使，拒西夏有方，时人曰："军中有一范，西贼闻之惊破胆。"

[5]北门才：北门喻指北部边防要地，北门才即能御敌安边的将才。

◎杨巍

杨巍（约1514—约1605）明山东海丰人，字伯谦，号梦山。嘉靖二十六年（1547）中进士。先后任武进知县，兵科给事中，山西佥事。隆庆时为右副都御史，巡抚山西。万历间历户部、工部、吏部尚书，年近八十致仕。工诗，有《存家诗稿》。

萧关北作[1]

塞路山难断，天愁云不开。遥惊戍火起[2]，数见羽书来[3]。周室朔方郡[4]，唐家灵武台[5]。客心正多感，羌笛暮堪哀。

【注释】

[1]关塞、戍火、羽书、羌笛，状边塞之景，起远客之愁，苍凉蕴藉而有余味。

[2]戍火：戍卒在驻地所燃之火。

明 | 133

［3］羽书：插有鸟羽的紧急军事文书。

［4］朔方郡：西汉武帝时所置，辖今河套以南一带，原名"新秦中"，因位居长安之北，以《诗经·小雅·出车》"天子命我，城彼朔方"之意而命名为朔方郡，故诗人称"周室朔方郡"。

［5］灵武台：指唐肃宗曾驻跸的灵武台。

◎马三才

马三才，字思参，嘉靖二十六年（1547）中进士，授庶吉士，历官监察御史，通政。乾隆《庆阳府志》录其诗。

谒景公祠[1]

萧萧祠宇景中丞，往事能令痛拊膺[2]。血战难移天运转[3]，喷衣遥应客星凌[4]。忠魂百折真犹在，禋祀千年自可仍。我亦拜瞻增感慨，愁云低锁暮烟凝。

【注释】

［1］诗人拜谒景公祠，感叹景清之忠烈，当享祀千年不绝。

［2］拊膺：捶胸，表哀痛。

［3］指建文帝与燕王朱棣的"靖难之役"。

［4］景清欲刺杀明成祖朱棣，钦天监奏"有客星犯帝座甚急"。事不成，以血喷帝衣。

◎董世彦

董世彦（1526—?），字子才，河南钧州（今禹州）人，明世宗嘉靖三十二年（1553）中进士。历任浚县知县、户部主事、山西副使、浙江参政、山西按察使、都察院右副都御史，万历三年（1575）任陕西巡抚，后调兵部右侍郎，总督三边。能诗，所在多题咏。

鹅池闲眺[1]

石蹬穿云一径通，山光溪影满栏中。波声终古鹅飞去，草色连阶池水空。傍郭湾环城偃月，临流蓊郁树交风。金汤漫作千年计，吟眺谁怜范老功。

【注释】

［1］鹅池详见前浦鋐、吴士英咏鹅池诗注释［1］。这是董世彦任陕西巡抚、巡按庆阳时的题咏。该诗描写鹅池洞水及周边的城形、山色、绿草、林木，并及鞠陶养鹅、范仲淹疏浚鹅池之事，感叹昔日可通东河取水的军事设施今日仅为游观之地。

◎邹应龙

邹应龙，字云卿，号兰谷，兰州人。明世宗嘉靖三十五年（1556）中进士。授行人，擢御史。不畏强暴，冒死上书弹劾权倾朝野的奸相严嵩，最终参倒严嵩父子，震动朝野。后官至都御史、兵部侍郎、云南巡抚。以刚正不阿，被构陷，削籍回乡，卒于家。

道经丹阳题潜山许公祠[1]

伟哉给事君，生钟川岳秀。宿学自天成，颖异贤关透。弱冠荐乡闱，天马光驰骤。长策对大廷，羿射妙入彀。筮仕宰华封，循良事业就。擢入自谏垣，补衮意忠厚。忽遭风木悲[2]，孝思昭宇宙。哀毁病沉疴，卢扁莫能救[3]。我来钦英风，血泪渍襟袖。丹旐垂摇摇，鸟鹤吊相奏。谁道岘山碑[4]，芳名独垂后。

【注释】

[1]潜山许公祠：即许理祠，在江苏丹阳县。许理治县，多有惠政，离任后，民思其德，立庙以祀。邹应龙途经丹阳，追怀其德政与孝行，作此诗。

[2]风木悲：风木之悲，亦作风树之悲，喻父母亡故，不及侍养的悲伤。

[3]卢扁：战国名医扁鹊家居卢国，故名卢扁，后泛指名医。

[4]岘山碑：晋羊祜都督荆州诸军事，驻襄阳，有惠政，后人以其常游岘山，故于岘山立碑纪念，称"岘山碑"，亦称"岘首碑""坠泪碑"。事见《晋书·羊祜传》。诗以许公德政比之羊祜。

◎杨锦

杨锦，字月川，益都进士。明世宗嘉靖四十三年（1564）任陕西等处承宣布政司、分守河西道左参议。

鹅池落成喜赋古风[1]

□□形胜说西秦，北地风云接塞尘。绵亘□□□重镇，迤逦胡马望烽屯。庆阳城倚高岗起，两翼环回抱秀水。楼昑河涯万仞高[2]，嵬峨雉堞无比美。城中凿井百尺空，绳□□尽不见功。白头老人脯未餐，绿鬓少□□□痕。寻常取水河之潏[3]，井渫谁能遍□□。□□烽火传羽书，锁钥城门且御侮。□□□□万千家，寒泉不得徒自嗟。朝不□□□不飱，满城奔走乱如麻。昔贤造池不记大，唐末从事李克新。泉通城外渊源水，名曰鹅池意有因。深窟滇濛龙蛇偃，石□□□规模远，傍起危楼瞰四方，胡儿临逼家家饭。宋有经略施昌言，重新废缺濬其源。经今日月千余载，古迹颓坏不可言。我来守土甲子岁[4]，士民言及便流涕。万民命脉所关深，予闻其言志孚契[5]。急为移牒两宪台，早达制府陈民哀。诸老阅言皆□□，采木取石不惜财。承橄郡守有谯子，朝夕经营勤指视。指挥县尹心力竭，梓匠诸艺趋事喜。经载灵池始告成，筑楼十丈与云平。石壁斩然如削玉，澄潭深窈任蛟龙。命车视之欲品评，阖城老稚更相庆。相庆皆云我不忧，予故述之鸣其盛。嘉靖丙寅正月吉旦[6]，陕西布政使司、分守河西道左参议、益都月川杨锦书。

【注释】

[1]此诗前有小引曰"庆阳边郡也，北邻黠虏，南卫长安，旧有鹅池，以备不虞。所口甚巨，中遭地震，倾圮无余，贤士大夫慨焉。予至，询谋府、卫、吏、营，度□□□□，于嘉靖四十四年正月迄工，于四十五年正月周岁而焕然一新，郡人得所利焉。予乐其成，喜而赋此以志之。"明世宗嘉靖四十三年（1564），杨锦任陕西等处承宣布政司、分守河西道左参议，驻守庆阳。见十年前（嘉靖三十四年，即1555年）因关中地震而塌毁的鹅池洞已不可用，遂主持修复加固，历时一年（1565—1566）。竣工之后，写了这首古风，以志其盛，并勒石，现存庆城县博物馆。惜剥落严重，难窥全貌，然亦可见其大概。

[2]眙：视。

[3]潴：河边聚水之处。

[4]甲子岁：指嘉靖四十三年，即1564年。

[5]孚契：相合，指想法投合。

[6]嘉靖丙寅：指嘉靖四十五年，即1566年。

◎ 李桢

李桢，字维卿，号克庵，明安化（今庆阳庆城县）人，明穆宗隆庆五年（1571）中进士。历官高平知县、礼部主事、顺天府丞、湖广巡抚、右佥都御史、兵部左侍郎、南京刑部尚书。为官刚直，有谋略，后辞职乡居。

周原幽居[1]

山色娥眉秀，河流燕尾分。乱蝉吟落日，独鹤引归云。黄叶溪边树，青帘雨外村。兴来留客坐，随意倒芳樽。

【注释】

[1]李桢不满官场黑暗，愤而辞职归乡，这是乡居期间的咏物感怀之作。周原，地名，安化县治（今庆城）西南八十里周都里（"里"为明代乡级行政区划名）有公刘庙，其地古名周原。该诗所描写的秋蝉、独鹤、落日、黄叶诸意象，清幽淡远，在隐逸闲适的情调中透露出萧索孤寂之感，正是诗人心情的写照。

◎张九皋

张九皋，明嘉靖间（1522—1567）岁贡，隆庆初曾官知县，隆庆五年（1571）解官，归隐于华池柔远山中，号"石峰山人"。有《柔远八景》《柔远石窟记》等诗文。

屏山梅影[1]

梅产屏山上，于今几度年？人传吴道子，吾意必云仙。变化阴阳里，有无天地间。笔神参造化，随意写尘寰。

【注释】

[1]屏山梅影在华池柔远打扮山南，有悬崖高耸，上有梅影二株，老杆高枝，沿山上下，随天气阴晴，隐现其间，形成天然图画。该诗描写梅影神姿，语言畅达，灵动自然。

◎汤显祖

汤显祖（1550—1616），字义仍，号海若，居名玉茗堂，江西临川人。明代著名文学家。隆庆四年（1570）中举人，有文名于世，为宰相张居正所阻，万历十一年（1583）才中进士，任南京太常寺博士、南京礼部主事。后以言事被贬为广东徐闻县典史。万历二十一年（1593）升浙江遂昌县知县。万历二十六年（1598）赴京述职，旋告假。万历二十九年（1601）免职家居。其哲学思想受王阳明及李贽的影响，反对程朱理学。文学主张与"公安三袁"相同，倡导"独抒性灵，不拘格套"，戏曲创作以意趣神色为主，不受韵调束缚，形成"临川派"。有《玉茗堂文集》、传奇"临川四梦"（《紫钗记》《牡丹亭》《南柯记》《邯郸记》）等。

歌书答赵乾所先生[1]

景清白血流正宁，邦清吾友如其清。欲留关尹言道德，稍知公子近刑名。

风尘两度相携手，笑语悲歌一壶酒。长安贵人方见知，乡里小儿亦何有。

翩翩世故不可穷，睨柱碎璧成英雄。空闻越客诅秦客[2]，未葬滕公得赵公。

有母闲居差不恶，无家古寺堪留客。虽知世上眼难青，何得此中头俱白。

我今与子一诙谐，为民光景正须来。去官只有耕田手，处世都无避债台。

明 | 137

温公袖中谁所写[3]，坐我不羁置林下。一番西笑秦无人，龙泉太阿知我者。

【注释】

[1]赵邦清与汤显祖为君子之交，心气相投，汤显祖两至滕县，二人结下深厚友情。后赵邦清遭逯罢官回乡，汤显祖与其诗文唱和、书信往来尤多。为其著作《鹤唳草》《乡行录》《实政录》等作序，为其母作寿序、寿歌。该诗为赵邦清乡居期间汤显祖为其所作的歌行。追怀二人交游之情，赞其学问兼通道家、法家，高度评价其立朝刚正、风节凛然，可上追景清，并为其陷于南北党议而罢官鸣不平。戏称其昔日做官"为民"，今日自己"为民"，慰勉其虽居乡野，终当有起用之日。

[2]越客：指万历三十年（1602）时任内阁首辅沈一贯（浙江鄞县人），以厚植亲党，重用浙人，遂起南北党争。秦客指赵邦清。沈一贯指使党羽邓光祚、张凤翔诬劾赵邦清，致赵邦清削籍为民。

[3]温公：指右都御史温纯（陕西三原人）。万历二十六年（1598），汤显祖请辞遂昌知县，时任首辅赵志皋书揭帖曰："遂昌有言，宜遂其高尚。"后温纯以此帖示汤显祖，为其赋闲抱屈。

寿赵仲一母太夫人八十二岁序（有歌）[1]

春秋时介子推从晋公子十九年，归，而爵不及焉，有怼言矣。母曰："盍语诸？"介子曰："身隐矣，焉用文之？"母曰："如此，吾与子偕隐！"汉范孟博为使者[2]，揽辔有澄清天下之心。及患，辞其母。母曰："汝得与李固、杜乔齐名，何恨？"予读书至此，未尝不喟然叹为人子、为人臣遭遇于世，何其崭绝蹴踔一至于斯也！方晋公子西归济河，虽其舅氏犯犹中流而邀其君[3]，以备患而固利，况乎赵胥而下诸人？其为介子所羞，不欲与比朝而争禄明矣！虽然为人臣者，羞其臣不可以怼其君，劳而听君之察，君察而次诸朝，相与光辅大业，以禄吾亲，留竹帛之名，固也无高于绵上也！而必以怼此，亦人臣之大戒也！汉季党事起，纪纲业绝，公正流离，滂虽有意乎澄清，不可得而清也。患苦备矣，犹欲与善同其清。抗厉首阳之义，天下悲而壮之。虽然苟吾一身，慷慨为天下致命显节，其亦何嗛？独如白头老人，何若此者，亦为人子之大戒也！吾友真宁赵君邦清，为人长髯巨鬈，好气高厉，激发自喜，宛如范孟博之为人，而岩峭殆甚。当为滕公，有功德与滕，请寄不通，苞苴不纳，为豪右所绝。幸乃入为吏部郎，则急发其曹偶、豪吏赃至数十万。执政疑而畏之。时南北党事且起，公竟为牴角挤落以去。虽去而天下皆知赵君关西男子，其才其气决有异格，当为天子信臣。天子亦雅知君，君亦感怆，至伏阙流涕不忍去。而国家制非出上意，不可测，而事起重臣，虽有所忌，窜逐终不能，遂穷其威。赵君之幸，乃不为滂别其大人状，而得归居山河之阳，草笠种牧以奉太夫人，膏瀡裘襦而相姁俞良[4]。幸矣！时而读书抚琴，忾然君臣之际不及，怼虽废，常冀复用。数与我期，将东出武关，溯淮湘，会汉沔之上。而余以家亲皆八十有六，不能西。君亦且以书来："母夫人岁以三月三日，上寿今八十二矣，固不能东出关。庶明风至，愿闻子之歌声也。"嘻！之推至与其母为绵上之操，而赵君得从太夫人岁相浣濯，为家园之游，此又臣子之大幸也！君其进太夫人酒，吾为子歌。歌曰：

　　崆峒王母留金方，金气腾翔精且刚。
　　吹炉跃冶成干将，天水淬之流其光。
　　芙蓉始华溢金塘，如蛇吐䗖龙奋湟。
　　华阴土拭琉璃装，佩指扶摇行帝闾。
　　鲜飙可持不可当，数击恐折群睍傍。
　　夜吼归飞天莽苍，宝而侯之临玉房。
　　捉刀刈木刲豕羊，寿母夫人垂北堂。
　　三月三日辰吉良，金母之生逢会昌。
　　仓庚应律春日阳，桃花雨水河泉香。
　　文翚拂扇元燕跄，琼沙委轮云盖翔。
　　皤首戴胜嬉荑桑，子妇诸孙从乐康。
　　宁河圣水清且长，执兰太清迎百祥。
　　云盘雾毂帐连纲，筵尊递陈籍若芳。
　　抚琴吹龠揄佩裳，瑶池百拜飞羽觞。
　　慈颜笑呕欢未央，水心之剑贻君王。

【注释】

　　[1]该文是为友人赵邦清母八十二寿诞所作的寿序，并附寿歌。文中以介子推功成身退、与母隐居绵山，东汉范滂（字孟博）遭党锢之祸不得奉母尽孝为比，以为邦清在朝刚直立节，回乡耕田奉母，可谓尽忠而能尽孝。介子推、范孟博，二人皆大贤，不能奉母尽孝，诚为憾事；邦清虽遭贬，而能归养奉亲，可为大幸，故其母能享八十二岁高年。虽为寿序，而能结合其子之身世学行，引典设喻，宽友人之心，达祝寿之意，各得其宜。其文才情奥博，语言醇雅，在寿序类文章中独具一格，诚为大家手笔。

　　[2]孟博：范滂字孟博，东汉名士，与李膺、杜密齐名，遭党锢之祸遇害。（文中言"与李固、杜乔齐名"，疑误。）

　　[3]春秋时，晋公子重耳避难周游列国，回国执政时，临渡河，其舅子犯请辞，重耳投璧于黄河，立誓不负旧臣。故文中以为备患固利之法。

　　[4]膏髓：即烹调油脂。毼：为粗毛织品。亲自下厨劳作，穿粗褐布衣，喻清贫之状。相妪：侍奉老母。

寄赵仲一吏部真宁[1]

　　函谷封书去亦难，小玉三水忆长安[2]。倾家便可酬门士[3]，过里何须恼县官[4]。

穴处豳风年事晚[5]，歌酬秦女壮心残。开笺忽动江湖色，紫气西来南斗寒。

【注释】

[1] 赵仲一即赵邦清，万历三十年（1602）赵邦清在吏部稽勋司郎中任上被革职为民。时任吏部考功司郎中吴仁度（字继疏，江西金溪人）拟宽宥赵邦清，被劾，调南京刑部郎中。赵邦清去信，欲访在江西的二友汤显祖、吴仁度，汤显祖为诗以答。

[2] 三水：陕西旬邑县古称。

[3] 门士：即门卒，掌守门。

[4] 过里何须恼县官：赵邦清革职归里，其师以杖责之，创头竟寸。县官闻而恶之。

[5] 穴处豳风：指居窑洞，务农事。

过河间题壁留示赵仲一[1]

九河已成陆[2]，卑栖犹问津。道心能似此[3]，沧海已生尘。

【注释】

[1] 这是汤显祖赴京途经河北河间县给友人赵邦清的题壁诗。赞其导河成陆、兴修水利的爱民之心。

[2] 大禹时黄河下游九条支流的总称，德州、河间一带在九河范围内。

[3] 道心：即天理、义理，本乎天理的仁义礼智信之心。

谢赵仲一远贶八绝[1] 选二

洮绒数种[2]

万里洮兰织细绒，橐驼驰寄早衰翁。应数不向长安笑，氍毹毾氍似日烘[3]。

镇番枸杞[4]

明目经心作地仙，殷殷红子意相怜[5]。
不须更问西河女[6]，活水铜饼金髓煎。

【注释】

[1] 赵邦清馈赠友人汤显祖以瓦砚、石鱼、洮绒、葡萄、枸杞等西北土产，汤显祖为诗以答谢。从中可见明代西北风土之一斑。

[2] 洮绒：产于临洮、兰州一带的羊绒织物。

[3] 氍毹：羊毛地毯。毾氍：细羊绒织的毛毯。

[4] 镇番：指明代的镇番卫，今武威市民勤县。

[5]殷殷：殷切之意。

[6]西河：即河西，指河西走廊一带。

◎赵邦清

赵邦清（1558—1622），字仲一，号乾所，庆阳真宁县人。出身农家，好学有志，明神宗万历二十年（1592）中进士，次年任山东滕县知县。治县六年，均平田赋，赈济灾民，鼓励农耕，兴修水利，广植花木，振兴文教，政声卓著，推为清廉第一。万历二十六年（1598），升吏部主事，次年任吏部郎中，为官清正，疾恶如仇，不畏权势，为朝中奸佞所不容，遭人构陷，于万历三十年（1602）削职回乡。行李萧然，清贫度日，躬耕田亩达二十年之久。（按：赵邦清削职归乡的时间，《甘肃史话丛书》记为万历四十五年即1617年，此误。赵邦清《神柏记》明言万历三十年四月十三日被"参论而归"；且汤显祖《寿赵仲一母太夫人八十二岁序》亦明言"归居山河之阳，草笠种牧以奉太夫人"之事，汤显祖卒年为1616年，即万历四十四年。可见赵邦清削职归乡的时间不可能是万历四十五年，即1617年。）明熹宗天启二年（1622），起用为四川遵义道监军参议，平叛有功，病逝于军中。有《鹤唳草》《实政录》等著作，今佚。现正宁县罗川尚存明代为其所立的天官坊、清官坊。

题襄汾丁村民宅[1]

龙跃禹门千尺浪[2]，凤飞云外万重霞。车马往来文接武，珠玉深藏富贵家。

凤阙朝回日未斜，琼宴开处对黄花。门迎轩盖神仙客，乐奏笙箫富贵家。

【注释】

[1]这是赵邦清为山西襄汾县丁村民宅的题诗，收录于正宁于家庄《赵氏族谱》，有刻石留存。丁村民居为明清古建，今为国家级文物保护单位。赵邦清之题咏，写文武接踵，珠玉深藏，朝回开宴，乐奏笙箫，且寓意跃龙门，朝凤阙。意象高华，充满富贵气象。

[2]龙跃禹门：典出《辛氏三秦记》："河津一名龙门，禹凿山开门，阔一里余，黄河自中流而下，而岸不通车马。每逢春之际，有黄鲤鱼逆流而上，得过者便化为龙。"后比喻科举高中，入朝为官。

◎李本固

李本固（1559—1638），字叔茂，汝南（今河南驻马店）人，明神宗万历八年（1580）中进士。历任蒲城县令、云南监察御史、陕西按察史、光禄卿、南京大理寺卿。传世著作有《碧筠馆集》四〇卷、《汝南志》二四卷。

庆阳寓中[1]

故国莺声老，天涯花事新。折来聊寓意，落去恐伤神。不载东山酒，谁叫北地春。暮归寒色在，风雨漫愁人。

【注释】

[1]这是诗人按察陕西时巡行至庆阳的咏怀之作。该诗描写南国春残而北地花开，载酒踏春，风雨日暮，牵动春愁和乡愁，情思绵密，隽逸婉丽，格调蕴藉淡远。

◎杨蛟

杨蛟，号巨峤，庆阳府安化县（今庆城县）人，明神宗万历四十一年（1613）中进士，观政都察院。

五律一首[1]

河岳钟灵秀，贤达迈众英。文成真哲匠，绩懋亶国祯[2]。灏气充六合[3]，刚风振八纮[4]。东山饶重望[5]，伫看润苍生。

【注释】

[1]此诗录于真宁《赵氏族谱》之《赵天官清官式》（疑即《鹤唳草》）。赵邦清革职回乡，朝士、野老、诸生以至道侣多有悲慨不平之声，发而为诗，集有五十九首，名之为《鹤唳草》，赵氏族人收入族谱时名之为《赵天官清官式》。诗人盛赞赵邦清之贤能和治绩，其正大刚直之气充塞天地之间，盼其能东山再起，德润黎民。

[2]亶：诚然，确实。国祯：国家的祯祥。

[3]灏气：充塞天地间之正大刚直之气。六合：指天地四方。

[4]八纮：天之八维。

[5]东山：即东山再起，典出《晋书·谢安传》。东晋谢安退职后隐居东山，后复出重任要职。

◎袁宏道

袁宏道（1568—1610），字中郎，号石公，湖广公安（今属湖北）人，明代文学家。与其兄袁宗道、弟袁中道并称"公安三袁"。万历二十年（1592）中进士，历官吴县县令、顺天府教授、国子监助教、礼部主事等。文学思想主张"独抒性灵，不拘格套"，反对复古，为"公安派"的主要人物。有《袁中郎全集》。

过滕县题赠滕尹赵年兄乾所[1]

乘月过滕里,踏沙度薛城[2]。山云封去马,野葛翳行旌。官舍栽花遍,民家种柳成。停车问父老。之子有能声。

【注释】

[1]袁宏道与赵邦清为万历二十年(1592)同榜进士,二人私交颇厚。赵邦清治滕县,政声卓著,袁宏道路过滕县,亲眼目睹"官舍栽花遍,民家种柳成"的盛况,以诗相赠。

[2]薛城:战国时期齐国孟尝君的封地,在今山东枣庄市南。

◎李春先

李春先,四川宜宾人,万历二十九年(1601)任真宁知县,后调任洛南。

题景公祠[1]

靖难当时兵未休,肯将六尺砥中流。乾坤独付孤臣节,草木平分烈士愁。心上有天悬圣祖[2],眼边无地着幽州[3]。我来登拜荒祠下,山色苍苍碧汉秋。

【注释】

[1]该诗咏正宁景公祠(景清事迹见前)。追念景清旧事,感怀忠臣孤节,诗境苍凉沉郁。

[2]圣祖:指明建文帝朱允炆。

[3]幽州:明初燕王朱棣封地。

◎胡钺

胡钺,字静庵,秦安人,明万历时任高台县儒学训导。

四兄以宁夏县教谕升庆阳府教授[1]

忽报迁除喜,翻令妻子愁。头衔空自耀,口实更难求。北地鹈行日,西风雁字秋。换官仍是冷,何日赋归休。

【注释】

[1]胡钺之兄胡煌自宁夏教谕升庆阳府儒学教授,遂作这首赠别诗,表现了其兄喜愁交心、生计艰难的情状,反映了明代末年底层官吏的真实生活状况。

四兄将赴庆阳新任寄呈四律[1]

孤城一掌起巉岩,苜蓿穷边尚未芽。太守好称新地主,先生略改旧官衔。有时浊酒寻幽梦,经岁清茶苦老馋。还忆十年银夏日,绕城鱼米载云帆。

郡茶博士更翛然,系马堂阶欲醉眠。僚友双栖分半俸,门人一见阻三年。荒凉云月青天远,险陀山溪紫塞偏。马岭鹅池犹胜迹,可知陶冶赖诗篇。

百里铜符莫易论,迁除总戴圣皇恩。飘萍宦海宁伤浅,卷帙家风尚赖存。青眼何人怜末路,白头有弟卧衡门。相思若遇西南雁,更寄音书慰远魂。

不窋古坟春草枯,崆峒华表暮云孤。官闲少事心安适,吊古长吟兴未殊。漫说衔鳣师道在[2],可忘嘤鸟友声呼[3]。多才正有吾宗老,寄问虬髯黑在无?

【注释】

[1] 这组诗是胡钺送其兄赴庆阳任儒学教授的赠别诗。既言兄弟情谊,又以友声相呼,忆宁夏往事,述庆阳风物,对仗工稳,用典恰切,所言之"马岭""鹅池""不窋坟"等古迹名胜,读来倍感亲切有味。

[2] 《后汉书·杨震传》载,东汉杨震,明经博览,屡召不应,有鹳雀衔三鳣鱼飞集讲堂前,人谓蛇鳣为卿大夫服之象。数三,为三台之兆。后果位至太尉。后每用以为典,指登公卿高位的吉兆。

[3] 典出《诗经·小雅·伐木》:"嘤其鸣矣,求其友声。"喻寻求志同道合之友。

◎米万钟

米万钟(1570—1628),字仲诏,号友石、文石居士、石隐庵居士。安化(今甘肃庆阳市西峰区)人,宋代大书画家米芾后裔,明代著名书画家。万历二十三年(1595)中进士,历任永宁、铜梁、六合县令,江西布政使、山东参政。天启五年(1625)被魏忠贤党羽诬陷,获罪削籍。崇祯元年(1628)起用为太仆少卿,不久病故。一生多才艺,喜山水,酷爱奇石。书善行草,与华亭(今上海松江)董其昌齐名,时有"南董北米"之誉,与董其昌、邢侗、张瑞图并称"明末四大书家";画长泼墨山水,气势浩瀚,写花卉亦风雅绝伦,传世书画作品较多。工诗善文,著有《澄澹堂文集》一二卷、《篆隶考伪》二卷及《石史》《象纬兵钤》《琴史》《奕史》等四〇卷。

烂柯山[1]

双丸阅世怪他忙，为羡仙翁岁未央。假尔片时成异代，人天却比洞天长。

【注释】

[1]南朝梁代任昉的《述异记》载，晋时王质入信安郡石室山（在今浙江衢州）伐木遇仙，观棋片时而斧柯（斧子的木把）尽烂，下山方知已过百年，无人能识。后世遂称石室山为烂柯山。该诗咏其事而反用其意，不言恍如隔世的怅惘，而写日月（即双丸）无根，天地不老，仙人已远而世事千年，故言"人天却比洞天长"。构思新颖，空灵蕴藉。

◎ 傅振商

傅振商（1573—1640），字君雨，明汝南（今河南驻马店）人，万历三十一年（1603）中进士。官翰林院庶吉士、江西道监察御史、右都御史。巡视陕西马监，赈济灾民，阅武宁夏。后转大理寺丞，太常卿，升南京兵部尚书。卒谥"庄毅"。长于翰墨，善属文，有《爱鼎堂文集》四〇卷、《杜诗分类》五卷、《古论元著》八卷传世。

环县怀古[1]

闲依东风眼界开，乌崙山色自崔巍[2]。牛羊共踏长城窟，鸟雀空啼灵武台。事去千年余感慨，春归一去故徘徊。愁看直北银川路，日暮笳声鼓角哀。

【注释】

[1]此诗为傅振商北上宁夏巡边，取道环县，感怀而作。诗人登高临远，看山色日暮，听鼓角笳声，追怀昔日长城御敌、灵武登极之盛事，感慨今日牛羊出没、鸟雀空啼之荒寂，低回徘徊，不胜今昔之感。意境苍凉，风骨遒劲，韵味深长。

[2]乌崙山：在环县北，上有乌崙寨，北宋时筑，为军事要塞。

◎ 朱之蕃

朱之蕃（1575—1624），字元升，号兰隅、定觉主人，金陵（今南京）人，书画家。明神宗万历二十三年（1595）科举状元，授翰林院修撰，官终礼部右侍郎。有诗集《纪胜诗》《落花诗》。

赠真宁赵乾所先生[1]

忆夕长安汗漫游[2],倾君誉望重皇州[3]。立朝正色逢时忌,持世贞操任众咻[4]。拂袖云霞归华岳,掀髯花月傲丹丘[5]。荀龙窦桂流芳远[6],伫看庭传起壮猷[7]。

【注释】

[1]该诗赞赵邦清之正色立朝,望重京城,虽遭忌而贬,其高洁的人格将与古代的贤士荀龙窦桂一样百代流芳。

[2]汗漫:漫无边际,喻漫游之远。

[3]皇州:指帝都。

[4]咻:嘘气,喻众口喧嚷。指为沈一贯党羽所劾之事。

[5]丹丘:传说神仙所居之所。典出《楚辞·远游》:"仍羽人于丹丘兮,留不死之旧乡。"

[6]荀龙窦桂:荀龙为汉安帝时贤士,博学高行,为俗儒所非,后徵拜郎中。五代时后周窦禹钧官谏议大夫,五子俱登科第,人称"窦氏桂"。

[7]壮猷:宏大之谋略。典出《诗经·小雅·采芑》:"方叔元老,克壮其猷。"

◎顾汉

顾汉,字子涵,号星河,明山西太原举人。任宁州知州九年,免荒粮万石,赈济饥民,颇有惠政。升西安府同知。

暮春雨中看竹[1]

潇湘烟雨值残春,老干扶疏满径筠。看取虚心坚晚节,不同艳质混风尘。

【注释】

[1]此诗为宁州官衙看竹的题咏。"潇湘烟雨"写竹之茂,"老干扶疏"写竹之久。残春时节,桃杏花凋零之后,方显出竹之神韵脱俗。虽咏物,而托物寓意,抒发自己不同流俗的高旷情怀。诗境清丽,余味深长。

◎练国事

练国事(1582—1645),字君豫,永城人。明万历四十四年(1616)进士,历任沛县、山阳知县。天启二年(1622)任监察御史,后以忤魏忠贤削职为民。崇祯元年(1628)复职,任太仆寺少卿。崇祯三年至八年(1630—1635)任陕西巡抚。后被诬夺职,遣戍广西八年。崇祯十六年(1643)起复原职。南明福王时任左侍郎,病卒。

剿寇过宁次马端肃韵[1]

百年何处旧琅玕，庭院荒苔夏日寒。内地今多风鹤唳，危边谁作画麟看。大树将军余汉马[2]，遗碑刺史识祥鸾[3]。九龙川水滚无定[4]，惟有忠心千古丹。

【注释】

[1] 此诗当作于崇祯三年至八年（1630—1635）任陕西巡抚期间。时陕西饥民起事，练国事剿抚，过宁州马文升昔日驻节旧地，因和《察院题竹》韵而作。庭院荒苔、风声鹤唳，可见明季风雨飘摇之状，流露衰飒之气。引曾任职此地的先贤冯异、狄仁杰事典，皆扶危谋国之臣，以为自励，表达丹心报国之情。

[2] 大树将军：指后汉北地太守冯异，为光武帝开国名将，云台二十八将之一。谦让不争功，遇将士论功辄避之树下，人称大树将军。

[3] 遗碑刺史：指唐狄仁杰任宁州刺史，抚和戎汉，民立梁公德政事。详前《唐狄梁公碑》注释[1]。

[4] 九龙川：宁州城东有九龙川、九龙河。

谒景公祠[1]

景公庙貌崇，直是古龙逄[2]。藏碧千行泪，招魂百世风。儿童知往事，松柏亘长空。反面臣何在，黄泉草不同。

【注释】

[1] 诗人拜谒真宁罗川的景公祠，追怀景清的忠烈壮举，比之古之直臣关龙逄，感叹其事迹布在众口，儿童亦知之。

[2] 龙逄：即关龙逄，夏桀时贤臣，以忠谏被杀。

◎孙传庭

孙传庭（1593—1643），字百雅，代州振武卫（今山西代县）人，万历进士。明末骁将，沉毅多勇略。崇祯九年（1636）任陕西巡抚，擒高迎祥，斩贺人龙，升兵部尚书。后与李自成战，死于潼关。有《白谷集》《孙忠靖公集》。

次马端肃韵[1]

偶从题咏想琅玕，春老空亭客梦寒。渭水千竿何处挹，沱阳三径几时看？残枝未许喧鸟雀，遗韵犹堪下凤鸾。惆怅此君不可作，惟余汗简照心丹。

【注释】

[1] 此诗和马文升《察院题竹》韵。身临其境,人去亭空,而功留汗青,聊引以自勉。"春老空亭客梦寒"一句,语殊萧索。

◎周日强

周日强,直隶蠡县(今属河北)人,以举人于崇祯四年(1631)任宁州知州。

守宁有感[1]

瘠土山城地半荒,民逃庐废尽堪伤。官同五日循良少[2],赋重十邮供应忙[3]。书吏不知三尺法,闾阎拖欠几年粮?凭谁唤起梁公问,教我当时救苦方。

【注释】

[1] 此诗比较典型地反映了明季衰世荒旱连年、饥民遍地、官吏不法、重税盘剥以至民不聊生的惨状。"瘠土山城地半荒,民逃庐废尽堪伤",语殊凄凉。尾联言谁能唤起当年之狄仁杰以教我救苦救难之良方,其情可悯,为典型的衰世之哀吟。

[2] 循良:奉公守法之官吏,亦称循吏。

[3] 十邮:即众多的驿站。十,言其多。邮,为传递文书、物品的驿站。

◎金毓峒

金毓峒,字稚鹤,保定卫人。明毅宗崇祯七年(1634)中进士。授中书舍人。崇祯十五年(1642),任陕西巡按御史。崇祯十七年(1644),与闯王军战,固守保定,城破殉国。

次马端肃韵[1]

幽寻不见碧琅玕,独坐空邮树影寒。生聚百年悲往事,逃亡比屋忍谁看。荒原极目余蛇篆,丛棘无缘栖凤鸾。遥望君门俨尺五,绘图应矢寸心丹。

【注释】

[1] 作此诗时,已是明季衰世,战乱四起,百姓逃亡一空,荒原荆棘遍地,当年的翠竹无存,徒悲往事,马端肃当年"日后应须集彩鸾"的美好愿望已成了"丛棘无缘栖凤鸾",这是典型的衰世悲音。

◎巩尔磐

巩尔磐(1621—1670),字石公,明末甘肃正宁县人。工诗文。

过景忠烈公庙和韵[1]　二律

松梅不随荟蔚休，故将奇节显名流。剑腾殿陛鬼神泣，血噀枫宸天地愁。已道孤魂归碧汉，犹能生气犯幽州。若无帝座客星奏，便是先生得志秋。

三百年来一旦休，西京帝业付东流。千秋有恨江湖泪，万古怀惭宫阙愁。曾见《黍离》悲故国[2]，不闻《麦秀》泣神州[3]。文皇此日谁祠庙[4]，惟有孤臣春复秋。

【注释】

[1] 两诗皆步李春先《题景公祠》韵，吊祭正宁县罗川之景清庙。盛赞景清奇功不成而奇节千秋，词锋健劲、沉郁悲壮、低徊苍凉。

[2]《黍离》：出自《诗经·王风》。《毛诗·序》曰："《黍离》，闵宗周也。周大夫行役至于宗周，过宗庙公室，尽为黍离。闵宗周之颠覆，彷徨不忍去而作是诗也。"后世遂用黍离之悲指亡国之痛。

[3]《麦秀》：麦秀，麦子秀发而未实。《史记·宋微子世家》："箕子朝周，过故殷虚，感宫室毁坏，生禾黍，箕子伤之，欲哭则不可，欲泣为其近妇人，乃作《麦秀之诗》以歌咏之。其诗曰：'麦秀渐渐兮，禾黍油油。彼狡僮兮，不与我好兮！'"后常以箕子的麦秀之诗感叹国家破亡之痛。

[4] 文皇：指明建文帝。

甘肃历代诗歌选注

清

◎李日芳

李日芳，河南杞县人，以举人于清世祖顺治五年（1648）任庆阳知府。时逢明末社会动乱后，民生凋敝，其为治清简，裁革弊政，重农耕以养民，立社学以教民，时人比之为"文翁化蜀"（指汉武帝时蜀郡太守文翁兴儒学以移风易俗、教化百姓事），后官至右通政。

周祖庙告成诗[1]

苍苍王气抱孤城[2]，流峙周遭今古横。传子当年测海若[3]，邠人此日忆河清。松声不逐笳声落，山色每随月色明。感慨周家千载业，原陵一片野云生。

【注释】

[1]周祖庙：即不窋庙，在庆阳旧府署南，明世宗嘉靖七年（1528）知府萧海修，清世祖顺治四年（1647）分守河西道沈加显重修，及竣工，李日芳莅任，遂作此诗。追述周族发祥的历史，感叹事去千年而庆人犹立其庙，邠人尚怀其德。

[2]孤城：指庆阳城，夏帝孔甲时周祖不窋所居。城周四围山如屏障，故名。

[3]海若：传说中的北海之神。

◎李国瑾

李国瑾，字子怀，号玉衡，陕西府谷县人。贡生，清世祖顺治九年（1652）任宁州学正。

九日望南山寺[1]

雨霁南山翠矗天，堂开引眄亦悠然。归云低拂花宫柳，初月徐窥嶂里泉。正喜周原堪吊古[2]，忽怜明季尚遗贤[3]。幽斋颇似东篱景，抚菊裁诗愧逊前。

【注释】

[1]诗人于重九之夜，赏菊观月，遥望南山，吊古思贤，触动幽情，咏之以诗。

[2]周原：宁州古属豳地，周祖兴业于此，传有公刘邑。

[3]明季：明末。

◎杨藻凤

杨藻凤，字颖立，山西宁乡人，进士，清世祖顺治十四年（1657）任庆阳知府。召集流亡、督修府城、捐资纳税，多有惠政。修撰《庆阳府志》，今存。升湖广提学副史。

劝 农[1]

微雨过春城，寒轻暖亦轻。土膏乘气动，河水逐冰行。吏治观田野，民依赖火耕。莫教随意草，还向旧痕生。

【注释】

[1]此诗写春耕之时观农于田间，勉农勤耕细做。语言平易，言之谆谆，醇厚温雅。

永春楼酬唱诗四首[1]

一

把酒同登百尺楼，高烧银烛照清秋。杯倾片月扶疏影，响答层霄断续讴。边塞几人逢乐岁，天涯今已净旄头。兴来且尽偷闲日，不数当年第一流。

二

黄昏载酒上高楼，极塞风烟万壑秋。远望莫云生赤雁，坐邀明月发清讴。十千共酌君青眼，三五招呼我白头。相聚荒边行乐处，年华肯与付东流。

三

两腋仙仙庾亮楼[2]，倚栏无奈白云秋。酒传连步杯中景，曲度霓裳月下讴。故国远遮秦树外，乡思时挂楚江头。也知张翰莼鲈美[3]，却恋蜗名在急流。

四

孤城岳岳峙危楼，薄暮登临风露秋。同宦几年嗟鶺鴒[4]，化民三载愧淇讴[5]。聊将绿蚁酬知己，欲买青山枕石头。耳热不禁频击节，一天明月两川流。

【注释】

[1]清世祖顺治十六年（1659）8月中秋，庆阳知府杨藻凤邀集同僚数人于府城东南门（巽方）之永春楼，诗酒酬唱，留诗多首，并勒石以志永久，亦一时之雅事。该诗碑出土于1965年重修德胜门（府城北门）外起凤桥时，前有小序曰："顺治己亥秋八月，同东协李开之、郡丞张升衢、司李王兰云、安化县令杜长虹，楼头小集偶赋。知庆阳府事河东杨藻凤识。"

[2]庾亮楼：东晋大将庾亮在九江建楼，于中秋登楼赏月，一夜无眠，尽欢而别，传为佳话。后成为登楼赏月之典。

[3]莼鲈：即"莼鲈之思"，《世说新语·识鉴》："张季鹰辟齐王东曹掾，在洛，见

秋风起，因思吴中菰菜羹、鲈鱼脍，曰：'人生贵得适意尔，何能羁宦数千里以要名爵！'遂命驾便归。俄而齐王败，时人皆谓为见机。"后人以"菰鲈之思"代指思念故乡。

[4]鹈濡：即濡鹈。典出《诗经·曹风·候人》："维鹈在梁，不濡其翼。彼其之子，不称其服。"后以鹈濡喻享高官厚禄而不理政、不称职之官吏。

[5]淇讴：指《淇奥》之歌。《诗经·卫风·淇奥》赞美君子之德才及风度。

合水修复县城偶咏二首[1]

错绣当年百二州[2]，边城近日不防秋。车书万国归仁寿[3]，城郭千家尚土丘。蔓草远随人迹尽，长河依旧夕阳流。眼前一片荒凉地，化作金汤瞬息收。

合水孤城跨远洲，风华仍带汉时秋。河山改革开新运，云树萧森抱古丘。黄鸟投林思定止，苍生归命信如流。从兹抚字资贤令[4]，烟火千村次第收。

【注释】

[1]明末社会动荡，合水县城迭遭兵燹。顺治十四年（1657），杨藻凤任庆阳知府，督修合水县城（今老城镇所在），工成，喜而赋诗。

[2]错绣：色彩错杂的锦绣。语出唐元稹《郊天日五色祥云赋》："影带旗常，疑错绣之遥动。"

[3]车书：指车同轨，书同文，喻文物制度划一，天下一统。

[4]抚字：抚养，指安抚体恤百姓。

宁州道中[1]

荒村散落少人烟，一望周原蔓草连。风雨及之能五十，农夫何事不耕田？

检点频年逋赋多[2]，追呼尽向一年科[3]。朝廷也念民膏竭，为佐军兴可奈何。

【注释】

[1]明清易代之际，战乱不断近五十年，乡村凋残，到处荒村蔓草，人烟稀少，劫后之民又为重税所困，徒唤奈何。诗人写宁州道中所见，真实地反映了清初民生唯艰的社会面貌。

[2]逋：拖欠。

[3]科：科处。此指征收历年拖欠的赋税。

◎刘源澄

刘源澄,直隶固安(今河北省廊坊市固安县)人,顺治间中进士,顺治十年(1653)任合水知县。

陪杨太尊修复县城[1]

甘载荒城委草莱,欣瞻露冕骏图开[2]。经营再见召公烈[3],筑凿重夸山甫才[4]。子午岭头行客动,凤鸠川上牧羊回。深惭老吏全无补,聊共蒸黎赓子来[5]。

【注释】

[1]杨太尊指时任庆阳知府杨藻凤。杨藻凤督工修合水城,作者时为合水县令,为诗赞其德政。

[2]露冕:治政有方的官员,皇帝特加恩宠,露冕以示褒奖。典出陈寿《益都耆旧传》:"郭贺拜荆州刺史。明帝巡狩南阳,特见嗟叹,赐以三公之服,黼黻旒冕。敕去幨露冕,使民见此衣,以彰其德。"

[3]召公:指召公奭,周武王贤臣,辅佐周成王,营建洛邑,与周公旦分陕而治。

[4]山甫:即仲山甫,周宣王贤臣,有佐王中兴之功。

[5]蒸黎:庶民百姓。赓:酬答,应和

◎张羽明

张羽明,字升衢,三韩(今辽宁朝阳)人,顺治间任庆阳府丞。

奉和前韵[1]

登临带月上层楼,万壑千峰一□秋。浮出光摇金露色,鸣蛩声杂短长讴。平分爽气来天外,忽转银流入□头。胜会今宵成后乐,自怜疏陋愧名流。

【注释】

[1]清世祖顺治十六年(1659)8月于庆阳府南门永春楼谯集,诗酒酬唱,依"尤"韵和郡守杨藻凤诗而作。写月夜登楼,秋气满川,虫鸣唧唧,置酒高会,末以忝居名流作谦,别具一格。

◎杜霁远

杜霁远,字长虹,直隶永年(今属河北)人,进士,清世祖顺治九年(1652)任安化(今庆城县)知县。招徕流民,安置垦田,疏浚水源,复修学校,有惠政于民。

宏化署中遇雪步韵[1]

积雪迷樵径，千山绝鸟过。绮筵欢乐少，荒屋逋亡多。欲向峰头啸，空怀江上蓑。冰心照天地，独坐奈愁何？

六花飞正急，半载已空过。材短催科拙，民残积赋多。有诗呵冻笔，无地挂鱼蓑。愁病寒侵骨，穷檐问若何？

【注释】

[1]宏化：安化县古名，两诗用相同的韵脚，故名"步韵"。写冬日大雪的感怀，虽有筵席而难有欢乐，百姓逃亡，屋舍荒芜，人口锐减，重税难完，遂至寂然独坐，愁思难以排遣。该诗虽写一己忧民之思，却从一个侧面真实地反映了明末清初社会大动荡所造成的民生凋敝的惨状。

奉和前韵[1]

清时重见永春楼，政洽人和足万秋。宾主敲诗成胜会，士民乐业动欢讴。南山静倚孤城外，北斗低重画阁头。自分戴星无暇刻，却随貂尾续风流。

【注释】

[1]此诗为顺治十六年（1659）8月永春楼宴集和知府杨藻凤诗。

◎张映辰

张映辰，甘肃安化（今庆城）人，清初贡生，曾任甘肃学正。

庆阳怀古[1]

失职姬宗几世还，由来保障藉严关。城开白豹临西夏，塞置乌仑控北蛮。雅有珊瑚通合水，谁将弓剑误桥山。凉秋时节金风肃，木落天空景自闲。

灵武重收豪杰心，十年安史乱相寻。空闻列圣留碑碣，无复群仙梦抚琴。风月闲亭仍眺赏，楼兰往事已消沉。悠悠庆水流何恨，遥望城闉载骤骎[2]。

【注释】

[1]两首怀古诗集中表现了庆阳不同历史时期的重要人物和事件，而且依次将庆阳所属各州县连在一起，构思巧妙。"失职姬宗"写庆城（记周祖事），"城开白豹"写

华池（御西夏事），"塞置乌仑""灵武募兵"写环县（唐肃宗平叛事），薛王列圣碑写合水（唐薛王居合水事），"弓剑误桥山""群仙梦抚琴"写正宁（黄帝冢及琴山古洞），"楼兰往事"写宁县（傅介子计斩楼兰王事）。事虽繁而无堆砌之感，纵横古今，收放自如。境界浑融，气象高远。

　　[2]载骤骎骎：马快跑之状。典出《诗经·小雅·四牡》："驾彼四骆，载骤骎骎。"

◎张文炳

　　直隶沧州（今属河北）人，进士，顺治十二年（1655）任河西道，为政清简，后升邓州参政。

夏日感雪[1]

　　顺治十二年乙未夏四月四日，北风吹霰，巡历至华池。夜大寒，雪深尺余，次日午晴，蒸雾俘上，渠流如注，从役头面胥肿，其瑞雪失时，变而为疠雪乎？路旁槐柳新叶，如出沸汤中，而苗稼可知已。及抵宁州，部民告灾，皆泣下，余为恻动废食，因壁间韵书以志异，兼赠韩牧，当益勉爱吾民也。

　　　　三春处处倒耕牛，四月何当冰雪稠？
　　　　守土无能应殪我，彼苍岂不念民愁？

　　　　恩诏求言通下情，残疆重赋困民生。
　　　　小臣一拘长沙泪[2]，蠲缓可否再履行[3]？

【注释】

　　[1]四月大雪致灾，禾稼无存。张文炳感念民生之艰难，为作此诗。"残疆重赋困民生"，见凋敝之状；"守土无能应殪我"，见爱民之心。并告诉时任宁州知州的韩魏以下情上达，减缓百姓赋税。下为作者的自序。

　　[2]长沙泪：西汉政论家贾谊为长沙王太傅，世称"贾长沙"。其《陈政事疏》曰："臣窃惟事势，可为痛哭者一，可为流涕者二，可为长太息者六。"长沙泪，指贾谊忧国忧民之泪。诗用其典。

　　[3]蠲缓：指免除或缓收赋税。

夏日逢雪次韵[1]

　　忽逢大雪压琅玕，槐柳新枝摧夏寒。听告灾伤流泪诉，拟陈疾苦绘图看。荒山到处丛狐兔，棘地何堪棲凤鸾。更勉英年循刺史，狄梁惟许寸心丹。

【注释】

[1] 1655年4月4日，庆阳各处大雪，冻伤花木，禾稼无存。诗步马文升《察院题竹》韵以记灾。

◎程万仞

程万仞，奉天锦州（今属辽宁）人，清世祖顺治十二年（1655）举人。清世祖顺治十六年（1659）任庆阳知府。博学，善鼓琴，重风教，有古循吏之风。

和友人春日登文笔峰原韵[1]

和风欲放碧桃花，鸟唤游人赋心奢。山庙回春添紫翠，石门初日起云霞。松涛经雨连钟乳，塔影临川落照斜。肌腊履陪重胜事，新恩偏许此期瓜[2]。

春水东流雪浪开，南山高并凤城台。诸天香霭孤峰立，匝地云浮众客来。石带藤萝风缭绕，松摇阶砌月徘徊。登临此处尘纷绝，狎岸浮鸥莫我猜。

【注释】

[1] 庆城之南有山，其形高耸如笔，名"文笔峰"，与城南永春门城楼遥遥相对，上有东岳庙，松柏森森，古塔参天，旧为庆阳八景之一，春、秋佳日，士民多游观于此。此诗写春日文笔峰的胜景和登临的感怀。

[2] 期瓜：又称瓜代、瓜期，指官员任满由他人接替。语出《左传·庄公八年》："齐侯使连称、管至父戍葵丘，瓜时而往，曰：'及瓜而代'。"

◎王馨谷

王馨谷，字兰云，北直隶督亢（今属河北省保定市）人。由进士顺治十四年（1657）任庆阳府推官。

丁酉春清丈地亩灵武道中[1]

边城硗确地[2]，丧乱尽荒芜。渐见哀鸿集，旋惊苍隼呼。云霓徒负望，勤动未尝逋。履亩从今日，依然安堵无[3]？

羽书正旁午，庚癸费绸缪[4]。庙筹安黎庶，臣心拙管筹。调和风玉润，次第版图收。指日轻徭赋，载赓帝力讴[5]。

田家终岁苦，努力事耕耘。成赋忧新欠，除荒感旧文。山河金二寸，丝谷肉三分。为尔均劳逸，焦思厪圣君[6]。

清 | 159

【注释】

[1]该诗为顺治十四年赴庆阳北普查田亩途中所作。写地瘠民贫、终岁劳作而赋税难完,可见清初社会凋敝之状。丁酉:指清世祖顺治十四年(1657)。

[2]硗确:草木不生。

[3]安堵:安居乐业。

[4]庚癸:即呼庚呼癸,原为军中乞粮的隐语,此指筹集钱粮。

[5]帝力讴:指太平盛世。典出上古歌谣《击壤歌》:"日出而作,日入而息,凿井而饮,耕田而食,帝力于我何有哉?"

[6]廑:同"勤"。

奉和前韵[1]

一

婆娑桂影入危楼,光满千门次第秋。□热岂辞醺后酌,耳清更听夜阑讴。客情孤寄关山里,朔风遥临云水头。角胜分曹酌莫浅,眼看岁月去如流。

二

眼看岁月去如流,几见团圞照上头[2]。四座知心堪共乐,万民无怨即同讴。野花遍插人逢笑,塞阵初排雁度秋。对酒开怀怀未极,仲宣聊笑一登楼[3]。

【注释】

[1]该诗为顺治十六年(1659)8月永春楼宴集和知府杨藻凤诗。语言流丽,诗境高华疏朗。

[2]团圞:月圆之貌。

[3]仲宣:即王粲,字仲宣,山东微山人,东汉末文学家,"建安七子"之一,有《登楼赋》。

◎扈申忠

扈申忠,满洲人,浙江道监察御史,清世祖顺治十四年(1657)任陕西巡按。

清丈地亩[1]

抢攘今方定,农夫尽力耕。卖刀堪贾犊,振武复修文。国祚三仪奠[2],民依五谷分。殷勤问劳吏,谁是昔神君。

【注释】

[1]该诗为作者任陕西巡按、道出庆阳、清丈地亩时所作。写天下初定,偃武修

文，农夫卖刀买牛，尽力田亩的情形，形象生动。

［2］三仪：指天、地、人。

◎文士升

文士升，号白庵，江西永新人。恩贡，清世祖顺治十六年（1659）任宁州同知，真宁知县。

秦储荒垄[1]

咸阳一炬久成灰，二世于今安在哉？只有扶苏垄上石，樵夫犹记汉唐来。

【注释】

［1］"秦储荒冢噪暮鸦"为宁州八景之一，地在宁县新宁镇梁高村，传为秦始皇太子扶苏墓。观诗，知清初尚存碑石。

梁碑无瑕[1]

白云红日雨悠悠，金鼓声残鹦鹉休[2]。桃李遍开今又昔，火灰同尽去难留[3]。乾陵久废山河梦[4]，狄庙犹存天地秋。臣节勋名空碧落，无瑕不独在宁州。

【注释】

［1］"梁碑无瑕"为宁州八景之一，刻宋范仲淹所撰《唐狄梁公庙碑记》，今存。诗人睹碑思人，感叹李唐、武周俱成过往，而狄仁杰之臣节勋名天下无二，布在众口，千秋犹存，令人有不胜今昔之感。

［2］鹦鹉：鹉谐音武，指武则天。

［3］火灰同尽：范仲淹《唐狄梁公庙碑记》有"武暴如火，李寒如灰"之语，火灰同尽指武周与李唐已皆成过往。

［4］乾陵：唐高宗李治与皇后武则天的合葬墓。

◎阎明阳

阎鸣阳，号文瑞，甘肃宁州（今宁县）人，清世祖顺治十六年（1659）贡生，候选训导。

山居自咏[1]

山深疑太古[2]，静对浑忘今。绿野偏饶致，红尘迥不侵。潇潇风散暑，湛湛水长吟。坦腹松阴下，真为自在身。

清 | 161

【注释】

[1] 深山绿野,远离红尘,流水清风,坦腹松阴,恍如太古之世。诗写山居生活的闲适恬淡,有飘然出尘之感。诗境清远淡雅,逸趣盎然。

[2] 太古:远古。唐虞之前曰太古。

◎米汉雯

米汉雯,字紫来,号秀岩。甘肃庆阳府安化县人,明太仆米万钟之孙。清世祖顺治十八年(1661)中进士。任翰林院侍讲学士,长葛、建昌二县知县。康熙时,召试博学宏词,授编修。米汉雯好学,擅长写诗,兼善小令,有《存始集》《漫园集》传世。精通算学,喜好篆刻,书画俱仿其祖,颇得家法,有"大小米"之称。

无 题[1]

百尺墨桥挂彩虹,青天飞镜水涵空。凭君看尽人间月,谁似湖山枕簟中[2]。

【注释】

[1] 这是一首题画诗,写百尺墨桥,水镜涵空,看尽人间月色,比之卧于湖山观月更胜一筹。

[2] 枕簟:枕席,泛指卧具。

◎傅弘烈

傅弘烈(1623—1680),字仲谋,号竹君,江西进贤县人,举人。清圣祖康熙三年至九年(1664—1670)任庆阳知府。六年之间五次上疏,备述地荒民残、难以为生之情状,奏请朝廷豁免庆属钱粮共计白银一万六千两,解民于倒悬。民感其德,为之建傅公祠。后升靖寇大将军、广西巡抚。有《傅忠毅公全集》行世。

庆阳杂咏[1]

环庆由来号极边,那堪关税促连年。遗黎孑孑歌无屋,多事青青泣有田。惨淡郊原苔色闹,凄凉城市野云怜。而今国事公家急,太守无能只问天。

太守无能只问天,边民何事苦无边?曾闻沟壑添新骨,不听妻儿且卖钱。平子四愁空泪洒[2],贾生六叹有谁怜[3]?不堪回首当秋夜,今日伤心胜去年。

今日伤心胜去年,蝉声断续接云烟。老农辟地愁锄蔓,稚子思秋望眼穿。月照机杼空织女,风吹柘叶乏灵泉。不知谁善丹青笔,图献流民到帝前。

图献流民到帝前，敷宣还仗大官贤。蔽明自古有炀灶[4]，奏绩于今重管弦。非我不前因马后，是人为政在羊先。庙堂若问当年事，一望平原万里烟。

一望平原万里烟，烟销茅屋几家廛？周邦旧是桑麻地，庆郡如今却火天。满野哀鸿嗟羽肃，离乡士女尽衣牵。点金愧我无仙术，日夜筹思不忍眠。

日夜筹思不忍眠，孤衷那得小民怜。魂惊逃屋明偏照，梦醒家园泪已渐。赋重民贫难执法，风行草偃漫从权。予今欲借善书者，到底还为引手牵。

到底还为引手牵，贤如宓子亦徒然[5]。才猷未必人人拙，宽猛于兹个个愆。宪檄庚呼官长畏[6]，扁舟麦助友朋怜[7]。官途却是穷途哭，师帅先生履不全。

师帅先生履不全，一堂僚属更难诠。旧袍带索能欺肘，尘釜生鱼欲断烟。聚散欷歔劳日夕，死生谋策望丰年。官从此地称坑堑，堕落谁云吏是仙。

堕落谁云吏是仙，名心淡尽类枯禅。孤琴有韵消岑寂，一鹤无粮任去旋。莫说人间主纳赋，犹愁宦署也成田。攒眉拈髯愁无策，补救还须属二天。

补救还须属二天，山公启事莫迟延[8]。圣王屡下蠲租诏，循吏何妨痛苦篇。树植当年犹不朽，文垂后世岂无传。疮痍立起云霓望，待命苍生久倒悬。

待命苍生久倒悬，呕心血尽泪成川。疮多无处堪剜补，金尽何须问色鲜。不惜残躯还众赤，愿将夺命叩重天。可怜不窑开基业，阊阖何时奏五弦。

阊阖何时奏五弦[9]，凄凄谁与尽情宣？千家鹄面当丰稔，一郡羊裘御暑天。夜静若闻城鬼哭，月明那见野僧旋。无端世事迷沙漠，环庆由来号极边。

【注释】

[1] 该组诗十二首，写明末清初社会大动荡后庆阳百姓啼饥号寒、鸠首鹄面、流离失所的悲惨生活，也体现了诗人哀念民生、为民请命的高尚情怀。全诗语言流畅，顶真回环，类同民歌，感情真挚。

[2] 平子四愁：即张衡的《四愁诗》。张衡，东汉时河南南阳人，字平子，著名学者。

[3] 贾生六叹：贾生即贾谊，河南省洛阳人。西汉初年著名的政论家、文学家。六叹，即《梁太傅贾谊上汉文帝疏》中"可为长太息"的六条对时政的针砭。

[4] 炀灶：典出《战国策·赵策三》："卫灵公近雍疽、弥子瑕。二人者，专君之势以蔽左右。复涂侦谓君曰：'昔日臣梦见君。'君曰：'子何梦？'曰：'梦见灶君。'君

清 | 163

忿然作色曰：'吾闻梦见人君者，梦见日。今子曰梦见灶君而言君也，有说则可，无说则死。'对曰：'日，并烛天下者也，一物不能蔽也。若灶则不然，前之人炀，则后之人无从见也。今臣疑人之有炀于君者也，是以梦见灶君。'君曰：'善。'"谓在灶前向火，则蔽其光。后因以"炀灶"喻佞幸专权，蒙蔽国君。

[5] 宓子：即宓子贱。春秋末期鲁国人，名不齐，孔门七十二贤之一，鲁君任命其为单父（今山东单县）宰。宓子贱有意掣肘佐贰写字，最后使其辞职离境，以讽喻鲁君。遂得以在单父自主决断，施行自认为有益于单父发展的政略，仅需每隔五年向鲁君通报一次即可。其后单父果然大治。此处以掣肘事为喻。

[6] 庚呼：即呼庚，庚为粮之隐语，求粮告贷之意。

[7] 扁舟麦助：指北宋范仲淹之子范纯仁麦舟助丧之事。

[8] 山公启事：晋朝时山涛为吏部尚书，凡选用人才，亲作评论，然后公奏，时称"山公启事"。后世指推荐贤举才，或公开选拔人才。

[9] 阛阓：街市。

庆阳歌[1]

庆东子午山山树，庆西黑河水布濩。极北凄凄古萧关，南行惨澹彭原路。东西南北三千里，踞虎豹兮走狐兔。败栋颓檐风雨酸，茕茕野老吞声诉。吁嗟乎，万亩千原空有土，九州谁似庆州苦。君不见，不窋开基墓亦荒，城市翻成古战场。君不见，明季流贼太猖狂，老稚男女尽沦亡。抚今忆昔隆万前[2]，按籍无丁市无鏖。广长舌根日夜吐，泣血涟如民之故。

庆土庆土逢天怒，频年霜雪不雨露。大有犹苦税难完[3]，大荒安贡一王赋。自古豳人力稼穑，豳人今为稼穑误。父母生儿悬弧矢，贱卖锱铢入公库。吁嗟乎，民生疮孔日以多，无儿可卖更若何？君不见，新征旧欠累万千，官亦除荒缺俸钱。君不见，粮虚移甲池鱼及，兔穴狐窥终宵泣。经营于此断人肠，割肉何能见吏长。丹书若自彤庭出，几回清问到边方？

【注释】

[1] 诗用歌行体，写明末清初庆阳天灾人祸、边荒民残、狐兔出没、流离失所的惨状，念之断肠。"不窋开基墓亦荒，城市翻成古战场""自古豳人力稼穑，豳人今为稼穑误"，语殊沉痛！

[2] 隆万：指明穆宗隆庆、明神宗万历年号。

[3] 大有：指粮食丰收。

宁赋歌[1]

山峻羊坡尽石田,无端不窑卜周年。霜飞灶井凄清夜,月冷川原烽火天。刀剑剩有余生几,鸎女沽儿泪血溅。试问民生何至此,茅草深林赋百千。吁嗟乎,庆民此苦郡所共,宁赋之加更重重。君不见,思齐据州南山巅[2],明祖怒之赋税偏[3]。君不见,边饥借支供西夏,权宜一旦成久假。此恨亟需达九阍,谁似长沙痛哭者[4]?嗟予沥血百千言,万里君门无由写!

【注释】

[1]此诗乾隆《庆阳府志》作者署为"前人",然其结构、诗风与傅弘烈之《庆阳歌》相类,且与其请免钱粮疏内容相同,疑为傅弘烈所作。言残民刀剑余生而重税难完,难以为生。并追述宁州赋税偏重的历史原因,希望朝廷体恤民隐,减免赋税以利民生。

[2]思齐:李思齐(1323—1374),字世贤,河南罗山人,元末明初骁将。最初与察罕帖木儿(又名李察罕)组织武装,镇压红巾军,后拥兵陕西长安,元将王保保(扩廓帖木儿)进攻数次,不能破城。曾据守宁州,明洪武二年(1369)降明。

[3]明祖:指明太祖朱元璋。

[4]西汉政论家、文学家贾谊曾为长沙王太傅,世称贾长沙。其《陈政事疏》言时事,以为"可为痛哭者一,可为流涕者二,可为叹息者六",史称"贾生六叹"。诗用此典。

◎雷和

雷和,字介庵,甘肃真宁(今庆阳正宁县)人。清圣祖康熙十一年(1672)贡生,任陕西麟游县儒学教谕。有《介庵诗集》。

竹枝词十首[1] 选五

一

小城的的小于丸,聚得风寒并水寒。鸡犬无闻白昼静,通衢直作冷墟看。

二

邑中莫道止官衙,败瓦颓墙也百家。四体都能遮一半,街头只少唱莲花。

三

说甚谷前雨后香,无闻不特未曾尝。纵然长夏次消渴,至味从来是水浆。

四

瓦盆木豆昔曾闻，此际开宴器尽文。试看红白陶二种，黑瓯罗列已缤纷。

五

莫言花翠与绫绸，一尺红绵也索休。任是朱颜偕白发，四时相看白缠头。

【注释】

[1]竹枝词本出乐府，源于民歌，语言通俗，音节明快，韵律优美。至唐，文人仿作虽多，亦保留其基本特色。雷和的竹枝词真实地反映了清初真宁县街衢清冷、建筑破败、器物粗陋、衣食贫乏的民生状况，语言朴素，近于白描而极具艺术表现力。

◎于腾海

于腾海，直隶易州（今河北省易县）人，康熙间中进士，清圣祖康熙十三年（1674）任合水知县。会吴三桂反清，平凉提督王辅臣策应，占领陇东各地，遂力请辞职归乡。

三嗟歌[1]

嗟吾士，不负籍[2]，却负耒。问粮岁岁称在陈[3]，取粮人人皆骨立。嗟吾民，疑是鬼，却是人。六月弊裘还贴体，三冬一缕未粘身。嗟吾役，既无名，又无利。人问丐儿自那来，谁道公差从县至。

【注释】

[1]明末清初，社会动荡，兵祸连接，天灾不断。士子不读书，只种田，骨瘦如柴。百姓饥寒交迫，衣不蔽体，鸠首鹄面，望之如鬼。衙门之吏亦形同乞丐。诗人任职合水，亲见民生之艰难，痛彻肺腑，为之作《三嗟歌》。该诗语虽直白而三叹致意，沉痛低徊，读之令人酸心，亦见出诗人哀念民生的情怀。

[2]负籍：同负笈，背书箱求学。

[3]在陈：此用《论语》"子在陈而绝粮"之典，指绝粮之意。

◎宗书

宗书，字义六，江苏兴化人，进士，授四川巫山县令。清圣祖康熙十九年（1680）任镇原县令。

原州杂诗[1]

秦关天下险,西北更巍峨。斗绝悬嘉峪,云屯阻套河。裹粮随战马,闭堡坐山阿。何事勤征调,人人能荷戈。

陆行三百里,陟坂几千重。井邑依山麓,牛羊下夕峰。田家休作务,芃野绝行踪。空外闻人语,徘徊涧草茸。

孤城三百户,一半枕荒原。峡水通泾汭,烽台抵塞垣。人烟落涧冷,墟市杂溪喧。蔓草斜阳路,谁招故国魂?

籍甚临泾署,相传自鄂公[2]。所逢无故物,依旧说遗宫。系马摧金碧,炊栌炼酪酮。唐家飞将在,个个凛英风。

咫尺山相向,扳跻百折迂。前徒蓦越涧,后骑踽荒隅。落日愁高鸟,昏林汗小驹。竭来哀白日,喘息气长吁。

【注释】

[1]原州:即今镇原县的古称。此诗描写了镇原一带关山险阻、人习鞍马的边城特色及只见牛羊不见人迹的萧索景象。真实地反映了清初社会凋敝的情形。

[2]鄂公:指唐鄂国公尉迟恭,字敬德,山西朔州人,唐开国二十四功臣之一。传戍边西北,曾驻军于此。

吊王潜夫[1]

汉季群雄引蔓长,潜夫不仕有文章。蔡邕才逸终朗将[2],荀彧名高媲子房[3]。茹水鸥盟犹浩渺[4],玉山乌鼴自吊藏[5]。当年若使同流俗,安得清风老桧堂。

【注释】

[1]这是一首凭吊后汉处士王符的诗。诗人感叹汉末乱世,即如蔡邕、荀彧这样的大贤大才之人亦不免被杀的命运,而王符隐居不仕,不同流俗,著书论世,终能名垂千古。

[2]蔡邕:河南尉氏人,东汉末年名臣,文学家、书法家,以才名、孝名显于当时,任职尚书、侍中,左中郎将,封高阳乡侯,为权臣董卓礼重,后为司徒王允所杀。有《蔡中郎集》。

[3]荀彧:河南许昌人,东汉末年政治家、战略家,官侍中,尚书令,封万岁亭侯,曹操主要谋士,曹比之为前汉张良。后以反对曹操进封魏公,服毒而亡。

清 | 167

[4]茹水：即流经镇原县城的茹河。

[5]玉山：在镇原县城东。

◎宗乘

宗乘，江苏兴化人，清初诗人，宗书之子。

潜夫山松柏歌[1]

王公东汉一逢掖，身价突过二千石。潜德幽光久益伸，可怜遗址多颜色。贞珉古碣长峥嵘，孤松老柏更奇特。兵燹不毁安如山，樵人牧竖俱能识。大者郁若垂天云，小者屈铁虎豹蹲。高者竦峙百千尺，下者蟠薄穿石根。更有别干何轮囷[2]，左攫右拏皮骨皴。春生细叶供茗粥，士人採制轶西秦。自是神灵多吊诡，朝气沈沈暮烟紫。魍魉熊罴恣陆梁[3]，月明一片涛声起。我来作客叹孤穷，吊古时怀高洁风。夜来遍读《潜夫论》，晓起还看亭上松。

【注释】

[1]镇原县城北山亦名潜夫山，有千年古柏百棵，传为王符手植。诗人状松柏气象，见古人精神，赞美潜夫的高洁风骨。

[2]轮囷：高大盘曲之貌。

[3]陆梁：跳跃之状。

◎田而芝

田而芝，陕西富平人，举人。清圣祖康熙二十二年（1683）任庆阳府儒学教授。

周祖庙[1]

惆怅先王地，维新属望劳。每来瞻庙貌，亲欲剪蓬蒿。忠厚开基永，恪勤创业高。播迁仍燕翼[2]，上祀遂崇褒。故土怀冠履，遗民恋穴陶[3]。共愁风雨急，谁葺户庭牢。往复深难料，贞元会更遭。冕五群灵集，瓜壶庶品芼。千山迎爽气，万壑涌秋涛。结构凭心慧，周防远市嚣。择贤真器使，损己岂民膏。燕雀春方贺，鼪鼯晚自逃。长才锥脱颖，小试剑吹毛。举首辉光迥，豳岐指顾豪。

【注释】

[1]周祖庙：详见前李日芳《周祖庙告成诗》注释[1]。该诗追怀周祖开基的艰难及农耕文化对庆阳风土民情的深远影响，详叙重修周祖庙的过程，"举首辉光迥，豳岐指顾豪"则言其德泽广布于豳、岐（指周人南迁之地）一带。语言质朴简练，叙事章法严谨。

[2]燕翼：典出《诗经·大雅·文王有声》："武王岂不仕，诒厥孙谋，以燕翼子。"指善为子孙后代谋划。

[3]穴陶：即陶穴，指窑洞。

◎巩我臟

巩我臟，字子丹，甘肃真宁（今正宁县）人，清圣祖康熙三十四年（1695）贡生。性情豪放，喜诗酒，游历遍海内，有《槐影堂文集》。

唐 台[1]

高台终古控罗川，客重登临独悄然。落日旌旗余鬼火，西风环佩只残烟。苔封故垒拖秋雨，鸦带朝霞入远巅。惆怅同人不载酒，几回凭吊对寒烟。

【注释】

[1]唐台在正宁旧县治罗川，唐肃宗收复两京，自灵武回长安，途经罗川，驻跸于此，其地遂称为唐台。这是诗人登临唐台的凭吊之作，昔日的旌旗御辇之盛事与今日的荒苔寒烟之凄清使人惆怅不已。诗风清逸冷隽，格调高爽。

圣公泉[1]

幽壑深无际，澄泓得此泉。牧人多往返，游客少流连。龙去云含雨，鸟归树披烟。断碑空岁月，沉玉不知年。

【注释】

[1]圣公泉在今合水老城镇（旧县治），详前王勃《宴圣公泉》诗注释[1]。诗人慕名游历至此，亲见圣公泉的澄澈清幽与牧人多而游客少的荒凉，残断的王勃诗碑昭示着岁月的沧桑，感慨系之，为作此诗。

◎韩宰

韩宰，字继平，湖北咸宁人，康熙间岁贡，清康熙四十六年（1707）任镇原县儒学教谕。尚义轻财，立义学，建乡贤祠，课诸生必以立百行、敦四维为训，风习为之一变。

原州八景[1] 选三

玉山春雨

南山佳气日氤氲，却喜春风细雨闻。瑞色含烟花似锦，琼枝带露树凌云。

清 | 169

谁将玉燕投珠浦，何处银缸点麓文？此际真堪咏白雪，瑶台光照许人分。

潜台夜月

曾向山头问古槐，环山佳气望中开。翻书快读先生论，作赋惭非序史才。两汉文章推伯仲，千年碑碣卧蒿莱。请看半吐松梢月，夜夜流光照碧台。

道院异柏

仙树临风碧影高，枝撑明月伴松涛。惟余直干参天地，不放浮华类李桃。耸翠从人传世代，凝坚还自赏吾曹。野云若作辽东鹤[2]，应向山头走一遭。

【注释】

[1]镇原旧有八景之说，即玉山春雨、潜台夜月、芝产黉宫、凤集佑德、神湫灵应、莲沼温洁、仙洞香茗、道院异柏，文人多有题咏。今读书台、佑德观、潜夫柏林仍为陇东名胜。

[2]辽东鹤：典出陶潜《搜神后记》，辽东人丁令威学道成仙，化鹤归里，少年不识欲射，乃言曰："有鸟有鸟丁令威，去家千年今始归。城郭如故人民非，何不学仙冢垒垒。"后用以指久别归里。

◎姚宏烈

姚宏烈，满洲镶蓝旗人，清圣祖康熙四十八年（1709）任宁州（今宁县）知州。能诗，有《帆野集》。

大寺晨钟[1]

祗合鸣勋在庙廊，谁将逸韵寄禅堂？骤随风雨入窗冷，缓逐林花到枕香。五夜敲残乡曲梦，十年催满鬓边霜。声洪久彻人间耳，不独清宵警梵王[2]。

【注释】

[1]宁州普照寺有铜钟，始铸于金贞元四年（1156），重八千斤。晨昏叩之，声传数十里，为宁州一景。诗写钟声虽禅堂梵音，而"敲残乡曲梦""催满鬓边霜"，使人难做遁世之想，反增时光匆匆、功业难立的惆怅。

[2]梵王：指色界初禅天的大梵天王，亦泛指此界诸天之王。

高山晚霞[1]

晴峦目送尽斜阳，返照东山一片光。碧汉龙鳞飞火赤，丹崖凤尾散金黄。浪夸枝木琼瑶树，争眩墙阴紫翠房[2]。海市蜃波曾历遍，肯将幻境作仙乡。

【注释】

[1]此咏斜阳夕照下的宁州高山寺之景。词彩华丽,想象奇幻。

[2]紫翠房:仙家所居的丹房,此指僧房。

◎于中柱

于中柱,字君实,江苏金坛人,康熙间拔贡,清康熙五十年(1711)任镇原知县。

潜台夜月[1]

月彩盈轮照绿槐,晚花还向讲堂开。共推汉代离群士,直抵龙门绝世才[2]。芳躅当年栖陇右[3],孤魂此夜托天台。论高不亚三都赋[4],千古长留一啸台。

【注释】

[1]潜台夜月为镇原八景之一,诗人登潜夫读书台,感慨龙门之才不及离群之士,推崇《潜夫论》不亚《三都赋》,前贤虽远,而潜夫台千古长留。

[2]此用鱼跃龙门之典,语出《辛氏三秦记》,比喻科举高中。将隐士王符与得中科名者对举,意在反衬王符之高才。

[3]芳躅:指足迹。

[4]三都赋:西晋文学家左思作《三都赋》,使洛阳纸贵。此处以之作比,推崇《潜夫论》不亚《三都赋》。

◎钱志彤

钱志彤,字赓臣,江苏丹徒人,清圣祖康熙四十五年(1706)中进士。清康熙五十四年(1715)任镇原知县。时逢荒旱,多有赈济。重文教,能文善书。

一草亭诗[1]

新营草阁俯人寰,徐步看花暂解颜。自爱乾坤题只字,谁将身世破三关。春光绿遍檐前柳,夕照青来雨后山。乡梦纵思江上好,此生应让白鸥闲。

【注释】

[1]一草亭旧在镇原县署后院,钱志彤任知县期间所修,其旁花木蓊郁,取杜甫"俯仰乾坤,苍生在宥"之意,名为"一草亭"。此诗为亭落成后的题咏,语言清丽,于惬意、释然之中蕴含淡淡的乡愁。

◎仇佺

仇佺，字偓仙，甘肃真宁县（今正宁）人。清圣祖康熙五十九年（1720）举人。学识广博，善属文，有《琴岩诗集》。

镇朔楼饮集[1]

天堑雄关控上游，横崖断壁夹层楼。参差西北千山斗，迤逦东南二水流。酒到情酣不解醉，歌来兴剧更相酬。当年庾亮空豪放[2]，何似高阳胜侣游。

【注释】

[1]镇朔楼：详前李文中《登镇朔楼》注释[1]。此诗为登庆阳镇朔楼的诗酒酬唱之作。写关河形胜，连用"控""夹""斗""流"四字，动感十足，气象阔大。用典恰切，诗情俊朗。

[2]庾亮（289—340），字元规，河南鄢陵人，东晋重臣，江南名士。曾于江州建庾亮楼，戴月著木屐登楼，名流雅集，传为美谈。

蒙恬古城[1]

当年白骨葬阳周，蔓草于今尚土丘。驰武城边风雨暗[2]，列仙冢上鹤猿愁。余霞似绮绚长夏，残藓如烟艳蚤秋。万古招魂人永逝，高山流水恨悠悠。

【注释】

[1]蒙恬古城：详见前强晟《阳周故城》诗注释[1]。该诗凭吊阳周古城遗迹，描写古冢蔓草、残藓如烟的荒寂景象，追怀蒙恬功业及死事，诗境凄婉苍凉，气韵深长。

[2]驰武城：即阳周故城。

◎赵选

赵选，安化（今庆阳庆城县）人，清圣祖康熙五十九年（1720）举人，官浙江上虞知县。

前 题[1]

边城得雨日优游，携酒邀朋上画楼。四面青山欲滴翠，双溪绿水自环流。薰风倏起迎宾主，沙燕频鸣催献酬。日暮酣歌传胜事，当年不羡永和游[2]。

【注释】

[1]这是诗人于春日雨后携酒登庆阳镇朔楼、邀朋宴集赏春的即席之作。青山滴翠、

双水环流、惠风和畅、沙燕翔集，诗酒酬唱，日暮忘归，不亚于当年王羲之兰亭之雅集。该诗语言畅达，轻快明丽，余味悠长。

［2］指王羲之于晋穆帝永和九年（353）与江南名士的兰亭雅集。

◎李星汉

李星汉，一名铁汉，字虎臣，安化（今甘肃庆城县）人，工诗，善书法。清世宗雍正四年（1726）中举人，任巡道、户部主事、广东清吏司。

秋日登镇朔楼[1]

一

镇朔楼高千仞悬，凭栏一望古今天。霜清塞北三秋月，风卷河西万里烟[2]。献吉文章开凤窟[3]，义阳侠气照龙泉[4]。酒阑未厌登临兴，欲探星辰霄汉边。

二

万态烟霞入望来，屹然形胜自天开。龙分沙漠千山涌，凤至平岗两翼徊。盛代农桑绵八百，清时文献接三台[5]。登临欲觅警人句，应有凌云作赋才。

【注释】

［1］镇朔楼：详前李文中《登镇朔楼》注释［1］。该诗写秋日登高临远，凭栏放眼，关河气象、古城形胜尽入眼底；前朝盛事、风流人物涌上心头。笔力健劲，才气纵横，慷慨豪迈，语言高华爽朗，诗境雄浑高远，为登临诗中的上品。

［2］河西：明永乐后所设陕西省之河西分省，名"分守河西道"，道署在庆阳，辖延安、榆林、庆阳、固原一带，以加强武备。此"河西"相对于"河东"（今山西）而言，指河套以下、黄河以西地区，非张掖、酒泉所在之河西。

［3］献吉：李梦阳字，指明代"前七子"领袖、庆阳人李梦阳。

［4］义阳：指西汉时计斩楼兰王、封义阳侯的庆阳人傅介子。

［5］三台：本星座名，汉时以尚书为中台，御史为宪台，谒者为外台，合称"三台"。

◎杨赞绪

杨赞绪，广东潮州澄海人，进士，庶吉士、吏部郎中、浙江道监察御史，清高宗乾隆二年（1737）任庆阳知府。开府城南门，名为永春，以壮观瞻。能诗，所在多题咏。

庆阳郡署怀古[1]

一

艰难王业怀周室，窜迹当年戎狄间[2]。九鼎几经移传舍，孤坟犹得占荒山。本支百世谁嗣祭，樵牧成群任往还。陵下至今流恨水[3]，东迁错计弃函关[4]。

二

残碣犹闻父老悲，古之遗爱有州师。梁公精爽留千载[5]，唐祚安危系一时。九庙有灵迁太后，五王何事纵三思[6]。秉钧国老若还在，斩草除根定不疑。

三

镇朔楼高锁北门，名臣经略此山村。云横故垒秋风起，鸦噪荒祠落照昏。忧乐俱关天下计，甲兵直夺夏人魂。文经武纬传青史，景范堂中好细论[7]。

四

靖难燕兵如破竹[8]，戈铤直指景阳宫。仓皇督战沟河上，慷慨捐躯鼎镬中。星应文昌归碧落，鹤栖华表泣村翁。段公祠宇相邻并[9]，碧血丹诚故自同。

五

明代风骚称七子[10]，李公气概独清高[11]。枇鳞谏草留鸾掖，垂佩仙班识凤毛。吴越人知尊北学[12]，空同藻应压词曹。暮年漂泊多惆怅，故国春田入梦劳。

【注释】

[1]这五首怀古诗分别咏周祖处豳、狄仁杰守宁、范仲淹御西夏、景清忠烈死难、李梦阳文擅天下诸事。纵贯古今，感慨遥深，语言劲健，气韵沉郁，间有警拔之句。

[2]窜迹当年戎狄间：夏帝孔甲乱夏，不窋弃农官而居北豳。

[3]陵下至今流恨水：庆城东山有周祖不窋之陵。

[4]东迁错计弃函关：指周平王东迁洛邑，自此王权衰落而诸侯坐大。

[5]梁公：指唐梁国公狄仁杰。

[6]三思：武则天之侄武三思。

[7]景范堂：庆阳府署后堂，以景仰范文正公而名"景范堂"。

[8]靖难燕兵：明燕王朱棣"靖难之役"的军队。

[9]段公祠宇：庆阳府城北门内有段公祠，祀分守河西道、山东阳谷人段复兴。明末李自成破城，举家殉难。

[10]七子：即弘正七子，亦称"前七子"，明弘治、正德间以李梦阳为代表的的文学流派。

[11] 李公：指明邑人李梦阳。
[12] 吴越人知尊北学：吴人黄省曾千里致书，愿为李梦阳弟子。

◎丁菜

丁菜，江苏苏州人，监生，清高宗乾隆四年（1739）任宁州（今宁县治）知州。为政宽缓，能诗。

咏西坞桃花[1]

边庭春到满林花，似绮如虹傍水涯。拂面回风村坞曲，临溪倒影板桥斜。烟霞静处三千树，鸡犬声中四五家。报到北园甘露降，好承金掌献重华。

【注释】

[1] 宁州（今宁县治）种桃，为古来之风习，黄柑桃至今为地方名产。每至春暖，三川（马莲河川、九龙川、砚瓦川）桃林花开，远望如霞，为一时胜景。该诗即咏州城西山坞之桃花，语言流丽，气韵秀朗，描写生动，读来如展画图。

咏关亭夜月[1]

万里穹苍绝点尘，巍巍庙貌雨如新。常扶大统心千古，高挂中天月一轮。携手同登原有路，举头不愧是何人。我将释耒吟梁父[2]，随到南阳问葛巾[3]。

【注释】

[1]"关亭夜月"为宁州八景之一，诗人见景思人，赞关羽忠心可比明月在天，对其忠烈而亡心存质疑，立意新颖警拔。
[2] 释耒：放下农具，停止耕作。梁父：即汉乐府诗《梁父吟》，记二桃杀三士事。
[4] 葛巾：葛布做的头巾，传为诸葛亮所创，亦名诸葛巾。此代指诸葛亮。

◎赵与鸿

赵与鸿，字常一，江西南丰人，进士，清高宗乾隆六年（1741）任镇原知县，博学，重文教，能诗，有贤名。

石佛湾步艾广文元韵[1]

寻芳郊外愧华封[2]，石室穿云过几重。谁识塞翁曾失马，偏多老子号犹龙。三春气暖河边草，一曲歌残江上风。有喜浮生闲半日，山僧为我送归钟。

清 | 175

【注释】

[1]石佛湾在镇原县城东四里许，即石佛寺，今名石空寺，凿石为窟，中有丈八石佛。

[2]华封：即华封三祝。典出《庄子·天地》："尧观乎华，华封人曰：请祝圣人，使圣人富，使圣人寿，使圣人多男子。"

◎胡俊

胡俊，安化县（今甘肃庆城县）人。清高宗乾隆十二年（1747）丁卯科举人。

阅张庆人遗文，回溯昔游，不禁怆然涕下[1]

曲江遗鉴影生花，机杼文章自一家。造化有心分照耀，村墟无福挽灵华。人间玉瘗愁无那，天上楼成恨转赊。鹤返崆峒清唳冷，孤余行脚踏尘沙。

【注释】

[1]这是一首怀人之作。读友人遗文，而追念昔日曲江之游，诗文共赏，而今只剩清冷孤寂，天人两隔，难觅知音。

◎孙良贵

孙良贵，字邻初，湖南善化（今长沙）人，进士，清高宗乾隆十三年（1748）任安化知县。在任十余年，有惠政。学问广博，有文名。

晓经马岭[1]

危垣疑马鬣，顾问是金城。烽息天移宋，霜清我独征。坳盘残月吐，漻沉一鸡鸣[2]。遑复歌三妇[3]，骎骎意未平[4]。

【注释】

[1]马岭城在庆城北八十里，汉北地郡治，后废。范仲淹御西夏时筑城屯兵，为庆城以北的咽喉要地。这是诗人在霜清月残、拂晓鸡鸣时途经马岭城的纪行之作。

[2]漻沉：空旷虚静貌。

[3]三妇：汉乐府《相和歌辞》有《三妇艳》，后人取此诗后六句为式，省作"三妇"，为乐府旧题。此处泛指诗歌。

[4]骎骎：马快跑之状。

和　韵[1]

自破楼兰穿甲还，凉秋八月古萧关。堇涂穹窒无三世，渠率羁縻似百蛮。古寨月明销烽火，荒城雨霁对芒山。不才九载空流滞，惭说心闲勿自闲。

莲池湛湛应清心，涉渭逾泾取次寻。胆落西荒闲卧鼓，文移北斗静张琴。鹰飞关内苍原回，狼去山中白社沉[2]。独有绛帻开紫塞，霓旌霜晓照骎骎。

【注释】

[1] 此诗步张映辰《庆阳怀古》韵，故名"和韵"。两诗皆摭拾庆阳的文史、古迹、人物而成，"自破楼兰穿甲还"咏傅介子事，"堇涂穹窒""涉渭逾泾"皆咏周祖居庆阳事，"胆落西荒""文移北斗"咏范仲淹李梦阳事。写景、怀古、抒情融合自然，诗境苍凉辽远。

[2] 指隐士所居之地。

柔远山[1]

绝顶层峰未易逢，禅床长被白云封。老来拟插凌霄羽，直叩天门第八重。

【注释】

[1] 柔远山在华池柔远城南十里，又名响水山。诗写其山之高险，中有白云，上叩天门，极尽夸张，语言简洁有味。

柔远城[1]

唐时明月宋时笳，一片颓闉三五家。野老不知征战苦，翻怜城郭变桑麻。

【注释】

[1] 柔远城在今华池县治，为宋时边塞要地。诗人通过昔日屯兵古城变成今日桑麻之地的沧桑巨变，感叹世变人移，前人功业已不为"野老"所知。

◎高观鲤

高观鲤，字禹门，浙江仁和人。清高宗乾隆十三年（1748）任环县知县，曾撰《环县志》。

环县八景[1] 选二

萧关故道

留侯营汉邑,即此亦关中。凤阙连云起,龙沙入望通。悲风嘶牧马,急雪断征鸿。千古干戈地,应怜百战功。

环江春浦

山城春事晚,冰泮惬幽寻。芳草王孙怨,高楼客子心。镜开浮远塔,波阔没平林。官渡青青柳,宁知岁月深。

【注释】

[1]环县旧有八景,即灵武古台、萧关故道、环江春浦、螺岩晴瀑、鸳溪流碧、合川朝雨、马岚拱翠、方山霁雪,多自然风景而少人为。乾隆时高观鲤任职环县,撰修县志,作组诗《环县八景》。其诗语言简古,风骨俊朗,诗境开阔,余味悠长。

◎张珑

张珑,直隶高阳(今属河北)人,贡生,清高宗乾隆十七年(1752)任正宁知县。后擢静宁知州。

谒景公祠[1]

英风烈日肃冠裳,魂魄归依父母乡。破斧未能诛管叔,披图几欲中秦王。千年血化江山碧,六月霜飞草木黄。瓜蔓可怜苗裔尽,纵横涕泪洒斜阳。

孤忠靖难死方休,遗像巍巍今古留。报国丹心悬日月,故乡血食祀春秋。春寒花雨鹃啼恨,秋冷枫庄雁叫愁。瓜蔓不堪延一线,空留俎豆恨悠悠。

【注释】

[1]景公祠:即甘节庙,详前王正《甘节庙》注释[1]。诗人拜谒景公祠,引荆轲刺秦及周公诛管叔蔡叔之典,感叹其事虽不成而忠烈永存,虽至今血食而忠臣无后,不禁"纵横涕泪洒斜阳"。该诗用典精切,抒情真挚,诗境雄阔苍凉,郁结慷慨悲壮、抑郁不平之气,读来感人至深。

◎赵本植

赵本植,浙江绍兴上虞人,贡生,清高宗乾隆二十三年(1758)至二十九年(1764)任庆阳知府。修凤城书院,修葺镇朔楼,多有善政。纂修《庆阳府志》

四十二卷（今存，有中华书局 2013 年点注本）。

咏周祖庙[1]

有基开帝业，无国窜戎原。文士崇羲勺[2]，村农奠酒尊。山围云气暖，溪抱雨声喧。不见荒岗上，牛羊践墓门。

【注释】

[1]诗咏周祖不窋居北豳事。虽事去三千余年，上至文人士子，下至村夫老农，无不感怀其德。尾联"不见荒岗上，牛羊践墓门"，写其陵墓荒凉之状，表现了厚重的历史沧桑感。

[2]勺：周公所制颂乐之名，此泛指礼乐。

咏韩范祠[1]

一麾皆出守，那复念家山。姓氏惊酋虏，勋名震庆环。丛祠秋树老，野戍暮云间。往事今堪溯，经营想昔艰。

【注释】

[1]韩范祠：详见前宋人阎灏《范仲淹赞》及明马文升《韩范二公祠堂碑记》注释[1]。该诗咏宋时韩琦、范仲淹御西夏之事，语言简古，气象苍劲沉郁，"丛祠秋树老，野戍暮云间"，堪称佳句。

镇朔楼工成秋日抒怀[1]

阑干初成频野眺，乘高不与雉楼同。宽闲可作千夫庇，缔造还思百战功。忧乐早关天下计，安危预定老臣衷。一身许国丁都护[2]，万里筹边汉上公[3]。玉垒云浮吹角静，穹庐胆落戍烟空。帐开幕府威名赫，寨接降城臂指通。异代尚知珍魏笏，飞鸢讵忍翳秋蓬。输般转稀工偏速[4]，庾亮登临兴未穷。洞启八窗凉意迥，镜涵二水浪痕重。高扪星表晨霜白，倒影岚光夕照红。竹树半遮亭障里，人家都在画图中。岳阳湖海波涛阔，北地金汤气象雄。放眼川原非往昔，赏心景物任西东。漫吟紫塞关山曲，俯视茫茫欲御风。

【注释】

[1]赵本植任庆阳知府期间，修葺镇朔楼，至秋天工程告竣，登临其上，秋风劲爽，山岚夕照。观柔远河与环江分流左右，"竹树半遮亭障里，人家都在画图中"，遂欣然命笔，成此排律，以纪当时之盛事，并抒发欣喜之情。该诗道眼前景，写昔日事，联

想丰富，笔调爽朗流丽，轻松明快。

[2]丁都护：《丁都护歌》本为《清商曲辞·吴声歌曲》旧题，后多咏戎马之苦及思妇之怨。后人遂以"丁都护"为舍身许国之喻。

[3]汉上公：汉制以太傅为上公，位在三公之上。

[4]输般：即公输般，春秋时期鲁国人，传为木工之祖。此处代指工匠。

环县岁饥，筑城代赈，予往来寒暑中，赋长句以志其事[1]

环原号斥卤，浮荒忧呰窳[2]。嗷嗷十万家，沸羹沃焦釜。仰食县官仓，逝鼠少红腐。空吟于荇歌，犁留鸣亦苦。宵旰切痌瘝[3]，拯恤瞻斗魁。更发司农钱，乘时筑楼橹。计役受庸直，丁男给二釜。悬令招流携，黔黎复保聚。惊鸟慕投林，枯鳞快浮煦。介士玉门还，婴儿怀哺乳。兹形良足悲，奋感出慰拊。邪许声相闻，约版束黄土。晨烟起晨甑，宵杵答鼍鼓[4]。寒暑尽忘劳，崇墉兴百堵。长吏不得眠，太守日行部。毡裘御雪霜，箬笠戴炎午。车骑纷于梭（委宁正二属监修，予往来督理），畚锸疾如雨。不见书城郎，非时病吾鲁。不见秦蒙恬，遣戍生怨府。忍俾沟壑填，矜全及寡户（见《小雅》）。底绩指顾间，惠民兼捍侮。覆载信无私，浩荡焉可数。

【注释】

[1]写环县岁饥而以工代赈，督饥民筑城，作者往来于庆城、环县间，"长吏不得眠，太守日行部"，细节生动传神。事在清高宗乾隆二十四年（己卯，1759年）至二十六年（辛巳，1761年）。

[2]呰窳：羸弱，萎靡不振。

[3]痌瘝：痌，痛。瘝，病。《书·康诰》："小子封，痌瘝乃身。"孔传："痌，痛；瘝，病。"

[4]鼍鼓：用鼍（扬子鳄）皮蒙的鼓。

辛巳郡城夏旱，步祷圣水泉，明午雨降，得长句十八韵[1]

夏五不闻檐雷声，我心恻恻忧方大。镇日闭阁省愆尤，祈请殷殷数荣裕。维山有神呼吁灵，珠络幡幢位居兑。蓬跣蹒跚四十程（距城西北四十里），铄肌烈日如钳釱。杨枝垂露荫千条，入庙已觉登晻霭。座俯甘泉石齿鸣，瀑布高悬飞激汰。斋房夜宿礼益虔，默许流膏润蔚荟。诘朝再拜下山椒，虬龙夭矫导旌旆。半途雨脚酣笙镛，风为车兮云为盖。莲台法象恍见之，自午彻晓势愈太。金蛇迅掣九霄中，银河倒泻三江外。泥深岂怕歌鸡头（蜀人谓"泥滑滑为鸡头鹘"，坡公诗"泥深厌听鸡头鹘"[2]），城阴二水奔湍濑。纷纷箫鼓答神庥，陈醪设醴介文贝。老农驱犊插针秧，稚子扶犁除草筊。闵饥闵旱藕稍纾，静理丝桐缓巾带。渐看爽气来庭隅，摩娑生意出尘壒。绵蛮树杪滑鸤鸠，青苍岩畔沐枞桧。更占时雨与时旸，太守不辞为民丐。

【注释】

[1]乾隆二十六年（辛巳年，即1761年）庆阳夏日大旱，知府赵本植与当地绅民徒步前往距城西北四十里的清凉山下圣水泉祈雨，第二天中午降大雨，旱情缓解，喜而赋诗。该诗对清代西北民间官民之祈雨风俗描写详尽，久旱而忧，雨落而喜，从中亦可见其忧民爱民之心。

[2]典出苏轼诗《送牛尾狸与徐使君》，有"泥深厌听鸡头鹘，酒浅欣尝牛尾狸"句。

三月二十八日自环邑回郡，次日即按行宁、真二属，途间书事二首[1]

往来五邑十天里，正及晚春初夏时。冷涧流云衔帽影，晴风吹絮着鞭丝。堆山金碧浑如画，绣野丹青尽是诗（雨后青葱，为年来所未有）。好景不教轻放过，一囊收拾寄吾思。惟有一勤堪补拙，官忙长得似闲时。儒生拱立问难字，父老相迎慰鬓丝。麦陇驻看深浅绿，筍舆行促短长诗[2]。悯农之念未能了，忧雨忧晴系我思。

【注释】

[1]该诗记作者自庆城巡查宁州、正宁途中所见。正值晚春初夏时节，雨后禾稼盈野，山川如画，好景成诗，而儒生问字，父老相迎，耐人寻味。全诗轻松明快，流丽自然。

[2]筍舆：竹轿。

环邑城工始卯冬，成于巳春。祁寒盛暑，穷黎力作，鲁令发帑以济，或阴雨霢霂，万夫敛手，复捐给钱米，不失代赈之本意。工竣，诗以美之[1]

绸缪畚锸济哀鸿，左库便蕃众欲同。束版诛茅昭圣俭，重楼复堞壮边工。秋风远送千村鼓，夜火新添六市红。胼胝鸣沙经岁役，山城如画绮霞中。

十邑同时工代赈，经营廥廪入纤微。招流坐使千夫饱，厚值行看众辇归（工料购自远方，其脚价较原估加增）。讵见惔焚鞭把杵[2]，不闻寒瘵赋无衣[3]。城成名并鲁公浦，为报循良亦庶几。

【注释】

[1]卯冬指己卯冬，即乾隆二十四年（1759）冬天。巳春指辛巳春，即乾隆二十六年（1761）春天。诗记时任环县县令鲁克宽以工代赈，督民修环县城垣之事。

[2]惔：火烧。《诗经·小雅·节南山》："忧心如惔。"

[3]瘝：冻疮。无衣：《诗经·秦风·无衣》："岂曰无衣，与子同袍。"喻团结对敌的战斗豪情。

辛巳夏六月四日，请雨郡城圣水泉。次日大雨，复赋此志喜[1]

正是身憔发卷余，油油膏雨养生梳（孙思邈以交加木造百齿梳，用之养生）。跣科祈水甘行淖，箫鼓迎龙乐饭疏。何必获田多似石，只怜仰水已如鱼。十分终惠承天泽，大有先占六月初。

【注释】

[1]以药王之养生梳喻及时雨之养民，生动贴切。

复雨仍用前韵[1]

杯置坳堂水有余，经旬无梦到枇梳[2]。河声日夜连天震，云势嵯峨入地疏。洒翼参池人似鸟[3]，观濠浩淼汝为鱼[4]。艖艒若起三间屋[5]（见《南史·羊侃传》[6]），两部笙歌沸耳初。

【注释】

[1]该诗广引事典，以梦无枇梳喻无雨兆，以鸟、鱼之典喻雨之大，以羊侃搭船桥、陈女乐之典，既言雨势之大，又喻喜雨之乐。

[2]梦到枇梳：《梦书》记载，梦见用梳子梳头，意味着将会走运，烦恼和忧愁必会解除，身体健康，百事顺遂。因为头发主烦恼，而梳子能梳理头发。

[3]洒翼参池人似鸟：语出北周庾信《和赵王喜雨诗》句。全诗曰："玄霓临日谷，封蚁对云台。投地欲起电，倚柱稍惊雷。白沙如湿粉，莲花类玉杯。惊鸟洒翼度，湿雁断行来。浮桥七星起，高堰六门开。厩田终上上，原野自莓莓。"

[4]观濠浩淼汝为鱼：典出《庄子·秋水》。其文曰："庄子与惠子游于濠梁之上。庄子曰：'鲦鱼出游从容，是鱼之乐也。'惠子曰：'子非鱼，安知鱼之乐？'庄子曰：'子非我，安知我不知鱼之乐？'惠子曰：'我非子，固不知子矣；子固非鱼也，子之不知鱼之乐，全矣。'庄子曰：'请循其本。子曰汝安知鱼乐云者，既已知吾知之而问我。我知之濠上也。'"

[5]艖艒：一种短而深的小船。

[6]《南史·羊侃传》载：羊侃"初赴衡州，于两艖舟舴起三间通梁水斋，饰以珠

玉，加之锦缋，盛设帷屏，列女乐。"

满江红（吊明季段公殉难）[1]

寇起黄巾[2]，谁孤守，金瓯无缺。叹一旦，捐躯为国，济阳人杰。长戟纵横霾昼雾，短槊驰突挥渊日。奈奸民[3]，延敌已开关，冲冠发。

母死义，妻死节。烈火焰，飘风发。更阖门数口，兰摧玉折。夜夜城乌啼暮草，年年精卫流丹血。看灵旗，斜飐丽谯西[4]，犹呜咽。

【注释】

[1]这是一首凭吊明末分守河西道段复兴的词。段复兴（？—1643），字仲方，山东阳谷县人。明崇祯七年（1634）中进士，官陕西布政使司分守河西道右参议，驻守庆阳府。崇祯十六年（1643）十月，李自成占据西安，传檄谕降。段复兴撕裂檄文，集众防守。月余之后，李自成部将刘宗敏率军五万攻府城，段复兴据城坚守。势感难支，城破之际，段复兴拜辞其母，将妻妾子女聚集於楼上，堆积木柴，又登城督战。城陷，回家点燃楼阁，其母也赴火而死，阖门八口同时殉难。段复兴手持铁鞭，至北门杀敌数人，自刎而死，士民将其安葬于庆城西河坪。庆阳府推官靳圣居、安化知县袁继登同时死难。《明史》卷二九四有传。庆阳府建段公祠，在府城北瓮城西，附祀推官靳圣居、都司周嘉彦、太常麻僖。词写段公复兴一门忠烈，于凄切悲怆之中寓壮慨之气。
[2]黄巾：借指闯王李自成。
[3]奸民：指献城的内奸马天驷、杨廷藻二人。
[4]谯西：指庆城北门谯楼之西，段公祠所在地。

前 调[1]

（偏裨周君嘉彦，段公爱将也，分守北门，战殁于阵。仍用前韵）

奋勇当关，说三辅，纷纷残缺。料只有，男儿南八[2]，素称骁杰。疮裹兜鍪轰掣电，矢攒蜂猬光潜日。惜一身，力竭倍难支，结缨发。

毕吾志，完吾节。阵士殁，狼机发。念公乎何往，灰飞骨折。击贼恨同颜鲁齿[3]，堪胸泪比苌宏血[4]。对城头，暮角起悲风，阴灵咽。

【注释】

[1]该词仍用《满江红》调，悼战殁阵中的练兵营都司周嘉彦。
[2]南八：指唐朝名将南霁云，行八，故称。与张巡守睢阳，城陷，不屈而死。
[3]颜鲁：指颜真卿。因被封为鲁郡公，人称"颜鲁公"。唐德宗建中四年（783），

遭宰相卢杞陷害，被遣往叛将李希烈部晓谕，后为李缢杀。

[4] 苌宏：本作苌弘，避乾隆帝讳改。春秋时周大夫，又称苌叔。忠于朝廷，正气浩然，以得罪权贵，蒙冤被杀于蜀。传说在蜀地被杀时，有人慕名收其血藏之家中，三年后化为碧玉，史称"苌弘化碧"，事见《左传·哀公三年》。《庄子·外物》："人主莫不欲其臣之忠，而忠未必信，故伍员流于江，苌弘死于蜀，藏其血三年，而化为碧。"

念奴娇（书前守傅公疏后）[1]

民何辜也，靖烽烟、无那输将有苦。野有哀鸿，黔少突[2]、何处吏横于虎？逋负盈千，流亡满户，剜肉谁能补？毁家纾难[3]，长沙痛哭陈诉[4]。

不辞越例忘嫌，披肝沥胆，慷慨殊酸楚。宽大欣沾、霜露恩，脱尽赪鱼翛羽。酒奠蒲觞，黍包菰叶庙，食同今古（俗以五月五日祭赛）。几回吟讽，丹心默默如语。

【注释】

[1] 该词盛赞康熙间庆阳知府傅弘烈在残民苟延之际捐俸完税、越例上疏、为民请命、不计得失的高风亮节和爱民情怀，庆阳之民在府城南永春门内建傅公祠，于每年五月五日祭祀，成为惯例。

[2] 黔少突：烟囱不冒烟。黔，黑。突，烟囱。

[3] 毁家纾难：傅弘烈《请免庆属钱粮第一疏》载"臣任事两载，百计调停，以三州县顺治十六、十七、十八年，康熙元、二年，带征民欠三万有余，臣尽倾家赀，倡首劝令州县臣佟国瑜、虞二球、吴宗祀、吕士龙、朱介等新旧各官捐完，于未奉康熙四年三月初五日恩赦之前，出示士民，不复追征"。

[4] 西汉贾谊曾为长沙王太傅，世称贾长沙。其《上汉文帝书》有"可为痛哭者一，可为叹息者六"，此处借指傅弘烈上疏为民请命一事。

◎韩观琦

韩观琦，庆阳府安化县文安里（今庆阳市西峰区什社乡）人，清高宗乾隆时贡生，有诗才，今留诗多首。

春日登镇朔楼[1]

凭临银夏戍旗悬，高倚层霄半壁天。山砺犬牙衔晓日，城舒凤翅散晴烟。歌声遥转归樵径，游骑频嘶饮马泉。万里春光通极北，儒生何用计筹边。

挈榼相招几个来，香山可数八窗开。酒从十指淋漓出，歌绕重檐婉转回。白豹风清忘帝力[2]，赤城霞起认天台[3]。应嗤王粲多愁思，睥睨当初作赋才。

【注释】

[1] 这是一首登临诗。诗人于春日早晨登上庆城北门的镇朔楼，看晓日晴烟，楼依层霄，城展凤翅，听樵歌遥遥，马嘶声声，东迎白豹清风，南望赤城朝霞，把酒临风，豪气顿生，书生不用筹边，王粲何来愁思？词彩高华爽朗，立意高迈脱俗，诗风飘逸洒脱。

[2] 白豹：庆城东川柔远河之上游，有白豹寨，宋时西夏所筑，后属庆阳府安化县所辖（今属陕西吴起县），为庆阳古地名。

[3] 赤城：庆阳古地名，在安化南原，居庆城之南，其地名今尚存。

秋日登思潜亭有怀[1]

先生汉室一缝掖[2]，世网恢恢宁为役。岂是孤鹜爱逃名，硁硁潜山一片石。嗟乎炎鼎失纲维，洛阳王气日萧槭。褰裳而起早见机，振羽青霄奋二翮[3]。试看驽马困盐车，何如神龙不可掬。浪言李郭共登仙，木兰之舟亦何窄。归来自觉天地宽，茶灶笔床烟云宅。钟鼓堂皇达宏音，寒蛩草砌徒喷喷。子虚荒唐复上林[4]，直须起夺班马席。嘉言名论赅古今，化雨霏霏承天泽。高气亮节不能忘，一亭高植山之脊。浮云为栋枳棘墙，有碣斑斓土花碧。我寻遗址缅芳徽，仰摩苍穹一古柏。草绣重茵未肯归，松杉影落秋日白。

【注释】

[1] 此诗为七言古体，录于道光本《镇原县志》及慕寿祺编《镇原县志》。思潜亭在镇原县城北潜夫山，为纪念后汉处士王符，故名"思潜"。始建于金世宗大定间（1161—1173），清乾隆十八年（1753）重修。该诗追怀王符一生行迹，笔力刚健苍劲，词采醇厚古雅，境界浑融，风神高迈，有李白古风之遗韵。

[2] 缝掖：亦作缝腋，大袖单衣，古儒者之服。指儒生。

[3] 二翮：双翅。

[4] 子虚荒唐复上林：西汉司马相如作《子虚赋》《上林赋》，多夸饰之辞，故云"荒唐"。

读《王符传》有感[1]

万里穷边一贱儒，肯教云雨起泥途。谁怜处士文章重，转讶将军礼貌殊，荐剡未闻陈帝阙[2]，姓名何自达皇都。古今知己原如此，潦倒人间几丈夫。

【注释】

[1] 诗人读《王符传》，感其地处穷边，庶出贫贱，时人不爱重其文而惊度辽将军皇甫规门迎之殊礼，"知己"未荐一言而使王符治国之才名湮没于当时，遂有人情炎凉

之叹。

[2]荐刻：指推荐贤才的文书。

太洋池垂钓晚宿山亭[1]

杨柳溪边卖酒家，得鱼换酒不须赊。倚楼人对湖中镜，浴水鸥翻浪里花。日暮渐听樵唱近，风微徐觉钓丝斜。纶竿收拾山亭下，剩有琼浆醉月华。

【注释】

[1]太洋池：镇原县上肖镇，今名太阳池，山色四围，波光潋滟，为一大胜景。诗人垂钓池边，得鱼换酒，暮听樵唱，醉赏夜月，诗风清丽明快，洒脱自然。

游石窟寺步壁间韵[1]

群峰四合翠相连，峭壁惊看古洞天。法界花飞岩下树，祇园水涌地中泉。休言文字无根器，信与山水有夙愿。一道河声清洗耳[2]，我来已悟个中禅。

【注释】

[1]诗人游北石窟寺，步北宋进士宋万年题壁诗韵而成此诗，写山水佛缘，巧用洗耳之典，语带双关，寓意深婉。

[2]洗耳：尧帝时高士许由，闻尧帝欲授九州之长，即去颍水边洗耳，恐玷污己之清听。后世以喻远离名利，淡泊处世。

◎康绩

康绩，清高宗乾隆时隐士。家居庆阳回龙湾，以才思见知于乾隆帝，拒受官爵，终身不仕。

书中乾蝴蝶诗[1]

忆逐飞花西复东，香肌瘦损艺林中。形归不律真成幻[2]，偈颂维摩色是空。近砚难餐池上露，开函犹趁纸边风。春娘老嫁衣冠客，枯守芸窗避艳丛[3]。

掩卷游魂锁不开，寻花的的剩蜂媒。文成宝篆仙姬卧，香赐尚书侍女来。老向墨庄闲岁月，抛残金谷好楼台[4]。纸灰未化难飞去，淡淡春衫染麝煤。

摊书几案近芳邻，收得文鸾着解嘲。紫府无丹能换骨，青箱有字借为巢。洛神撰赋和愁谱，小玉吟诗带恨敲。野径花开相忆否？梦魂应过海棠梢。

绿绕红围太艳生，何来断简寄轻盈。应怜诗草埋文冢，为爱笔花葬管城[5]。墨沈浓添香色腻，银笺淡借粉光明。滕王阁上丹青好，几向芸窗问姓名。

罗绮丛中已久谙，琳琅架上又重探。生花文巧愁难解，醉墨图成梦可酣。残帙藏来依粉蠹，轻绡卧处类冰蚕。挑笺十样空经眼，回首名园春过三。

【注释】

[1] 这是一组咏物诗，《书中乾蝴蝶诗》原有三十首，今选其五。乾隆帝读之，激赏康绩才思，与之官而不受。该组诗以夹在书中的干蝴蝶口吻写其香肌瘦损、春娘老嫁、以字为巢、葬于文冢。比物拟人，想象奇幻，构思精巧，用典于无形，情思绵密，才情富艳，语言流丽清婉，风神飘逸，缠绵悱恻，哀怨动人，情余言外。具有很高的艺术价值，为咏物诗中不可多得的上品。

[2] 不律：笔。《尔雅·释器》："不律谓之笔。"

[3] 芸窗：指书斋。

[4] 金谷楼台：西晋富豪石崇在洛阳建金谷园，富丽甲天下，并为美女绿珠建"绿珠楼"，后绿珠为大将孙秀所逼，坠楼而亡。

[5] 管城：毛笔的别称。

◎折遇兰

折遇兰（？—1793），字佩湘，号霁山，山西阳曲（今古交市）人，清高宗乾隆二十五年（1760）进士。乾隆二十六年（1761）任正宁知县。修《正宁县志》，今存。工诗文，善书法，有《折霁山文稿》《看云山房诗草》。清人袁枚誉之为"山右风流第一人"。

咏古四首[1]

黄帝何年归碧落，至今陵邑锁秋梧。九天风雨追龙驭，万国衣冠泣鼎湖[2]。笙凤销沉闾阖冷，鬼神暗淡翠华孤。不知骏足留蓬岛，辙迹犹存四海无？

蒙恬白骨埋沙碛，千载阳周有孤坟。驰道青燐嘶石马，长城碧血锁秋云。扶苏心事河山泪，胡亥君臣燕雀群。塞北鬼雄三十万，九原谁为哭全军？

肃宗鹤驾羁灵武，尚忆罗川驻跸时。一代风云仍紫塞，千秋旌旆自苍陂。夕阳辇路荆榛满，芳草荒城杜宇悲[3]。惆怅皇舆余野烧，朔方孤将竟何之？

怀古曾登镇朔楼，北风千里豁双目。胡天鼓角连云起，汉垒旌旗闪日愁。

麟阁壮猷诚第一，龙图相业竟谁侔？当年驻节传遗址，父老犹能说庆州。

【注释】

[1]这是一组怀古诗。分别咏正宁桥山黄帝冢、阳周古城蒙恬坟、唐肃宗曾驻跸的罗川唐台、范仲淹所建的庆阳镇朔楼。吊古伤今，情景相得，笔力劲健，诗境萧飒苍凉，于荒烟衰草的凄清孤寂之中蕴含悲慨之情。

[2]鼎湖：传黄帝升天之处。黄帝铸鼎于荆山下，鼎成，有龙下迎，黄帝乘龙而去，后世称此处为鼎湖。"鼎湖"亦指帝王去世。

[3]杜宇：古蜀国王，传说死后化为鹃鸟，蜀人名之为杜鹃。此以之明唐玄宗避乱于蜀地。

追次姚武功县居诗原韵[1] 选五

两年边地况，十载故园尘。舞剑常留月，评诗独异人。清风销烈日，野水涤烦神。贫极翻多趣，闲云寄此身。

鸟声偕客梦，乐意总相关。吏散琴心古，泉清鹤骨闲。夕阳当槛落，乡思逐云还。肘后余诗卷，长吟雪夜间。

一生惟我拙，百代更新论。官小轻于叶，城幽冷似村。寻春闲试马，剧药独关门。瓶粟从教罄，囊中有万言。

年熟民无事，官卑我自忙。围棋当落日，种柳出低墙。霜饱陶潜菊，花残荀令香[2]。更深不肯寐，踏月过城傍。

经营韩范在，百战为论功。大业青云表，芳祠落照中。勋名惭末吏，泉石愧山翁。怀古高歌罢，长风万里同。

【注释】

[1]姚武功即中唐诗人姚合（779—846），陕州硖石（今河南三门峡）人，唐宪宗元和十一年（816）进士及第，授武功县主簿，人称"姚武功"。诗喜五律，刻意求工，作《武功县居诗》三十首。折遇兰任正宁知县期间，追步其诗原韵，亦作县居诗三十首。该组诗多写日常生活细节及自然风景，民少地僻，事简心闲，"官小轻于叶，城幽冷似村"，故而舞剑、吟诗、弈棋、种柳、踏月、赏花、试马、采药，在闲适雅逸的情调中透露出淡淡的清愁和宦游的乡思。语言清婉明丽，格调冲淡自然。

[2]荀令香：东汉尚书令荀彧，衣有浓香，人称"荀令香"。

过赵乾所墓[1]

　　执法星飞遵义军，空余蔓草拥孤坟。饥鸟夜叫滕郊月，石马秋嘶蜀阵云。鹤唳琴冈人永逝，烟消黉柏日微曛。漫嗟傲骨埋沙砾，罗水悠悠尚为君。

　　鱼头铁面凛雷霆，孝肃威名震大廷。骨窜夜郎犹恋战，魂归幻梦不曾醒。帕书在昔轻尘土，钱纸于今委鹡鸰。立马秋风正惆怅，冢边斜日倍飘零。

【注释】

　　[1]赵乾所即赵邦清，墓在正宁永河于家庄，距罗川（旧县治）十五里。这是折遇兰谒赵邦清墓的凭吊之作，追念其一生施政滕县、刚正立朝、黉柏异兆、监军遵义诸事，仰慕先贤风节，秋风斜阳、罗水悠悠，以景见情，低回不尽。

吊景中丞歌[1]

　　罗山石髓蟠冰雪，罗江水声泣呜咽。中有日星河岳之精华，公得之而为奇节。孤宗且喜记名王，崇朝不测起萧墙。靖难兵如破竹至，白沟战罢空仓皇。故君之望怅已矣，此身不死将焉依中宵按剑坐待曙，闾阎六月严霜飞。晓来却怪云气恶，乃是昨夜大星落。须臾血溅景阳宫，日惨淡兮月朦胧。山崩川竭孤臣死，惠皇国祚从兹终。瓜蔓抄成鬼亦悸，罗川剿戮成空地。天阴雨湿雁叫愁，辛庄白日见魑魅。呜呼！自昔孤忠天所忌，而况燕王杀人以为戏！

【注释】

　　[1]景中丞指景清，曾任御史中丞（生平详见前景清"简介"）。这是一首悼念景清的歌行，语言简劲、叙事生动，极言其事之壮烈，字里行间郁结慷慨不平之气。

◎赵文重

赵文重，甘肃真宁县人，乾隆十五年（1750）陕西乡试解元，任河南扶沟知县。

谒先高祖祠[1]

　　先世祠前白日曛，采苹罗沚荐清芬。至今伏腊走村老，从古褒旌垂大文[2]。豳野光连滕野月，秦山翠接蜀山云[3]。忠魂百代依神柏[4]，入梦犹堪动使君[5]。

【注释】

　　[1]赵文重为赵邦清十一世孙，拜谒先祖之祠，追念赵公治滕德政及清廉德操，至

今州县凭吊，村老祭拜，忠魂百代与神柏而共存。

[2]明万历二十四年（1596）滕县儒学教谕张天受等著《赵公德政褒封卷》，有诗、画各三十五，赞赵邦清治滕诸德政。今存真宁于家庄《赵氏族谱》。

[3]赵邦清鄜人而治滕，晚年起用为贵州遵义道参军。

[4]神柏：赵邦清作《神柏记》，记真宁文庙前古柏。

[5]使君：对州郡长官的尊称。此指时任真宁知县折遇兰。折遇兰曾于乾隆二十八年（1763）与作者及时任宁州知州吴一嵩同往凭吊赵邦清墓。后有诗《梦遇赵乾所先生》。

罗川书院新成喜赋[1]

丸城学社一时新[2]，秀媲鹅湖郁凤麟[3]。化蜀文翁翻教授[4]，传经刘向振彝伦[5]。琴山在昔多沉碧[6]，罗水于今涌涸鳞[7]。漫说河阳花满县[8]，悬知誉望重丝纶[9]。

【注释】

[1]折遇兰为真宁县令，重教兴学，重修罗川书院，工竣，作《重建罗川书院碑记》。赵文重闻之，亦喜而赋诗，比之鹅湖讲学，文翁化蜀，赞其振兴地方文教之德政。

[2]丸城：即弹丸小城。

[3]鹅湖：指鹅湖书院，南宋理学家朱熹、陆九渊讲学之所，为我国"四大书院"之一。

[4]化蜀文翁：文翁名党，字仲翁，汉景帝时任蜀郡太守，重文教，举贤才，蜀地大治，史称"文翁化蜀"。

[5]刘向：西汉目录学家、经学家，校书多部，撰《别录》《新序》《说苑》等书。彝伦：常理，常道。此指典范。

[6]琴山：真宁县城罗川边之抚琴山。

[7]罗水：指流经真宁县城罗川的支当河。

[8]河阳花满县：晋代潘岳为河阳令，种花满县。

[9]丝纶：指帝王诏书。典出《礼记·缁衣》："王言如丝，其出如纶。"

◎吴一嵩

吴一嵩，江西新建人，进士。清高宗乾隆二十六年（1761）任宁州知州。

唐台怀古[1]

惆怅平原剩古台，六龙归去那重来。香消碧树空啼鸟，花散金莲半掩苔。雕岭云沉秋雁落，罗江沙冷暮鸥回。荒坛寂寞銮舆杳，雨露年年茂绿莱。

【注释】

[1]唐台：详见前巩我觳《唐台》诗注释[1]。诗咏唐肃宗驻跸罗川事。云沉日暮中，高树啼鸟、野花荒苔、雕岭秋雁、罗江沙鸥，无不昭示唐台的萧疏荒寂，使人顿生日月无根、世事沧桑之感。该诗写景寄情，纵横于古今、远近之间，开合大气，才思疏朗，余味隽永。

◎巩帝疆

巩帝疆，正宁县人，清高宗乾隆时拔贡。

罗川八景次韵[1] 选二

琴峰古洞

古洞由来迥莫攀，瑶池雅韵出烟鬟。岩前风舞雪中曲，指外弦清雨后山。月冷碧岑思大雅[2]，声希玉洞叩禅关[3]。仙人一去无消息，云自悠悠鹤自还。

罗川兔穴

可是投庐未肯还[4]，犹留古穴在人间。星残玉界沉秋水，月照寒株动碧山。药草千年留绝塞，风云终古护元关[5]。悬知盛世多祥应，赤瑞行将取次攀[6]。

【注释】

[1]真宁县城原在罗川，民国时迁至山河镇。古有"罗川八景"之说，即琴峰古洞、泰山拱翠、灵湫乔松、温泉夜月、云寂孤峰、罗川兔穴、五掌山形、支当古渡，文人题咏尤多。这是步折遇兰《罗川八景》韵的一组诗，今选其二。

[2]大雅：对才高德劭者的赞词，此指仙人。

[3]禅关：仙人居所之门。

[4]投庐：至仙官。

[5]元关：即玄关，避康熙帝讳改，指仙人之门。

[6]赤瑞：赤草之瑞。赤草亦名朱草、朱英，红色瑞草，叶落复生，周而复始，王者有德则此草生，故为祥瑞之兆。

◎巩育清

巩育清，庆阳正宁县人，清乾隆时生员。

景公讲书台[1]

下帷人去几曾回[2]，犹自千秋说讲台。水带寒鸦归别涧，山衔夕照冷苍苔。金陵旧恨余芳草[3]，瓜蔓悲歌付劫灰[4]。堪笑扬雄空著作[5]，为郎惭负读书才。

【注释】

[1] 景公：即景清，正宁山河镇辛庄里（今山河镇南寨子村）人，其讲书台即在寨子村。清乾隆时进士，正宁人石攻玉有《景公讲书台记》，记载详备。该诗追怀景清事迹，睹物思人，以"书"为题，引扬雄"雕虫"之典，赞颂景清之学行节操足励后人。诗境凄清苍凉，冷隽沉郁。

[2] 下帷：放下室内悬挂的帷幕，指教书。此指讲书人景清。典出《史记·儒林列传》。

[3] 金陵旧恨：指景清刺杀明成祖朱棣不成被杀之事。金陵，即南京。

[4] 瓜蔓悲歌：明成祖杀景清，族诛其家，称"瓜蔓抄"，有"正宁无景家"之说。

[5] 扬雄：（前53—18），西汉哲学家、文学家，语言学家，四川成都人。著《法言》《太玄》《方言》，有《长杨赋》《羽猎赋》《甘泉赋》等大赋。

◎康纶钧

康纶钧，字凤书，山西兴县人。清高宗乾隆五十二年（1787）进士及第，任吏部郎中，鸿胪寺卿。清仁宗嘉庆时任陕甘学正，后官至太常卿。兄弟五人皆登科第，极一时之盛。能诗文，善书法，有《梦芸诗稿》。

寄题中峰书院[1]

潜夫论著仰宗工，文采群推一世雄。鹿洞悬规齐往迹，鹅湖讲学被余风[2]。里如通德芝增秀，士若怀才凤可同。遥忆当年吟咏句，敢云今日碧纱笼。

【注释】

[1] 庆阳镇原县旧有潜山书院，清乾隆时所立，至嘉庆时更名中峰书院。康纶钧小时曾随时任镇原县令的父亲康基渊在此读书。嘉庆间，已任陕甘学正的康纶钧督学至此，故地重游，感慨系之，为作此诗。盛赞乡贤王符的文采论著，并引历史上著名的白鹿洞书院和鹅湖书院为比，称赞中峰书院治学有方。

[2] "鹿洞"两句：此以白鹿洞书院、鹅湖书院为比，赞中峰书院之追慕前贤遗风。

◎陈琚繁

陈琚繁，福建归化人，乾隆时举人，从其兄陈珙繁（任镇原县令）客居镇原，曾同修嘉庆《镇原县志》。

题潜夫祠[1]

荒草春深年复年，孤祠日暮起寒烟。雁门太守今何在，惭愧潜夫四十篇。汉家城郭旧山川，邑号牙门几变迁[2]。何似芳名归庶孽，长同皓月照温泉。

【注释】

[1]镇原县城北潜夫山有王符祠,诗人登临凭吊,感慨荒草春深,孤祠寂寞,山川陵替,官署变迁,而王符之贤名"长同皓月",千秋永垂。

[2]牙门:官署。

◎苏履吉

苏履吉,字其旋,号九斋,福建德化(今泉州市德化县)人,文林郎。清仁宗嘉庆二十年(1815)任安化(今庆城)知县。道光初年任平凉府灵台知县,道光十三年(1833)任宁州知州。修文庙,兴书院,重文教,有政声。有诗集《友竹山房诗草》《友竹山房诗草续钞》等,今存诗一千七百余首。

庆阳怀古[1]

周家八百重开基,此地民犹稼事宜。莫道旧邦今已改,城东不窋有遗碑[2]。

宋室治平仰范韩,庆州还塑旧衣冠。熙宁梁栋垂千古[3],更喜高平两世官[4]。

节气千秋数景清,梦阳小米擅文名。地灵人杰今何若,讲席谆谆励后生。

是谁泛水行鹅群?胜迹流传异所闻。几度凭高城上望,一泓春水涨新纹。

【注释】

[1]四首诗胪列不窋、鞠陶、韩琦、范仲淹、范纯仁、范纯粹、景清、李梦阳、米万钟等千年以来庆阳的风流人物,语言平易流畅,清新自然,写来如数家珍,读来温润亲切。

[2]碑:为明嘉靖时所立,名"周不窋氏之陵",今残碑尚存。

[3]熙宁梁栋垂千古:宋神宗熙宁、元丰间,范纯仁两度出任庆州知州,曾题其父范仲淹所修镇朔楼主梁,今其物尚存于庆城县博物馆,名"范纯仁遗栋"。

[4]高平两世官:范仲淹生于河北正定的高平村,与其子范纯仁、范纯粹父子三人,四知庆州,故云"高平两世官"。

中秋夜游钟楼寺晤思文上人[1]

为爱中秋月色新,天教风雨洗埃尘。得消今夜游人兴,难忘当年选佛身。贝叶经幢聊对语,桂花香湿又谁亲?团圆万里深云望,无限清光共一轮。

【注释】

[1] 钟楼寺在庆阳府城北，其址今尚存。诗人雨后夜游钟楼寺，与思文和尚谈佛论经，观雨后桂花，赏中秋夜月，别是一番情致。上人：对持戒严格、精于佛学的僧侣之尊称。

莅任安化将满一年志感[1]

作宰彭原近一年[2]，愧无政绩利民便。旧邦新命怀周治[3]，后乐先忧仰宋贤[4]。慈母心肠时凛若，书生面目总依然。凤城何辛容鸠拙，感荷君恩出日边。

【注释】

[1] 履职感怀之作，古人多有。苏履吉于清仁宗嘉庆二十年（1815）任安化（今庆城）知县。清仁宗嘉庆二十一年（1816），任期满一年时，有感而发，言以周祖、宋贤为鞭策，"慈母心肠""书生面目"可为其执政临民之写照。该诗用典恰切，对仗工稳，感情真实自然。

[2] 彭原：为安化地名，此以古称代指安化县。

[3] 旧邦新命怀周治：典出《诗经·大雅·文王》："文王在上，于昭于天。周虽旧邦，其命维新。"庆城为周祖不窋兴业之地，今其地尚有"周旧邦"木枋，故用此典。

[4] 后乐先忧：指范仲淹名句"先天下之忧而忧，后天下之乐而乐"。宋贤：指四知庆州的范文正公父子。

题风筝二首，为庆阳太守王少君作[1]

一

几时抬举付东风，一望云霄掌握中。此去难将寻尺计，好看抱负出儿童。

二

无限临风玉比清，飞鸣曾许任纵横。不应此际关人手，殿角稜前听笑声[2]。

【注释】

[1] 此为与时任庆阳知府的王钟吉（字少君）所作的应答诗，以风筝入云霄而寓少年抱负，别有意趣。

[2] 稜：同"棱"。

九斋年谱诗四十首之二十三[1]

新岁权符郁郅来[2]，书生面目怯登台。旌旗夹道如迎佛，襁褓怀民若保孩[3]。让产好教观我化[4]，省亲羞说遣人回。要知两地相思切，卜日登程菊正开。

【注释】

[1]苏履吉有《九斋年谱诗四十首》，此为其一。清仁宗嘉庆二十一年（1816）正月初四，诗人到任安化知县，时年三十八岁。诗写初登官场的羞怯不安，爱民如子的施政理念，息讼让产的安民教化，思家念远的亲情乡情，读来亲切自然。

[2]权符：掌官印，指任职。郁郅：庆阳府安化县（今庆城县）即汉北地郡郁郅县，此用古名。

[3]襁褓怀民若保孩：诗人自注，甘肃有"百姓知法不知恩"之语，余以法固具在，恩于何有？有自题楹帖云："真个爱民如爱子？是谁知法不知恩？"寓自勉意。近宦场将此语改为："官本爱民如爱子，尔无知法不知恩。"则仍责在民，似与余初意不合。

[4]让产好教观我化：诗人自注，县有廖寅、廖银兄弟，因争产控，经数任未结。其弟复控，制府批庆阳府讯详，亦不服，转发余讯，余将本身所待兄弟者示谕之，开导再三，并追问家财，兄以数任官皆直其弟而非其兄，益不肯分。余一日坐堂，责其弟之不应告兄，掌责数次，兄始泣求曰："今日始知弟之不可告兄也，愿分家产与之。"兄弟皆感激，友爱如初。

过板桥镇[1]

一泓秋水映沙明，人迹无由认去程。不到霜严朝涉冷，河边未见板桥横。

【注释】

[1]板桥镇今属合水县，在庆阳府城东南。诗人写秋水已冷，有板桥之名而未见板桥之实，亦可见当时之风貌。

庆阳怀古[1]

庆阳原属帝王州，八百开基溯有周。四面城高瞻凤翥，一池波浅见鹅浮。空嗟不窋传遗迹，谁绍希文著远猷？此日登临怀往事，惭余鸿爪旧痕留。

【注释】

[1]怀古而以"帝王州"起题，气象亦自不同。而胪列凤城、鹅池之名胜，不窋开基、范仲淹御夏之功业，感怀追远，诗境浑厚高迈。

清 | 195

谒韩范祠[1]

韩范平戎并著名，军中有一胆先惊。西陲咸仰新开府，北地犹传旧驻城。将可称儒钦伟烈，子能承父绍徽声[2]。秖今崇祀瞻遗像[3]，俎豆千秋月正明。

【注释】

[1]诗人拜谒庆州韩范祠，追念韩琦、范仲淹御夏的功业，感叹事去千年而祭祀不绝，英名永在。

[2]子能承父绍徽声：徽声，美好的声誉。范仲淹子范纯仁、范纯粹曾继其父三知庆州，留下了父子三人、四知庆州的佳话。

[3]秖今：现在。

五里坡道上[1]

五里坡头卧石麟，累累官冢勒贞珉。百年归土谁能免？莫负当前自在身。

【注释】

[1]五里坡在庆阳府城北五里，其名今尚存，道旁多古冢石碑。诗人过五里坡，触景生情，感叹百年人皆归土，应珍惜当下。

赴泥阳任途中口占[1]

十年关外客，马首又回东。鞭影垂新柳，弦声理旧桐。看花羞鬓白，对酒忆颜红。谁是知音者？相逢一笑中。

【注释】

[1]泥阳：为宁州古称。清宣宗道光十三年（1833），诗人任宁州知州。在河西的敦煌、安西等地辗转为官多年后又重回庆阳，新柳旧桐、白发红颜，不胜今昔之感。

题泥阳署内床格二首[1]

一

百年分半此中居，引睡何妨卧看书。寄语黑甜乡里客，几人常梦到华胥[2]。

二

谁是羲皇以上人，北窗高卧似闲身？黄绸被里衙初放，好听钟鸣正响晨。

【注释】

[1]诗咏宁州官署之床，而以常梦华胥、愿为羲皇上人为意，气格疏放，寓意深婉。

[2]华胥：华胥氏，风姓，上古华胥国女首领，传为伏羲女娲之母，誉称"人祖"。

三月十九日谒狄梁公祠并游南山寺[1]

梁公唐代一伟人，巍巍勋业丹史陈。当年刺此安吾民，民至今传绩犹新。我来瞻拜喜躬亲，荒祠山上披荆榛。古碑剥蚀尚嶙峋，摩挲字画亡其真。题者为谁宋名臣，汝南文正勒贞珉[2]。后之继者岂易称？双碣对峙何相形[3]。少年为宦好求名，解与不解非等伦。治民所贵得民情，我惟叹息不敢瞋。公之只手天可擎，千载以来谁与并。只今庙貌犹颓倾，而况后此空仰承。一官去住如浮萍，再拜归来心转怦。南山寺上士女臻，年年喜舍佛前灯。香火称盛不计春，回首西岗徒自登。安知当日领专城，不及寺中一老僧。

【注释】

[1]诗人拜谒宁州狄梁公祠及南山寺，追念狄仁杰的巍巍勋业，而狄公祠的荆榛荒芜、颓圮衰败与南山寺的香火之盛形成鲜明对比，感叹"安知当日领专城，不及寺中一老僧"。

[2]狄公祠前有范仲淹《唐狄梁公庙碑记》，碑今存。

[3]祠前有前宁州知州黄啸村《继美梁公解》及广文撰记，二碑并峙，以表达士民爱戴之意。

三月二十日自泥阳书院移住州署，适寺中僧人送牡丹花至，即令力辈先插署内[1]

一

送来富贵花双朵，正值衙斋欲进时。分付磁瓶先插稳，好教冰署见芳滋。

二

谁嗤居宦似居家[2]，又喜看花未种花。此日景梁台畔住[3]，数枝培植望春赊。

【注释】

[1]居官署而爱花，插花、赏花、种花，写仕宦生涯的一段闲情，饶有趣味。

[2]谁嗤居宦似居家：诗人曾题敦煌县署后花园，有"我爱种花兼种菜，谁嗤居宦似居家"之句，传诵一时。

[3]景梁台：在宁州官署内，以景仰狄梁公而命名。

清 | 197

泥阳即景四首[1]

一

山城犹是古泥阳,横岭东看接凤凰[2]。独向梁公称旧治,遗碑堕泪世留芳[3]。

二

安定岩如泼黛看,城西画石亦奇观。珊瑚川上春花发[4],可许游人步晓峦。

三

马莲河水汇西流,山列如屏拱护州。道是思齐驻军处[5],故城犹自枕荒丘。

四

水引天池近北河,一川风月景尤多[6]。亭台今尚存遗址,好听儿童起啸歌。

【注释】

[1]诗人任职宁州,喜爱宁州山水,作景诗四首,咏梁公旧治、安定岩、画石山、珊瑚川、李思齐军城、一川风月亭等名胜,情思蕴藉,乡土情深。今其景多不存,留下了珍贵的历史记忆。

[2]凤凰:宁州之东有横岭,凤凰山。

[3]遗碑坠泪:狄仁杰任宁州刺史,多惠政,离任后民立德政碑。后上表赦免越王之乱被裹挟的河南百姓,犯人流放九原(今包头),路过宁州,于梁公德政碑下哭祭三日而去,史称"梁公坠泪碑"。碑今不存。

[4]宁州西有安定岩、画石山、珊瑚川,为当时名胜。

[5]宁州之南马莲河与城北河、九龙河合流,山上有元将李思齐屯兵故城。

[6]一川风月:宁州城北河旁有一川风月亭。

晓起即事[1]

昨日才微雨,今朝又早晴。关心时久旱,触目物初生。暂慰三农望,还期九谷成。天心如我爱,更看泽充盈。

【注释】

[1]晨起见久旱后之微雨又停,顿生忧念民生之情。一个生活片段,可见诗人的爱民之心。

重至庆阳用前得微雨原韵[1]

几时思向庆阳来，履迹重看印绿苔。父老又迎新吏到，儿童安识旧官回？鹅池雨少同祈祷，雉堞风高半就颓。窃幸凤城桃李盛，浓阴尚是昔栽培。

【注释】

[1]诗人于十七年后任职宁州，以"旧官"身份重回庆阳，探寻往日踪迹，以桃李之盛喻人才之众，足慰当年书院教化之劳。

赠凤城书院主讲慕蔼园启慧同年仍用前韵[1]

为爱春风入座来，不除庭草及阶苔。好看生意乘时长，得仰芳规趁晚回。夙学如君方富盛，同年似我近衰颓。明秋又是抡才日，桂折蟾宫快自培。

【注释】

[1]凤城书院为庆阳府学，诗人任安化令时振兴文教、培育人才，用功尤多。重返旧地，诗赠时任书院主讲慕启慧，勉其多育人才，蟾宫折桂。

重修天池得雨志喜[1]

天池泉复开，沛然雨亦至。岂此地脉通？与天原不贰。伊昔凿斯池，彦卿为长吏。城关曾戒严，饮渴先有备。延今三百年，往事详州志。我来正苦旱，为访旧政治。所贵守土贤，除害而兴利。何敢比古人？妄自高位置。士民为我言，此池碑有记。祷雨得甘霖，昔蒙上天赐。天心即民心，顺民雨可致。我乃从斯请，不自惜工费。报我甘泉来，并言得雨易。我初未敢信，此言恐儿戏。果尔密云生，滂沱旋遍地。官民交相庆，不独三农慰。非敢贪天功，天人实一气。志喜雨有亭，池亦合志异。此地有梁碑，曾闻民坠泪。睹此池名天，民无忘所自。作诗告我民，当共深寅畏。终是上天仁，未为我民弃。不然一池水，安足济灌溉？池不以雨名，名天即此意。

【注释】

[1]天池：为宁州城北河截流蓄水的水利工程，诗人任职宁州期间重加疏浚，而大雨亦至，遂以诗记之，并言池以"天"命名之原委。

过太昌镇[1]

一

明朝将到署，今夜睡难成。炭正添炉热，茶还候火烹。思归嫌久坐，惜别怅先行。好唤人初醒，驼声动五更。

二

行路心先急，归家意转殷。孩童频问日，夫婿似浮云。夜漏听方寂，晨钟响未闻。那知催早起，忙煞整钗裙。

【注释】

[1]太昌镇在宁州西原，其名今尚存。诗咏诗人赴任途中过太昌的一个生活片段，明日到任，夜不能眠，炉火煮茶，晨钟未闻，五更早起，马添草料，人忙炊事，充满浓郁的生活气息。

宿 吉[1]

到家才五日，又自促行鞭。莫道多辛苦，为官信可怜。

【注释】

[1]吉：今名吉岘，在宁州北原，今属合水县。该诗简古有味，以"可怜"状为官之奔波劳碌，别有意趣。

晓行过崖畔[1]

平地迂迴路若蛇，水冲崖陷半成洼。能教片壤分双岸，转使康衢见两叉。履亩不闻频减税，挥鞭还怕促驱车。可怜陶穴无安处，危险犹堪作住家。

【注释】

[1]诗写旅途所见，大水冲毁崖畔成沟成洼，而百姓所住的窑洞尚在其上，危险万状。可见诗人的忧民之心。

华池途中口占[1]

半年三度府中趋，底事关心日戒途？茅店孤棲生梦想，篮舆端坐愧鞭呼[2]。漫云畏热聊擎伞，安得消寒且拥炉。廿载一官仍故我，何时归种柳成株。

【注释】

[1]自宁州至庆阳府城,过吉岘、西华池、板桥是最近路途。诗人过西华池(今合水县城所在),感叹半年之中不论寒暑三次赴庆之劳碌,遂有归乡种柳之思。

[2]篮舆:轿子。

冬至后十日题扇诗二首赠正宁诸生巩行之必忠[1]

一

十四年来日,相看一瞬过。知君情孔厚,愧我鬓先皤。载酒欣同醉,论诗喜再歌。公馀谈往事,搔首奈天何?

二

磨牛形迹似,旋转总团团。我已穷三窟,人犹羡一官。几年嗟握别,两日喜盘桓。世界炎凉判,扇君赠岁寒。

【注释】

[1]这是诗人赠正宁生员巩必忠的两首题扇诗。巩必忠是诗人在嘉庆二十五年(1820)任正宁县令时所取的生员之冠,二人交谊深厚。道光十三年(1833),诗人任宁州知州,十四年后再次相见,诗酒唱和,盘桓两日,并作诗题扇以记师生之情谊。

襄原里道上夜行[1]

尽日篮舆里,崎岖问去程。雪铺疑路失,冰冻作桥行。帷薄风全透,灯寒火半明。那堪山径远,入夜已三更。

【注释】

[1]襄原里:在宁州北乡,今名襄乐镇。诗人赴襄乐查访民情,雪路冰桥,山径夜行,三更方至。感山川道路之险阻,为诗以记。

宿盘客镇[1]

粗官何足贵,荒店暂安居。下榻依厨灶,垂帘近市墟。儿童声杂沓,商贾影萧疏。堪怪村民见,先惊到敝庐。

【注释】

[1]盘客镇:在宁州北乡,偏远之地,其名今尚存。诗人下乡,住宿于商贾稀少的市墟荒店,而村民也忌官员到家,恐惊动祖先。该诗反映了近二百年前宁州偏僻乡村的

清 | 201

社会风貌。

北乡刘孝廉观光偕诸生途中晋谒[1]

权符过半载，始向北乡来。舆马喧山路，衣冠映斗台。诸公皆硕彦，似我是粗才。道左劳迎送，何时笑语陪。

【注释】

[1]诗人过宁州北乡，乡绅刘观光率生员路旁迎谒，衣冠礼仪庄重如大儒，遂有相比"我是粗才"之感，语虽涉诙谐，而实赞教化之行乡里。

十二月十三日景梁台晚眺即用黄啸村刺史旧题原韵二首[1]

一

登台眺望晚烟收，谁是人居第一流？为爱梁公深景仰，应教旧事感回头。

二

宦海浮帆叹未收，何时归棹返中流。廿年游子情难诉，日暮天南一举头。

【注释】

[1]景梁台：在宁州官署内，为前知州黄啸村所建，以景仰狄梁公而命名。诗人傍晚登台，追怀狄梁公旧事，感其第一流人物，第一流功业，而自己二十年宦海沉浮，未有大建树，遂起游子思乡之情。

◎ **史翊**

史翊，字竹辰，直隶赵州（今河北省赵县）人，清宣宗道光初年任合水知县，后任安定知县，静宁知州。

太白镇途次作[1]

案牍劳形放早衙[2]，驰驱郊野过田家。沿途尽日随流水，两岸青山遍是花。

杳然流水与桃花，犬吠鸡鸣云径斜。莫道东山无胜景[3]，风光不减武陵霞[4]。

山腰陡壁皆农家，涧有清泉树有花。布种春田多望泽，祈来河畔听鸣蛙。

徐行揽辔夕阳斜,遥望牛羊饮水涯。隔岸青林传鸟语,山崖陶穴有人家[5]。

沿村问柳复寻花,山畔农人戴笠斜。惟待如膏春雨降,田畴似罫种桑麻[6]。

风尘作吏到天涯,子午岭边观物华。里仅东西真蕞尔[7],韶光却似河阳花。

【注释】

[1]诗写公务之余,春日郊野踏青,沿合水老城至太白,一路青山绿水,柳绿桃红,花开满县,山景如画。窑洞人家,农作放牧,俱各怡然,恍如世外桃源。该诗清新婉丽,明快自然,读来如展画图。

[2]案牍:公事文书。

[3]东山:指子午岭,庆阳俗称子午岭为"东山"。

[4]武陵:湖南常德武陵县。此用陶渊明《桃花源记》所载武陵有世外桃源之典。

[5]陶穴:指窑洞。典出《诗经·大雅·绵》:"陶复陶穴,未有家室。"

[6]罫:围棋上的方格。

[7]蕞尔:小。典出《左传·昭公七年》:"郑虽无腆,抑谚曰蕞尔国,而三世执其政柄。"

◎李从图

李从图,江西人,清宣宗道光九年(1829)中进士,翰林院庶吉士,历任文县、绥来知县,道光二十六年(1846)任镇原知县。纂修《镇原县志》。

镇原风俗赞[1]

西北之方,人皆质朴。其气虽刚,其谊颇笃。尚矣临泾,山重水复。农力于耕,士安于读。太古衣冠,本来面目。法守高曾,情敦亲族。每遇吉凶,交同休戚。贫富不形,浑浑穆穆。近稍虚浮,未全雕琢。得良有司,淳风易复。

【注释】

[1]诗人自道光二十六年至咸丰元年(1846—1851)任镇原知县六年,洞悉当地民情风俗,赞其质朴敦厚,力耕勤读,不尚浮华,睦族谊里,休戚与共,有"太古"之风。

◎高希贤

高希贤,字圣阶,号勉斋,庆阳安化(今庆城县)人。清宣宗道光十五年(1835)中进士,官四川盐源、南充知县。为清末道咸间地方名士,诗人。可惜经同治兵燹,其诗大多散佚无存。

镇原侨寓杂咏五首[1]

四十年前记胜游，仗藜今又过原州。山灵对客仍青眼，尘梦惊人已白头。佛火销沉平野寺，戍旗摇落夕阳楼。潜夫台下徒流寓，得似先生避世不？

奇岸夭桃前渡开，寻源曾上玩花台。临池出有笼鹅气，醉月诗原吐凤才。潘令管弦何洒脱，谢家裙屐亦丰裁。神仙不是武陵幻，出洞渔郎许再来。

历乱乡山行路难，全家辛苦寄征鞍。月鸣绕树鸟飞急，水落横江鹭影寒。赖我良朋苏鲋辙[2]，累他令尹惠猪肝。嗷嗷四野炊烟断，藜藿终羞是素餐。

黯黯阴云接地生，如绳秋雨太无情。排墙几压王夷甫[3]，碎瓦休嘲石曼卿[4]。南亩禾麻全泊没，东陵寇盗转纵横。漏天可惜银河水，不替人间一洗兵。

参差雉堞影周遭，戎马逼人此遁逃。庇是少陵开广厦，寒如范叔赠绨袍[5]。病多每觉医方滥，食俭全凭骨力豪。自有天公流转我，江河门外任滔滔。

【注释】

[1] 清穆宗同治间（1862—1874），高希贤携家眷避乱至镇原，投靠亲友，故名"侨寓"。四十年后故地重游，诗人感慨系之，恍如一梦间而已满头白发。"戍旗摇落夕阳楼"写出战乱的氛围，末以王符隐居潜夫山的典故感叹已无清净之地可以避世。

[2] 鲋辙：指陷在干枯车辙中的鲫鱼，喻困厄迫身。

[3] 王夷甫：即王衍（256—311），字夷甫，山东临沂人，西晋重臣，任司空、司徒，好清谈玄理。为后赵石勒所俘，被推倒墙壁压死。诗用此典。

[4] 石曼卿：即石延年（994—1041），字曼卿，河南商丘人，北宋诗人。诗风豪放飘逸，为人善戏谑，一日乘马出游，马惊坠地，言幸亏自己是石学士，若是瓦学士，岂不摔碎？众大笑。诗用此典。

[5] 绨袍：粗丝棉袍。范叔：战国时期魏国人范雎。范雎与须贾使齐，齐王重范雎之才而赐银，须贾诬范雎通齐，范雎逃亡秦国，易名张禄，被拜为国相。后须贾使秦，范雎穿破衣拜见，须贾念其贫寒，以绨袍相赠。及见国相，知张禄即范雎，大惊。范雎念其赠袍，尚有故人之谊，免其一死。诗用此典。

乱后归里题傅氏尾壁[1] 二首

天戈一指靖烽烟，故国重经转黯然。不倾平畴荒草合[2]，无人耕种已三年。

倒壁颓墙辨不真,家园破碎五经春。到门唯有呢喃燕,认得先生是主人。

【注释】

[1]同治年间,诗人避乱至镇原乡下。乱后重回庆城故园,四野荒草,人迹罕见,城北傅家巷房屋倒塌,家园破碎,"到门唯有呢喃燕,认得先生是主人",乡邻全无而只有昔日堂前燕,更现其无限悲凉之情,语殊沉痛。

[2]不倾:不倾侧,平坦。

◎慕维成

慕维成,字紫珊,庆阳镇原县人,清宣宗道光二十年(1840)进士,任陕西石泉、蒲城知县。

游潜夫山[1]

客尽轩轩第一流,狂斟浊酒赋登楼。手拈云气杯中落,衣振天风世外游。栖凤何年仙观古,潜龙蛰处老君秋。此间炎热浑忘久,恰似蓬莱最上头。

【注释】

[1]潜夫山即镇原县城之北山,为后汉处士王符隐居著书之地,后人为纪念王符而名之为潜夫山。该诗写携酒邀朋登潜夫山的感怀,气势昂昂,笔力酣畅,"手拈云气杯中落,衣振天风世外游"一句,尤为豪放飘逸。末言忘却炎热,一语双关,如出红尘而登仙境。虽为登临感怀之作,却有游仙诗的韵味。

◎步际桐

步际桐,字雨棠,直隶真定(今属河北)人,进士,授翰林院编修。清文宗咸丰元年(1851)任庆阳知府。

咏槐碑[1]

两树平分院几弓,可怜憔悴与人同。纵教阅尽风霜苦,老气依然亚碧空。

流光千载去匆匆,曾见韩公与范公。留在庭中作监史,看人孰有古时风。

【注释】

[1]这是一首咏物诗。庆阳府署二堂院有两棵古槐,宋时所植,已近千年,老干扶疏,枝叶茂盛。诗人以其阅尽风霜,曾见韩琦、范仲淹当年事,感慨系之,为作此诗并勒石。诗中"留在庭中作监史,看人孰有古时风"句,立意高迈,足以警示后人。

◎纳恩登额

纳恩登额,字香岩,清文宗咸丰八年(1858)任庆阳知府。

咏古槐诗[1]

偃仰东墙下,风霜历有年。披肝迎素月,沥胆对青天。一脉通生气,双枝接本渊。略施培植力,助尔上云巅。

阅历经年久,身穷心不穷。开怀吟夜月,坦腹卧春风。非效求伸蠖,应知已化虹。青云敷顶上,得雨便凌空。

【注释】

[1]该诗原题下有自序云:"咸丰八年,大堂东阶下,古槐一株,千余年物矣。十余年前,被风吹倒,中皆朽坏,唯尺许宽一皮,连而不断者如长虹饮涧焉,余皆为爨物,十已去其八九。忽顶上生双芽,人以为异,用石撑之,十数年来,居然又成一树。然木上尺许一皮,欲通数丈生气,可不危哉!余故培其根本,盛其枝叶,以塑其将来捧日凌云之心云。遂赋二韵,咸丰戊午。"咸丰八年(戊午年,即1858年),庆阳知府纳恩登额观府署内宋槐,虽历经千年风霜而生气不衰,死而复生,遂有感而赋诗。披肝沥胆、开怀坦腹、壮心不已、凌空入云皆是人格象征,可见作者深意。两诗与祝寿昌、何泳梅诸人之和诗均刻石,置于府署土地祠大门壁,今石已无存。

◎祝寿昌

祝寿昌,进士,清文宗咸丰八年(1858)任庆阳府安化县(今甘肃庆城县)知县。

和纳恩登额咏槐诗[1]

清阴浓郁郁,一卧在何年。夹道低垂市,□柯别有天。势难随俯仰,节自凛冰渊。还卜三公贵,龙楼接翠巅。

庭槐余老干,生意总无穷。愿效三千岁,长披廿四风。阴历滋化雨,势宛类倾虹。吏守知难犯,凌云仰碧空。

【注释】

[1]此为和知府纳恩登额咏槐而作,言古槐之阅历、气势、节操、生气,皆以物写人,与前诗异曲而同工。

◎何泳梅

何泳梅，生平不详。

和纳恩登额咏槐诗[1]

学山留睡态，高卧百千年。质古能医俗，心空可对天。枕应横夹道，梦不到深渊。再问三公兆，余阴荫石巅。

岂必重衾恋，南柯梦不穷。赏槐贪好夜，卧月畅和风。瘦影形怜鹤，生计气吐虹。况逢栽植厚，搔首到天空。

【注释】

[1]此诗咏槐，而自南柯梦入题，言富贵无根，虽失之消极，亦别是一格。

◎于鄠

于鄠，庆阳宁州（今宁县）人，清德宗光绪元年（1875）中举人，任山西夏县知县。

公刘古城[1]

义渠漫道是戎居[2]，城号公刘尚有墟[3]。父老传闻犹在耳，方舆记载早成书。好山四面长如画，嘉果千载半绕庐。久在豳风图里住，如何耕织利全无？

【注释】

[1]公刘南迁至南豳，其旧邑至今无考。《汉书·地理志》以为在陕西旬邑，成为习说。《宁县志》载"宁州城西一里有公刘邑"，即今庙嘴坪所在，此说多据地方文献及民俗传说，尚乏考古实证。该诗所咏之"公刘古城"即指此。追述远古历史、描写古城风景，尾联"久在豳风图里住，如何耕织利全无？"立意警拔，针对当时社会民生唯艰的现状，质问传承周祖农耕文化之地为何百姓不能温饱，咏"古"而能讽"今"，发人深省。

[2]宁县在战国时为义渠戎国属地，传其国都即在宁县境内。

[3]公刘遗墟即公刘邑，方志载在宁州西一里庙嘴坪。

扶苏墓[1]

荒村日暮看鸦翻，曾说扶苏葬此原。外攘方思括宇内，内忧早已到儿孙。离宫又酿望夷祸，旷野谁招帝子魂。荒土一抔还是幸，长平卅万血犹温[2]。

【注释】

[1]传秦始皇太子扶苏葬宁县新宁镇梁高村。诗人凭吊扶苏墓，感叹秦之亡在内忧，从长平万人坑和秦储荒冢对比的角度谴责秦的暴政。

[2]卌万：四十万。指秦赵长平之战，秦坑杀赵卒四十万。

狄梁公祠[1]

梁公遗爱在泥阳，庙貌千秋俎豆香。讨武忠怜徐敬业[2]，安刘计妙汉张良[3]。笼藏药物资匡济，手斫蛟龙说渺茫[4]。德政残碑今尚在，剜苔读罢泪沾裳。

【注释】

[1]诗人瞻拜狄公祠，联想徐敬业及张良史事，狄公任宁州刺史诸德政及传说，赞狄仁杰匡复唐室之勋业，其德政对宁州的文化影响，表达了对先贤的敬仰之情。

[2]徐敬业：（636—684），曹州（今山东菏泽）人，唐英国公李勣之孙，683年以唐中宗李显复位为名起兵扬州讨伐武则天，兵败被杀。

[3]安刘计妙汉张良：张良请出"商山四皓"以辅佐太子，始去汉高祖刘邦废长立幼之念。

[4]"笼藏"二句：指狄仁杰在宁州施药济民、斩九龙诸传说。

孔道辅击蛇处[1]

长春门外闲游春[2]，偶访古迹论古人。宋时蛇出真武庙，真武像前时屈伸。庸众往观咸惊异，州将往拜疑为神。直效文仲祀爰居[3]，欲将灵异达枫宸[4]。推官威望凛冰霜，蠢尔不知早退藏。举笏奋击碎蛇首，群僚惊服共彷徨。禹驱龙蛇放之菹[5]，虎豹犀象周公驱[6]。伐蛟取鼍月令纪[7]，往拜一蛇亦何愚。吁嗟蛇异时时有，智勇如公今有无？我寻遗迹怀孔公，春树满山鸟自呼。

【注释】

[1]孔道辅击蛇事见前石介《击蛇笏铭》注释[1]。诗人出宁州城东门访真武庙遗迹，联想臧文仲、大禹、周公诸史事，赞叹孔子四十五世孙、时任宁州军事推官孔道辅不畏邪气以笏击蛇的刚正之气。

[2]长春门：宁州城东门。

[3]文仲祀爰居：文仲即臧文仲，春秋时鲁国大夫，世袭司寇，执礼以护公室，历事庄公、闵公、僖公、文公四君，为鲁国贤臣。爰居为海鸟名。史载有爰居落于鲁国城门两天，臧文仲欲派人祭祀，展禽极力反对，其事遂罢。

[4]枫宸：宸为北辰所居，指帝王的殿庭。汉宫多植枫，故名。

[5]禹驱龙蛇放之菹：菹指有水草的沼泽。禹驱龙蛇，典出《孟子·滕文公》："禹

掘地而注之海，驱龙而放之菹。"

[6] 虎豹犀象周公驱：典出《孟子·滕文公》："周公相武王诛纣，灭国者五十，驱虎豹犀象而远之，天下大悦。"

[7] 伐蛟取鼍月令纪：典出《月令》："命渔师伐蛟取鼍，登龟驱鼋。"

◎贾思先

贾思先，宁县人，清德宗光绪二年（1876）中举人。

光绪丁丑年荒[1]

干戈未靖值年荒，四壁萧条夜气凉。父老愁心怜子弟，儿童泪眼唤爹娘。炊骸异事空传宋[2]，瑞酒奇闻不但唐。阴风习习经过处，饿魂一半在他乡。

【注释】

[1] 光绪丁丑年：即光绪三年（1877），时遭荒旱，连续二年禾稼无收，史称"丁戊奇荒"。

[2] 炊骸：炊骨。

◎王济美

王济美，字伯协，天水秦安人，贡生。清德宗光绪二年（1876）任宁州学正，后升凉州教授。学问渊博，持身高洁，工诗词，任学正八年，教授生徒甚众，人多怀之。

宁州有感[1]

微烟几点烬余村，满目凄怆欲断魂。人口多遭兵火尽，残生只有孤寡存。荒深犊弱难为力，旱久苗枯已绝根。旧谷无余新谷没，追呼日日又敲门。

【注释】

[1] 清穆宗同治间（1862—1874），董志塬一带成为重灾区，数百里内荒草成林，十室九空，人烟稀少（惠登甲《庆防记略》有详细记述）。又遭大旱，无食果腹，吏尚追呼索税，命悬一线。王济美亲历其事，作此诗，真实记录了特定历史时期庆阳百姓的生活。

咏　月[1]

步月篸前立，秋风动月华。迥看月中桂，香飘为谁家。绕廊还复去，一步一长嗟。掩扉懒见月，月光透窗纱。

【注释】

[1]诗人自注："九月十五夜作，以写抑郁难释之情。"诗写观月以排遣愁怀，却更增愁思，步步长叹。妙在一"懒"字，我懒见月而闭户，而月却追我入窗纱中来，如愁思而难断。言情婉曲，收低徊不尽之致。

秋日望山村[1]

气爽红尘少，身闲雅趣多。人如秋水淡，风送落霞过。雁字天垂象，罗云日挂梭。河滨看钓叟，剪叶补渔蓑。

【注释】

[1]诗人自注曰："宁郡西北郊，人多山居。借崖作窑，上有木荫，下有水流，颇得烟霞之趣。"诗写秋日傍晚，身闲气爽，远观山村落晖，大雁横空，近看钓叟补蓑，平添野趣，简古淡雅，有烟霞气象。

饱经过[1]

十五年多苦，而今苦更多。中田无纳稼，边塞未停戈。米贵高珠玉，餐稀倍草莎。癸呼愁乃尔[2]，子惠望谁何[3]。但见吞声哭，难闻鼓腹歌。皇天频降乱，使我饱经过。

【注释】

[1]光绪三年、四年（丁丑、戊寅，即1877、1878），北方大旱，赤地千里，饿死黎民无数，史称"丁戊奇荒"。诗人时任宁州学正，亲见百姓苦难，田间颗粒无收，西北战事未停，水深火热中的百姓号哭无门，以《饱经过》为题，真实记录了这段史事，充满了强烈的批判意识和对苦难百姓的悲悯情怀。

[2]癸呼：即呼庚呼癸，庚癸为军中无粮的暗语，此指无粮可食。

[3]子惠：慈爱，施以仁惠。

◎惠登甲

惠登甲，字胪三，号莲塘，庆阳安化（今庆城县）人。家极贫而好学，耕读不辍。清德宗光绪二年（1876）中进士，历任广东海阳、番禺、花县县令，南雄直隶州知州，陕西候补知府。有《庆防记略》二卷。

土　窑[1]

远来君子到此庄，休笑土窑无厦房。虽然不是神仙洞，可爱冬暖夏天凉。

【注释】

[1]土窑：即庆阳民居——黄土窑洞。自周祖不窋居庆阳，即"陶复陶穴以为居"，延续至今有三千余年，形制并无大的改变。2011年曾作《周祖祭坛铭》六篇，其一曰："陶复陶穴，名曰窑洞。鳞次栉比，窟舍俨然。既避风雨，复调温寒。事去千年，民赖之安。德侔有巢，泽被苍黔。窑洞民居，华夏颂怀。周祖遗风，流韵万年。"志其功其德甚详。黄土窑洞以其结构简单、经济实惠、经久耐用、冬暖夏凉为百姓喜爱，形成独特的窑洞民居文化。该诗语言通俗，接近口语，诙谐生动，庆阳一带流传甚广。

◎高士龙

高士龙，湖北襄阳人，贡生，清德宗光绪七年（1881）任庆阳知府。

咏古槐[1]

堂前两槐树，老杆不知年。阅历人今古，荣枯世变迁。风霜真骨立，剪伐自神全。遥看凌霄柏，相参共一天。

【注释】

[1]这是一首咏物诗。古槐在庆阳府署二堂院（详见前步际桐《咏槐碑》注释[1]）。诗人写其形，传其神，感慨时世变迁，人不如物。

◎陈昌

陈昌，四川铜梁人，进士，清德宗光绪十一年（1885）任安化（今庆城县）知县。重视文教，招徕流民，有惠政。

思潜亭[1]

高高城子矗城隅，长与桃坡共一区。同里也应多庶蘖，著书如此即名儒。陇山西峙色无改，泾水东流声不粗。寄语雁门馋太守，可知天下有王符？

【注释】

[1]思潜亭：见前韩观琦《秋日登思潜亭有怀》注释[1]。此诗为登潜夫山思潜亭的咏怀之作，感叹王符虽庶出而为名儒，贤名与陇山泾水长存不泯。

◎许汝贤

许汝贤，字希庵，庆城人，光绪十一年乙酉（1885）科拔贡。设教于鹅池，一时士子多出其门下。民国后任第三高等小学校长。

忆中秋夜[1]

云阳月色淡无华，何处光明分外嘉。乌噪长安怀省寓，雁来北地过侬家。迷离银焰灯残冷，辗转鼉更鼓乱挝。考职棘闱思不寐，虫声唧唧透窗纱。

【注释】

[1]此为中秋夜感怀之作，情景相得，余味悠长。

◎华辉

华辉，字蔗畇，江西崇仁人，翰林院庶吉士，由河南监察御史于清德宗光绪三十年（1904）任庆阳知府。为政宽简，重视文教，提倡新学，使学风为之大变。

调补朝歌留别四韵[1]

龙纶飞下紫微天，春晚山城花正妍。宦迹恰同专一壑，皇恩只许住三年。娱亲果摘官园树，召客茶烹野寺泉。珍重梁间旧题字，可能俭恕继忠宣[2]。

冈原迤逦旧邦周，不窋荒祠片石留[3]。六郡良家推北地，三城重镇扼西州。寒山坐阅前朝事，乔木犹悲战垒秋。教训未遑生聚急，蒿莱满目怕登楼。

羔羊裘褐溯豳风，芹茆旗鸾乐泮宫。入谷何曾师许子，平山争欲效愚公。蚕分春遽畦桑碧，雁饱秋坻廪粟红。吏竟民和常卧阁，骎骎五马又徂东。

用匏舟玉公刘绩[4],斫梓涂丹卫叔勤[5]。同是胜游堪访古,却伤欢会骤离群。星軺旧梦淇川竹，驿路新吟嵩岳云。他日诗简相问讯，好凭鳞翼寄兰芬。

【注释】

[1]这是华辉自庆阳知府任上奉调河南朝歌时的四首赠别诗。回忆住庆三年的生活，睹范纯仁遗栋而思其俭恕之德以自励，任职周之旧邦而思周祖不窋、公刘重农之德，愿上溯豳风以养民，由"蒿莱满目怕登楼"到"吏竟民和常卧阁"，虽政绩稍著又不得不离别，只好托之诗简问讯。该组诗分别写"莅任""观城""施政""离别"，次序井然。语言典雅，用典自然，对仗工稳，意蕴沉厚，感情真切。

[2]忠宣：北宋范仲淹子范纯仁，谥曰"忠宣"，曾两知庆州。

［3］片石：明嘉靖十九年（1540），庆阳知府何岩在周祖陵前立"周不窋之陵"碑，今残碑尚存。

［4］公刘绩：指《诗经·大雅·公刘》所记周祖公刘之业绩。

［5］斫梓涂丹：典出《尚书·周书·梓材》："若作梓材，既勤朴斫，惟其涂丹雘。"指做梓木器具，既勤劳地剥皮砍削，接着当完成彩绘，喻勤劳不辍。卫叔：指卫康叔，周文王第九子，周武王同母弟，平定三监之乱，勤于王事，为卫国第一代封国之君。

◎黎丹

黎丹，字禹民，湖南人，贡生，清德宗光绪三十一年（1905）任宁州知州。

题新庄保宁寺壁[1]

蒙养堂开学派新[2]，西乡文物胜东邻[3]。保宁寺里论师范[4]，舆算兼科尚有人[5]。

【注释】

［1］光绪末年，兴办新式学堂，宁州西原的新庄里保宁寺内设义塾，教授地理、算术等新学科，开地方办学的新风气。该诗记载了地方文教新变化的这一历史片段。

［2］蒙养：自童蒙即施以正确的教育。典出《易·蒙》："蒙以养正，圣功也。"

［3］西乡：宁州以西，称西乡。宁州以东，称东乡。文物：礼乐制度，这里指文化教育。

［4］师范：为师的楷模，样板。

［5］舆算：堪舆、算学，即今之地理，数学。

◎李良栋

李良栋，甘肃安化（今庆城县）人，晚清地方名士，博学有诗才。

姊妹浮图[1]

姊妹浮图依深山，疑似仙女落九天。茫茫林海翠阁秀，清清流水照红颜。

【注释】

［1］姊妹浮图：即姊妹塔，金代建于今华池县林镇乡张岔村双塔寺内，为石造像塔，高十三层，计十三米，塔身雕刻石佛造像四千余尊，雕工精细，逼真如生。塔形修长，造型秀美如一对窈窕淑女立于林海之中，故称"姊妹塔"，是我国石佛造像塔中的珍品。

◎钱旭东

钱旭东（1862—1898），字震初，甘肃安化（今庆城县）人。就读于凤城书院、柳湖书院，清德宗光绪二十年（1894）中举人。光绪二十一年（1895）赴京参加乙未科会试，参与康有为组织的"公车上书"。光绪二十二年（1896）官甘肃平番（今民勤县）儒学训导。有文名，尤工诗，与庆城县杨立程、张精义、胡廷奎并称"晚清庆阳四家"。有《瓣香斋诗集》。

登文笔峰[1]

天外飞来第一峰，中流砥柱耸芙蓉。春余佛殿空芳草，劫后仙坛剩古松。鹫岭东悬红日上，凤城高处白云封。何如大笔追燕许[2]，拓出文人万古胸。

【注释】

[1]文笔峰：详见前程万仞《和友人春日登文笔峰原韵》注释[1]。峰上原有庙宇，毁于兵燹，故曰"春余佛殿空芳草，劫后仙坛剩古松"。该诗词气高华劲爽，气象雄浑。

[2]燕许：唐开元间，燕国公张说与许国公苏颋并以文章显赫，声望略等，时人号为"燕许大手笔"。

赋得黄河落天走东海[1]

陡落三千丈，黄河总向东。遥连天汉外，直走海门中。浩渺重霄接，纵横万里通。层涛趋马颊，一气赴蛟宫。倒泻惊风雨，奔流挟怒风。派来星宿远，力撼泰山雄。葱岭云翻白，蓬瀛日射红。朝宗当圣世，顺轨庆攸同。

【注释】

[1]题目为光绪甲午科（1894）甘肃乡试诗题。诗为中式之作，博得考官同声激赏，声噪金城（兰州）。该诗笔力刚健，词锋凌厉，生动传神。上下三千，东西万里，铺排有序，气象阔大，几乎句句用动词，气势飞动，才气纵横。

重九日同友登不窋坟[1]

八百基何在？空留土一抔。荒山犹稼穑，片石衹莓苔。地久钟王气，城今历劫灰。登临无限慨，聊醉菊花杯。

【注释】

[1]这是一首重阳节登高感怀之作。周祖不窋坟在庆城东山，登临其上，观荒山断

碑，感周室旧事之渺远；俯视古城，地钟王气，叹难免今日之劫灰。劫后之民，无限感慨，付之一醉。诗境苍凉萧疏。

西峰道中[1]

雨丝风片早春天，又促征蹄紧着鞭。远客行程难计日，故园小住似经年。排行树影重重密，叶韵铃声个个圆。童稚未谙离思苦，临歧相送转欣然。

【注释】

[1] 这是诗人春天离家远行，于西峰途中的行吟之作。语言流畅，轻松自然，描写细腻，充满生活气息。

同许希庵闲步鹅池[1]

池塘幽静凤城东，乘兴闲游约友同。隐叶鸟啼红日外，登楼人在绿云中。共将景物堪怀抱，且把升沉付化工[2]。睡起曲栏移夕照，一声长啸入熏风。

【注释】

[1] 鹅池：详见前浦鋐、吴士英咏鹅池诗注释[1]。许汝贤，字希庵，庆城人，光绪乙酉（1885）科拔贡。设教于鹅池，一时士子多出其门下。民国后任第三高等小学校长。此诗记游，气韵闲雅，风神疏朗，情景相得，余味悠长。"共将景物堪怀抱，且把升沉付化工"一句，尤耐玩味。

[2] 化工：指自然的造化。

和徐少尉游鹅池原韵[1]

凫飞偶向陇山东，嘉宴追陪语乍通。话到诗情忘夜永，笑含酒气觉春融。风流自昔推仙尉，经济从来仰巨公。最是茗炊烟袅处，一帘明月影空濛。

豪情一唱大江东，文字因缘到处通。珠玉挥毫词藻丽，烟云洒纸墨痕融。坐中佳士人同仰，删后无诗论岂公。料得临流题咏处，洞天春色辟鸿蒙。

【注释】

[1] 两诗用相同韵脚，亦为"步韵"。徐少尉不详。此诗写文人诗酒酬唱，语言婉丽，风雅满纸，其乐融融。

清 | 215

壬辰六月苦旱之作[1]

梦中风雨至,醒后日初生。待泽怜花意,喧晴厌鸟声。簿书徒劳午[2],草野任呼庚[3]。自是官箴重,从来民命轻。

【注释】

[1]壬辰：即光绪十八年（1892），时逢大旱，此为苦旱悯农之作。写梦雨、盼雨，看枯花而生怜，闻鸟声而生厌，生动传神。末言草民呼告求食而官府却"簿书徒劳午"，极表针砭之情。

[2]劳午：郑玄《仪礼·大射》注"午"："一纵一横曰午，谓画物也。"此指劳碌于文书。

[3]呼庚：即呼庚呼癸，庚、癸为古代军粮的隐语（典出《左传·哀公十三年》）。此指乞粮告贷。

闻和议失策有感而作[1]

闻得华洋又议和,忧心更比喜心多。喜将骏业安三辅[2],忧恐蛮夷据九河[3]。南渡终伤旆未返[4],北朝岂惧剑横磨。前车历历犹堪鉴,何不日思锻乃戈。

【注释】

[1]清穆宗光绪二十年（1894），甲午海战，中国惨败，遂与日本签定丧权辱国的《马关条约》。英、法、德、俄等又相继强迫清政府签定一系列不平等条约，名为"和议"。作者忧心国事，引宋金和议之典，抒发忧愤之情。

[2]三辅：指京畿之地。

[3]九河：古代黄河自孟津以北分为九道，称九河。泛指中国大好河山。

[4]南渡：指宋室南渡，偏安江南，终未收复北方失地。

喜 雨[1]

久旱欲初甘,韶光向晓探。欢情人语洽,乐意鸟声含。细雨添新涨,远山湿拥岚。柳眠青眼醒,花醉艳心酣。芹润泥争燕,桑柔叶饱蚕。信占风廿四[2],春爱月重三[3]。索句才偏减,搜奇性每贪。踏青何处好？约友凤城南。

【注释】

[1]题为"喜雨"，而专从"喜"字入眼。人、鸟、燕、桑、山、水、柳、花，诸种动物、植物，皆有"欢""乐""争""饱""拥""涨""醒""醉"诸动态，处处见一"喜"

字，传情达意，温润细腻。末以约友踏青出城南作结，更见喜雨之情，淡远而留余味。

［2］风廿四：指二十四花信风。自小寒至谷雨八个节气二十四候，每候有花应时而开，故名。

［3］月重三：即三月三，传统上巳节，此日多外出踏青、赏花、沐浴。

吟菊花[1]

细雨疏烟外，秋开隐逸花。清香饶淡冶，佳色自鲜华。粉白霜凝玉，颜红锦灿霞。芳心休俗艳，只许种陶家。

【注释】

［1］诗言菊非寻常俗艳之花，无论红白，皆清香自鲜，自是人格写照。

咏梨花[1]

桃杏争芳候，梨花自素颜。霜凝红雨外，雪压绿云间。梦冷风春懒，魂消夜月弯。香同梅臭味，好伴到瑶山。

【注释】

［1］写梨花之色如霜雪，味同梅花，而梦冷魂消，则入凄清之境，与桃杏之艳丽不同。

望月有怀[1]

惟有团圆月，深宵不忍眠。清辉如我伴，皓魄向谁圆？夜静桐阴院，秋澄桂子天。故人相忆否？回首玉□边。

皎皎中天月，晴空绝片云。夜深谁共赏？秋色正平分。对景应怀我，临风辄忆君。霓裳知待奏，远望溯清芬。

【注释】

［1］该诗为望月怀人之作。夜深月圆，秋气正浓，无人共赏，只有远望遐想。"夜静桐阴院，秋澄桂子天"一句，尤为澄澈悠远。

城上闲步[1]

鹅池西畔凤城东，一带春光似画中。烟袅河桥杨柳绿，雨开山寺杏花红。

流莺百啭晴和日,乳燕双飞淡荡风。胜地芳时吟咏处,几人相与赏心同?

【注释】

[1] 此诗作者原注"光绪十年作",即作于1884年。于鹅池观庆城春景,河桥山寺,柳绿花红,燕飞莺啭,春光如画。如此美景,可与共赏者几人?末以"求其友声"作结,别有余味。

咏 怀[1]

棘闱毕竟困英雄[2],自愧雕虫技未工。运蹇便遭双眼白,夜深远对一灯红。蹉跎岁月三千里,跋涉关山万里中。试看五更听榜后,文章多少哭秋风?

【注释】

[1] 此诗为参加甘肃乡试时的感怀之作,其忐忑之状,可为古时学子心声之写照。
[2] 棘围:古代科举考试的考场。

夜坐书怀[1]

边城鼓角夜沉沉,短烛烧残客思深。问字且欣逢化雨,读书应悔负春阴。风惊幕府三更梦,月照关山万里心。不辨笛声何处起,故将清韵伴长吟。

【注释】

[1] 夜深无眠,独坐书斋之中,而心在万里关山之外,此读书之乐也。

杏 花[1]

枝头初见漏芬芳,脂粉匀团碎锦香。得意春风刚及第,含情晓露乍新妆。轻烟掩映蜂吟闹,暖日融合蝶影忙。最是酒沽村店处,韶光无限动诗肠。

【注释】

[1] 春风得意,晓露含情,轻烟暖日,杏花如锦,而村店沽酒,牵动诗肠,耐人想象,回味悠长。

暮春促夏,桃李争芳园林,夜忽大雪,侵晨一览,琼楼玉宇,瑶花琪草,恍入仙境,偶吟数句,奇景未识,能仿佛否[1]

十分春色在园林,一刻韶华抵万金。蜂意知春寻乐趣,鸟声为客变新音。

亭无人至花偷放,池有鱼游水不深。好趁余闲游憩处,新诗聊想静中吟。

斜日园林鸟语哗,游人长啸傲烟霞。吟春自爱诗添草,作客频携酒赏花。碧水潆洄芳径曲,绿云缭绕曲栏斜。徘徊自顾情无限,空对东风览物华。

亭台缭绕树模糊,点缀园林入画图。红蕊拂衣花密布,绿茵粘屐草平铺。渠痕过雨添深浅,柳色含烟似有无。谁向粉墙尘净处?更将佳景绘西湖。

桃花零乱杏花残,梨树枝头雪作团。柳线有情牵恨易,榆钱无数买春难。独怜胜景天涯赏,最惜韶光客里看。雁尽乡书犹不见,羡他修竹自平安。

【注释】

[1] 由赏花园林而生韶华易逝之感慨,乡思客愁亦伴景而来,情思婉曲。

白牡丹[1]

珍重天香久祀春,不同脂艳倍精神。玉颜洗净铅华韵,琼蕊含来太朴真。梨院云深寻旧梦,梅庭月冷忆前身。仙姿别擅清高阁,魏紫姚黄总后尘。

【注释】

[1] 赞白牡丹之玉颜琼蕊、素朴本真,别擅仙姿,其云深月冷之境有过于姚黄魏紫。

登楼述怀[1]

四面窗棂望远空,登临人在绿云中。千年古树参天碧,几朵闲花铺地红。鼓角又闻喧塞垒,文章毕竟误英雄。何时得随男儿志?破浪乘他万里风。

【注释】

[1] 此登镇朔楼感怀之诗。临远观景,楼亦名筹边,遂有联想,甲午战事起而列强环伺,感叹书生报国总为文章所误。

新 月[1]

碧天如水一钩斜,淡抹幽辉挹露华。香雾未飘金粟蕊,晴霄先积玉簪花。纤分兔魄双火瘦,媚写蛾眉半边遮。应有闺情相对诉,临风偷看拜谁家。

【注释】

[1]咏新月，其形纤而瘦，其辉淡而幽，蛾眉半掩，似有闺情相诉，比月拟人，情思深婉。

月夜偶吟[1]

沉沉庭院悄无风，过雨新添澈远空。数点漏声人静后，半篱花影月明中。消宵自许惬幽兴，好句终难摹化工。安得琼筵良友会，飞觞醉煞广寒宫。

【注释】

[1]夜深独对月，幽兴觅好诗，末句想象大胆，愿于广寒宫置琼筵而会良友，由实入虚，耐人回味。

学署苦雨之作[1]

边城春尽祇如秋，绕郭顽云不断流。总为地高寒气重，浑疑天漏雨声稠。闲庭草满人迹少，古树阴浓鸟语幽。自笑广文真个冷[2]，清和节气尚披裘。

【注释】

[1]写庆城晚春，阴雨连绵，寒气湿重，披裘独坐，学署草多而人迹反少，见出为雨所苦之状，形象生动。

[2]广文：唐天宝九年（750）设广文馆，有博士、助教等职，主持国学。明清时期因称教官为"广文"，亦名"广文先生"。

闲坐遣怀[1]

寂寥官舍似僧居，绿满闲庭草不除。蝶影飘风微雨后，鸟声喧树嫩晴初。高眠只有三间屋，消遣惟披数卷书。一榻茶烟轻扬处，清淡莫令故人疏。

【注释】

[1]官舍寂寥、草满闲庭，鸟声蝶影、书卷遣怀，茶烟清谈已是奢望，诗境孤寂清冷。

春日独步凤城讲院怅然有怀[1]

庭院无人锁绿苔，凤城春暖杏花开。去年师友归何处，前度钱郎今又来。

【注释】

[1]该诗为春日于凤城书院散步时的怀念师友之作。春色依旧,物是人非,遂有惆怅徘徊之意。语言流丽,情思绵长。

春日即景[1]

小桥低趁柳阴斜,芳草萋萋近水涯。隔岸鸠声啼不住,梨花枝外又桃花。

【注释】

[1]小桥水涯,隔岸桃花,寻常景物,却点出庆城山围水绕的特色。

春日访友[1]

闲来无事自敲诗,说是春光自好时。昨夜小楼微雨露,踏青曾与故人期。

晚来鸠语唤春晴,荷笠迟迟出凤城。红杏绿杨烟霭里,棘花风送读书声。

【注释】

[1]红杏绿杨,雨后春晴,美景也;踏青觅诗,风送书声,雅事也。即景言事,即事抒情,诗境清婉可爱。

新 月[1]

玉钩斜挂碧云间,又是虚弓影半弯。最是多情千里外,清辉犹似照家山。

崆峒山月半轮辉,媚态娟娟出翠微。不觉闲吟时座久,满天香露冷沾衣。

【注释】

[1]此诗为对崆峒山月而思家乡庆阳之作。"最是多情千里外,清辉犹似照家山",清隽传神,堪称佳句。

文澜桥[1]

词源到涌起波澜,陆海潘江一例看。试问题桥挥笔处,文光直射斗牛寒。

【注释】

[1]文澜桥:为文昌阁前之桥,又名状元桥,寓科名繁盛之意。

七 夕[1]

云霞机畔暗停梭，环佩依稀渡银河。休道人间欢会少，神仙亦怨别离多。

今宵儿女闹谁家，穿线针楼笑语哗。巧问文章如可乞，笔端不许艳生花。

【注释】

[1]诗写晚清时期庆阳的七夕乞巧风俗。自牛郎织女传说入题，想象渡鹊桥欢会，而"神仙亦怨别离多"，与人间儿女比，立意反出一层，神仙尚且如此，人间欢会少，又有何怨？由家家女儿穿线乞巧，联想到男儿如可乞巧，当乞得生花妙笔，自有好文章。两诗立意高远，想象大胆，从传统风俗生出新意，见出作者的才识。

水仙花[1]

凌波玉蕊淡含烟，绰约芳姿意欲仙。最怕红尘时偶着，故将清影水中悬。

【注释】

[1]咏水仙花之芳姿绰约如仙，玉蕊凌波倒映，全自"水""仙"二字出之，不染红尘，故在水中，咏物别具心裁。

雨后登奎星阁[1]

边城有客不曾还，独上高楼意自闲。目送两三归鸟处，冻云连雪压春山。

【注释】

[1]奎星亦名魁星，主文运科名。登奎星阁而"意自闲"，目送归鸟，远望春山，可见旷达闲适之情怀。

折探春花[1]

阶前芳草细铺茵，风日晴和近水滨。蜂蝶纷纷争闹处，何人先折一枝春？

园林初见杏花红，芳草萋萋绿几丛？却笑芳菲难自主，吹开吹落任东风。

【注释】

[1]写早春先开的杏花，点题在最后一句"却笑芳菲难自主，吹开吹落任东风"，

既有惜花之意，又有飘零之感。

五月初见燕子[1]

寻巢犹记语依依，总在春前社后归。怪道边城春寂寞，榴花时节燕初飞。

【注释】

[1]石榴花开，燕寻旧巢，物候寻常事，点破春寂寞，别有意趣。

春　阴[1]

东风剪剪送春寒，残雪泥融湿未干。欲雨不能晴不得，云阴应为养花难。

【注释】

[1]东风已至，消雪成泥，春寒欲雨，养花不易。写庆阳早春物候气象，体悟真切，生动入微。

临川阁避暑有感[1]

暑气蒸薰似甑中，乘风凭栏扇摇风。谁怜隔岸芸田者，汗滴禾间日正红。

【注释】

[1]于烈日当空、暑气蒸腾中登临川阁凭栏乘风、摇扇纳凉，忽见对岸耕田农夫挥汗如雨，不觉恻然，此悯农之诗也。

壬辰三月十七日出北郭访友[1]

麦垅青青柳线拖，桃花红比杏花多。年来辜负春光惯，又对东风唤奈何？

山城过雨半晴阴，无限韶光似海深。欲诉春愁春不管，东风负我爱花心。

凤城郭外故人居，花柳园林画不如。触我诗情难自了，风光妒煞暮春初。

君家春比我家多，欲假三分意若何？为语一枝春肯赠，樽前不惮醉颜酡。

【注释】

[1]壬辰年即光绪十八年（1892）。麦苗青青，柳绿花红，出郭访友，触动春愁，

诗情难了。妙在"君家春比我家多，欲假三分意若何？"指无限春光为可量之物，欲借三分，更见爱春惜春之情。

二月晦日，同段雪舫出郭，间步偶成[1]

剪剪春风日渐薰，兰峰香霭入烟云。环城树影参差里，似觉春光漏二分。

安排芳景待新时，草渐铺茵柳挂丝。更有吟情堪系处，隔墙红漏杏花枝。

半吐花催题艳句，微萌草待踏青人。诗家别有怡情境，探得人间最早春。

【注释】

[1]古历二月底，正是庆阳早春时节，风渐暖，草露头，柳挂丝，花半吐，处处体现一"早"字，故以"探得人间最早春"结句，甚是切题。

经邑宰吴公墓[1]

山水郁烟云，中遗令尹坟。披榛瞻庙貌，剔藓读碑文。命蹇才犹健，官廉德可薰。吏民皆似续，墓草有余芳。

【注释】

[1]这是一首凭吊诗。吴公即吴培森，贵州黔西拔贡，清穆宗同治十二年（1873）四月任安化（今庆城县）县令，为政清廉，卒于任上，墓在庆城南门外太白庙南。诗人过其墓而吊之，赞其官德可风，草木留香。

◎张宸枢

张宸枢（1866—1931），字紫垣，号少堂，甘肃镇原人，清德宗光绪十一年（1885）中举人。庄浪县儒学训导，民国后曾任平凉师范第一任校长。博学，能诗，尤长于书法。著作有《通鉴纲目提要》《中外政治》《论衡续》。

潜山怀古[1]

缓步潜山引兴长，几行雁字报秋凉。雨经翠柏流新色，风度黄花送晚香。好水抱关从似练，中峰当左得如妆。读书台上人何在？知否今朝诗酒狂。

【注释】

[1]潜山：即潜夫山，详见前慕维成《游潜夫山》注释[1]。该诗写秋日登潜夫山

的感怀，词采秀丽，清远疏朗，韵味悠长。

◎胡廷奎

　　胡廷奎（1869—1948），字聚五，甘肃安化（今庆城县）人。清德宗光绪二十年（1894）优贡，官大同训导。罢归家居，以诗文自娱，工草书。有《湖学堂集》《续庆防纪略》。

不窋冢[1]

　　不窋窜西戎，王业八百隆。今惟留古冢，矗立庆城东。

【注释】

　　[1]诗咏庆城周祖不窋坟，诗意简淡高古。

清　明[1]

　　节序至清明，家家祭扫诚。汉唐陵寝在，麦饭不如氓。

【注释】

　　[1]诗咏清明扫墓节俗，感叹帝王陵寝不如平常百姓之坟冢，见出富贵浮云、沧桑陵替之悲慨。

雁　字[1]

　　谁把天为纸，书成字一行？来宾鸿雁至，草圣漫夸张。

【注释】

　　[1]纯用想象，以天为纸，自然成字，鸿雁即是草圣，书法天成。该诗有奇气奇意。

咏黄菊[1]

　　傲骨天成不畏强，挺然老圃斗秋霜。满身披得黄金甲，才殿群芳作淡香。

【注释】

　　[1]菊花挺然于老圃秋霜间，傲骨天成，为群芳殿后。用语劲健，咏花而有雄放之气。

游太和山歌[1]

　　三月一日天气晴，游人尽作太和行。七十老翁本无事，走路自觉腰脚轻。我虽生长在庆阳，一生只为诗书忙。太和仅离十余里，未得一次周观望。是日天朗又气轻，我歌行行重行行[2]。先到北关二三里，西北再过田家城。五里坡西数十步，老友李翁世此住。昨日曾约候我来，策驴直走向西路。衡门之下尚息偃[3]，一湾窑洞傍层巘。大呼出门笑颜开，留我到家吃早饭。环江滚滚东南流，我等骑驴向上头。冠者童子相从去，一路一邀复一游。未及十里头天门，才到太和山之根。坡陀蜿蜒三千丈，势凌霄汉推至尊。行路之难等西蜀，改变方针入东谷。南山北山具崚嶒，中有一溪春水绿。羊肠小道真难行，自嗟世路何不平？千回万转上山去，挥汗如雨作喘声。止驴扶我离金镫，东望尚有三两层。眼前正是关帝庙，忠义神武如徽称。贾予余勇陟绝顶，脚力愈强腰愈挺。玉皇高楼摩云霄，更无一山势相并。回头走入东偏院，关圣帝君坐正殿。关平周仓何巍巍，执刀执剑立两面。其后有庙三大间，中塑佛像慈悲颜。文殊普贤分左右，似到西天非人寰。屏风后像紫竹林，倒坐大士是观音。真人又见孙思邈，坐虎手把老龙针。三天门内势宏敞，玄天大帝铸铜像。朱氏寡妇心诚虔，共费青铜二万两。西岳东岳祀两边，何年华岱来飞仙。无量祖师双亲像，圣母宫中享香烟。出步石阶下层峦，东西小庙立云端。金碧辉煌历年永，分祀王赵二灵官[4]。二天门外出夹道，三才圣母幼孩抱。送子催生俱有神，事太荒唐堪绝倒。前行走入接缘会，中有金佛冠四大。十八罗汉左右排，其小无内大无外。五圣祀前三教楼，砖砌二层压庆州。佛来西天孔东鲁，柱下之吏远溯周[5]。从此门出蔚蓝天，石阶石栏紧相连。四百三十馀级降，精神不觉自悠然。石阶傍洞祀道姑，募修石阶费工夫。陇东地方十八县，到处化缘派女徒。历年既久金钱多，远觅名工共琢磨。功成坐化肉身在，永伴仙灵镇巍峨。二宫正殿各三间，无量祖师现仙寰。龟蛇二将不用说，关岳赵温列两班[6]。南北各修一小庙，泥塑木雕真妙肖。道士执玦三两投，殿上罗拜听大要。至此山峰下一层，五层三门何崚嶒？上祀灵官面目恶，哼哈二将落下乘。我出大门目一望，平田漠漠真宏敞。士女如云数不清，人众总在数万上。迎面一座是戏台，争看清歌妙舞来。犹是梨园真弟子，霓裳羽衣第几回？陈君孟起笃交情，携我入座饮香茗。不管毛尖与香片，渴喉一吸心一清。红军之人巧演说，奋欲抗战语悲切。学生亦有新剧团，捉杀倭寇胆壮烈。大地一区数及顷，此疆彼界如画井。七十二行乱纷纷，桑榆已嗟成暮景。身跨长耳向家返，麻君犹呼未晚饭。高声道谢夕阳西，一鞭得得急策蹇。归途正顺汽车道，荡荡平平真好好。春风得意四蹄轻，回家尚觉日色早。山中父老问我言，先生静听莫厌烦。此山何从修作庙？待我细细说根源：古有环县科举生，一师六弟同路行。行至山后大道侧，师坐路边歇喘声。弟子六人本精神，后山山畔闲逡巡。一足跌入土穴内，微显无量之金身。六人用手将土起，铜像一尊贵无比。祷佑我等齐登科，愿修庙宇常祭祀。师生尤此入西京，秋闱一举皆成名[7]。相得腊台山上地，高低平地标旗旌。有狐衔旗到太和，山上山下立不颇。师生七人惊神异，俯伏举手念弥陀。自兹环县上六会，捐金才将此庙盖。庆阳宁县亦震惊，愿出布施无小大。环人敬神心大虔，斋醮男女如云烟。十步一拜念佛号，相沿不改近十年。二月晦日到兰若，烧香念佛尽一夜。打卦问神添布施，琐细或及牛与马。朔日天晓下山前，或回木钵合道川，或在贺旗甜水铺，各得数日始能旋。太和山神有灵应，大事小事惟神听。有求必获无参差，人人原将腰橐罄。今年许愿明年还，金银牛羊不敢悭。日积月累盖藏富，修成一座太和山。确似鬼斧与神工，处处兴修岁不同。宫殿远可比太华，近处亦可并崆峒。传至有清康熙朝，地震两次大动摇[8]。山前山后各神庙，崩倾破裂尽一朝。工果重修将告竣，又值同治戊辰年[9]。华渭军事逼庆地，却被陕回一炬燃。至今又过六十载，神人报施永不改。玉宇琼楼复旧观，更比前修强几倍。民国九年又地震，屋倒墙塌几十阵。高岸为谷谷为陵，海市蜃楼灭一瞬。田家城人作会长，鸠工庀材前贤仿。太和庙宇新建筑，不藉官帑发私帑[10]。劳民伤财犹不惮，鸟革翚飞斯于叹[11]。神人胥悦相喧哗，闵子骞日仍旧贯。清朝末叶失政纲，莠民到处开坛场。吃素讽经一不禁，一国之人皆若狂。环县城边张九才[12]，亦到坛中吃长斋。素人无虑千千万，太和山上扶鸾来[13]。假神惑众年亦多，如鬼如蜮是妖魔。不知清净和寂灭，尽谋不轨逞干戈。文华大考是木匠，为赵为苏正年壮。王者英成紫微星，封麟诡称黑虎将。先回环县戕县官，后到庆阳欺民团。围城七日似铁桶，北门放火心胆寒。城内营长名俞升，快枪子弹齐奔腾。援兵又来张帮统[14]，乱众说山险可凭。九才亡去群奔散，覆巢之下无全卵。绳缚一一牵进城，可怜首领用刀断。人敬鬼神要远之，胡不论语孔门师。有客同予游太和，教我试做太和歌。少陵已远李白死，无才岂奈太和何？命笔聊记游终始，所见所闻详一纸。请君看作白话文，不愆不忘而已矣[15]。

【注释】

　　[1]太和山又名桃花山，在县城西北约十五里处，有石阶四百余级通山顶，庙貌巍峨，遍山苍翠，为庆阳县八景之一，号"太和仙境"。1938年农历三月一日，值太和山一年一度的大庙会，天朗气清，作者年届七旬，欣然约友登山，遍游山景及庙宇楼观，归而作《游太和山歌》。该诗用歌行体，乃以文为诗之法，既详叙游山往返行踪及沿途所见之三天门、关帝庙、菩萨庙、药王庙、圣母宫、三教楼诸景，又追述太和山建庙之传说及历次地震、兵燹之毁而复建的历史，并穿插讲述朱氏寡妇捐银二万建庙、道姑化缘修四百三十余级石阶而肉身坐化、八路军三八五旅驻庆阳时在太和山庙会的抗日演讲及抗日戏剧演出、民国四年（1915）环县民张九才依托太和山聚众举义等传说、见闻及史事。诗虽语近俚俗，但包含了大量的地方历史文化信息，见证了上世纪三十年代庆阳的一段历史沧桑。

　　[2]行行重行行：为本乐府旧题，此处取其意，指行走不停。

[3] 衡门：代指贫寒百姓之家。

[4] 王赵二灵官：指道教护法神王善、赵公明。

[5] "佛来"两句：指孔子、释迦牟尼、老子。

[6] 关岳赵温：指道教护法神将关云长、岳飞、赵公明、温琼。

[7] 秋闱：科举考试中的乡试一般在秋八月举行，故称乡试为秋闱。

[8] 指康熙年间的两次地震，一在康熙四十八年（1709）九月十二日，一在康熙五十七年（1718）五月二十一日。

[9] 同治戊辰年：即同治七年（1868）

[10] 帑：钱币。指修庙未动用公款而依靠民间集资。

[11] 鸟革翚飞：典出《诗经·小雅·斯干》："如鸟斯革，如翚斯飞。"形容飞檐高翘、宫室壮丽。

[12] 张九才：环县人，1915年为抗苛捐杂税，于七月初率众起义，杀知县李祎，劫狱，聚众万余。七月二十一日起，围攻庆阳城七日夜，未克。

[13] 扶鸾：又称扶乩、扶箕、降笔、请仙等，是民间一种占卜方法。

[14] 张帮统：指时任陇东防军帮统张兆钾，甘肃渭源人，后任甘军陇东镇守使。1926年为冯玉祥国民军吉鸿昌部驱逐。

[15] 不愆不忘：典出《诗经·大雅·假乐》："不愆不忘，率由旧章。"愆，过错。此处借指不要记错、不要忘记。

游西河湾圣母殿歌[1]

梨花淡白杨柳青，西峰高叠如画屏。中有三才圣母殿，保我子孙神有灵。三月十八逢诞辰，倾城士女来敬神。四方香客集千万，酬神演戏多人民。老子婆娑兴不浅，爱进名山作消遣。蹑履策杖出西门，板桥一道足平践。环江如环流庙东，山门南面高且雄。老少男女实拥挤，无处着脚难老翁。鱼贯而入需几时？当门一庙为祖师。玄天大帝存遗像，左右帅神蛇与龟。正殿三间瞻庙堂，无数妇人齐上香。云马飞灰看多少？已经四角堆半墙。单面鼓声如惊雷，人人齐说过关来。怀抱小子团团转，信口开河巫俳诙。东厢小庙才一间，内祀宗神为灵官。鞭驱天下妖魔尽，身骑黑虎文斑斓[2]。四面一间祀痘花，保佑人家生小娃。一身无灾又无害，天花流行面不麻。菩萨三尊在后边，韦陀对面执金鞭[3]。台上尚有三官庙[4]，无像计经七十年。烧香焚表众争敬，后门正对陈家湾。雨后双牛耕草菅，百姓能知稼穑艰。戏台一座对门前，成登放饭逢慈萱[5]。下回即是斩雄信[6]，红军演说多好言[7]。环江水味偏带盐，桥西甘泉如镜奁。庆城内外百千室，人驴负取争甘甜。夕阳在山彩乱散，归途我老步缓缓。好似舞雩春风香，不计红尘面扑满。

【注释】

[1]西河湾圣母殿详见张精义《游西河湾娘娘庙》注释[1]。诗写庆城西河湾三月十八娘娘庙会之盛况，士女倾城，香客云集，求子、过关、娱神唱戏等民俗事象及八路军抗日演讲、市民于西河外甘泉驴驮肩挑取水等生活场景，一一如见，犹如一幅幅百年前老照片，形象生动地再现了民国时期庆阳县的世相百态。

[2]黑虎：指道教护法神将赵公明，民间俗呼为黑虎灵官。

[3]韦陀：即韦陀菩萨，是佛的护法神。

[4]三官庙：祀三官大帝，即天官、地官、水官，分管天堂、地府、水域，天官赐福，地官赦罪，水官解厄，为道教尊神。

[5]登放饭：指秦腔戏《朱崇登放饭》。

[6]斩雄信：指秦腔戏《斩单童》。

[7]时八路军三八五旅驻防庆城，于庙会时演讲，宣传抗日。作者仍习称其为红军。

戏咏吸洋烟[1]

印度地生罂粟花，芙蓉膏炼市中华[2]。明灯似玩元宵夜，横榻如称八月槎[3]。任尔三军擎宇宙，乐予一口吸烟霞。功名富贵身外物，香雾腾腾满绛纱。

【注释】

[1]民国初期，庆阳县东西两川，民间私种罂粟，吸食鸦片者多，败家损身，虚耗民力，政府屡禁不绝。作者以诗讽之，故曰"戏咏吸洋烟"。讽刺吸食鸦片者烟灯高照、横卧床榻、吞云吐雾、如登仙班，哪怕三军战事、富贵功名，都不抵一口洋烟。正话反说，其劝世之意明矣。

[2]市：卖。

[3]八月槎：传说中八月里如期通往天河的船。典出西晋人张华《博物志》卷十："旧说云天河与海通。近世有人居海渚者，年年八月有浮槎去来，不失期。"此讽刺吸鸦片者吞云吐雾、如登仙籍。

咏虞美人[1]

美人受姓自虞城，化作花枝表女贞。翠袖曾随七十战，红颜足愧八千兵[2]。夜风阵阵和歌韵，朝露垂垂泣别情。东汉废除高后祠[3]，何如千载擅芳名？

【注释】

[1]项羽在楚汉战争中兵败势蹙，四面楚歌，而帐下美人虞姬至死相随。诗人感叹其忠贞不渝，足使江东八千子弟兵羞愧。并引高后祠被废史事以反衬虞美人之芳名千载

传颂。

　　[2]《史记·项羽本纪》载,项羽起兵江东反秦,有八千子弟兵相随。
　　[3]高后祠:祀汉高祖刘邦皇后吕雉。东汉废。

安刘必勃[1]

　　百年高祖计,吕必废长安。厚重惟周勃[2],列宗奠似磐。

【注释】

　　[1]诗咏绛侯周勃与陈平计诛吕氏诸王、拥立汉文帝事。
　　[2]周勃(?—前169),江苏丰县人,西汉开国名将。于秦二世元年(前209)随刘邦起兵反秦,以军功赐爵威武侯。刘邦攻取关中时,周勃击赵贲,败章平,围章邯,屡建战功。成皋之战中,周勃率军与项羽正面作战,占领泗水、东海两郡(今皖北、苏北一带),凡得二十二县。汉高祖六年(前201),封绛侯。平韩王信叛乱有功,升太尉。周勃为人厚重少言,刘邦死前预言"安刘氏天下者必勃也"。刘邦死后,吕后专权,封吕禄、吕产等为王。吕后死后,周勃与陈平等合谋智夺吕禄军权,一举谋灭吕氏诸王,拥立文帝,后官至右丞相。汉文帝十一年(前169)去世,谥号武侯。其事详《史记·绛侯周勃世家》。

张良借箸[1]

　　大王前有箸,臣愿借为筹[2]。八说分明献,张良果善谋。

【注释】

　　[1]诗咏刘邦谋士张良借筷子为算筹条陈八问以谏阻郦食其分封列国之谋的史事。
　　[2]刘邦与项羽在荥阳相持不下,谋士郦食其给刘邦献计,分封六国之后,收拾天下人心,以与项羽抗衡。刘邦举棋不定,张良坚决反对,从刘邦的食案上抓过一把筷子,从八个方面力驳其危害,每提出一个理由,即摆出一根筷子。刘邦恍然大悟,收回成命,避免了分裂割据,奠定了统一大业,史称"张良借箸"或"借箸为筹"。其事详见《史记·留侯世家》。

高祖以太牢祀孔子[1]

　　不事诗书者,偏将孔子尊。太牢崇祀典[2],汉学齐渊源。

【注释】

　　[1]《汉书》载:"高帝十二年(前195)过鲁,以太牢祀孔子。诏诸侯王卿相至郡

先庙谒而后从政。"汉高祖刘邦本鄙薄儒生,自叔孙通定朝仪,始知尊崇。而以太牢之礼祀孔子,开历代帝王祭孔之先例。

[2]太牢:古代祭祀所用牺牲,牛、羊、豕三牲全备为太牢,只有羊、豕为少牢。太牢等级最高,一般用于祭祀三皇五帝、社稷之神。

陈平六出奇计[1]

智计安天下,谁曾出一奇?陈平侯曲逆[2],六解汉高危。

【注释】

[1]陈平为汉高祖谋士,其六出奇计分别为:施反间计,气死范增;用诈降计,夜出妇女,解荥阳之围;暗揣刘邦,封韩信为齐王以固其心;伪游云梦,智擒韩信;贿赂阏氏(匈奴冒顿单于皇后),解白登之围;明尊皇命,暗释樊哙。

[2]陈平(?—前178)汉初大臣,阳武(今河南原阳)人。先投楚,后归汉,任刘邦的护军中尉,献反间计去谋士范增,并以齐王封爵笼络大将韩信,均被刘邦采纳,后封曲逆侯。惠帝、吕后时任丞相,因吕氏专权而不治事。吕后死,与周勃定计诛杀吕禄、吕产等,迎立文帝,任左丞相。

文帝惜百金[1]

行间钦高帝,金捐四万斤。露台偏惜百,俭德太宗文[2]。

【注释】

[1]汉文帝刘恒(前202—前157),崇黄老,尚节俭,施政宽厚,天下大治。曾以百金之费而辍建露台,诗人赞其节俭恤民之德。

[2]《汉书·文帝纪》:孝文皇帝即位二十三年,宫室、苑囿、车骑、服御无所增益。有不便,辄弛以利民。尝欲作露台,召匠计之,直百金。上曰:"百金,中人十家之产也。吾奉先帝宫室,常恐羞之,何以台为!"

解衣推食[1]

志不求温饱,遑论食与衣。解推韩信感[2],识见亦卑微。

【注释】

[1]齐王韩信以刘邦解衣推食之恩而弃天下大志,作者以为"识见亦卑微",与知恩图报的习常之说相比,别是一论。

[2]项羽使人劝齐王韩信背汉归楚,韩信谢曰:"臣事项王,官不过郎中,位不过

执戟，言不听，画不用，故倍楚而归汉。汉王授我上将军印，予我数万众，解衣衣我，推食食我，言听计用，故吾得以至于此。夫人深亲信我，我倍之不祥，虽死不易。幸为信谢项王！"其事详见《史记·淮阴侯列传》。

王陵守正[1]

雉欲王诸吕，盟将白马詹[2]。勃平违正议[3]，守誓右丞陵[4]。

【注释】

[1]汉惠帝驾崩，吕后欲王诸吕，右丞相王陵守汉高祖白马之盟，坚决反对，因而罢相，不久病死。诗人赞其守正立场，不因世易时移而改变。

[2]汉惠帝死后，吕后要以吕氏一族为王。王陵说："高皇帝刑白马而盟曰：'非刘氏而王者，天下共击之'。今王吕氏，非约也。"吕后不悦。事详见《史记·吕太后本纪》。詹古同应，此处指回应白马之盟，不王异性。

[3]吕后欲王诸吕，问于陈平、周勃，曰："高帝定天下，王子弟；今太后称制，欲王昆弟诸吕，无所不可。"后大喜。详见《史记·吕太后本纪》。

[4]右丞陵：指王陵（？—前181），西汉初大臣。沛县人，反秦之战中，占据南阳。后归刘邦，从定天下，以功封安国侯，官至右丞相。因坚决反对吕后封诸吕为王，罢相。

鸿 门[1]

早日谢鸿门，频频举玦烦[2]。羽真皇帝度，谁不信谗言？

【注释】

[1]楚汉相争，刘邦至鸿门谢罪，项羽设宴，军师范增屡次举玦示意，杀掉刘邦，以绝后患。玦者决也，而项王最终未杀刘邦。作者以为项王不杀之举，乃真帝王气度，与一般论史者不同。

[2]《史记·项羽本纪》曰："范增数目项王，举所佩玉玦以示之者三，项王默然不应。"

磨 墨[1]

龙宾排十二[2]，墨水欲匀和。直似英雄气，苍苍费练磨。

【注释】

[1]磨墨为文人日常之事，而联想到英雄多磨炼方成大气。该诗语言简古，立意小

中见大，高远雄奇，不同凡响。

［2］守墨之神。唐代冯贽《云仙杂记·陶家瓶馀事》："玄宗御案墨曰龙香剂。一日，见墨上有小道士如蝇而行。上叱之。即呼'万岁'，曰：'臣即墨之精——黑松使者也。凡世人有文者，其墨上皆有龙宾十二。'上神之，乃以分赐掌文官。"后借指名墨。

献　曝[1]

野人才曝背，廷献效愚忠[2]。阙下千官列，谁曾尽匪躬？

【注释】

［1］野人献曝，人多笑其乡愚，作者独以为其忠心可嘉，比之殿下众臣，若皆有此心，何愁国不治？立意新奇，不类习常之论。

［2］即野人献曝。宋国有一贫穷农夫，冬日晒背，甚觉温暖惬意，遂献其法于国君，希冀得到厚赏，人多笑之。典出《列子·杨朱》："自曝于日，不知天下之有广厦隩室，绵纩狐貉。"

环　江[1]

陡落青冈峡，东风走碧江。泥阳城外浪[2]，环绕气难降。

【注释】

［1］环江：即庆城西河，源始于环县青冈峡，至庆城南与东河（柔远河）相汇称马莲河。连用"落""走""绕""降"四个动词，气势飞动。

［2］泥阳：庆城县秦时为北地郡义渠县，西汉为北地郡郁郅县，东汉及西晋时为北地郡泥阳县。此处用庆城县的古称。

白於山[1]

郁郅东川外[2]，天空插一山。白於千丈崚，洛自麓南湲。

【注释】

［1］咏白於山之高峻，自天而下以壮其势，而以数百里外洛水出山麓之南反衬其高。

［2］郁郅：庆城县西汉时为北地郡郁郅县，此处用其古称。

庆台晴雪[1]

雨雪庆州城，东窗报晓晴。高台回望合，十里放光明。

清　| 233

【注释】

[1]"庆台晴雪"为庆阳八景之一,该诗语言流丽而诗境爽朗,白雪红日,十里光明,突出"晴雪"特点,过目难忘。

帝如彭原[1]

肃宗皇帝返,驻跸在彭原[2]。古地同灵武,三唐史载言[3]。

【注释】

[1]安史之乱起,太子李亨北上灵武募兵,并即位为唐肃宗。南下平叛时驻跸庆州彭原县数月,诗咏其事。

[2]跸:帝王出行的车架曰跸。彭原:即唐庆州彭原县,元废。今西峰区彭原乡有彭原废县之古城遗址。

[3]三唐史:初唐、盛唐、晚唐称"三唐",此泛指唐史。

文笔峰[1]

玉楼成记笔,天公掷九重。是何神妙手?化作最高峰。

【注释】

[1]诗写庆城文笔峰,以为天公掷笔化而为峰,想象大胆奇幻。

桥 山[1]

子午岭岩峣,轩辕冢在桥。骑龙上天去,犹说武皇朝[2]。

【注释】

[1]诗咏桥山黄帝冢,并及黄帝骑龙上天的传说及汉武帝西巡致祭的史事,语言简古典雅,余味悠长。

[2]《史记·封禅书》记载,元封元年(前110)汉武帝刘彻"北巡朔方,勒兵十余万,祭黄帝冢桥山"。

击蛇笏[1]

真武殿蟠蛇,人争拜奠加。孔公持笏击[2],碎首众咨嗟。

【注释】

[1]宋真宗大中祥符间，宁州（今甘肃宁县治）天庆观（后名真武庙）有大蛇盘踞，郡人以为龙而礼敬之，不敢懈怠。孔道辅（孔子四十五世孙）时任宁州军事推官，以为惑民乱俗，以笏板击蛇首而杀之，人皆叹服。诗咏其事，赞其纯刚至正之气。北宋文学家石介曾作《击蛇笏铭》。

[2]指孔道辅（987—1040），初名延鲁，字原鲁，孔子的第45世孙，自幼聪明好学，25岁举进士，任宁州军事推官。后历任大理寺丞、太常博士、左正言、右司谏、御史中丞等职。刚直敢言，有政声，曾奉使契丹，是北宋著名政治家。

击贼笏[1]

贼泚称秦帝[2]，谁怀愤击忠？源休持笏夺[3]，独有段成公[4]。

【注释】

[1]中唐叛将朱泚最终死于庆阳彭原西城壕外。作者盛赞段秀实夺笏击反贼之壮举，事虽不成，而忠烈千秋。

[2]贼泚：朱泚（742—784），幽州昌平（今北京昌平南）人。唐德宗朝任幽州节度使、陇右节度使、凤翔节度使等要职，加封中书令、太尉。唐德宗建中四年（783），泾原兵变，朱泚被哗变的士兵拥立为帝，国号秦，年号应天。杀唐宗室，围攻唐德宗于奉天（今陕西乾县）。兴元元年（784），改国号为汉，年号天皇。不久为李晟所败，长安光复，朱泚逃往泾州，泾原节度使田希鉴闭门不纳。西逃至庆州（今甘肃庆阳）彭原县西城壕，被部将射杀。

[3]源休：相州临漳（今河北省临漳县）人。在唐代宗、唐德宗朝累授监察御史、殿中侍御史、潭州刺史、给事中、御史中丞、光禄卿等职。为朱泚叛唐之主谋，任宰相伪职，事定，被族诛。

[4]段成公：段秀实（719—783），字成公。陇州汧阳（今陕西千阳）人，祖籍甘肃武威，中唐名将。历任安西府别将、陇州大堆府果毅、绥德府折冲都尉。安史之乱后，授泾州刺史兼御史大夫、四镇北庭行军及泾原节度使，总揽西北军政。唐代宗大历十四年（779），加检校礼部尚书，封张掖郡王。不久因宰相杨炎进谗贬司农卿，调回长安。泾原兵变时，段秀实当庭勃然而起，夺源休之笏板击朱泚，旋即被害。《旧唐书》赞曰："自古殁身以卫社稷者，无有如秀实之贤。"柳宗元曾作《段太尉逸事状》。兴元元年（784），追赠太尉，谥号"忠烈"。唐宪宗元和四年（809），与李晟配飨唐德宗庙廷。

博浪椎[1]

始皇经博浪，张良奋铁椎[2]。从斯谋远大，学作帝王师。

【注释】

[1] 诗咏张良于博浪沙中椎杀秦始皇之事，奇功虽不成，而自此心志深沉，谋远虑大，成为帝王师，终于亡秦。

[2] 张良刺秦，事详见《史记·留侯世家》。

眉　月[1]

有意嫦娥女，时仍下界窥。初三山畔月，故现一弯眉。

【注释】

[1] 比月初山畔弯月为眉，想象其为嫦娥偷窥凡尘，立意新奇。

绿　竹[1]

一色天然绿，猗猗赋彼淇[2]。有斐君子德[3]，竹本是吾师。

【注释】

[1] 作者读《诗经·卫风·淇奥》，感君子之德如绿竹，虚心劲节，当以之为师。

[2] 典出《诗经·卫风·淇奥》，以绿竹喻君子之德，其诗曰："瞻彼淇奥，绿竹猗猗。有匪君子，如切如磋，如琢如磨。瑟兮僩兮，赫兮咺兮。有匪君子，终不可谖兮。瞻彼淇奥，绿竹青青。有匪君子，充耳琇莹，会弁如星。瑟兮僩兮，赫兮咺兮。有匪君子，终不可谖兮。瞻彼淇奥，绿竹如箦。有匪君子，如金如锡，如圭如璧。宽兮绰兮，猗重较兮。善戏谑兮，不为虐兮。"

[3] 有斐：有文采。《淇奥》"有匪君子"，"有匪"即"有斐"，"匪"与"斐"通。

龙湫夜月[1]

明月到中秋，清辉遍九州。那知三五夜，好景在龙湫。

【注释】

[1] 庆城北三十里菩萨山下有龙湫，为官民祈雨之所。月圆之夜，静影沉碧，为庆阳一景。

腊八粥[1]

嘉平初八日[2]，七宝粥成时。僧道同檀越[3]，人人受普施。

【注释】

［1］庆阳习俗，腊月初八为腊八节，家家以五谷杂粮加肉熬成粥，名"腊八粥"，又喜剩余，腊月逐日添食，主来年丰收。并有水沸时舀出粥盛碗内，入夜冰冻，视冰之厚薄及方向以占来年丰歉的旧俗，今日古风犹存。此诗写腊八粥熬成士民向寺观布施的旧俗。

［2］嘉平：农历腊月的别称，即十二月。《史记·秦始皇本纪》："三十一年十二月，更名腊曰嘉平。"

［3］檀越：即施主，施与僧众衣食或出资举行法会的信众，为梵语音译。

销 兵[1]

廿载事兵轺[2]，群翘革命潮。几时农器铸？剑戟尽焚销。

【注释】

［1］民国肇造，军阀混战，庆城为冲要之地，被害尤甚。何时销剑戟而铸为农器，复归太平？

［2］轺：古代一种轻便的马车。兵轺即兵车，指代战事。

角 声[1]

画角直悲壮[2]，初更到五更。何如兴雅颂？一片载歌声。

【注释】

［1］闻画角声而思雅颂之音，表达战乱中对和平的期盼。

［2］画角：古代木制管乐器，其音哀厉高亢，外饰彩绘，故名画角，军营以报昏宵。

春日载阳[1]

冬雪并严霜，炎阳亦不阳。融和春日永，俶载赋诗章[2]。

【注释】

［1］诗咏早春二月，冰消地融，下田春耕之事，诗意皆从《七月》《大田》化用而来，饶有古风。

［2］俶载：开始耕作之意。典出《诗经·小雅·大田》。

鸿雁来宾[1]

回雁峰头雁[2],来占月令春。嗷嗷皆北向[3],如见出门宾。

【注释】

[1]春日大雁北返,雁字排空,如见宾客相从。
[2]回雁峰:在湖南衡阳,为衡山七十二峰之一,传大雁至此而止,遇春而返。
[3]嗷嗷:鸟鸣声。

破釜沉舟[1]

项羽祇思早报仇,渡河破釜又沉舟。试看九战章邯日,壁上诸侯应自羞[2]。

【注释】

[1]诗咏巨鹿之战项羽破釜沉舟大败秦将章邯之事。
[2]《史记·项羽本纪》载:"及楚击秦,诸侯皆从壁上观。"

萧规曹随[1]

萧曹将相意参差[2],继美后先两得之。牛李唐廷倾覆祸[3],何如前汉作规随?

【注释】

[1]以前汉之萧规曹随反比李唐之牛李党争,别具史识。
[2]萧曹:指西汉初丞相萧何、曹参。
[3]牛李:指牛僧孺、李德裕。唐代后期自唐宪宗至唐宣宗历时六朝近四十年的以牛僧孺为代表的牛党与李德裕为代表的李党的争斗,史称牛李党争。

张释之为廷尉[1]

能无面从张释之[2],盗环惊驾进忠规[3]。萧曹漫笑由刀笔[4],廷尉足为王者师[5]。

【注释】

[1]诗咏汉文帝廷尉张释之严守法度、秉公不阿的德行,非一般刀笔之吏可比。
[2]张释之:字季,堵阳(今河南南阳方城)人,西汉法学家。汉文帝时,张释之捐官为骑郎,十年未得升迁,后经袁盎推荐,任为谒者,因向文帝陈说秦汉兴亡之道,

而补任为谒者仆射，累迁公车令、中大夫、中郎将等职。后升任廷尉，严于执法，当诏令与法抵触则执意守法，以执法公正不阿闻名。时人称赞"张释之为廷尉，天下无冤民"。

[3]关于民惊汉文帝车架及贼盗汉高祖庙玉环之事及廷尉张释之的判决，详见《史记·张释之冯唐列传》，其文曰：上行出中渭桥，有一人从桥下走出，乘舆马惊。於是使骑捕，属之廷尉。释之治问。曰："县人来，闻跸，匿桥下。久之，以为行已过，即出，见乘舆车骑，即走耳。"廷尉奏当，一人犯跸，当罚金。文帝怒曰："此人亲惊吾马，吾马赖柔和，令他马，固不败伤我乎？而廷尉乃当之罚金！"释之曰："法者，天子所与天下公共也。今法如此而更重之，是法不信於民也。且方其时，上使立诛之则已。今既下廷尉，廷尉，天下之平也，一倾而天下用法皆为轻重，民安所措其手足？唯陛下察之。"良久，上曰："廷尉当是也。"

其后有人盗高庙坐前玉环，捕得，文帝怒，下廷尉治。释之案律盗宗庙服御物者为奏，奏当弃市。上大怒曰："人之无道，乃盗先帝庙器，吾属廷尉者，欲致之族，而君以法奏之，非吾所以共承宗庙意也。"释之免冠顿首谢曰："法如是足也。且罪等，然以逆顺为差。今盗宗庙器而族之，有如万分之一，假令愚民取长陵一抔土，陛下何以加其法乎？"久之，文帝与太后言之，乃许廷尉当。

[4]萧曹：指西汉初丞相萧何、曹参。

[5]廷尉：秦汉时掌司法刑狱的最高官吏。

下帷读书[1]

一代大儒董仲舒[2]，天人三策冠坤舆[3]。下帷不暇窥园去，朝夕精勤只读书。

【注释】

[1]西汉大儒董仲舒下帷苦读，三年不窥园，成为古代勤学励志的典范，作者诗以赞之。

[2]董仲舒（前179—前104），西汉广川（今河北景县广川镇）人，思想家、政治家、教育家，唯心主义哲学家和今文经学大师。汉景帝时任博士，授《公羊春秋》。汉武帝元光元年（前134），武帝下诏征求治国方略，董仲舒在《举贤良对策》中系统地提出了"天人感应""大一统"学说和"诸不在六艺之科、孔子之术者，皆绝其道，勿使并进""推明孔氏 抑黜百家"的主张，为武帝所采纳，使儒学成为中国社会正统思想，影响长达二千多年。其学以儒家宗法思想为中心，杂以阴阳五行学说，把神权、君权、父权、夫权贯穿在一起，形成了以天人感应、三纲五常为主要特色的思想体系。

[3]汉武帝即位后，下诏各州郡推荐贤良文学之士，董仲舒被推举参加策问。汉武帝连续对董仲舒进行了三次策问，内容关乎治国、理政、天人感应等，被称为"天人三策"。

朱云折槛[1]

辛毗牵裾谏魏文[2],那知汉早有朱云[3]。殿廷槛折旌吾直,成帝终非杀谏君。

【注释】

[1] 诗将前汉朱云折槛谏成帝与曹魏辛毗牵裾谏文帝相比,盛赞朱云之忠谏刚直与成帝之不杀直臣。

[2] 辛毗:字佐治,颍川阳翟人。三国时期曹魏大臣。先事袁绍,后归曹操。220年,曹丕即皇帝位,为魏文帝,以辛毗为侍中,赐爵关内侯,后赐广平亭侯。魏明帝即位,封辛毗颍乡侯,食邑三百户,后为卫尉。卒谥肃侯。黄初元年(220),魏文帝欲迁冀州之民十万至河南,辛毗牵文帝衣裾力谏,其事详见《资治通鉴》,其文曰:帝欲徙冀州士卒家十万户实河南。时天旱蝗,民饥,群司以为不可,而帝意甚盛。侍中辛毗与朝臣俱求见,帝知其欲谏,作色以待之,皆莫敢言。毗曰:"陛下欲徙士卒家,其计安出?"帝曰:"卿谓我徙之非邪?"毗曰:"诚以为非也。"帝曰:"吾不与卿议也。"毗曰:"陛下不以臣不肖,置之左右,厕之谋议之官,安能不与臣议邪!臣所言非私也,乃社稷之虑也,安得怒臣!"帝不答,起入内。毗随而引其裾,帝遂奋衣不还。良久乃出,曰:"佐治,卿持我何太急邪?"毗曰:"今徙,既失民心,又无以食也,故臣不敢不力争。"帝乃徙其半。

[3] 朱云:字游,山东人。汉成帝时任槐里令,指斥佞臣安昌侯张禹(成帝之师)尸位素餐,请斩之以厉其余。成帝大怒,欲诛云,云攀折殿槛(殿堂上栏杆)。后来成帝觉悟,命保留折坏的殿槛,以旌直臣。事详见《汉书·朱云传》,其文曰:成帝时,丞相故安昌侯张禹以帝师位特进,甚尊重。故槐里令朱云上书求见,公卿在前。云曰:"今朝廷大臣上不能匡主,下亡以益民,皆尸位素餐,臣愿赐尚方斩马剑,断佞臣一人以厉其余。"上问:"谁也?"对曰:"安昌侯张禹。"上大怒,曰:"小臣居下讪上,廷辱师傅,罪死不赦。"御史将云下,云攀殿槛,槛折。云呼曰:"臣得下从龙逢、比干游于地下,足矣!未知圣朝何如耳?"御史遂将云去,于是左将军辛庆忌免冠,解印绶,叩头殿下曰:"此臣素著狂直于世,使其言是,不可诛;其言非,固当容之。臣敢以死相争。"庆忌叩头流血,上意解,然后得已。及后当治槛,上曰:"勿易!因而辑之,以旌直臣。"

丙吉问牛喘[1]

阴阳燮理是伊周,后世谁知宰相忧?丙吉弗惭汤武佐[2],方春暑喘问行牛。

【注释】

[1] 汉宣帝宰相丙吉以春日牛喘而恐节气失和影响农事,诗人将其比之能调和阴阳

的商周名臣伊尹、周公旦,赞其关心民生,识轻重大体。

[2]丙吉:前汉宣帝时宰相,关于问牛喘的典故,详见《汉书·丙吉传》,其文曰:吉又尝出,逢清道群斗者,死伤横道。吉过之不问,掾史独怪之。吉前行,逢人逐牛,牛喘吐舌。吉止驻,使骑吏问:"逐牛行几里矣?"掾史独谓丞相前后失问。或以讥吉,吉曰:"民斗相杀伤,长安令、京兆尹职所当禁备逐捕,岁竟奏行赏罚而已。宰相不亲小事,非所当于道路问也。方春未可大热,恐牛近行用暑故喘,此时气失节,恐有所伤害也。是以问之。"掾史乃服,以吉知大体。汤武佐:指辅佐商汤王的伊尹和辅佐周武王的周公旦。

张骞通西域[1]

凿空张骞竟奏功[2],中华西域道相通。梯航卅六国王至,岂竟葡萄入汉宫?

【注释】

[1]张骞两使西域,使玉门关外数千里之远得以"凿通",开辟了丝绸之路,使中原与中亚、欧洲的商路畅通,大大促进了东西方文明的交流。

[2]张骞:(前164—前114),字子文,汉中郡城固(今陕西省汉中市城固县)人,西汉杰出的外交家、旅行家、探险家。建元二年(前139),奉汉武帝之命,以堂邑父为向导,率百余人出使西域,打通汉朝通往西域的南北道路,即丝绸之路,历时十三年,以功封博望侯。元狩四年(前119)张骞又二使西域。张骞将中原文明传播至西域,又从西域诸国引进了汗血马、葡萄、苜蓿、石榴、胡麻等物种到中原,促进了东西方文明的交流。其事详见《汉书·张骞李广利传》。

咏保卫团[1]

保卫团偏不保民,匪人贿纵捉好人。自从常备改编后,纪律严明事"认真"。

【注释】

[1]此诗讽民国时地方民团扰民之事。作者原注曰:民国二十年(1931),国民党庆阳县政府各乡镇编立保卫团,枪械、饷银、车马就地自筹,扰民特甚。后改编为常备队,直接由县长指挥,但扰民如故。

咏车骡代办所[1]

代办所分四十余,原抽脚户又拉驴。有钱获放无钱去,致恼明公一禀除[2]。

【注释】

[1]民国五年（1916），陇东防军帮统张兆钾，在庆阳之西峰镇及泾川之窑店等地设车骡代办所四十余处，脚夫抽费，按车马骡驴分等，名为代雇支应过军车骡之用，费出而拉民车骡如故，成为地方公害。诗以讽之。

[2]指时任庆阳县长江毓芬。

咏筹学费[1]

县官最重是文章，筹款八千拨学堂。化蜀文翁真不坏[2]，相如何日赋长扬[3]？

【注释】

[1]民国初，曾以蓄税附加、盐课提留、提取寺观庙产等多种办法筹措办学经费，以支持地方教育。诗人比之文翁化蜀，盼望多出人才。

[2]文翁化蜀：文翁，庐江（今安徽庐江）人，西汉景帝时任蜀郡太守，重文治教化，选送蜀中子弟入长安游学，在成都首开官学，礼乐化民，文风大盛，人才济济，史称"文翁化蜀"。

[3]相如：司马相如是"文翁化蜀"后蜀地才俊之最著名者，为西汉辞赋家，有《子虚赋》《上林赋》《长门赋》等。其事详见《史记·司马相如列传》。长杨：指《长杨赋》，为扬雄所作，此处借指好文章。该句以司马相如之才为喻，指何时才能出现司马相如一般的人才。

题露葡萄[1]

秋露如珠颗颗圆，叶间无线有谁穿？万紫千红知多少，一样匀推赏月筵。

【注释】

[1]诗人有题风、雨、晴、露葡萄多首。该诗以线穿珍珠喻露葡萄，才思细腻，清隽可爱。

题风葡萄[1]

张骞凿空西域通，采入葡萄上苑中。密叶长条缠架上，永朝永夕舞春风。

【注释】

[1]咏风中葡萄，而引张骞凿通西域史事，境界始大。

题晴葡萄[1]

赤日当空放午晴,万千马乳似堆生。秋来酿做葡萄酒,杯倒夜光诉别情。

【注释】

[1]状晴日葡萄之形而以马乳喻之,并联想饮葡萄酒以诉别情,引实入虚,诗留余韵。

题雨葡萄[1]

积雨喜为三日霖,葡萄满园散浓荫。定知消渴相如病,上林甘液沁心中。

【注释】

[1]写葡萄喜雨,满园浓荫,而联想司马相如消渴喜水,比为上林甘液,别有意趣。

题鱼龙变化葡萄[1]

葡根两叶似飞鱼,忽作苍龙十丈余。参透此中神变化,人生何不读诗书?

【注释】

[1]诗写葡萄叶如鱼,而藤蔓十丈、葡萄远观如龙鳞,是为鱼龙变化,以喻鱼跃龙门,暗指读书人高中皇榜,故曰"人生何不读诗书"。

题星点园葡萄[1]

几日魁星下紫垣?葡萄架上影轩轩。如椽大笔君亲握,一点争夸一个元。

【注释】

[1]化葡萄之形为魁星点斗,想象奇幻,国画多以之为题材,诗以咏之。

◎杨立程

杨立程(1871—1922),字雪堂,甘肃庆阳(今庆城县)人。清德宗光绪三十四年(1908)岁贡。好学,工诗,善隶书。民国后,从事地方教育。民国四年(1915)曾任庆阳孔庙奉祀官。有《慵轩诗集》。

庆阳八景[1]

周祖遗陵

旧邦遗迹剩荒陵，八百王基自此兴。稼穑艰难勤草创，春秋祭扫少云仍[2]。碣余片石苔痕乱，烟霭高冈暮色凝。忠厚流风今在否，戎原往事渺无凭。

狄公古庙

寂寂孤祠傍曲冈，梁公精爽此回翔。力扶宗社屏诸武，手挽乾坤造有唐。相业千秋崇国老，州尊初政重泥阳[3]。龙川遗爱碑犹在，想见当年惠泽长。

普照昏钟

数声清响渡遥峰，萧寺沉沉起暮钟。遗韵似闻长乐静，禅情不取景阳浓。梦惊尘海灯初上，音动梵王殿几重。待到僧归鹤睡去，独留明月照孤松。

鹅池春水

池上何年养白鹅，鹅飞池自漾清波。春来惟见游鱼动，水暖应知戏鸭多。阁映临川浮画槛，人逢修禊浴轻罗。遥看鸳鸯沟畔景，绕溪一碧荡新荷。

南城晚市

芸生苦被利心萦，终日奔驰晚更争。居肆时常怀垄断，操筹急不待鸡鸣。每当暗霭黄昏后，犹有喧阗笑语声。试向永春楼外望，荧荧灯火满南城。

龙湫夜月

千年碧涧号龙湫，月色空明景倍幽。半亩如开昆玉鉴，重潭倒影水晶球。水涵兔魄波静心，凉入蛟宫雨意浮。此处天香曾散彩，昔人何必广寒游。

庆台晴雪

凭栏一望净无埃，雪满山城霁色开。晓日岚光明组练，西峰寒气入楼台。深斋士或吟梁坐，昨夜客应访戴来[4]。锡庆阁中闲眺赏，偶思百战赋高才。

彭原晚照

夜旷天低眼界空，彭原道上夕阳红。炊烟影起平畴外，樵唱声归远树中。路指关门通驿马，晖余塔影送征鸿。肃宗即位来灵武，曾向荒城驻玉骢。

【注释】

[1]庆阳八景，前人题咏已多，明初吴士英曾作组诗。杨立程的八景诗，才情雄

放,笔力跌宕,气韵高远,加之家居于庆城,自幼耳目习染,故气象浑融,描写细腻,较之前人,更为亲切有味。

[2]云仍:后继者。

[3]泥阳:宁州古称。

[4]访戴:雪中访友。典出《世说新语·任诞》:"王子猷居山阴,夜大雪……忽忆戴安道。时戴在剡,即便夜乘小船就之。经宿方至,造门不前而返。人问其故,王曰:吾本乘兴而行,兴尽而返,何必见戴。"

韩范祠[1]

庆历元勋推范老[2],熙宁贤相重韩公[3]。威名破胆歌千载[4],嫌隙从容释两宫[5]。大业喧传人去后,荒祠寂寞树阴中。回思经略边防事,一片斜阳故垒红。

【注释】

[1]韩范祠:详见前穆衍《范仲淹赞》及马文升《韩范二公祠堂碑记》注释[1]。这是谒韩范祠的凭吊之作,追怀韩、范两贤相当年之功业勋名,而寂寞荒祠、斜阳故垒,更见苍凉之感。该诗气韵浑厚,于沉郁萧疏中含壮慨之气。

[2]庆历三年(1043),范仲淹入朝任参知政事,推行"庆历新政"。

[3]韩公:韩琦曾三度为相,与范仲淹、富弼、欧阳修并称北宋四大贤相。

[4]威名破胆歌千载:韩琦、范仲淹御西夏,时谣曰:"军中有一韩,西贼闻之心骨寒;军中有一范,西贼闻之惊破胆。"

[5]嫌隙从容释两宫:指范仲淹谏刘太后还政于宋仁宗及仁宗废郭皇后事。

三月二十八日同友人登文笔峰[1]

山庙崔巍矗水南,新逢一雨洗烟岚。溪流回绕曾分燕,天气晴明正育蚕。花吐奇香盈客袖,松摇清影荫禅龛。幸无城市喧嚣气,坐对东风赋兴酣。

峭壁尖峰削不成,天然妙笔一枝横。山环水抱回龙势,楼暗台高面凤城。遗迹怕谈屯戍事,残碑细辨古人名。崎岖亦自关形胜,不尽游观适性情。

【注释】

[1]文笔峰:详见前程万仞《和友人春日登文笔峰原韵》注释[1]。写文笔峰周围山水情势,结合游踪与时政,对仗工稳,疏朗自然。

过李空同碑[1]

残碑剥落署空同,仰见先贤故老风。绝代文章高七子,清流气概傲三公。疏陈阉宦擅权侯[2],棰击寿宁官道中[3]。千里致书多弟子[4],才名远播大江东。

【注释】

[1]李梦阳故里在庆城南十里坪,今庆城南有贺敬之题写的李梦阳诗碑亭。这是过李梦阳故里的感怀之作,读其诗,则李梦阳一生之大节略无遗漏。语言清远疏朗,描写生动传神。属对工稳,笔力雄放,气势豪迈。下为作者自序。

在南十里铺坪,文曰"李空同故里"。

[2]指李梦阳代户部尚书韩文上《劾宦官疏》,弹劾奸宦刘瑾事。

[3]寿宁侯张鹤龄仗势枉法害民,李梦阳上书揭露,被构陷入狱。出狱后路遇张鹤龄,以马鞭打落其门牙。

[4]吴人黄省曾致书李梦阳问学,愿为弟子。

傅介子墓[1]

手破楼兰斩长酋,宣威绝域义阳侯。功名震耀图麟阁,骨相魁梧说虎头。万里房庭劳汉使,一丛衰草老荒邱。英雄已往河山在,拟向玉门赋壮游。

【注释】

[1]傅介子墓:详见前李梦阳《傅介子坟》注释[1]。此诗为谒傅介子墓的凭吊之作,追怀傅介子计斩楼兰王、立功绝域的功业,虽前贤逝去,荒邱衰草,而其精神却激励后人,"英雄已往河山在,拟向玉门赋壮游",立意高迈,指出向上一路,无一般吊古诗作的萧索伤怀。

九月九日登不窋坟二首[1]

邀朋携酒共登高,不窋坟前奠浊醪。农政初衰思夏后,诗情新郁是吾曹。无边秋色迷禾黍,终古遗风守穴陶。肇造周邦功已远,尚余抔土助吟毫。

冈原迤逦傍东皋,此日登临兴倍豪。大业艰难怀稼穑,孤坟寥落杂蓬蒿。子孙有国征鸣凤,禴祀无人咏献羔。欲向北豳寻故事,黄花满眼水滔滔。

【注释】

[1]此诗为重阳节登庆城东山不窋坟的感怀。追忆周祖以农德立国之艰难及身后之

寂寥，意蕴深厚。尾联"欲向北齘寻故事，黄花满眼水滔滔"，清远疏放，意味悠长。

不窋坟[1]

遗陵崇世祖，王业肇姬周。窜寄戎原日，艰难稼穑秋。霸图空踞虎，吉壤剩眠牛。为问兴衰事，无情水自流。

【注释】

[1]此诗以"不窋坟"结构全篇，首联、颔联因遗陵而怀王业，颈联、尾联因遗陵而叹兴衰，语言简古有味。

鹅池怀古[1]

池水盈盈古洞中，天然幽胜凤城东。溪流远接桃花浪，楼影低摇竹树风。旷代功名思介子，惊人文章忆空同。客来若问浴鹅事，失职姬宗记窜戎。

【注释】

[1]诗咏鹅池风景及前代人物，语言清婉流畅，才调雅丽，属对工稳，灵动自然。

怀 古[1]

东周帝业卒赧王[2]，流俗缘何说庆阳。祇恐误传不窋事，无人为彼证荒唐。

【注释】

[1]周赧王斩断龙脉之事，庆阳俗传甚广。诗咏其事，以为"误传"，故而"无人为彼证荒唐"。

[2]周赧王：前314年即位，在位五十九年，是东周最后一王。

天足歌[1]

圆颅方趾本天生，不待矫揉造作成。断发文身嗤夷狄，雕题凿齿陋蛮荆[2]。胡为堂堂华夏地，妇女缠足反为荣。举趾不良同履校，步履维艰似刖胫。折肱未必如此苦，断指偶尔有其名。鼍拳孙膑同刖足，论者犹为不近情。讵谓戕身残肢体，恶俗相缘卒难更。朱门姝丽竞妆饰，田舍女郎奉为程。细细弓鞋夸俊俏，纤纤菱角羡轻盈。深闺坐食如病瘫，外人腾笑遍寰瀛。万国五洲无此习，怪象独向华人呈。天生斯人皆有用，何使女子陷火坑？束缚自由孽已重，艰难生计患非轻。农家操作在田亩，女子扶犁亦助耕。细弱不堪劳苦事，八口讵能免呼庚。辛勤家政主中馈[3]，不出井臼与调羹。操杵原非跛者事，抱瓮岂容匍匐行？养育子女贵强健，元素要以母为衡。母之气体先自亏，犁牛之子焉得骍。今倡天足开大会，有如佛放大光明。一切诸姑姊妹辈，脱离苦海跻康平。或谓女子无外事，窈窕柔顺贵幽贞。酒食针黹先民训，蛾眉螓首卫诗赓[4]。岂知梁玉急国难，木兰代父事长征。谈经不乏女进士[5]，拒敌亦有夫人城[6]。况当海道大通后，欧风亚雨乱纵横。某国女子拟参政，某国女王也主盟。强国强种诚急事，奚暇头足得品评。但愿脚跟立得住，力将大厦共支撑。

【注释】

　　[1] 民国肇造，移风易俗，以男人剪发、女人放脚为主。该诗用歌行体，指斥缠足陋习之野蛮、对妇女之摧残，及于农做、家务、生育诸不便，倡导天足。并撷拾中国古代女杰之典故，引世界各国女性参政之事，从"强国强种"的高度认识放脚的重要，结尾"但愿脚跟立得住，力将大厦共支撑"，一语双关，发人深省。该诗从一个侧面见证了庆阳从封闭落后走向文明开化的一个历史片断。语言质朴，用韵流畅，一韵到底，朗朗上口。

　　[2] 题：额头。断发文身、雕题凿齿均为百越古俗，即剪发、纹身，额头刺青，拔牙豁齿。

　　[3] 中馈：指妇女在家中主持饮食诸事。

　　[4] 蛾眉螓首：螓，一种额方而广的蝉。喻女性宽额细眉，美貌之状。典出《诗经·卫风·硕人》："螓首蛾眉，巧笑倩兮，美目盼兮。"

　　[5] 女进士：李心传《建炎以来朝野杂记》载，宋孝宗淳熙元年（1174），女童林妙玉以经术考中进士，诏封孺人。

　　[6] 夫人城：东晋梁州刺史朱序镇襄阳，前秦苻坚来攻，朱序母韩夫人登城巡视，见城之西北角防守有缺陷，遂率女婢及城内妇女新筑城墙一段。后西北角城墙被攻破，赖有内城墙，得以保全，后遂称为"夫人城"。今为襄阳一景。

选举歌[1]

　　煌煌特令奉邮传，召集国会选议员。客问此举何为者，为谋国士广求贤。虞廷明目达聪政，汉诏孝弟并力田[2]。古来法制虽莫考，拣金采艾理同然。今兹投票征民意，珊瑚玉树出重渊。身居都俞吁咈地，德许谟猷赞化宣。平生志气任奚似，到此不负腹便便。无如密勿难闻见，裘马衣冠最鲜妍。尊贵俨如珠履客，清高恍似玉堂仙。秩列三等九级外，俸超沃官石二千。季子多金动妻嫂[3]，致令俗子共垂涎。一闻千旌出郊野，东奔西走事夤缘。暗中妙运凭阿堵[4]，远道联名飞锦笺。更有毛遂急自荐[5]，数十票纸一笔填。违法舞弊总弗顾，希冀月薪五百元。才俊或落孙山外，不才反着祖生鞭[6]。吁嗟选政竟若此，安得巨手挽坤乾！君不见，旌帛蒲轮殷召辟[7]，几多逸老乐林泉。又不闻，累百鸷鸟重一鹗，佳士守操志弥坚！纵使终南通捷径，《北山移文》亦可怜[8]。富贵贫达各有命，愿君淡定乐其天。莫学滥竽南郭氏[9]，徒贻口实万斯年。

【注释】

[1]民国初，废除封建专制，始行宪政，各省地设议会，公选议员。本是政治民主的开端，然而"暗中妙运凭阿堵，远道联名飞锦笺"，营私舞弊，贿选公行，致使屑小竞进而才俊无名。该诗即揭露、鞭挞这种社会丑恶现象。语言雅俗共赏，亦庄亦谐，嬉笑怒骂，文采斐然。

[2]汉诏孝弟并力田：汉代察举制有孝悌力田科，此处指有德才之人。

[3]季子：指苏秦，战国时纵横家，以合纵说六国，并掌其相印，为纵约长，位高多金。过洛阳，妻、嫂侧目不敢仰视。

[4]阿堵：本六朝唐人俗语，意为"这个"。后称钱为"阿堵物"。

[5]毛遂自荐：战国时平原君食客毛遂，自荐随平原君联楚救赵。比喻自告奋勇。

[6]祖生鞭：东晋刘琨与祖逖为友，皆有北伐之志。闻祖逖被用，信中曰："吾枕戈待旦，志枭逆虏，常恐祖生先吾著鞭。"（《晋书·刘琨传》）后以此勉人进取，争先恐后。此处反用其意，指抢先。

[7]旌帛蒲轮：古代朝廷征聘民间贤才，送束帛、以蒲草裹车轮，以示敬贤礼贤之意。

[8]《北山移文》：南齐孔稚圭作，假托山神之口，讽刺热衷利禄的假隐士。

[9]滥竽：指南郭先生滥竽充数之事，典出《韩非子·内储说》。喻无才而居其位者。

清明植树[1]

时值清明节，官家劝种树。一般普通人，茫不解其故。反谓农家流，稼穑为本务。嘉谷有稻粱，园蔬有瓜瓠。播种在春初，收获及秋暮。出入戴星月，蓑笠犯烟雾。胼胝一岁间[2]，良期不敢误。相彼林木类，环山复夹路。郁郁霭青葱，森森不计数。资生任天年，发育沾雨露。不劳人扶持，自有山灵覆。我问执政者，督促并劝谕。岂知十年木，树人同志趣。栽培宜及时，长养最有素。径寻栋梁材，修短期合度[3]。巨室与广厦，楹柱求负固。拱把之桐梓，亦可供器具。蓄储苟不先，取用安可裕？但愿闻我言，众生幡然悟。植柳满曲塘，植杨遍野渡。卷阿青晻霭，通衢荫密布。春风千里来，从此能留住。更阅于百龄，山林胥成赋。下足裕民生，上可增国库。古代农林盛，谁谓不再遇？

【注释】

[1]该诗语言通俗，讲农林互成、造福民生的道理，也记载了民国初期庆阳逐步文明开化、政府组织植树造林的往事。

[2]胼胝：即胼手胝足，指手足磨出厚茧，形容极其辛劳之状。
　　[3]修短：长短。

闻乡人议婚[1]

　　议婚论财货，乐为夷狄道。何事冠带伦，亦具此怀抱。侧闻东邻女，百岁结永好。西家数百金，视作稀世宝。婿不辨快痴，门不嫌舆皂[2]。囊但青蚨倾，谱即鸳鸯造。吁嗟父母心，慈爱在襁褓。幼小劳顾复，成人暗祝祷。视男比掌珠，视女同芝草。佳偶愿齐眉，百年谋偕老。阀阅求清高[3]，衣食足粱稻。果能如愿赏，了债除烦恼。如何俗流人，天性竟颠倒。世风下江河，人情趋炎燠。骨肉成利弊，余事安可保？我闻此言后，我心怒如捣。

【注释】

　　[1]诗写民国时期庆阳农村买卖婚姻的陋习，指斥其为"夷狄道"，礼仪之邦，儿女婚姻反论之以财货，足见"世风下江河，人情趋炎燠"，所以闻之心怒如捣。反映了诗人进步的婚姻伦理观。
　　[2]舆皂：贱役，贱吏。泛指等级低微之人。
　　[3]阀阅：仕宦之家门前标志其功业的柱子，泛指家世、门第。

地震行[1]

　　民国九年岁庚申，地震冬月初七晨[2]。山崩石陷川岳撼，转盼大陆归沉沦。初来屋宇皆扬播，坐立不定人倒卧。须臾坦颓瓦石飞，栋折梁摧窗户破。长空有声似雷鸣，震动乾坤鸡犬惊。一夜奔腾十数次，摄人魂魄到天明。天明急赴四处览，满地瓦砾惊破胆。昔时陵阜变沟壑，往日平原成坑坎。城垣楼阁皆不见，土室穴居成飞霰。压伤人畜不知数，谁复一一去吊唁？更闻地裂涌飞泉，黑水混混流成川。居民庐舍皆湮没，栖迟雪地冰与天。如此奇灾最堪怜，馀震蠕蠕尚经年。妇孺不敢入室处，家家膏烛通宵燃。至今距灾日已久，败壁颓垣处处有。若说恢复从前状，须在三五十年后。始信古人不我诳，简册书灾原非妄。火山国里常动摇，泰西历史语诚当。吁嗟万物附地球，无殊沧海载轻舟。水能载舟亦覆舟，大块积气讵能侔。如何动荡不自休，抑扬如在浪中浮。十二万年何时尽，使我常抱杞人忧。

【注释】

　　[1]作者诗下原注曰："民国九年农历十一月初七日二更时地大震，有声如雷，山崩地裂，夜十余次，其后日或数次不等。城关庐舍坍塌不少，乡民穴居者，压毙千人。次日晚，大风拔木。"1920年11月初七日晚8时许，发生海原大地震，震级在8.5级以

上,庆城县为波及区,因在晚上,且民多居窑洞,是庆城县近代最大的自然灾害。作者亲历其事,详叙灾害经过,并能用自然科学知识解释地震成因,比之当时一般民众所传说之"黑牛翻身",尤为可贵。

[2]海原大地震发生的确切时间为1920年12月16日(农历十一月初七)晚8时06分,于十二时辰为戌时,故地方志多记为"民国九年冬十一月七日戌刻,地大震。"此处说"晨"当泛指时间在这一天。

古柏行[1]

太守堂前一古柏,贞心坚节等金石。阅历星宿八百年,孤高拔地四十尺。后人因爱范公德,未敢剪伐时护惜。近连东壁槐荫翠,远接西山云气白。中原辄迹又转东,共和政策异汉宫。洛阳铜驼频改步,银台玉署尽成空。区区废治一株树,奚当雷雨与烈风。盛衰荣枯归气数,默夺造化天无功。如此良材真国栋,不逢工师不知重。昔勤灌溉常扶持,今遭斧斤遽断送。譬如吾道叹伤麟,何异高冈悲落风。人物由来同一理,此生行藏听舍用。

【注释】

[1]作者题下原注曰:"庆阳府署,据府志为宋范文正公旧治,古槐苍柏,密荫蔽天,相传皆宋时物,故国乔木,动人感慕。民国改元,府裁,其治遂荒。内有古柏一株,高出群树,遽尔伐之,能无今昔之慨?作古柏行,用杜工部古柏行原韵。"千年古柏,一朝被伐,睹物思人,心念范公,写尽沧桑陵替的兴废之感。千年古槐苍柏被伐,乃庆城地方不可弥补之一大损失,念之令人痛惜叹惋。

菊[1]

开尽繁花后,东篱更有花。残英餐屈子[2],佳种忆陶家[3]。影比诗人瘦,枝依老圃斜。折来重九节,杯许醉流霞。

【注释】

[1]菊于繁华之后,凌霜不凋,屈子餐之,陶公赏之,秋圃瘦影,独擅风流。并引重阳节喝菊花酒的乡俗,含蓄蕴藉,饶有风致。

[2]屈子:屈原《离骚》有:"朝饮木兰之坠露兮,夕餐秋菊之落英。"

[3]陶家:东晋陶渊明《饮酒》有:"采菊东篱下,悠然见南山。"

燕[1]

羡尔梁间燕,呢喃见性真。去依桐叶雨,来记杏花春。巢屋惟求旧,茅檐不厌贫。差池朝暮影，有愧薄情人。

【注释】

[1]秋去春来，从不爽约，此为"信"；但求旧巢，不厌家贫，此为"义"。唯世情凉薄更见其高节美行。此以燕写人也。

渔[1]

绿杨溪畔画桥东，尽日逍遥是钓翁。双桨轻摇桃叶渡[2]，一竿斜带杏花风[3]。汉滨有迹遗庄叟[4]，渭上无人识太公[5]。试问烟霞山水里，于今埋没几英雄？

【注释】

[1]桃叶渡头，杏花风里，山水逍遥，寻常钓翁，埋没几多英雄？诗境萧疏，寄慨遥深。

[2]桃叶渡：南京秦淮河上有桃叶渡，为江南名胜。此借指一般渡口。

[3]杏花风：清明前后杏花开时的风，泛指春风。

[4]庄叟：此用庄子濠梁观鱼之典。

[5]太公：指姜太公未遇周文王时垂钓于渭水磻溪之典。

樵[1]

不树桑麻不种瓜，肩薪腰斧是生涯。时寻古水迷荒渡，旋斫新柴带野花。风送歌声归路晚，山衔人影夕阳斜。林间果有观棋事，应把神仙到处夸[2]。

【注释】

[1]写樵夫生涯，流丽疏朗。末言入山遇仙，余味悠长。

[2]应把神仙到处夸：指樵夫王质入山观棋遇仙事，详见前米万钟《烂柯山》注释[1]。

耕[1]

雨霁春郊放晓晴，杏花村外有人耕。连阡不辨扶犁影，隔垄惟闻叱牛声。计重三时趁小卯[2]，力勤百亩免呼庚[3]。督催何必劳田畯[4]，布谷关心处处鸣。

【注释】

[1]扶犁叱牛，乘早力勤，布谷催耕，状春耕之景如在目前。

[2]卯：卯时，早晨5时到7时。

[3]呼庚：呼庚呼癸，指寻找粮食。
[4]田畯：田官。

读[1]

尘嚣不染补公馀，静坐萧斋读我书。夜月虫声三径冷，西风萤火半窗虚。光分邻壁思匡子[2]，窥断家垣忆仲舒[3]。此乐毕生能有几？私心已负十年初。

【注释】

[1]静坐夜读之快乐，不染尘嚣之清静，唯好读书者能体会之。
[2]光分邻壁思匡子：用西汉元帝时匡衡凿壁借光之典。
[3]仲舒：西汉大儒董仲舒少时好学，三年读书不窥园，诗用此典。

秋日登慈云寺钟楼[1]

终年抑郁怕登楼，偶向今朝一解愁。过眼烟云惊四顾，满城屋舍入双眸。地连银夏三边扼，风送五关万里秋。遥望江南多筑垒，干戈戎马几时休？

【注释】

[1]庆城西街有钟楼巷，系以慈云寺钟楼命名，大钟为金章宗泰和元年（1201）所铸，上有异国文字。民国肇造而军阀混战，四方多难，于此多事之秋，诗人登楼远眺，聊以解忧，于是有"干戈戎马几时休"的感叹。

自　嘲[1]

民生进步称文明，庶艺百工贵莫京[2]。惟有一般教学匠，可怜仍是老行情。修金不及佣工值[3]，职品徒膺教习名。惭愧舌耕曾误我[4]，儿孙变计事躬耕。

【注释】

[1]杨立程于民国改元后任庆阳高等小学教职，感叹百业皆贵而教书"仍是老行情"，末句感慨宁让儿孙务农也别教书。反映了民国时期庆阳社会的一个侧面。
[2]京：大。
[3]修金：教师的薪酬。
[4]舌耕：喻教书。

吊景忠烈公[1]

耻从南面事燕王[2],故着绯衣逐鹓行。利刃未曾及帝座,客星先已动文昌[3]。拼身一死邱山重,大业千秋竹帛香。靖难诸公皆义烈,罗川流水倍生光[4]。

【注释】

[1]这是一首凭吊诗。明初正宁人景清,耻事诛杀侄子建文帝的明成祖朱棣,当殿刺杀未成,被诛灭十族。庆阳旧有甘节庙,祀景清。诗人过庙思敬,叹其忠节千秋不泯,史书留香。

[2]燕王:指明太祖朱元璋第四子燕王朱棣。

[3]传景清刺杀明成祖前,有钦天监报文昌星犯帝座。

[4]罗川:正宁旧县治在罗川,今为正宁县永和镇罗川村。

秋日游鹅池[1]

十年伏处在鹅池,此日重游忆往事。同砚几人今尚健?及门多数不相知[2]。经秋爽气凝虚阁,依旧寒花傍短篱。人事转移随世变,溪流终古自清漪。

【注释】

[1]诗题下原注曰:"余昔读书鹅池,后在其地教徒十余年,兹偶来游,能无今昔之慨?"民国时庆城高等小学在鹅池上洞院落,杨立程在此教书多年,旧地重游,忆及师友弟子,遂有感慨而赋诗。

[2]及门:指受业弟子。

五十初度[1]

流光荏苒似奔泉,我到人间五十年。学术未能工织绵,生涯仍旧守寒毡。看花几见春过眼,对镜频惊雪满巅。始信秀才无用处,终日不值一文钱!

问侬姿性太平常,亦结姻缘翰墨场。四趁愧花难托荫,一筚贡树稍芬香[2]。科名误我心先素,生计累人鬓易苍。回首青春能几日?遂数身世见沧桑。

少小愚顽老更痴,依然故我守荒篱。计令咸道丈人者,问讯仍为童子师。图史终年成玩具,妻儿乐岁慨啼饥。觅方欲疗穷愁病,俗骨由来不可医。

春风秋月等闲过,五十无闻愧若何?几辈故人曾列鼎[3],一时后进亦鸣珂[4]。

不材似我真樗栎，大德如天负蓼莪[5]。非是老来多感慨，百年岁月易消磨。

青灯对坐几经春，生世谁知际不辰[6]。尘海桑田旋异旧，文章花样遽翻新。会教身手全无用，自觉诗书转负人。只为滥竽科学界，勉从来者问迷津。

萧条落寞半生中，毛羽亦尝试一冲。花县分科曾佐治，柳营逐队暂从戎。才庸有愧如刀笔，力歉难开满月弓。武纬文经都不济，暮年何以处微躬？

花落花开不爱看，年来世味饱寒酸。官膺奉祀情怀冷[7]，家鲜季昆门祚单。富贵功名非所望，饔飧朝夕只谋餐。敝衣破帽君休笑，每饭尚罗苜蓿盘。

负郭幸存半亩园，闲来亦可涤襟烦。寒梅既结春前子，修竹频添雨后孙。问字有人时载酒，催租无吏一敲门。儒冠老我安非福？勿谓清贫不足论。

【注释】

[1]1920年（农历庚申年）11月28日，届杨立程50岁生日，诗人回首往事，感慨万端，遂赋律诗八首。言科名误我，诗书负我，教书为生，穷愁老病，岁月消磨，有志难酬。末以养花种菜、饮酒作书、安于儒冠，甘守清贫作结，亦蔼然有儒者风范矣。初度：始生之时，代指生日。典出《离骚》："皇览揆余初度兮，肇锡余以嘉名。"

[2]指作者于清德宗光绪三十四年（1908）考中岁贡。

[3]列鼎：谓陈列置有盛馔的鼎器。古代贵族按爵品配置鼎数。周代的礼制规定：天子用九鼎，诸侯用七鼎，大夫用五鼎，士用三鼎或一鼎。《孔子家语·致思》："从车百乘，积粟万钟，累茵而坐，列鼎而食。"此处指做官食禄。

[4]鸣珂：显贵者所乘马以玉为装饰，行走作响，故曰鸣珂。此处代指显贵。

[5]典出《诗经·小雅·蓼莪》："蓼蓼者莪，匪莪伊蒿。哀哀父母，生我劬劳。蓼蓼者莪，匪莪伊蔚。哀哀父母，生我劳瘁……"表达对双亲抚养之恩的追念。亦指双亲养育之恩。

[6]不辰：不得其时，即生不逢时。典出《诗经·大雅·桑柔》："我生不辰，逢天僤怒。"

[7]民国四年（1915），作者曾任庆阳县孔庙奉祀官。

老　将[1]

跃马横戈事已过，跨驴携酒老烟波。自将樵牧群伦伍，谁识功名百战多。醉尉夜行诃李广[2]，使臣善饭毁廉颇[3]。英雄末路增长叹，手把青铜几度摩。

【注释】
　　[1]昔日气韵沉雄、百战疆场之老将，老于烟波，类同樵牧。引李广、廉颇事典，更增时过境迁、英雄末路之叹。笔锋老辣，属对工稳，苍凉萧疏。
　　[2]见《汉书·李广传》，李广以军败解职，为灞桥小尉所怒斥羞辱。"诃"同"呵"，怒斥。
　　[3]廉颇：《史记·廉颇蔺相如列传》记载，廉颇免职后，至魏国，赵王欲复用之，遣使臣探望。廉颇之仇郭开贿赂使者，使者见廉颇，廉颇为之一饭斗米，肉十斤，被甲上马，以示尚可用。赵使归而告王曰："廉颇将军虽老，尚善饭，然与臣坐，顷之三遗矢矣。"赵王以为老，遂不用。

老　吏[1]

　　自庆弹冠筮仕来，无时不在簿书堆。官箴暗练归清简，案牍分明善断裁。赃据一钱诛小吏，职终百里屈长材[2]。半生劳碌风尘里，剩有桃花满县开。

【注释】
　　[1]写老吏之谙熟官场，案牍分明，精于断裁，劳于簿书，惟妙惟肖。
　　[2]百里：古时一县所辖之地，后成为县的代称。

老　儒[1]

　　潜修最苦是迂儒，皓首群经志不渝。萤案星霜深阅历，鸡窗灯火尚夷吾。光阴每被诗书误，身世浑忘岁月驱。谁道青云终有路，频将晚景励桑榆。

【注释】
　　[1]诗写老儒白首尚在鸡窗灯火间，被诗书耗尽岁月，而青云无路，徒剩桑榆之叹。亦是作者身世之写照。

老　农[1]

　　督帅丁男日课农，辛勤不计老龙钟。催耕南亩时横耒，观稼西畴肯曳筇[2]。闲话羲皇消岁月[3]，偶占云物验丰凶。待看万宝登场后，社酒寒暄兴更浓[4]。

【注释】
　　[1]农虽老而犹督促子孙，勤于耕作，其拄杖观稼、催耕南亩、闲话上古以消磨岁月，观察物候以占验丰歉，喜看禾稼登场，更有社酒寒暄，充满生活气息，读之亲切有味。
　　[2]筇：竹杖。

[3] 羲皇：伏羲氏，三皇之一，上古部落首领，画八卦，制书契，结网罟，定姓氏，留下许多神话传说。

[4] 社酒：旧时于春秋社日祭祀土神，饮酒庆贺，所备之酒为社酒。宋人孟元老《东京梦华录·秋社》："八月秋社，各以社糕、社酒相赉送贵戚。"寒暄：问寒问暖。暄，暖。

老 友[1]

缔结原自贵交心，交到白头忆更深。葬念曼卿曾助麦[2]，贫怜鲍叔记分金[3]。孝标著论矜生死[4]，廷尉署门慨昔今[5]。寄子讬妻存古道，久要不变是知音。

【注释】

[1] 君子之交，唯在道义；小人之交，关乎势利。该诗广引数典，而友道立见。

[2] 麦舟助丧：宋惠洪《冷斋夜话》卷十：范文正公在睢阳，遣尧夫于姑苏取麦五百斛。尧夫时尚少，既还，舟次丹阳，见石曼卿，问寄此久近。曼卿曰：两月矣。三丧在浅土，欲丧之西北归，无可与谋者。尧夫以所载舟付之，单骑自长芦捷径而去。到家拜起，侍立良久。文正曰：东吴见故旧乎？曰：曼卿为三丧未举，留滞丹阳。时无郭元振，莫可告者。文正曰：何不以麦舟付之？尧夫曰：已付之矣。后因以麦舟为赙赠助丧之典。尧夫即范纯仁，石曼卿即石延年，郭元振，唐代人，为人任侠，好解人困厄。

[3] 鲍叔记分金：管鲍分金典出《史记·管晏列传》："管仲曰：'吾始困时，尝与鲍叔贾，分财利多自与，鲍叔不以我为贪，知我贫也。'"喻朋友情谊深厚，彼此相知。

[4] 孝标著论：南朝梁学者刘峻（字孝标）作《辨命论》，言穷通皆由天命所定，既非人事，也非鬼神。

[5] 廷尉署门：典出《史记·汲郑列传》：翟公为廷尉，宾客阗门，及废，门外可设雀罗。翟公复为廷尉，宾客欲往，翟公乃大署其门曰："一死一生，乃知交情。一贫一富，乃知交态。一贵一贱，交情乃见。"翟公，下邽人，汉文帝时为廷尉。

岁暮市杂感[1]

为随俗例写春联，腊尽频频到市廛[2]。负债有人施利口，点金无术奋空拳。强词竟夺三千礼，好友弗如二百钱。难得当年焚券者[3]，沿街一放救生船。

大雪纷纷岁欲残，茅檐深处卧袁安[4]。计怜待兔株空守，食慨无鱼铗暗弹[5]。曾笑立身惟汝拙，每思开口向人难。世情自古分寒暖，即境何妨借镜观。

【注释】

[1] 庆阳旧俗，年关将近时，腊月有大集，年货麇集，家家入市买年货，名曰"办

清 | 257

年"。庆阳民歌所唱的"腊月里年货摆出城",信非虚言。诗人随俗入集市写春联,却观尽世相百态,人情炎凉。有索债斗殴的,有谈婚嫁彩礼的,有家贫无以办年的,有借贷无门的……这是民国时期老庆阳的一幅风俗老照片,百年前之民生百态,尽在眼前。

[2]市廛:市中店铺。语出《孟子·公孙丑》:"市廛而不征。"

[3]典出《战国策·齐策》冯谖客孟尝君事。冯谖为孟尝君收债于薛,而焚债券市义。

[4]袁安:典出《后汉书·袁安传》。袁安,东汉名臣,河南商水人,汉明帝时历任楚郡太守、河南尹、太仆、司空、司徒等职。袁安少时家贫,困居洛阳,大雪三日封门而不出。洛阳令巡视灾情,问何故不出,袁安曰:"大雪人皆饿,不宜干(打扰)人。"后人以袁安卧雪喻贤士清贫而有操守。

[5]典出《战国策·齐策》冯谖客孟尝君事。冯谖为孟尝君门客,弹剑而歌曰:"长铗归来乎,食无鱼。"

元宵观灯[1]

六街灯火锁楼台,恍似银花万树开。停看香车驰朗月,频闻社鼓震新雷。时当绵绣阳春侯,人唱太平吉语来。此乐几时游不厌,至今触目几徘徊?

【注释】

[1]庆阳习俗,每年正月十五元宵节有灯会,并击鼓赛社,耍社火唱曲,热闹异常。诗人观灯火楼台,银花万树,社鼓震天,社火闹春,有感而赋诗。

观戏秋千[1]

铃索分明笑语喧,谁家门巷戏秋千?彩绳历历形如画,舞袖飘飘势欲仙。急似兰槎冲浪起,轻疑柳絮逐风巅。青云路接凌空步,乘兴真彩上日边。

【注释】

[1]民国时期,秋千之戏,盛于陇东民间。此诗描写生动,可为一时风俗之存照。

龙 灯[1]

夙昔藏形云雾里,今朝露影火光中。焰腾鳞爪疑衔烛,辉映楼台欲化虹。舒卷如穿春浪碧,光芒直射锦莲红。若逢雷雨经纶日,能否作霖助岁丰?

【注释】

[1]庆阳民间社火,素有耍龙灯、狮子之风习,以祈福驱邪,求风调雨顺、五谷丰登。该诗写其衔烛腾焰、火光四射、辉映楼台之情状,尾联以"岁丰"作结,正合舞龙

以祈好年成的民俗本意。

走马灯[1]

百样花开斗锦春，回环走马最生新。腾空似助风千里，转轴惟凭火一轮。光映彩笼开宝炬，影驰神骏绝飞尘。眼前自具枢机理，何必望洋羡海轮？

【注释】

[1]走马灯：为旧时庆阳民间绝活，属纸扎工艺。其灯为内外两层，外饰以各色彩纸，绘各样花卉、人物、传说故事等，内层亦有绘画，中置转轴，以灯火驱动，回环转动不停，则人物、花卉等依次内外层交错呈现，观者不动而灯自转动，感觉如走马，故名曰"走马灯"。旧时庆阳民间多有，其工艺今已失传，甚为可惜。该诗描写了百年前庆阳"走马灯"百样花开、光映彩笼的精巧奇丽之状。

元夜灯船戏[1]

对对兰船秉烛游，居然陆地亦行舟。喧阗画舫迎箫鼓，仿佛仙槎泛斗牛。欸乃声传灯心星，飘摇势破浪花头。天街百戏迷人眼，爱听渔郎打桨讴。

【注释】

[1]该诗写庆阳民间正月十五耍社火跑旱船的情状。俗以芦苇杆或木棍扎成船状，四围饰以彩绸，上扎彩亭，名曰"船亭子"。表演时前有艄公导引，后有女郎在船亭子中手持而行，名曰"跑旱船"，可变换多种队形，并有各种庆阳民间小曲伴唱，极具观赏性。此为古俗，由来已久。

儿童跑竹马[1]

连骑小队喜腾骧，绝胜昔人赛马场。鞭影低摇灯影乱，铃声细杂鼓声忙。欢呼似共迎州刺，驰骋非关运蜀粮。踏遍天街真得意，锦标夺取状元郎。

【注释】

[1]跑竹马为民国时期庆阳的儿童游戏，竹竿上饰以铃铛，骑于胯下，连队而出，以先到者胜。诗写童戏而有童趣，亦见诗人之童心。

灯　山[1]

灯做层楼烛作台，分明涌出火山来。焰腾琼岛双峰峙，光灿红莲万朵开。

不是春星贴阆苑,翻疑旭日照蓬莱。六鳌驾海原如此,朗朗银桥接上台。

【注释】

[1]庆阳民间习俗,于正月十五元宵灯会时搭灯山,用木橼木板层层搭架,上置各色花灯(以莲花灯居多)。远观则灯烛楼台,红莲万朵,焰火腾空,如日照蓬莱,十分壮观,名曰"灯山"。

纸 鸢[1]

清明时节杏花天,日丽晴郊放纸鸢。画翼悠扬随絮舞,绿绳高下趁风牵。形飘南浦荒村外,影入春城官道边。此处风筝犹未已,几家庭院又秋千?

【注释】

[1]诗写庆城春日,士民郊外踏春,放风筝、荡秋千的情景。语言清丽疏朗,尽现春日闲适气象。

春斋夜雨闻啼雁北征[1]

小雨疏灯静掩斋,数声过雁语喈喈。惟留韵事春三径,默辨书空字几排?万里前程思瀚海,一腔别恨诉江淮。翱翔何必衡阳浦,塞外风光亦自佳。

【注释】

[1]春夜闻南雁北归,别江淮而思瀚海,往返于衡阳与塞外之间,感物之情而赋诗。

遣 怀[1]

二十年来事舌耕,而今犹自一寒生。早知艺苑无丰获,悔不稷田尽力营。项籍鄙书徒记姓[2],仲升投笔竟从征[3]。静参往古英雄事,枯守鸡窗百不成。

【注释】

[1]"项籍鄙书徒记姓,仲升投笔竟从征",诗人感叹教书半生,枯守鸡窗,百事无成,清贫自守,悔不以农为业。此亦书生牢骚之言,然世味寒酸,尽在其中矣。

[2]《史记·项羽本纪》载,项籍少时,学书不成,去;学剑,又不成。项梁怒之。籍曰:"书,足以记名姓而已。剑,一人敌,不足学,学万人敌。"

[3]仲升投笔:《后汉书·班超传》载,班超字仲升,扶风平陵人,徐令彪之少子也。为人有大志,不修细节。然内孝谨,居家常执勤苦,不耻劳辱。有口辩,而涉猎书

传。永平五年，兄固被召诣校书郎，超与母随至洛阳。家贫，常为官佣书以供养。久劳苦，尝辍业投笔叹曰："大丈夫无它志略，犹当效傅介子、张骞立功异域，以取封侯，安能久事笔砚间乎？"左右皆笑之。超曰："小子安知壮士志哉！"

观李公星汉墨迹[1]

李公声望重当年，品格文章万口传。阅世难逢人似玉，遗书得见笔如椽。临池想象清高度，傍案摩挲锦绣笺。一轴新添屏幛里，能教满壁起云烟。

【注释】

[1]该诗为吊古怀人之作。李星汉为本邑乡贤，雍正时举人，工诗，善书法。近二百年后，杨立程亲睹其书法作品，赞其"能教满壁起云烟"，睹物怀人，想象其文章道德，极表敬仰之情。

登庆阳废署升观楼[1]

危楼高耸出崔嵬，千里河山入望来。南吊扶苏遗古墓[2]，北窥灵武剩荒台[3]。顿生对酒当歌思，愧少凌云作赋才。四顾不胜陵谷感，倚栏搔首几徘徊？

【注释】

[1]作者原注曰："楼在庆阳府旧治内，民国改元，府废楼荒。"登楼临远，本为遣怀，却只是凭吊前朝遗迹，联想荒台古墓，不禁有沧桑陵替之感。

[2]扶苏遗古墓：旧传在庆阳市宁县，今宁县新宁镇有"太子冢"。

[3]灵武：环县城北有灵武台，传为唐肃宗继位处。

咏 史[1]

有唐季世汉灵桓，骄将悍兵良可叹。坐拥貔貅图自固，纵容虎狼任人残。邀恩尚敢劫天子[2]，索粮何妨打县官。忠顺莫如李克用[3]，亦尝愤愤逼长安。

【注释】

[1]诗咏汉末之群雄逐鹿、唐末之藩镇作乱，骄兵悍将，祸国殃民。虽为前朝旧事，而联想民国改元后，军阀割据，兵祸连接，"城头变换大王旗"，民如在水火中。即如庆城，十余年间先后遭到陕军郭坚、樊钟秀、姜宏谟部，甘军黄得贵、韩有禄部围攻，民几无宁日。诗人借古讽今，以为当政者戒。

[2]指东汉末年李傕、郭汜依贾诩（字文和）之谋劫夺汉献帝之事，史称"文和乱武"。吕布刺杀董卓之后，李傕为西凉军首领，谋士贾诩献"奉国家以正天下"之策，

遂与郭汜等攻进长安，败吕布，杀王允，控制长安及凉州东部，挟持汉献帝，把持朝政达四年。后李、郭反目，自相残杀。为动夺汉献帝，在关中大战，使得民不聊生。后为曹操所灭。

[3] 李克用（856—908），字翼圣，神武川新城（今山西雁门北）人，唐末节度使，沙陀族人。骁勇善骑射，以率沙陀军平黄巢，收复长安，授河东节度使。光启元年（885），静难节度使朱玫、凤翔节度使李昌符结交朱温，欲灭李克用，李进军关中，击败二人，僖宗逃往凤翔。乾宁二年（895），李茂贞、王行瑜及韩建三帅进京，挟持唐昭宗，李克用率军勤王，进逼长安，败三帅，救出昭宗，因功封晋王。其子李存勖建立后唐后，追谥为武皇帝，庙号太祖。

读明史[1]

欲消隐患剪干城[2]，隐患旋从肘腋生。兔死狗烹期砥定，椒蕃实愬昧升盈。尽驱江左勤王士，莫敌北平靖难兵。若使当年夙将在，燕藩岂易下南京[3]？

【注释】

[1] 明太祖为消除隐患，大肆诛戮开国功臣。而祸生肘腋，燕藩南下之时，朝廷御敌无将可用，诗人据史立论，无限感慨："若使当年宿将在，燕藩岂易下南京？"

[2] 干城：盾牌和城墙，引申指捍卫者。典出《诗经·周南·兔罝》："赳赳武夫，公侯干城。"此指朱元璋诛杀功臣事。

[3] 燕藩：指燕王朱棣，朱元璋第四子。

端阳即事[1]

时序纷更太促忙，榴花开处又端阳。世风不复投桃古，遗事犹弹射黍香。悬艾门栏沿旧俗，浴兰儿女闹新妆[2]。樱花葚紫都非瑞，争羡临河二麦黄。

佳晨犹自号天中[3]，今昔人情迥不同。送酒谁家斟艾叶，弹琴何处奏薰风？任教萱草趋时缘，辜负榴花照眼红。惟见街前小儿女，满头彩制结蒙戎[4]。

【注释】

[1] 诗写庆城端阳节乡俗，吃黏米饭、粽子，门悬艾草，喝雄黄酒，小孩戴花花绳、耍活（俗名绌绌，以"五毒"为主要内容的各种彩布制作的荷包）于手腕、脚腕、头、衣之上，古风尚存。"惟见街前小儿女，满头彩制结蒙戎"，百年前老风俗，如在眼前。

[2] 浴兰：端午节又名浴兰节。《荆楚岁时记》："五月五日，谓之浴兰节。"

[3] 天中：即中天，天半。

[4]蒙戎：蓬松，杂乱。《诗·邶风·旄丘》："狐裘蒙戎，匪车不东。"毛传："蒙戎，以言乱也。"

书　感[1]

万物生成共地天，相逢何故不相怜？雀尝窥视螳螂后，鹬每矜持老蚌前。同类并吞虾族大，当偕酣战蚁军联。默观强弱竞存势，一似纷争为利权。

【注释】

[1]万物共生天地间，何故不相容？观黄雀与螳螂、鹬与蚌、大虾小虾、蚁群之间，皆相争相害。人之相争相害，亦通于万物之性乎？此亦"格致"之道也。

题旧府治[1]

荣戟摧残幕府荒，人间容易即沧桑。昔时紫马朱轮地，今日苍烟蔓草场。禾木森森思故国，秋风飒飒送斜阳。若令再历多年所，吊古难寻景范堂。

【注释】

[1]诗题下作者自注曰："庆阳府废署，宋范文正公遗治也。宏敞雄壮，遗迹甚多。民国裁府，荒旷废弛，几有苏台麋鹿之况。若再历年所，不知更作何观？诗以感之。"百年后再读其诗，想象当日乔木森森、秋风斜阳、荒烟蔓草之境，诗境苍凉沉郁。"若令再历多年所，吊古难寻景范堂"，今景范堂已荡然无存，使人顿生沧桑陵替之感。

庚申小阳月赠毕业诸子[1]

虎榜宏开姓字香，少年声价重名扬。笔酣白战千人易，路指青云万里长。此日龙门初发轫，他时鹏翼定高翔。诸生勉下磨针苦，功到锥锋自破囊。

学如大海泛轻舟，不到天涯不止休。万里浪花冲眼过，一帆风讯向从头。登门喜见腾金鲤，得路尤思聘紫骝。试看当年班定远，男儿有志便封侯。

【注释】

[1]1920年10月，学生毕业，临别赠诗，以励其志。

解　惑[1]

选中青钱声价重，陋儒休笑腹中虚。自来豪俊竞多艺，不必文章富五车。

版筑鱼盐藏大器，皋陶稷契读何书？英雄贵有匡时略，记诵工夫可阙如。

【注释】

[1]作者自注曰："选举资格多门，不仅文学一途，各报载选出议员，有目不识丁者，有略识之无者，皆不知选举法也，诗以解之。"民国施行宪政，各地设议会，选议员，有文盲亦当选者，诗人以为"自来豪俊竟多艺，不必文章富五车"，别是一识见。

芟 麦[1]

一片浓云匝地黄，麦秋时节尽人忙。丁男铚刈分宾主，子妇筐壶馈食浆。笠影低摇炎日酷，镰声远送午风凉。三农不解胼胝苦，共唱田歌乐降康。

【注释】

[1]写夏日麦收，炎夏酷暑，农人不以为苦，反唱田歌，共乐丰年。《豳风·七月》所言之"同我妇子，馌彼南亩"之情状，复见于眼前。

闻人说虎[1]

西山有虎数伤人，谈者改容听骇神。过客每闻回驿马，村夫不敢事樵薪。月迷伥影千林暗，风播腥威百兽驯。安得卞庄周处辈[2]？猎皮踏尾作文茵。

【注释】

[1]民国时期庆城西山尚有虎，旅客畏惧经过，樵夫不敢入山，今闻其事，已有恍如隔世之感。此诗可作为自然生态环境巨大变迁之一证。

[2]周处：江苏宜兴人，西晋名臣，曾杀虎、斩蛟。诗用此典。《战国策·秦策》载：卞庄子欲刺虎，馆竖子止之，曰："两虎方且食牛，食甘必争，争则必斗，斗则大者伤，小者死，若从伤而刺之，一举必有双虎之名。"卞庄子以为然，立须之。旋两虎果斗，大者伤小者死。

壬午二月连日暴风[1]

尝道春风狂似虎，今春比虎更猖狂。飞沙卷地林枝折，浊雾翻空屋瓦扬。迹拟飞廉来海上[2]，势如光武战昆阳[3]。破萌开甲因时令，何故东星返旧章。

【注释】

[1]诗写1922年2月冬春之交的连日暴风，飞沙卷地，浊雾翻空，今名之为"沙尘暴"。庆城昔日山秃水浊、风高土燥之自然环境，于此可见一斑。

[2]飞廉：亦作"蜚蠊"，中国上古神话中的神魔之一。

[3]光武：指后汉开国之君光武帝刘秀，于昆阳决战中大败王莽新军，奠定了统一天下的基础。

新 月[1]

西望楼头月一弯，也非眉样也非环。似当天马飞行过，蹄印偶留霄汉间。

开帘初见影娟娟，过雁惊飞共避弦。莫是玉皇曾校射？故将弓样挂天边。

【注释】

[1]以天马之蹄印、玉帝之神弓喻一弯新月，想象奇幻，诗境华美。

塞上杂感十首

无端胡马寇边城，大将遥征五路兵。羽檄飞驰急似火，立时传遍汉家营。

角鼓轩轩动地来，将军号令等风雷。势吞山岳平湖海，不信单于气不摧？

贺兰山下阵云稠，正是将军报国秋。为问首功多少级？两三星火是瓜洲。

匈奴冲破似封狼，汉将慈悲现佛光。坚壁按兵归镇静，默期寇饱自飞扬。

远戍曾言道路艰，年年转战玉门关。况当雪窖冰天候，只恐征人泪暗潜。

饷饩原来是急需，纷纷挽粟与飞刍。几多飞马忘劳苦？雨雪泥泞赋载途。

一朝喜唱凯歌旋，汗马功劳动地天。馀勇归来犹可贾，震惊鸡犬不安然。

烽火烟沉兵器销，室家如洗土如焦。哀鸿遍野归何处？一片凄音震九霄！

当时官府幸慈仁，手挽西江救涸鳞。钱米虽多灾域广，伤心杯水济车薪。

汉唐遗垒至今多，走马临边不忍过。安得彼苍无戾气？人生永不见干戈。

【注释】

[1]十首绝句皆写边塞，纯从想象中来，而羽檄调兵、鼓角布阵、斩首立功、孤城

坚守、远戍雪域、泥途催饷、大军凯旋及战事伤民、干戈永息等情状，一一毕现。笔力健劲，不失豪壮之气。

杂　咏[1]

朔自共和已十年，无时无地无烽烟。名城大邑犹多备，惟有山村苦倒悬！

寇氛逼近乐蟠城[2]，羽檄纷驰急调兵。安得龙城飞将在？立教一马扫斯枪。

满地茫茫是棘榛，宁为鸡犬毋为人。平时鸡犬尤安乐，乱世人民不有身。

初经变乱人情怯，习见干戈胆气豪。不谓荷锄扶来者，执斯亦解赋同袍。

【注释】

[1] 作者诗下自注曰："民国改革后，庆阳叠遭兵祸。民国四年七月，有环县民变张九才攻城之役，五年三月陕军郭坚入境，四月卢占魁，张九才扰县东北川，九月樊钟秀突入西峰镇，六年十二月卢占魁复侵县东川。"民国初，军阀混战，民无宁日。宁为太平鸡犬，不做乱世百姓，语殊沉痛。"初经变乱人情怯，习见干戈胆气豪"，写民间也曾自办团练，以御匪患。此诗反映了民国时期庆阳社会变迁的一个历史片段。

[2] 乐蟠：合水县古称，在今合水县西华池。

首夏晨出董志塬[1]

细麦芃芃秀满田[2]，经朝润气霭轻烟。平畴万顷碧无际，共道今逢大有年[3]。

【注释】

[1] 诗写初夏清晨的董志塬，万顷平畴，麦浪翻滚，轻烟润气，沁人心脾。"共道今逢大有年"，写出人人心中喜气。

[2] 芃芃：草木茂盛之貌。典出《诗经·鄘风·载驰》："我行其野，芃芃其麦。"《毛传》："麦芃芃然方盛长。"

[3] 大有年：粮食大丰收。典出《谷梁传·宣公十六年》："五谷大熟，为大有年。"

乞　巧[1]

满庭瓜果绮筵开，笑语喧喧乞巧来。若是天孙能乞得[2]，人间儿女尽成才。

神女临凡事有无，俗将乞巧绘成图。深闺多少小儿女，虔祝如同拜紫姑[3]。

【注释】

[1]庆阳民间旧俗,七月七为乞巧节。俗以纸扎织女神像,各家女儿罗拜之。夜晚献瓜果,并掐豆芽抛水中,于月下观其映于碗底之形状以卜巧,俗名"掐巧娘娘"。该诗写瓜果满庭,笑语欢声,女子卜巧、虔诚祝拜织女的节俗情景。百年前盛行于庆阳民间之节俗,今已渐趋消失。

[2]天孙:织女星。指传说中巧于织造的仙女。

[3]紫姑:民间传说中的女神,俗于正月十五迎祭紫姑。

泰山庙石佛像[1]

千年劫火化灰尘,延及瞿昙丈六身[2]。护法本身无法护,安得普度世间人?

【注释】

[1]作者自注曰:"庆阳县城南一里有文笔峰,上建东岳,俗呼泰山庙。寺遭兵燹,瓦砾满地,石佛像露风雨中,令人触目怀感。"诗人观兵燹后泰山庙之破败,感叹佛不能自保,安能保民?

[2]瞿昙:为印度种姓之一,佛祖释迦牟尼所属之本姓,又译作乔达摩、具谭等。此处泛指佛。

◎程先甲

程先甲(1871—1932),字一夔,又字鼎臣、鼎丞,笔名"百花仙子",江苏江宁(今江苏南京市)人。光绪时举人,清末任南京江南高等学堂教习。有《游陇集》存世。

不窋陵[1]

安化城东三里许[2],成周鼻祖镇堪思。松楸墓道啼鸦老,陵寝衣冠野鹿嬉。赫赫高辛称帝喾[3],遥遥姒代矗丰碑[4]。飘零金石无人管[5],墨拓毡锥付阿谁!

【注释】

[1]不窋陵:在庆城东山,诗人游历谒陵,墨拓古碑,见高树鸦噪,野鹿出没,一片荒寂。追思周祖为帝喾之裔胄,自尧而后,世为后稷,建功禹夏,然世远人湮,其遗陵竟至于"无人管"。吊古伤今,诗境苍凉沉郁,寄慨深远。

[2]安化:庆阳县(今庆城县)古名安化县。

[3]高辛:即帝喾,上古"五帝"之一,黄帝曾孙,受封于辛,即帝位而号高辛氏。《帝王世纪》载,帝喾元妃有邰氏之女姜嫄,生姬弃。为尧、舜之农官后稷,后世因以官名称之,封于邰(今陕西武功)。为周人之始祖。

[4] 姒代：即夏代。舜帝以禹治水之功，封其于夏，赐姓姒，为上古八姓之一，故禹又称夏禹、姒禹。

[5] 周祖不窋陵前，有明世宗嘉靖十九年（1540）御史周南、庆阳知府何岩所立石碑，上书"周祖不窋氏陵"，今残碑尚存。

◎张精义

张精义（1871—1945），字正甫，甘肃安化（今庆城县）三十里铺人。清德宗光绪三十二年（1906）毕业于甘肃速成师范学校，宣统二年（1910）岁贡。民国时任庆阳第一、第二小学校长，劝学所所长，教育局局长。主修《庆阳县志》，有《公余诗文集》。

谒周祖庙[1]

上得东山看古痕，荒烟蔓草破碑存。馨香俎豆犹人间，惟见牛羊践墓门。不窋后稷之子孙，教民稼穑启戎原。基开八百终归尽，土地群黎今尚存。

【注释】

[1] 周祖庙详见前李日芳《周祖庙告成诗》注释[1]。诗咏周祖不窋"基开八百""教民稼穑"诸功绩。

周祖庙[1]

夏政衰时稷失官，西来斯地辟荒滩。基开八百功劳重，夜烛常明月下看。

服劳力穑是家传，相继子孙尊祖先。三十七王列左右，森严庙貌万斯年。

【注释】

[1] 此诗咏周祖不窋于夏政衰时迁徙庆阳，"服劳力穑"，奠定周室八百年基业的功绩，并周祖庙貌，可知当时庙中曾图绘周代三十七王之画像，赞美其享祀万代必有万代流传之功德。

赴东西川查禁烟苗[1]

毒卉害人人不知，前人经过后人师。形容憔悴精神弱，家产败倾宫室卑。荒业废时辱父母，伤财病国累妻儿。欲除此恶首禁种，往不可谏来可追。

【注释】

[1]该诗作于1912年,时民间私种罂粟,吸食鸦片,败家损身,虚耗民力,屡禁不绝。张精义奉命赴庆城东西两川查禁罂粟,有感而作。语言质朴,记事清晰。于诗,则过直白;于情,则谆谆有劝善意。

十九年冬城陷有感[1]

邪正不两立,彼申此必亡。大则谋吞国,小则据一方。我邑最复杂,城镇各逞强。奸民曾内讧,主帅竟远扬。败类入城市,掳掠资鸱张。富者拷钱钞,贫者嗾室旁。平者所爱憎,报施分否臧[2]。诚笃拘囹圄,敏捷逃远乡。时值冬月天,野夜实难当。搜杀逾百日,匪鼠何处藏。饥寒亦不语,惟闻呼上苍。

【注释】

[1]作者原注曰:"民国十八年,甘肃大饥,值国民军东开,各地举兵。谭世麟踞庆阳,扩称暂编第六旅。陈珪璋踞平凉,称甘肃联军陇东路司令。民国十九年农历九月二十日,陈军围庆阳十日,守者哗变,城陷,谭逃遁县东川时,作者兼任谭军参谋长,亦缒城逃往固原。"1930年9月,陇东军阀陈珪璋(今庆城县人)攻陷庆阳城,大肆掳掠,百姓逃难,散之沟壑,饥寒交迫。作者身处其中,亲历其事,有感而作,语言平实,铺叙备至,从中可见地方军阀混战对民众伤害之大。

[2]否臧:臧,善。否,恶。即善恶之意。

喜雪歌[1]

庆地群黎逢天怒,雨泽愆期月越五。畎亩处处宿苗枯,川原麦秧根欲腐。乡村遐迩多贫户,家家咸忧空仓府。百姓终岁受辛苦,何期今年弗露雨?男女大小有愁容,无人不说要作古[2]!孰意昊旻如慈父,旱魃为虐忽失主。一连三日零毛雪,点点膏泽悉入土。四民相与忭城堡[3],讴歌上苍万物祖。起视郊坰老园圃,花草树木芽皆吐。山野农夫播百谷,笑谈吾人有蔫枯。嗣后甘霖若继武[4],愈颂皇天恩德普。

【注释】

[1]五个月未见雨雪,旱象已成,忽于二月雨雪三日,禾稼草木,皆有生机,农夫皆忭颂天不绝人,诗人作此歌以志喜。

[2]作古:死的委婉语。

[3]忭:欢喜,快乐。

[4]继武:谓足迹相接。武,足迹。此处指相继而至。

游菩萨山[1]

入到清凉寺，森林布景浓。黄莺穿绿柳，白鹤伴苍松。士问登云路，僧敲咏月钟。山中无俗客，地静户常封。

楼阁参天矗，松梅四季春。寺闲随鸟性，泉结爽人心。树响疑来雨，山青不染尘。万缘都却尽，释子好修真[2]。

山静无人闹，桥空水落虹。莺啼春色绿，鸦躁夕阳红。荷笠歌时雨，披襟趁晚风。枝头朋友乐，百鸟唤林中。

【注释】

[1]菩萨山在庆城西北三十余里，有清凉寺，文殊殿，满山苍翠，曲径通幽，鸟鸣谷应，梵音袅袅，清泉淙淙，旧为县八景之一，号"灵岩滴翠"。可惜1920年海原大地震毁损，今已荡然无存。读此诗，当年之胜景仿佛可见。

[2]释子：即释迦弟子，僧徒的统称。

清凉山遇雨[1]

人事分难易，艰危客路中。崎岖同鸟道，滑㳠逾蚕丛[2]。饮食皆污水，栖居不洁宫。一连双昼夜，零雨细濛濛。

【注释】

[1]清凉山即菩萨山，写雨中鸟道，行路艰难之状。

[2]滑㳠：道路泥泞。蚕丛：神话传说中的古蜀王，此借指蜀地、蜀道。

设教慈云寺[1]

广厦环楼下，群生大庇寒。夕朝勤训迪[2]，诗礼讲盘桓。化雨滋芝室，春风擅杏坛。十年人亦树，遗泽著文翰。

【注释】

[1]慈云寺在庆城钟楼巷，民国初改建为高等小学，作者担任校长，在此设教授徒。言朝夕诗礼讲习，如春风化雨，务在树人，亦为师者之心曲。

[2]训迪：教诲开导。典出《书·周官》："仰惟前代时若，训迪厥官。"

查荒道经百岔沟[1]

荒岭曾纷出，林群鸟不孤。山从人面起，路过水边无。草茂归牛马，沟幽隐兔狐。途行逢尽处，隔谷问樵夫。

【注释】

[1]作者原注曰："民国二年，庆阳县署派员，分往四乡，堪觅荒地，以资招垦。时作者亦参加，以上查荒数首，即此时所作。"庆城县历经奇荒、兵祸匪患，土地抛荒，人烟稀少。清德宗光绪间，虽招民垦荒，而人丁稀少。至光绪三十四年（1908），全县人口只有37477人。三十余年，依然元气难复。民国改元后，例行招垦之策，1913年，派员于四乡地僻人稀之处踏勘荒地，以招民垦荒。张精义时为高等小学校长，亦参与其事，历时近四十天。以下几首"查荒"诗，即咏作者耳闻目睹之地荒民残、人烟稀少、狐兔出没、荒草成林、民生唯艰之情状。所记之百岔沟（今属蔡家庙）、赤城、八家山、什社等地名，多为古地名，今尚沿用，读来倍觉亲切。诗风平易质朴，多为纪实，较之一般的吟风弄月之作，犹如民国老档案，更具历史的厚重感。

查荒赤城原

赤城分两县，合水辖南边。欲觅荒芜地，须寻米赵川[1]。原丰无学校，堡破少人烟。稼穑农为宝，田禾遍大田。

【注释】

[1]米赵川：即今庆城县之米粮川（今属熊家庙乡）、赵家川（今属赤城乡）。

查荒八家山[1]

闻说蚕丛路，崎岖不易行。荒凉山不断，起伏地无平。隔岭呼樵采，逾陵视耨耕。农夫多蜀子，未悉土民情[2]。

山行无百里，即至黑河川。众涧齐来汇，十村九不烟。沟深寻草路，水小架根椽。查到三家集，方臻县境边。

【注释】

[1]八家山：属庆城县土桥乡，亦有蜀地流民安置。

[2]"农夫"二句：农夫多蜀子，未悉土民情：清德宗光绪十一年（1885），四川铜梁人陈昌任安化（今庆城县）县令，招徕四川流民，垦荒安插于县内各处，故

曰"多蜀子"。

查荒什社

广原延什社[1]，支析数条沟。路畔瞻山落，峰尖以水流。堡城分几道，袍泽冀同仇。咸乐丰年兆，嘉禾普畅畴。

【注释】

[1]什社：在"安化西南原"，即"安化县三十二里"之什社里，今名什社乡，属西峰区。

东川查荒

水分十派桥山中，半入洛河半庆东。僻陋不堪家鹿洞，崎岖艰步路蚕丛。三川大顺源流细，二将华池草木丰[1]。柔远城边达白豹[2]，往来人马盐途通。

茫茫大地尽山冈，一处烟村百里荒。伤害禾苗多鹿豕，补充衣食恃牛羊。红泥沟内为狐窟，白马庙前野兽藏。荔远城边思范老[3]，力行吴堡认甘疆。

奉命初经上寨城，川原草色已丛生。低头穿过树杨柳，满目荒凉路棘荆。黑虎山川鲜旅客，红羊乱后少人民。岗陵出没望无际，层叠嶂峦迁道行。

孤庄夜宿时惊心，野树迎风到处鸣。此岭将巡彼岭起，十村未垦一村耕。长途惟见兽鸟迹，终日不闻鸡犬声。独恨偏东天气冷，禾秋尚好麦无成。

【注释】

[1]二将：指今属华池县之二将川。
[2]柔远：柔远城，今华池县城所在地。
[3]荔远城：即荔园堡城，北宋庆州知州蔡挺筑，今华池县南梁镇所在地。

民九地震[1]

星月光初暗，人闲尚未睡。忽闻声震地，即见石飞天。宫室皆倾扑，庭除乱塞填。因伤而死者，到处哭声喧。

地大谁能举，轻摇似自然。力非关造化，术不在神仙。荡漾弥全国，尘氛起百川。移山如反掌，河海似回旋。

【注释】

[1]民九：即民国九年，此应为当时习语。诗写1920年十一月初七的海原大地震，语言质朴，细节生动，状大灾之情景如在目前。

柳树沟看稻田[1]

地小难盈亩，欣临在水边。蜀人传种术[2]，圃老学周旋。秧始分栽股，溪深偶灌田。农夫劳不倦，傍晚唱回还。

看罢畦田后，农忙属尔曹。河流资灌溉，草腐作脂膏。手足淤泥染，耕耘努力劳。稻粮来不易，淅米用心潇[3]。

【注释】

[1]庆阳向来以旱作农业为主，种水稻为前所未见，乃光绪年间招徕安插的四川流民教授水田种稻的技术，为一新鲜事物，故而以诗记之。

[2]蜀人传种术：指光绪间知县陈昌招徕安插的四川流民教授种稻子的技术。柳树沟为四川流民集中安置点之一。

[3]潇：洗，此处指淘米。

自 遣[1]

偃仰随吾意，栖迟望太虚。曲肱为乐枕，缓步即安车。听鸟鸣金谷，呼朋论石渠[2]。吟诗思李杜，作赋慕相如。

静坐芸轩下，披襟谈古书。荒墟叹北地，故事记南徐[3]。雨过看深浅，云浮任卷舒。荣光非我愿，悠忽乐年余。

【注释】

[1]曲肱为枕，安步当车，甘于清贫，呼朋招友，谈书论文，吟诗作赋，纵论古今，听雨看云，超然于功利之外的闲适正是诗人日常生活的写照，故曰"自遣"。

[2]石渠：即石渠阁，汉代皇家藏书处。此处代指古代典籍。

[3]南徐：东晋侨置徐州于京口，即今江苏镇江，南朝宋时改称南徐。西晋八王之乱及五胡乱华之后，晋室南渡，北方士民大量南迁，为安置流民，遂设南徐。此处"墟荒叹北地，故事记南徐"即指北方战乱，士民南迁的旧事。

登高远眺[1]

峰势环平野，苍苍弥翠微。幽沟狼出没，古木鸟鸣飞。牧子依山下，樵夫顺水归。流连溪兴尽，鸦背望斜晖。

陡坡高岗上，烟村入望中。物化春夏异，山水古今同。文武人何在，荣枯道不穷。浮生曾若梦，争夺一场空。

【注释】

[1]庆城为高阜，二水交流，四围皆山，登城而望，则深沟古木，牧童樵夫，烟村人家，尽在眼底。诗人感叹山水依旧，而古人不在；天地不老，而往事成空。夕阳寒鸦，浮生若梦，诗境萧疏苍凉。

游西河湾娘娘庙[1]

遥望云山寺，门高路若梯。河来湾岸北，泉出小桥西。曲径通幽殿，金身坐玉闺。优游瞻户后，桃李自成蹊。

最爱清凉景，山河响瑟簧。路旁芳草绿，殿下牡丹香。灼灼花桃李，青青树柳杨。周旋殊兴尽，寺外看农桑。

【注释】

[1]娘娘庙：即圣母庙，娘娘庙为民间俗称。其主庙在马岭凤凰山，行宫在庆城西河湾，依山临河，有圣母宫、真武殿等建筑，庙貌庄严，金碧交辉，为康熙间重修。民俗例于三月、七月、十月之十五日举办庙会，祭祀赛社，士女倾城而出，热闹异常。诗写百年前林木茂盛、清凉幽静、花木扶疏的娘娘庙之景，惜今已荡然。

亨泉寺[1]

人到深山处，荒丘突现妍。摄衣升石磴，拭目瞰亨泉。犹是穷乡寺，如同小洞天。老夫观景罢，不醉亦陶然。

不是瀛州境，神仙海外归。龛深描卧虎，檐小绘飞翚[2]。黑水方泉聚，红墙尽日晖[3]。虽为荒僻地，金碧映霞辉。

【注释】

[1]亨泉寺：在亨泉沟，一名黑泉峪，在庆城东川，寺以泉得名。写深山古寺，地虽荒僻而红墙飞翚，别有洞天。

[2]飞翚：翚为五彩锦鸡。飞翚典出《诗经·小雅·斯干》："如鸟斯革，如翚斯飞。"形容飞檐高翘、宫室壮丽。

[3]昃：日西斜。

地震后重游太和山[1]

上山流览景，陟级倚栏杆。榱栋摧红垩，宫墙破碧丹。风来喧柏杜，雨洒湿衣冠。倾覆皆如此，其余不足观。

径爱云山秀，禅堂肇释迦。忽成今破碎，不是昔光华。神像蒙朝露，钟磬映晚霞。依然名胜地，鸦噪夕阳斜。

【注释】

[1]太和山：俗称桃花山，在县城西北十五里处，自山麓至山顶有石阶四百馀级，庙貌巍峨，云阶通幽，遍山苍翠，为庆阳县八景之一，号"太和仙境"。该诗写1920年海原大地震后的太和山，残墙断壁，殿宇破碎，佛像外露的景象，昔日名胜之地，已是鸦躁斜阳、荒寂破败，有不胜今昔之感。

昔姬沟[1]

北地沟无数，兹何独姓鸣。初因周祖至，后贻昔姬名。未有邰家室[2]，先披庆棘荆。乡庄陶复穴，徐计建山城[3]。

【注释】

[1]昔姬沟：为庆城县古地名，在县城南。诗人自周人姬姓入题，传因周祖初迁，在此乡庄，筚路蓝缕，陶复陶穴，后方有不窋城（今庆阳城），故有昔姬沟之名。诗人感于先周史事，虽历三千七百余年，而不谓无征，故而以诗咏之。

[2]邰：今陕西武功，为后稷最初封地。

[3]山城：指不窋城，今庆阳城。

马莲河[1]

两水咸名马，相连入峡中。流长波浪阔，源远纳泾同。顺轨思姬祖[2]，安流念高功。润生经五县[3]，一往赴蛟宫。

清 | 275

【注释】

[1]庆城县两河夹流，西河自庆城以北为环江，古名马岭水；东河自庆城以北为柔远河，古名白马水。两河至庆城南交汇，故名马连河，俗讹传为马莲河，非河边生马莲而名之。该诗所言"两水咸名马，相连入峡中"可为马莲河得名之一说。

[2]姬祖：指周祖不窋，为先周第一代居豳之先祖，斩山为城，即今庆城。

[3]润生经五县：指马莲河流经环县、华池县、庆城县、合水县、宁县。

堠　墩 [1]

堠火防西夏，峰头递建墩。尖方分左右，守望填晨昏。瞬息通千里，灵机愈百藩。雄才具渺矣，五十古形存。

【注释】

[1]庆阳城自古为南卫关辅、北御羌戎的军事重地，东西两川一通环州、河套，一通鄜延、定边，自宋夏交兵，东西两路即各立烽堠，以便守御。明成化间，抵御河套蒙古鞑靼骑兵之南下，三边总制马文升又重加修葺。据乾隆《新修庆阳府志》记载："东路墩凡四十二座，西路墩凡五十七座。"今东西两路沿川望之，矗立山脊之上者尚多。

大顺城 [1]

采访经柔远，依书考古形。北东求大顺，跋涉践荒径。破屋千秋碎，戍时百姓宁。范功思父子，人往草青青。

大顺关天下，安危保此城。豹汤皆不犯 [2]，鄜庆亦清平 [3]。虽是须臾计，堪当百万兵。今观张载记 [4]，大宋要工程。

【注释】

[1]大顺城：为范仲淹经略环庆路时主要的军事工程，扼元昊西入之路，城据山旁河，形势险要。张精义查荒过此，访古大顺城，感叹范仲淹、范纯祐父子筑城御敌、保境安民之功，虽事去千年，而草木留香。

[2]豹汤：指白豹寨、金汤寨，在柔远城东，北宋为西夏地。今属陕北吴旗县。

[3]鄜庆：指北宋时之鄜延路（富县、延安一带）、环庆路（环县、庆阳一带）。

[4]张载记：北宋理学家张载有《庆州大顺城记》，详见前。

视学蔡家庙 [1]

两沟回合水交流，古渡千年永不休。兴败不知经几秋，造次需要用深谋。

简狂小子思吾党,洒扫门人笑子游[2]。地旷民稀难聚教,职师何克免愆尤。

【注释】

[1]民国八年(1919),张精义任庆阳县劝学所所长。民国十四年(1925)又任庆阳县教育局局长。期间曾多次至县属各区巡视乡学,以下几首即赴县属各地视学时所作,从中可见民国时期乡村教育的基本状况。地旷民稀,文教开启艰难,但礼乐教化,虽穷乡僻壤不可或缺。家家弦诵、户户书香,潜龙藏凤,人才辈出,亦作者所愿也。

[2]子游:言偃字子游,春秋末期吴国人,孔子弟子,孔门七十二贤之一,与子夏齐名,曾为武城令。

视学驿马关

关微城狭庆咽喉,直道遗民力服畴。奇货畅通南北路,清泉分出东西沟。地虽湫隘文生秀,人尚纯诚学自优。若遇变时为要害,武功独缵笃公刘[1]。

【注释】

[1]《诗经·豳风·七月》之第四章曰:"二之日其同,载缵武功,言私其豵,献豜于公。"《诗经·大雅·公刘》六章之首句皆曰"笃公刘",反复咏叹,即诚实厚道的公刘。言狩猎演武及农耕生产,诗用此典。

视学西峰镇

西峰东汉属泥阳,改隶彭原肇自唐。古昔文明际盛世,今兹学问求升堂。既臻富庶承家教,勿任荒游罔作狂。异日人才若蔚起,即知新法好非常。

视学董志乡

公刘稼穑肇周疆,原衍高平董志乡。西接萧金东什社,清开分县魏彭阳[1]。山深自古生麟瑞,梧小亦能招凤翔。莫谓边墟无礼教,武城弦诵乐洋洋[2]。

【注释】

[1]清开分县:清同治十二年(1873),划设董志分县,设县丞,并筑董志城。

[2]武城:今山东德州市武城县。言偃为"孔门十哲"之一,曾任武城宰。《史记·仲尼弟子列传》载:子游既受业,为武城宰。孔子过,闻弦歌之声。孔子莞尔而笑曰:"割鸡焉用牛刀?"子游曰:"昔者偃闻诸夫子曰:君子学道则爱人,小人学道则易使。"孔子曰:"二三子,偃之言是也。前言戏之耳。"后以弦诵代指礼乐教化。

韩黄之役[1]

　　杀气回环绕凤城,天教劫运时流行。惟求狂妄轻躯命,不惧严明细柳营[2]。宿将环攻称月落,居民协守到天明。双方争执乱无已,不识何年方肃清?

　　天堑高岗有胜名,山环水抱号坚城。矧为东窜败军将,何克新来国民军[3]?轻若浮云飞万里,衰如残月映三更。群黎徒使遭涂炭,车轨螳螂奋臂擎。

【注释】

　　[1]作者自注曰:"民国十五年秋,甘军张兆钾部韩有禄、黄得贵攻兰州,溃退,踞庆阳、宁县、合水一带。十六年四月围攻庆阳县城及西峰镇、驿马关十馀日,冯玉祥之国民军数师驰至围击,败退窜陕,地方受害极大。"甘军残部韩得贵、黄有禄于1926年秋盘踞宁县之早胜原,1927年正月又至庆阳县东川一带,催逼钱粮,骚扰地方,百姓多受其害。

　　[2]细柳营:《史记·绛侯周勃世家》载:文帝之后六年,匈奴大入边。乃以宗正刘礼为将军,军霸上;祝兹侯徐厉为将军,军棘门;以河内守亚夫为将军,军细柳,以备胡。上自劳军。至霸上及棘门军,直驰入,将以下骑送迎。已而之细柳军,军士吏被甲,锐兵刃,彀弓弩,持满。天子先驱至,不得入。先驱曰:"天子且至!"军门都尉曰:"将军令曰:'军中闻将军令,不闻天子之诏。'"居无何,上至,又不得入。于是上乃使使持节诏将军:"吾欲入劳军。"亚夫乃传言开壁门。壁门士吏谓从属车骑曰:"将军约,军中不得驱驰。"于是天子乃按辔徐行。至营,将军亚夫持兵揖曰:"介胄之士不拜,请以军礼见。"天子为动,改容式车,使人称谢:"皇帝敬劳将军。"成礼而去。既出军门,群臣皆惊。文帝曰:"嗟呼,此真将军矣!曩者霸上、棘门军,若儿戏耳,其将固可袭而虏也。至于亚夫,可得而犯邪?"称善者久之。后世遂以细柳营代指军营。

　　[3]国民军:1926年夏,冯玉祥国民军吉鸿昌部取陇东。1927年四月初三,甘军残部韩有禄、黄得贵攻庆阳县城及驿马关、西峰镇等处。冯玉祥遣师长田金凯、周永胜、马鸿宾会击,韩、黄败退陕西。

十九年冬城陷有感[1]

　　逐鹿中原判纵横,雌雄未易识分明。服从将领昧臧否,犹据州郡争辱荣。刚愎误人亦误己,私心耀里竟倾城。一夫夜啸乱皆应,徒使人民受贼鲸。

　　只箦难容万石粮,小才谋大必巅伤。亦知匪类为民害,无力解除任贼狂。四野苛催如雹雨,满城肃杀若冰霜。同为乡里何残虐?深恨负隅在庆阳。

【注释】

[1]1930年3月,陇东军阀、庆阳县人陈珪璋进据平凉,号甘肃联军陇东路总司令。9月20日,陈珪璋遣其旅长孙远志、谢绍安、蒋云台围攻庆阳,欲杀盘踞庆阳的民团司令谭世麟。10月1日,守军哗变,庆阳城陷。陈部催粮要款,四野掳掠,百姓广受其害。"四野苛催如雹雨,满城肃杀若冰霜",正是真实的写照。陈珪璋为土生土长的庆阳县人,却纵兵扰民,故言"刚愎误人亦误己,私心耀里竞倾城""同为乡里何残虐,深恨负隅在庆阳"。

《县志》落成[1]

邑无文献几千秋,草昧初开尚属周。创造戎原来不窋,文明兹土笃公刘。飞潜动植按时纂,隆替兴亡顺序流。历代曾经万劫后,详明原委实难求!

惨淡经营十数年,搜罗群策始安然。古今沿革有变迁,山水分流远接连。文武人才寓褒贬,高卑官职判愚贤。俗情损益关风化,挥毫落纸欠云烟。

【注释】

[1]20世纪30年代,时任庆阳县教育局长的张精义以安化县"为府附郭,故无专志",《庆阳府志》所载安化县内容简略,欲纂修独立的《庆阳县志》,遂会同教育界同仁,编纂了第一部《庆阳县志》。1931年10月,《庆阳县志》落成,作者喜而赋诗。几千年之兴亡隆替、山水人物、古今沿革、民情风俗,一编在手,即可了然。"文武人才寓褒贬,高卑官职判愚贤",语殊警拔。

元 宵[1]

春宵一刻值千金,况际月灯双照临。万家高低炫锦绣,群情遐迩闹光阴。悦心故事火花舞,满耳风清钟鼓声。周礼方相掌社傩[2],金吾振古夜无禁[3]。

元宵到处饰华容,士女游春月下逢。学子循街打字虎[4],玩童执挺斗龙灯。乡耀火树香凝彩,国泽星霜□不封。旋看上林桃李艳,催花羯鼓响叮咚。

【注释】

[1]诗写庆城元宵节俗,满城钟鼓赛傩,士女游观赏灯,学子打字虎,儿童斗龙灯,火树银花,锣鼓催春,犹如一幅风俗老照片。

[2]方相:即方相氏,民间传说中的驱疫诛邪避鬼之神。《周礼·夏官·方相氏》:"方相氏,掌蒙熊皮,黄金四目,玄衣朱裳,执戈扬盾,帅百隶隶而时傩,以索室驱疫。"社傩:即民间社火。

[3] 金吾：即执金吾，秦汉时期率禁军保卫京城及宫城的官员，本名中尉，所属兵卒称北军。

[4] 打字虎：即猜字谜，是庆阳民间元宵灯会的游戏之一，至今盛行。

春　景[1]

两岸桃花夹古津，游人寻胜环河滨。雨馀郊外气清爽，风惠溪边物色新。麦里荞园青缀地，李傍草细绿成茵。看遍生机皆必达，山野群芳各自春。

万物发生天气融，山川宛在画图中。青杨夹道杂桃碧，绿柳垂丝依杏红。竹露滴时听夜雨，松涛鸣处咏春风。枝头朋友乐花锦，百鸟群飞唤树丛。

万亩嘉禾雄雉飞，夕阳桥畔望斜辉。遥看北陌兹青秀，独上南山拾翠微。春色郊原着绿袄，山花桃李袭红衣。踏青士子风池柳，游女寻芳缓步归。

【注释】

[1] 春风春雨、春山春田、柳绿花红、绿草成茵，北陌南山，士子游女，徜徉其间。绿袄红衣之喻，尤为婉妙。百年前一幅"庆阳春景图"宛在目前。

春　耕[1]

国家最重是民生，五谷本根是厥耕。并馌饭汤妇与子[2]，双扶耒耜弟随兄。流萤窗外报春晓，叱犊田间带雾行。南亩曾闻歌俶载[3]，古今遐迩无殊声。

草色青青柳色黄，川原播谷启农忙。园中雨过犁初起，陇上风和耩一张。耕耦邻叟谈意见，馌来妇女话衷肠。民畴稼穑是民命，岁首祈年祝万箱[4]。

【注释】

[1] "三之日于耜，四之日举趾"，春晓下田，川塬处处耕牛，兄弟田间扶犁，妇子送饭地头，老农共话桑麻，好一幅陇原春耕的《豳风图》。

[2]《诗经·豳风·七月》之首章有"同我妇子，馌彼南亩"句，诗用此典。

[3] 南亩：向阳之地，指在向阳之地开始农耕。俶：开始之意。载：从事之意。典出《诗经·大雅·大田》："俶载南亩，播厥百谷。"

[4] 万箱：典出《诗经·小雅·甫田》："乃求千斯仓，乃求万斯箱。"《抱朴子·极言》："千仓万箱，非一耕所得。"形容年成好，存粮非常多。

夏耘[1]

时至夏天万物亨，山川草木齐滋荣。欲求黍稷随时茂，勿使萑苻遍地生[2]。刹草男童扑蟋蟀，采茶妇女听仓庚。田畴尽易无荒莠，百姓欢呼庆有成。

万卉发荣夏日长，郊响百谷各分秧。瓜田冒暑农流汗，黍地饷晨妇走忙。粮莠乱苗须去尽，稻粮无害自优良。荼蓼朽止歌豳颂，处处嘉禾日见昂。

【注释】

[1]夏日禾稼盈野，而杂草亦丛生于田间，瓜田谷地，薅草耘田，挥汗如雨，草去而苗留，亦悯农之作也。

[2]萑苻：水泽名。《左传·昭公二十年》："郑国多盗，取人於萑苻之泽。"杜预注："萑苻，泽名。於泽中劫人。"一说，凡丛生芦苇之水泽皆可谓之萑苻之泽，见杨伯峻《春秋左传注》。后以称盗贼出没之处，也指盗贼草寇，此处比喻田中杂生的野草。

秋收[1]

华发于春实结秋，世间万物齐枯休。一年化雨三时满，九月肃霜百谷收。草木归家皆有用，禾麻入室自无忧。食衣充足斯知礼，君子兴仁民不偷。

大地茫茫皆庶民，时当秋晚不忧贫。果瓜既食粟成米，黍稷入仓茎积薪。苴莜纳归思旆旆[2]，室家安乐赋榛榛[3]。涤场功毕飨朋酒，遐迩农人唤雅豳。

【注释】

[1]"九月肃霜，十月涤场""朋酒斯享，曰杀羔羊"，皆化用《豳风》，言农事既毕，百谷归仓，登堂致酒，以乐丰年。衣食既足，则知礼而不忧贫，此农家之乐也。

[2]苴莜：《诗经·大雅·生民》："蓺之苴莜，苴莜旆旆。"毛传："旆旆然长也。"孔颖达疏："其旆旆、穟穟、幪幪，皆言生长茂盛之貌。"

[3]榛榛：草木丛生貌。《汉书·司马相如传》："观众树之蓊薆兮，览竹林之榛榛。"

冬藏[1]

阴阳闭寒是冬天，气备四时大有年。蛇宿山中伏古穴，鱼游水底锁冰渊。稻粱黍稷入仓库，草木昆虫具醉眠。墐户豳人处妇子[2]，深藏万物乐安然。

阳气数穷岁至冬，山川草木被雪封。生机不发知藏棱，湿化无形亦失踪。

清 | 281

一片冰心坚白雪，两仪鸿运动黄钟[3]。若于是日求丰藏，荒野惟存竹柏松。

【注释】

[1] 大雪盈野，万物潜藏，堵塞高窗泥封门，古风犹存，亦是人潜藏之一法。

[2]《诗经·豳风·七月》："穹窒熏鼠，塞向墐户。嗟我妇子，曰为改岁，入此室处。"

[3] 两仪：指阴、阳二仪。黄钟：本指乐律十二律中的第一律，古代为了预测节气，将苇膜烧成灰，放在律管内，到某一节气，相应律管内的灰就会自行飞出。黄钟律和冬至相应，时在十一月。此处指与冬至日对应的律管。

公刘古庙[1]

豳功诗咏笃公刘[2]，王业基开八百秋。庙貌声灵垂万载，年年畎亩庆丰收。

召伯甘棠不忍伤[3]，范公遗栋尚珍藏[4]。无为缔造民生祖，践土食毛应祀尝。

【注释】

[1] 作者原注曰："庙在庆阳南八十里处，俗名老公殿，祀公刘。农历三月十八日庙会，甚大，北起环县，南至宁县、正宁以及陕西长武等地，均有前来赶会者，人山人海，盛极一时，为庆阳县八景之一。"公刘庙于20世纪60年代拆毁，荡然无存。今虽恢复，而规模形制，不复昔日之盛，名曰"华夏公刘第一庙"。

[2]《诗经·大雅》有《公刘》一诗，为周代六篇开国史诗之一。

[3] 召柏甘棠：典出《诗经·召南·甘棠》，其诗曰："蔽芾甘棠，勿剪勿伐，召伯所茇。蔽芾甘棠，勿剪勿败，召伯所憩。蔽芾甘棠，勿剪勿拜，召伯所说。"《左传·襄公十四年》载其事，杜预注曰："召公奭听讼，舍于甘棠之下，周人思之，不害其树，而作勿伐之诗，在《召南》。"召伯即召公奭，为文王庶子，辅佐周成王，与周公旦齐名。有德政于民，尝息于甘棠树下，民爱之，不忍伐，作《甘棠》以赞美其德。后世用"甘棠遗爱"或"甘棠遗泽"比喻官员的德政。甘棠即棠梨，此处借指公刘庙前的古树。

[4] 范公遗栋：范仲淹修镇朔楼时主梁，其子范纯仁重修时有题记，曰："宋熙宁九年，二月壬子，高平范纯仁重建。"今存庆城县博物馆，名"范纯仁遗栋"。

文笔对峙[1]

城对南岗文笔峰，两河交汇似长龙。四方宾友选名胜，老柏阴坡伴古松。

峰似笔形向凤城，危岩高竦天生成。参差楼阁栖霞处，常是清幽变兵营[2]。

【注释】

[1]文笔峰与庆阳城正南门"嘉会门"相对,上有泰山庙,文笔塔,号"文笔对峙",旧为庆阳八景之一。今其上复建文笔塔及梦阳堂,较之昔日,更为壮观。

[2]清同治期间,清军秦登怀营驻扎泰山庙,拷掠残害庆城百姓尤甚,后虽斩秦登怀之首悬于城门,亦不足以谢庆阳之民。诗人感叹佛门清幽之地反为兵匪所盘踞。

太和仙境[1]

凭高一览海天空,石磴人幽曲径通。遥指人家稼穑处,环河流域分西东。

上得太和别有天,尘缘顿息欲为仙。参差楼阁烟霞里,松柏风声入管弦。

【注释】

[1]作者原注曰:"太和山俗称桃花山,在县城西北十五里处,自麓至山顶有石阶四百馀级,庙貌巍峨,为庆阳县八景之一。"可惜海原地震后,损毁无存。读其诗,可想象其仿佛。

鹅池春水[1]

阴浓绿树绕城边,幽雅崎岖别有天。最羡池深鹅浴处,能来活水泉如渊。

寻胜入深叹洞幽,临川阁上瞰河流。炎夏醼酒会宾处,醉卧清凉销百忧。

【注释】

[1]作者原注曰:"池在县城内东南隅,凿通东河,上建亭台楼榭,避暑胜地,为庆阳县八景之一。"今鹅池洞重加修葺,亭台楼阁复见,为庆城一大名胜。

灵岩滴翠[1]

百尺楼台半巘悬,此间别是一林泉。寒涛日夜雷声吼,杨柳树旁灌稻田。

花草檐前竞绿红,风华不与秋冬同。山青水秀怡人意,燕侣莺朋唤树中。

【注释】

[1]作者原注曰:"灵岩山,俗名菩萨山,在县西川三十里铺,山清水秀,幽静宜人,为庆阳县八景之一。"自海原地震后,"灵岩滴翠"之景已荡然无存。

彭原晚照[1]

太阳出没分西东，早晚塔头一样红。惟到霞余人散后，斜光灿烂景偏隆。

千年古寺形全非，遥忆隋唐叹式微。破塔参天征往事，彭原道上看斜辉。

【注释】

[1]彭原晚照旧为庆阳八景之一（详见前吴士英《彭原晚照》诗注释[1]）。彭原古塔建于唐时，1920年大地震，塔毁，留残迹两层，夕阳残塔，更见苍凉之感。此诗情景相得，意象萧疏，感慨沉挚，余味悠长。

普照昏钟[1]

丈六金身梦汉皇[2]，远迎佛骨惑于唐[3]。神化普照三千界，百里昏钟震四方。

释传中国几千春，波折屡经泽聿新。待到黄昏人静后，钟声闻处佛归心。

【注释】

[1]作者原注曰："普照寺在县城东北隅，有合金钟，一鸣声洪亮，全城可闻，为庆阳县八景之一。"

[2]汉明帝永平十年（67），明帝梦金人（佛陀），遂遣使至印度求佛法，佛教始传入中国。

[3]史载唐朝皇帝多崇佛，曾七迎佛骨（舍利）。

赵邦清读书处[1]

家贫流寓在祠东，仍埋地金于殿中。求学惟期达远志，忍饥不懈读书功。

幼学原来欲壮行，大名彪炳在神京。丰碑矗建读书处，特表当年刻苦情。

【注释】

[1]赵邦清，字仲一，号乾所，庆阳府正宁县人，明神宗万历二十年（1592）进士。历官山东滕县知县，吏部主事，四川遵义道。号称"三清"，为一代廉吏，名动天下。庆阳县城北关兴教寺东院有碑高达丈六，上书"赵邦清读书处"六字。赵邦清少时家贫，曾寄寓府城北关兴教寺读书，虽有饥寒之苦而勤学不辍，终能金榜题名。郡人立此碑以为学子励志之用。

民九地震[1]

地震摧残大漠边，生灵千万入黄泉。山林城市皆移旧，始信沧海变桑田。

茫茫大地若轻狂，深谷为陵反土疆。万里须臾同覆压，生灵何恤丧无常。

【注释】

[1] 1920年海原大地震，诗人所亲历，余悸在心，有多首诗咏及。写深谷为陵、城市山林的巨大变迁，千万生灵瞬间被埋的惊心动魄，使人过目难忘。

登城观大水[1]

河水暴涨百丈高，沿边物产入洪涛。可怜山下夜眠者，男女童叟未一逃。

【注释】

[1] 1930年农历6月19日至22日，庆阳县城东西两河水大涨，四天方退，淹没南郊桑园及两岸庄稼人畜，造成重大灾害。作者亲历其事，登城观水患，为夜眠者没于洪水而悲悯。

游马家集黑佛寺[1]

文献无徵千百春，邑疆未悉到如今。细看钟上里年代[2]，万历卅三六冢人[3]。

寺中主佛是玄天，此地人民不信禅。欲问源流无释子，明朝以上不知年。

【注释】

[1] 马家集旧属安化县（今庆城县），今属西峰区彭原乡，有黑佛寺，建寺年代可上溯至明神宗万历三十三年（1605），有安化县六冢里人发心施舍所铸大钟。该诗所记反映了地方宗教佛道并存的情形。

[2] 里年代：即乡里和时间。里为古代居民单位。

[3] 万历卅三六冢人：万历三十三年即1605。六冢：明安化县有三十二里，六冢里在县城西南一百二十里，统东坪村、羊圈村、刘家村。此句意为1605年六冢里人施舍铸钟。

周禘行宫[1]

周家王业兆镐京,庆地缘何有帝名?因误帝陵驻跸处,行宫遂号为皇城。

礼陵天子有行宫,时禘原来报祖功。自宋改为广教院,遂忘昔日旧王风。

【注释】

[1]庆阳城北旧有地名曰老皇城,系周禘行宫(周王祭祖驻跸处),宋代改为广教院,后人遂多忘其与周祖陵之关联。该诗详叙庆城这一周祖文化遗迹的历史变迁,可为周祖史事之一证。

公刘老殿[1]

艰难稼穑咏豳风,冬取貉狐缵武功[2]。农服先畴士食德,子孙万代享年丰。

威严庙貌建山岗,绿树荫浓夏日凉三月中旬到十八[3],人民群聚禋馨香。

【注释】

[1]此诗为谒公刘殿的感怀之作。公刘殿俗名老公殿,即公刘庙。化用《豳风·七月》诗意,写庆阳民俗,亦耕亦猎。追怀公刘旧迹,虽事去三千余年,而农得其利,士嘉其德,至今享祀不绝。

[2]《诗经·豳风·七月》之四章曰:"一之日于貉,取彼狐狸,为公子裘。二之日其同,载缵武功,言私其豵,献豜于公。"言十一月、十二月冬闲时围猎练武,猎取狐、貉、野猪。诗用此典。

[3]每年农历三月十八为公刘庙会,四乡之民咸集于温泉乡(古周都里)刘家店之公刘庙,禋祀赛社,并有陕西长武马坊之民前来敬蜡,隆重异常。

谒傅介子墓[1]

从来文弱武称强,投笔从戎报国光。朝阁未劳兵百万,两行西域侯义阳。

荒烟蔓草延山岗,人往风微万古香。残碣惟存剥落字,姓名遐迩谁能忘?

【注释】

[1]傅介子墓在庆城西原石马坳,诗人凭吊其墓,感叹其请缨西行、立功绝域、封侯义阳的功业,虽荒烟蔓草,亦难掩其美名。

韩范祠[1]

范韩前后两封公，西夏设防报国忠。跋扈逆豪惊破胆，古今遐迩颂威风。

姓字香书千百秋，入谋出战咏同仇。今瞻翚革三楹殿，伟烈丰功永不休。

【注释】

[1]韩范祠：在庆城南旧府署旁，明成化间陕西巡抚马文升重修，为庆城重要历史文化遗存，观此诗，知民国时尚有三楹大殿，今已荡然。

傅公祠[1]

五疏连奏九重天，轻减赋粮万七千。履勘山陵甘险苦，群黎始得乐安然。

越例上书不避嫌，无边春色到闾阎。黍稷馨香隆百代[2]，宏恩太守民俱瞻。

【注释】

[1]傅公祠：在庆阳县城小南门内，祀康熙间知府傅弘烈。其捐俸完税、越例上疏、请免钱粮、为民请命的德政，三百多年流传于庆人之口，诗人称其为"宏恩太守"，信不虚矣。

[2]黍稷馨香：五谷的芳香。此处指用五谷祭祀。

陶潜爱菊[1]

世情最羡是群芳，俗骨何能傲肃霜。惟有乐天慕义者，深知晚菊具殊香。

【注释】

[1]菊无俗骨，而引"乐天慕义者"为知己，别有深意。

浩然寻梅[1]

踏雪寻梅不避泥，心纯那复计山溪。苍天怜爱清廉士，故降银花衬马蹄。

【注释】

[1]踏雪寻梅于山溪，而归之于"心纯"，此诗清新疏朗，一幅高士图宛然纸上。

周子爱莲[1]

荷盖亭张碧接天，花红映月更鲜艳。淤泥出处尘无染，学士青莲呼谪仙。

【注释】
[1] 周敦颐爱莲，人所共知，而谪仙李白号青莲，不亦爱莲乎？人多忽略。该诗联想丰富，饶有意趣。

羲之好鹅[1]

读书之乐乐如何？书法亦甘换白鹅。皓皓羽衣不可尚，也随鹅后浴仙波。

【注释】
[1] 以字换鹅，古之雅事，而羽衣仙波，风流余韵，后人不可及也。

娃娃灯[1]

年龄虽小意高超，心火辉煌在内烧。细绮轻纨衣锦袄，乐随父老闹元宵。

【注释】
[1] 娃娃灯：为元宵节灯会时儿童所提之彩灯，造型各异，争奇斗巧，为庆城元宵节俗之一景。

风　琴[1]

古洞弗簧亦弗弦，因风作韵如琴然。虽无流水高山志，犹胜空桐壁上悬[2]。

【注释】
[1] 庆城西河岭上有古洞，遇风则如古琴作声，亦造化之奇也，郡人号"风琴"。
[2] 空桐：指古琴无弦。桐，代指古琴。

水　鼓[1]

河水流空未有情，清音常在月三更。远乡无伶果何乐？夜寂时闻解闷声。

【注释】

[1]庆城教子川有水击石如鼓鸣,夜半听之,嘭嘭有声,号"水鼓"。

◎ 善昌

善昌,字汝明。清德宗光绪三十四年(1908)任平凉知府,宣统三年(1911)任庆阳知府。辛亥革命后,挂印入崆峒山,削发为僧。

鹅池诗[1]

古寺半岩悬,楼台跨涧边。水漾白练曲,山抱翠屏圆。老树迎风颤,飞花带雨旋。时携一壶酒,独醉落红前。

柳绿偏依水,桃红不满山。莫嫌春色少,且喜俗缘删。鸟语花香外,诗瓢酒碗间。谁知边郡守,能共老僧闲。

【注释】

[1]该诗咏春日游鹅池洞的景色及感怀。观其诗,知清末其规模形制尚全。该诗语言流丽,萧疏娴雅,古意盎然,意味隽永。

辛亥秋日登镇朔楼[1]

闲倚北门楼,西风万里秋。四山环郭拱,两水抱城流。往哲犹传宋,遗迹尚有周。谁能韩范继,千古大名留。

【注释】

[1]1911年秋,辛亥革命爆发,各地群起响应,清朝廷岌岌可危。作者于此时登镇朔楼,追怀先周遗迹和韩范功业,而感叹谁能继之留千古之名?其心迹可想而知。

登慈云寺钟楼[1]

干戈扰攘几时休,满目萧条塞上秋。剩水残山犹绕郭,西风斜阳独登楼。伤怀此际金瓯缺[2],回首曩时玉箸流[3]。底事欲归归未得,挂冠半载尚淹留。

【注释】

[1]清朝亡国,作为清朝的最后一任庆阳知府,作者于西风斜阳中独上慈云寺钟楼,感叹干戈不息、剩水残山、满目萧条而至伤怀泪下,其黄昏夕阳、秋风肃杀的景象,体现的正是浓浓的衰世哀音。

[2]金瓯：金的盆盂，喻疆土完整，也借指国土。
[3]玉箸：本指玉做的筷子，借指眼泪。

鹅　池[1]

一路入烟霞，禅林寂不哗。上墙生细草，枕砌卧秋花。懒挹凤城酒，闲烹龙井茶。乡关何处是，东望暮云遮。

一夜雨滂沱，新晴古寺过。归云犹拥岫，积水竟驱河。红湿花垂重，青滋草长多。叱牛声不断，农尽种秋禾。

池上高阁面山开，万斛湿翠拨窗来。杯酒自斟对山酌，山影忽惊杯底落。金波荡漾翠螺摇，江心恍印金焦若[2]。一口吸入愁肠中，又多块垒添心胸[3]。

【注释】
[1]此组诗自注作于"壬子"年，即辛亥革命后第二年，民国元年（1912）。是年秋，作者入鹅池，访古寺，看秋花秋草，观牵牛耕田，懒酌酒，闲烹茶，思乡心切，愁思郁结，心绪萧索。其于清朝亡国之后，百无聊赖、借酒浇愁，挂冠归田的心迹于此可见。
[2]长江至镇江段，有金山、焦山，皆倒影入江，此处比喻山影落杯底，纯用想象。
[3]块垒：指郁结之物，多比喻胸中郁结的愁闷之气。

鹅池题壁[1]

解组何须更恨迟[2]，故园已得有归期。他年回首鹅池畔，应忆山亭小坐时。

【注释】
[1]作者于解官归里之前，至鹅池山亭小坐，题壁志感。
[2]解组：即解绶，解下印绶，指辞免官职。

甘肃历代诗歌选注

民国

◎赵鋐

赵鋐,字景韩,湖南宁乡人。民国三年(1914)十月任庆阳县知事(县长)。

留别庆阳父老[1]

文明故国启神州,豳地东来亦壮游。怀宝多迷天子掌,称觥重念笃公刘。我瞻茂草伤周道,天遣花门成古邱。卅载红羊逢劫语,不堪父老咏同仇。

旧邦新命灌东瀛,北地人民尚朴贞。春酒有情觞寿考,秋风无化梗顽民。屠刀不解菩提果,刺血难寻狗盗盟。怕看石头门上火,池鱼不死亦余生。

狂飙急浪涌长空,树影湖光荡漾中。忍把热血销寸铁,恐令凉血污青铜。椒山有胆何须药[2],楼篴无声竟拈风。回首公堂琴里曲,听音谁识爨余桐。

念彼民情诚太愚,伤心出主入寻奴。环瀛自嗾天怜我,粪厩同艰力免余。图籍已归群岛约,田畴何须诵人舆。外民历古难为政,保种时基爱国初。

一官一邑一家人,外侮甘心竟比邻。商战绵绵开海陆,文场冉冉入钩论。待看林挏五丝命,都在东西万石钧。时局亦须知大略,岂能尝作葛天民[3]。

衺血成青泥作坊,河山旷览问谁疆。四千年后今遗种,亿兆人中共主张。杯酒分浇毋我醉,田园归去为谁忙。功名已换清风柳,待植先生五柳堂[4]。

【注释】

[1] 民国五年(1916),庆阳县知事赵鋐离任,作留别之诗六首,并刻碑立于鹅池。赞叹庆阳县历史悠久,民风朴厚,叹息战乱伤民,惭愧善政不力,民智不开,末作归去田园之想。

[2] 明嘉靖时名臣杨继盛(1516—1555),号椒山,直隶容城(今河北容城县)人。明世宗嘉靖二十六年(1547),杨继盛登进士第,任南京吏部主事、兵部员外郎。因上疏弹劾仇鸾开马市之议,被贬为狄道(今甘肃临洮)典史。后历任诸城知县、南京户部主事、刑部员外郎、兵部武选司员外郎。嘉靖三十二年(1553),上疏力劾严嵩"五奸十大罪",遭诬陷下狱。备经拷打,于嘉靖三十四年(1555)遇害,终年四十。明穆宗即位后,推杨继盛为谏臣之首,追赠太常少卿,谥号"忠愍",世称"杨忠愍"。后人改其故宅为庙,奉为城隍。有《杨忠愍文集》。杨继盛在狱中受杖刑,刚烈不屈。《明史·杨继盛传》载:初,继盛之将杖也,或遗之蚺蛇胆。却之曰:"椒山自有胆,何蚺蛇为!"诗用此典。

[3] 葛天民:即葛天氏之民。葛天氏是传说中的古代圣皇,也是音乐歌舞的创造

者，其民不言自信，不行自化。

［4］五柳堂：晋陶渊明有《五柳先生传》，此借指归隐田园。

鹅池宴集诗[1]

不见池上鹅，但见洞天敞。鹅飞有时至，仙佛嗟何往，王乔双凫来[2]，秋月万山朗。停琴竚秋月，气挹西山爽。节度老书生，联语荷欣赏。中盘遗尺素，王事若鞅掌[3]。桑梓触念深，浩歌流逸响。使我风尘吏，愈生霞外想。日暮白云封，身世空悲仰。行哉湘水阔，归志林泉养。

【注释】

［1］作者于秋日月夜邀僚友鹅池宴集赏秋，诗记其事，写鹅池月朗而野鸟惊飞，感叹政务繁忙，遂使风尘之吏而有霞外之想，欲回家乡湘水之畔享林泉之乐。

［2］王乔：指汉叶县令王乔，传说中的仙人。汉代应劭《风俗通·正失·叶令祠》载："俗说孝明帝时，尚书郎河东王乔迁为叶令。乔有神术，每月朔常诣台朝。帝怪其来数而不见车骑，密令太史候望之，言其临至时，常有双凫从东南飞来。因伏伺见凫，举罗，但得一双舄耳。使尚方识视，四年中所赐尚书官属履也。"此处借指野鸭一类的水鸟。

［3］鞅掌：职事纷扰繁忙劳碌之谓。典出《诗经·小雅·北山》："或栖迟偃仰，王事鞅掌。"

◎钟彤云

钟彤云，字筑甫，湖南宁乡人，余不详。

和赵鋐鹅池宴集诗[1]

鹅池始何年，景物极清敞。人云吾亦云，题此代吾往。王乔首高唱，赵蝦句疏朗[2]。索和幽千里，开读气先爽。无事不成空，适意皆堪赏。卧游亦解颐，梦游更抚掌。笼容书生寄，铃戛济南响。斯地有未曾，奇幻结遐想。颇闻保危城，万户生高仰。日暮白云封，中心胡养养[3]。

【注释】

［1］这是一首酬唱诗。赞赵鋐的"保危城"之功（张九才攻城未陷）令百姓敬仰。

［2］赵蝦有《江楼感旧》诗曰："独上江楼思渺然，月光如水水如天。同来望月人何处，风景依稀似去年。"诗用其意。

［3］养养：烦躁不安，指因思念而坐卧不宁。典出《诗经·邶风·二子乘舟》："二子乘舟，泛泛其景。愿言思子，中心养养！二子乘舟，泛泛其逝。愿言思子，不瑕有

害！"卫宣公太子伋与公子寿兄弟情深，遭卫宣公庶子朔陷害，兄弟二人相继赴死。卫人哀之而作此诗。

◎慕寿祺

慕寿祺（1874—1947），字子介，号少堂，甘肃镇原人。清德宗光绪二十九年（1903）举人，赴山西，任知县。清宣统二年（1910），任兰州审判厅刑厅推事。民国建立，入同盟会、国民党，任甘肃临时省议会副议长，甘肃省立第一中学校长，省政府科长、咨议，参政院参政，甘肃学院文史系教授，甘肃通志局副总纂。学识渊博，兼通经史，工诗，为民国时期甘肃著名学者。著作有《甘宁青史略》四〇卷、《西北道路志》《镇原县志》《音韵学源流考》《十三经要略》《求是斋丛稿》《求是斋诗钞》《歌谣汇选》等。

初游潜夫台[1]

一介穷儒万古传，败垣荒草夕阳边。山看柏叶翠如滴，陂近桃花红欲燃。笔钝可能成利器，台空犹变念先贤。曾于汉魏丛书内，论著亲钞卅六篇[2]。

【注释】

[1]潜夫台为镇原形胜，文人题咏尤多。诗人春日初游，见败垣荒草，柏翠花红，感叹王符一介穷儒，万古名传。而自己曾手抄《潜夫论》三十六篇，极表敬仰之情。

[2]指王符《潜夫论》十卷三十六篇。

潜夫台[1]

任使灵鳌地底翻[2]，一台千古旧迹存。遗书国史编东汉，荒冢乡贤占北原[3]。名大宁随陵谷变，道高始信布衣尊。将军皇甫偏倾倒[4]，太守无心向雁门。

【注释】

[1]诗人于海原大地震后登潜夫山读书台，感慨纵然陵谷巨变，而乡贤王符之读书台、陵园完好无损，如其大名永存，并用"问雁呼卿"之典，表达道高则尊之意。

[2]灵鳌：民间俗传地底有灵鳌，翻身则引发地震。此指1920年海原大地震。

[3]荒冢乡贤占北原：王符陵园在镇原县城北原，今临泾乡湾湾村。

[4]指后汉度辽将军皇甫规。

游潜夫山[1]

渺矣王夫子，山犹以字名[2]。峰深云窈窕，柏古岁峥嵘。史传留东汉，人家靠北城。登台一舒啸，闻有读书声。

【注释】

［1］诗人登潜夫山，感叹乡贤王符虽人去千年，而山以字名，文脉赓续，至今人家以靠北城而居为荣。

［2］镇原县城北山，以乡贤王符之号"潜夫"命名。

题《潜夫论》后[1]

生遇桓灵汉祚终[2]，潜藏祗合住回中[3]。名垂国史文章古[4]，祠祭乡贤礼乐崇。赞语犹能重韩愈[5]，论衡莫漫首王充[6]。后来多少著书者，都向先生拜下风[7]。

【注释】

［1］诗人读王符《潜夫论》，叹其生不逢时，潜藏乡里，不用于世；赞其终能以文章名世，国史有传，韩愈有赞，入祠乡贤，千载祭祀，使后人敬仰于无穷。

［2］桓灵：指东汉末汉桓帝、汉灵帝。

［3］回中：泾州古称，王符临泾人，此用古名代称其故里。

［4］名垂国史：范晔《后汉书》有《王符传》。

［5］韩愈曾作《后汉三贤赞·王符赞》。

［6］王符《潜夫论》与王充《论衡》、仲长统《昌言》齐名，并称后汉散文三大家。

［7］下风：典出《庄子·天运》："虫雄鸣于上风，雌应于下风而风化。"雄强雌弱，后遂以雌虫所处之下风喻弱势、下位。

游思潜亭遗址有感[1]

春兰馥空谷，秋菊淡东篱。花中隐君子，羞与群芳随。此邦有潜龙，姓字究属谁？卓哉王节信，清亮迈等夷。家居泾水滨，生值汉祚衰。干将即无用[2]，补履宁如锥。杜门且韬晦，云隐天西陲。著论三十六，后儒敢瑕疵。衮衮廊庙宰，未闻荐一辞。得勿鄙庶孽，见等氓蚩蚩。高皇侧室子，孝文明言之。马融张衡辈，兹事岂不知。知而弗一辨，枉自称经师。文人多拘泥，逊彼皇甫规。倒屣起相迎，堂堂男子奇。昔读后汉书，乐此神忘疲。今来县城北，旷然有所思。亭闻古人建，风是君子遗。贤为圣人铎，道守鲁仲尼。当时著作家，各以千载期。萤火久消灭，炳然日星垂。人心渐破碎，世变空吁嗟。愧我樗栎质[3]，高躅安可追。但愿贤有司，重建潜夫祠。

【注释】

［1］思潜亭详见前陈昌《思潜亭》注释［1］。诗以幽兰、秋菊起兴，追怀乡贤王符

一生大节，叹其怀才不遇，"干将即无用，补履宁如锥"，语殊沉痛。引汉高祖亦庶出之典，为其庶出为乡人所轻抱不平，并指责与之交好的清流马融、张衡辈知而不辨、未荐一辞，识见尚不如武将皇甫规。发人所未发，立意脱俗。亲临其隐居著书之地，仰慕先贤高风，感叹虽当时不见用，而其著作"炳然日星垂"，亦可告慰前贤于地下。该诗语言简古醇雅，"起兴""叙事""感怀"，结构井然。意境高迈，气韵沉厚。

　　[2]干将：春秋时期吴国铸剑名匠。后人亦称宝剑为干将。

　　[3]樗栎：两种树名，典出《庄子·内篇·逍遥游》《庄子·内篇·人间世》，指不中绳墨规矩的不材之木，喻无用之才，此为谦辞。

介亭山长[1]

　　寿考由来爱作人，无边桃李一时新。斋心立遍门前雪[2]，炼气蒸成座上春。讲学大都能变夏[3]，尊经多恐再燔秦[4]。潜夫台下书声满，陇塞如今有凤麟[5]。

【注释】

　　[1]这是一首为乡贤包介亭八秩寿诞写的祝寿诗。包介亭，镇原城关人，同治贡生，光绪三十年（1904）为中峰书院山长，主讲多年，才俊多出其门。

　　[2]此用程门立雪之典，指学生恭敬受教。

　　[3]变夏：典出《春秋》，即夷变夏，指礼乐化民。

　　[4]燔秦：与秦火同，指烧毁诗书。

　　[5]凤麟：凤凰、麒麟，喻指杰出人才。

过思潜亭[1]

　　井里旧泾原，亭芜迹尚存。雁门馋太守，不及布衣尊。

【注释】

　　[1]诗人于乡贤王符，崇仰备至，多有题咏。此诗纯用对比，简古有余味，以雁门太守皇甫节不如布衣王符之尊，极表敬仰之情。

由省旋镇原途中作[1]

　　途长愁昼短，衣薄怯宵寒。车滞城三角，山横道六盘[2]。故乡何日到，古调入时难。未断生灵念，江东望谢安[3]。

【注释】

　　[1]此诗为由省城兰州返家乡镇原途中所作，既写途长衣单、山横路阻的旅途劳

顿，又有忧时念乱的忧国之思，盼望有谢安一样的大贤以安定时局，救民于水火，亦暗寓作者的政治抱负。

[2]"车滞"两句：三角城、六盘山，为诗人自兰返家的必经之途。

[3]谢安：（320—385），字安石，陈郡阳夏（今河南省太康县）人。东晋名士，著名政治家、军事家。少以清谈知名，屡辞辟命，隐居会稽郡山阴县之东山，与王羲之等游。后东山再起，历任征西大将军司马、吴兴太守、吏部尚书等职。平桓温之乱，淝水之战指挥东晋八万兵大败苻坚的前秦军，功勋卓著。

山 居 [1]

野战风云变，山居岁月深。借书充俭腹，看剑触雄心。劫运有时转，真才何处寻。贾生长太息[2]，寂寞少知音。

【注释】

[1]此为作者山居读书生活之写照。虽居深山，岁月寂寞，而心怀天下，并引怀才不遇的贾谊为同调，感叹知音难遇。

[2]贾生：指贾谊，西汉文帝时著名政论家、文学家。

过无定河 [1]

襟带古银州[2]，行人立渡头。笛声吹客泪，柳色写春愁。漠漠长城在，滔滔浊水流。匈奴罢征战，白骨问谁收。

【注释】

[1]无定河在陕北定边、靖边一带，至清涧入黄河。诗人北上宁夏，过无定河，观塞柳长城，古渡浊流，慨叹古来征战地，白骨无人收，诗境慷慨悲凉。

[2]银州：在今陕北榆林市横山县无定河与榆溪河相会处，为屏障关中的军事要地。

宿故人庄 [1]

语多愁不尽，别久益相亲。黄犬解留客，苍鹰饥趁人。浮云忘变态，明月证前身。笑我奔波苦，空言富贵春。

【注释】

[1]旅途见故人，久别语多，格外亲近，即黄狗亦识得旧客，写友情平和亲切。末言"笑我奔波苦，空言富贵春"，则薄名利而向往田园之意自在其中。

登金山寺[1]

不尽登临感,边城远客情。四围乱山色,万古此河声。木叶无人扫,关门任客行[2]。依栏凭眺久,一雁暮云横。

【注释】

[1]这是诗人登兰州白塔山上金山寺的感怀之作。金山寺在白塔山之西,明代建有"佛舍三楹",清康熙四十四年(1705)重建。山势高低随形而建,错落有致,有栈道相连。主要有弥勒佛殿、大雄殿、菩萨殿、药王殿、火神庙、韦陀殿、斜角殿、观音殿、轩辕殿等建筑,今毁圮无存。该诗状山河形胜,气象浑融,苍凉萧疏,余味悠长。

[2]关门:指白塔山下金城关之门。

望华岳[1]

莽莽几千重,浮云面面封。东山殊未起,西岳此为尊。谁作重阳节,遥听万壑松。何当凌绝顶,峻岭跨苍龙。

【注释】

[1]以浮云状华山之高,遥想重阳登高跨苍龙而听万壑松声,有豪壮飘逸之气。

途中所见[1]

河山半憔悴,稼穑更艰难。民困室如洗,客餐羹已残。风吹驴耳直,日落雁声酸。谁慰苍生望,东山老谢安。

【注释】

[1]诗写乱后旅途所见,山河憔悴,农事艰难,民困如洗,于西风落日、归雁哀鸣中生出无限忧念苍生之意。该诗对仗工稳,用情深厚,"风吹驴耳直,日落雁声酸"一句,尤耐玩味。

定 边[1]

举目尽荒凉,城临旧牧场。地留残雪白,风涌半天黄。戟折沙沉铁,边长草上墙。男儿行万里,艰苦待亲尝。

【注释】

[1]定边在陕北榆林之西部,与靖边、安边合称"三边",北枕沙漠,南邻环庆,自古为征战重地。诗写风卷残雪、天黄地白、荒草上墙的极目荒凉之状,唯末句"男儿行万里,艰苦待亲尝"则显豪壮之气。

至灵州[1]

荒城少客行,骸骨尚纵横。天使兵成劫,时闻鬼哭声。山连金积寨[2],沙暗玉泉营[3]。旧侣寥寥甚,无从问死生。

【注释】

[1]灵州:即今宁夏灵武市。
[2]金积寨:即金积堡,在今宁夏吴忠市利通区金积镇,古为屯兵重地。
[3]玉泉营:在今青铜峡市邵岗乡,地处贺兰山与牛首山两山缺口处,地势险要,为明代"西三边"沿长城一线重要的屯兵营垒。

过关山[1]

泥途行不断,何处觅人家。熊迹明当道,鸟声散落花。关连山向背,径踏石横斜。眼底川原小,浮云面莫遮。

【注释】

[1]关山:古名陇山,系六盘山之余脉。诗人过关山,观山势向背,踏泥途石径,多兽迹鸟声而少山居人家。该诗可视为关山历史风貌的一个写照。

谒凤翔苏公祠[1]

名齐韩吏部[2],身遇宋仁宗。秦汉书皆读,峨眉秀所钟。奇文兼怒骂,厚福让凡庸。一作凤翔吏,君门深九重。

【注释】

[1]陕西凤翔县有苏文忠公祠,在东湖之北,明代为纪念苏轼而建。苏轼于宋仁宗嘉祐六年(1061)任凤翔府判官,系初出仕途,达四年之久。诗人拜谒凤翔苏公祠,感叹苏轼高才而不见用,只作一凤翔小吏。"君门深九重",叹其回京之难也。
[2]韩吏部:指唐人韩愈,晚年官至吏部侍郎,人称"韩吏部"。苏轼与唐代韩愈、柳宗元等并称"唐宋八大家",故曰"名齐韩吏部"。

金陵远眺[1]

虎踞龙盘势，江山据上游。六朝金粉地，半壁帝王州。浩气连沧海，文光射斗牛。秦淮泊舟处，诗酒旧风流。

【注释】

[1]金陵：南京古称。该诗为在南京的登临怀古诗，先言江山形胜虎踞龙盘，次言六朝帝王定都史事，又言其文采风流，而诗酒秦淮则一笔荡开，更见余味。气势豪迈、风流蕴藉。

遣　怀[1]

成即败之基，誉来毁亦随。何如耕稼者，无喜亦无悲。

【注释】

[1]此诗言成败毁誉相随，而人亦随之生悲喜之心，哪里比得上农人随时令而稼穑、超然于名利之外？非饱经世事多变、人情炎凉者难作此语也。

郊　游[1]

万绿拥晴郊，春光不肯抛。归来天欲晚，何处梵钟敲。

【注释】

[1]诗写春日郊游，晚归闻寺院钟声，诗境淡远。

春日过六盘山[1]

归来心自闲，采药白云间。春色无人管，牡丹红满山。

【注释】

[1]诗眼在一"闲"字，采药高山，云白花红，意象清丽，潇洒疏朗，情致飘逸。

读项羽本纪[1]

八千子弟起江东，霸业空称一世雄。不识淮阴为国士[2]，当时枉自号重瞳[3]。

【注释】

[1]这首咏史诗奇在立意,楚霸王项羽虽生而异相、目有重瞳,却不识韩信为奇才,使霸业落空。

[2]淮阴:指韩信,江苏淮阴人,西汉开国三贤之一,以功封楚王、淮阴侯。

[3]重瞳:即双瞳仁。《史记·项羽本纪》载,吾闻之周生曰:"舜目盖重瞳子。"又闻项羽亦重瞳子。羽岂其苗裔邪?何兴之暴也?

七 夕[1]

瓜果年年七夕过,暗中针线费摩挲。天孙纵有千般巧[2],那及人间巧更多。

【注释】

[1]诗咏陇东民间乞巧节,瓜果祭拜,穿针乞巧,织女之巧未见,而人间巧女之巧更多。

[2]天孙:指织女星。民间传说中善织的仙女,与牵牛星隔天河而居,每年七月七相聚。

诸葛垒[1]

汉家军垒草青青,讨贼空余战血腥。谨慎一生似诸葛,尚留遗恨在街亭。

【注释】

[1]指诸葛军垒,在天水城东,为诸葛亮六出祁山之遗迹。诗人感叹谨慎如诸葛亮也不免有失街亭之遗憾。

新 学[1]

胸有炉锤笔有神,无穷学术一时新。瀛洲夺尽天工巧[2],始信今人胜古人。

【注释】

[1]新学:指西学,自洋务运动后,西学东渐,传统学术一改经学考据的旧貌,诗人亲历其变,赞叹其巧夺天工,倡言"始信今人胜古人",反映了诗人与时俱进、接纳新学的心路历程。

[2]瀛洲:古代中国神话传说中的东海仙山之一,此借指海外。

塞上吟[1]

十载风霜两鬓秋，登楼王粲尚依刘[2]。书生总有封侯志，只恐成功已白头。

【注释】

[1]诗叹两鬓已白而功业未立，引东汉末文学家王粲南依荆州牧刘表而怀才不遇之典，感慨书生成就功业之不易。

[2]王粲：东汉末文学家，"建安七子"之一。南依荆州牧刘表，不为所重，作《登楼赋》，以抒发怀才不遇之情。

昭君坟[1]

青青芳草抱孤坟，一曲琵琶靖塞氛。不是画工延寿笔，千秋谁复问昭君。

【注释】

[1]昭君坟在内蒙古呼和浩特市南郊。诗咏王昭君和亲事，立意翻新出奇，别具一格。人皆罪画工毛延寿之误昭君，诗人以为若非毛延寿之丑化，便无和番之事，千载而下谁识王昭君之名？

至杀虎口[1]

双城对峙日轮高，马出长城胆气豪。西去归绥三百里[2]，朔风吹雪满征袍。

【注释】

[1]杀虎口：位于山西省右玉县，地处山西与内蒙交界，汤子山与大宝山东西夹峙，是险峻的长城关隘，也是大同至归绥（今呼和浩特）的必经之地，历代为边防重镇，征战频繁。诗人游历至此，感其地理形胜之险绝，遥想古来征战之艰难。诗境慷慨豪壮，有唐人边塞诗的气象。

[2]归绥：指归化、绥远，新、旧城合称归绥，今内蒙古呼和浩特市。

洛阳吊古[1]

风尘京洛吊荒凉，宫阙都成瓦砾场。只有先朝荆棘在，铜驼相对泣残阳。

【注释】

[1]洛阳：十三朝古都，曾经数代繁华，却只剩残阳之下的荆榛瓦砾，顿生无限悲

慨苍凉之感。

邠州晚眺[1]

川原高下地荒凉，风景犹传古太王[2]。缕缕寒烟从地起，人家穴处万蜂房。

【注释】

[1]诗人游历邠州（今陕西彬县，古属南豳之地），晚眺川原上下寒烟缕缕，窑洞层层密如蜂房，遥想周太王古公亶父曾在此"陶复陶穴"的三千年前史事，感叹古人遗泽，至今尚存。

[2]太王：指周太王古公亶父，周文王祖父，率周人自豳迁岐，在周代发祥史上意义重大。

读《桃花源记》[1]

品节文章世并称，空中楼阁本无凭。时人未会渊明意，只说桃源在武陵。

【注释】

[1]桃花源本为虚拟托志，今人指实在武陵，已乖陶渊明之本义。该诗立意别有心会。

田家即事[1]

肚皮终未合时宜，荷作衣裳竹作篱。水抱方塘书井字，油炊新糁缀饧枝。满天霞绮日将落，遍地麦畦风倒吹。骑马归途几回首，一庄云影黑离离。

【注释】

[1]诗写晚游农庄，见竹篱、方塘、麦畦等田园之景，而云重雨将至，遂生眷恋之心。一肚皮的"未合时宜"当为田园之趣所消解。

闲　来[1]

闲来无事不逍遥，陶令从今懒折腰[2]。地险山依龙尾健，庭空花引鸟鸣娇。诗篇忌到坡仙桧[3]，怨气吹残伍相箫[4]。但对青编慰岑寂[5]，宁容俗尘欠纷嚣。

【注释】

[1]辞官山居，看花听鸟，吟诗吹箫，观书避俗，无处不见一"闲"字。

[2]陶令：指陶渊明，此句用陶渊明不为五斗米折腰之典。

[3]坡仙桧：坡仙指苏东坡，文才盖世，人称坡仙。传广州城有桧奇古，苏东坡曾供佛其下，得甘露缀枝，故有坡仙桧之典。

[4]伍相箫：伍相指春秋时吴王夫差的国相伍子胥。伍子胥自楚入吴，初不得志，吹箫以引众目，后终得大用。此典多喻志士之穷途。

[5]青编：青丝编简，借指书籍。

沔阳过武侯墓[1]

翠屏叠叠水沄沄，中有南阳诸葛坟。松柏犹能传万古，江山毕竟限三分。途逢蜀坂鸡头鹘[2]，窗拍吴兴豹脚蚊[3]。闲读出师前后表，壁间灵气郁风云。

【注释】

[1]沔阳：指今陕西省汉中市勉县，武侯墓在勉县定军山下，是蜀汉丞相诸葛亮（谥"忠武侯"）的墓地。

[2]鸡头鹘：竹鸡，俗名泥滑滑，林间野禽。苏东坡诗有"泥深厌听鸡头鹘"句。

[3]豹脚蚊：指伊蚊，脚有花斑，毒性大，故名豹脚蚊，亦名"豹脚"。苏轼《次韵周开祖长官见寄》："风定轩窗飞豹脚，雨馀栏槛上蜗牛。"

晓行口占[1]

欲追定远觅封侯[2]，投笔思将壮志酬。奉使槎随天上路，何人箸借幄中筹[3]。鸡催残夜梦魂月，雁叫早霜卧塞秋。晓气逼人寒入骨，菊花时节著重裘。

【注释】

[1]诗人于秋日鸡叫霜寒的早晨奉命远行，引班超投笔封侯、张良借箸代筹之典，抒发书生为国建功的壮怀。

[2]封侯：东汉班超投笔从戎，立功西域，封"定远侯"。

[3]此用张良借箸之典。郦食其劝刘邦封立六国之后，张良借箸代筹，陈说八不可之理，避免割据之祸。

客中逢春[1]

节序逢春斗转寅[2]，年年作嫁为他人。雷声唤起千山雨，花气催成一院春。官久浑忘时态薄，客愁又见岁花新。呼童沽取葡萄酒，浇尽胸中万斛愁。

【注释】

　　[1]客居他乡，听春雷声声，见雨后花红，叹节序流转，悲功业未成，遂生万斛春愁。

　　[2]寅：东方，斗柄东指，天下皆春。

夜泊江渚[1]

　　风横双桨泊荒浔，烟树濛濛瞑色浸。明月澄江涤魂魄，白云依渚荡胸襟。人随鸥鹭浮家去，夜静鱼龙听客吟。古调独弹寄幽怨，高山流水几知音。

【注释】

　　[1]夜泊江边，烟树濛濛，月色澄江，白云悠悠，鸥鹭高翔，鱼龙潜跃，吟诗弹琴，难觅知音。意象凄清婉丽，诗境幽美。

潼关望黄河[1]

　　重关百二此咽喉，舟楫云横古渡头。仙掌凌空瞻华岳，人声对岸即蒲州[2]。题楼红叶潇潇下，绕郭黄河曲曲流。四海一家无事日，晋秦何用划鸿沟。

【注释】

　　[1]潼关：陕西关中的东大门，北邻黄河渡口，位居晋、陕、豫三省要冲，是东入中原和西进关中的必经之地及关防要隘，山河表里，形势险绝，历来为兵家必争之地，有"四镇咽喉"之称。诗人感叹如此险绝之关隘，今山河一统、四海无事，已失当年阻隘之效。

　　[2]蒲州：今山西省永济市。

夜渡函谷关[1]

　　残星斜月出关西，欲曙天光恐路迷。春暗桃林千树艳，地邻华岳万山低。休兵幸已无风鹤，过客何须候晓鸡[2]。剩有龙逢古冢在[3]，墓碑百代姓名题。

【注释】

　　[1]函谷关：南接秦岭，北塞黄河，位于河南省灵宝市，关在谷中，深险如函，故称函谷关。是河南省的西大门，为历来兵家必争之地，也是老子著《道德经》处。该诗对仗工稳，意蕴浑厚。

　　[2]秦律，函谷关门晨闻鸡鸣始开。

　　[3]龙逢古冢：关龙逢为夏桀时忠臣，以直言极谏而被杀，葬于函谷关。

宿沙坡头[1]

已凉时节未残秋，辛苦驱驰晚且休。日射平沙明似境，烟围破屋小于舟。天涯风雨重阳近，塞上烟云一望收。更喜炭山还夜照[2]，幽然景色豁吟眸。

【注释】

[1]沙坡头：在宁夏中卫县城西、腾格里沙漠南缘，黄河北岸，有数十公里沙坡，今为著名风景区。诗人于重阳时节夜宿沙坡头，观日射平沙、炭山夜照诸景，沙漠、黄河、绿洲等塞上风物浑融一体，心旷神怡。

[2]炭山夜照：为中卫十二景之一，炭山石煤入夜自然，甚为壮观，形成一景。

叶升堡途次望贺兰山[1]

秋色苍茫觉早寒，飞霜欲冻到吟鞍。雁鸿断续边风劲，豺虎纵横行路难。银汉浮槎天上去，青山落日影中看。朔方有客寻陈迹，马背扬鞭指贺兰。

【注释】

[1]叶升堡：今宁夏青铜峡市叶升镇，是建于明洪武九年（1376）的屯兵要地，位居宁夏四卫的交通要道，以明代宁夏卫副将军叶升的名字命名。诗人游历过叶升堡，遥望贺兰山，秋色苍茫，鸿雁飞霜，日落青山，鞭指贺兰。该诗意象高远，情景相得，有豪放之气。

汉江夜泊即目[1]

江头路近汉阳城，几处鱼灯隔岸明。细雨带风能却暑，片云韬月懒开晴。遥空鹤泪惊愁梦，静夜龟声唱转更。一曲梅花天外落，舟人触起故园情。

【注释】

[1]细雨微云，隔岸渔火，月暗鹤飞，静夜闻乐，状汉江之夜景，起乡思之幽情。

感　时[1]

彭泽归来老病身[2]，河山破碎不成春。蝇名蛙利悲斯世，虎视鹰瞵相彼邻。举国空谈三尺法[3]，操戈况是一家亲。纵横当道豺狼满，归隐江干理钓缗[4]。

【注释】

[1] 诗人感于国事艰难，军阀混战，同室操戈，豺狼当道，遂有辞职归隐之心。
[2] 彭泽归来老病身：用陶渊明辞彭泽令之典，借指辞官。
[3] 三尺法：指法律。古代以三尺竹简书法律，故称。
[4] 钓缗：钓鱼竿上的线。

洛阳遇雨[1]

嵩山洛水拱周京，润洒簾波带雨行。半亩荷花千亩秋，十分秋色二分晴。时艰无补空流涕，世变难知暗自惊。遥忆梁园旧宾客[2]，颠风卧听塔铃声。

【注释】

[1] 诗写雨中洛阳，嵩山洛水，秋色荷塘，感世变时艰，忆梁园不再，清丽疏朗，余韵悠长。
[2] 梁园：汉梁孝王所建园囿，在河南省开封东南。

香山苏武庙[1]

小立松烟蔓草间，祠瞻属国笑开颜[2]。牧羊持节餐胡雪，飞雁传书返汉关。安有肉身留绝域，犹将血食祀荒山。边氓不解麒麟阁，地老天荒石更顽。

【注释】

[1] 宁夏中卫香山上有苏武庙，为明初庆王朱㮵就藩宁夏时所建。诗人拜谒香山苏武庙，赞其在匈奴牧羊持节十九年的忠节，对当地乡民俗传塑像为苏武肉身的说法给以否定，以为重在忠节，不在肉身。
[2] 属国：指典属国。汉昭帝始元六年（前81），苏武归汉，官拜典属国。

元昊台[1]

贺兰西望大河东，霸业空余元昊宫。文字至今倍珍重[2]，画图毕竟是英雄。军逢范老才相敌[3]，国入元胡运始终。独上高台寻故事，断碑荒草夕阳中。

【注释】

[1] 诗人登元昊台，感叹一代枭雄，创立西夏，制西夏文字，开疆拓土，其霸业只剩残台断碑淹没于夕阳下的荒草之中，充满历史的沧桑感。
[2] 文字至今倍珍重：元昊创制西夏文字，今武威护国寺尚存西夏碑。
[3] 范老：指范仲淹，曾任环庆路经略安抚使、庆州知州，御夏有功。

六盘晚眺[1]

峻坂崎岖路渺茫,弯弯曲曲尽羊肠。峰连华岳雄三辅[2],地接萧关下五凉[3]。纤月半衔蒿店远[4],斜阳返照瓦亭荒[5]。风尘仆仆缘何事,惹得山花笑客忙。

【注释】

[1]诗人晚眺六盘山,见山道崎岖如羊肠,其高东连华岳,其远西接河西,晨起纤月半衔自西麓蒿店出发,至东麓瓦亭已是斜阳返照,状六盘山之高险难行,生动传神。

[2]三辅:汉代治理长安京畿地区的三个职官京兆尹、左冯翊、右扶风的合称。亦指其所辖的京畿之地。

[3]五凉:指前凉,后凉,北凉,南凉,西凉,是五胡十六国时期的五个政权。建国在河西走廊和青海河湟地区,后借指甘肃一带。

[4]蒿店:在宁夏泾源县六盘山镇,位在六盘山之西麓。

[5]瓦亭:指瓦亭城,位于六盘山东麓弹筝峡北口,是历史上西北地区的重要关隘和驿站。

陇头水[1]

万马西来陇上行,朔风送客度边城。淘残终古英雄气,流出离别呜咽声。雁影寒侵关月远,马蹄踏破阵云横。临流愿上澄清颂,水借银河一洗兵。

【注释】

[1]陇头水为乐府旧题,多写军旅边塞、游子思妇。而诗人游历六盘山、关山一线,以陇头水为题,却是写实,有感而发,陇头水消磨英雄气,流出呜咽声,雁影寒月,马踏阵云,古来多少将士、离人的血泪淹没在陇头流水之中,遂有愿借银河之水洗尽兵劫、天下太平的大胆想象。

女娲庙[1]

女中尧舜此开先,史与羲皇共一编。云幕规模延后世,风陵碑碣付荒烟。为人未必真抟土,作帝何难缺补天。圣德发祥古成纪[2],至今典重有司箈[3]。

【注释】

[1]诗人拜谒女娲庙,有感于伏羲女娲传说,以为抟土造人、炼石补天未必是真,而肇启华夏文明之圣德至今流传,祭祀不绝。

[2]成纪:今甘肃静宁,传为女娲故里。

[3] 笾：古代祭祀或宴会上用来盛果实、肉干等的竹编器具，借指祭祀。

还　乡[1]

三径归来松菊存，漫劳楚些赋招魂[2]。灯檠尚忆儿时诵[3]，尘甑空留旧梦痕。秋老雁鸿辞朔漠，天寒桔柚坠江村。潜龙勿用终贞吉，且学庞公隐鹿门[4]。

【注释】

[1] 诗写还乡家居，以秋老天寒而鸿雁南翔，桔柚自坠为喻，追忆儿时岁月，觉流光如梦，引庞德公隐居鹿门之典，表"潜龙勿用"之心迹。

[2] 楚些：《楚辞·招魂》沿用楚国民间流行的招魂词的形式而作，句尾皆有"些"字。后以"楚些"指招魂歌或楚辞的代称。

[3] 灯檠：灯架。

[4] 庞公隐鹿门：东汉襄阳人庞德公，躬耕于襄阳岘山之南，拒绝刘表的礼请，不慕荣华，携妻、子隐居鹿门山，不仕而终。典出皇甫谧《高士传》。

秋暮晚眺[1]

一角危楼峙女墙，朔风吹雪雁南翔。云飞还浦都弥漫，鸟倦归林入渺茫。关塞秋深收宿雨，边城客里过重阳。持螯举酒幽怀畅，却把他乡作醉乡。

【注释】

[1] 诗写秋云秋风秋雨，由南雁倦鸟而及边城之客，重阳酒醉他乡，于萧索中寓旷达之情。

感　时[1]

海枯石烂水横流，徒向人间抱杞忧。万事竟因朋党误，诸儒多与圣贤雠[2]。堂居燕雀焚难免，陆起龙蛇战未休。欲觅桃源何处所，渊明坐对菊花秋。

【注释】

[1] 民国肇造，新党与旧党、新学与旧学，纷争不已；军阀割据，征战不休。有感于国之乱局，欲寻桃源净土已不可得。

[2] 雠：同仇，深切的怨恨，仇敌。

蒿 目[1]

蒿目中原尽寇氛，相逢半是棘门军[2]。舟车海外争谋窟，楼阁空中妄策勋。尚想诛求急星火[3]，会看屠钓际风云[4]。人才处处多于鲫[5]，谁把民生重一分。

【注释】

[1]蒿目：即满目蒿莱之意，忧时世之艰难也。举目中原，军阀混战，有的狡兔三窟谋于海外，有的空中渔利谋求大名，有的强征索要急如星火，也有草莽英雄风云际会，而受难的却是天下苍生。"人才处处多于鲫，谁把民生重一分"，语殊沉痛，表达了诗人强烈地忧念民生的爱国之情。

[2]棘门军：纪律松弛的军队。典出《史记．绛侯周勃世家》。汉文帝时，匈奴入侵。以刘礼屯兵霸上，徐厉屯兵棘门，周亚夫屯兵细柳，以备胡。文帝劳军至霸上、棘门军，皆直驰而入；到细柳军，周亚夫军容整饬，以军礼相见。文帝赞曰："此真将军矣！乡者霸上、棘门如儿戏耳，其将固可袭而虏也。"后因以"棘门军"称纪律松弛的军队。

[3]诛求：诛杀、敲诈，指强征索要。

[4]屠钓：屠宰、钓鱼，旧指操贱业者。

[5]多于鲫：鲫鱼多产量大，以喻物之多。东晋立，北方士族多南渡，时人曰："过江名士多于鲫。"

上张杰三提军[1]

有客乘槎泛斗牛，西擎一柱此中流。关山地静三边月，剑戟霜寒万里秋。麟阁功侔赵充国[2]，骚坛诗重韦苏州[3]。将军勋绩标铜柱，薏苡明珠莫浪收[4]。

【注释】

[1]张杰三：张俊（1841—1900），字杰三，甘肃省环县小南沟张新庄（清属固原）人，清末名将。在甘军董福祥"董字三营"中任左营统领，以功授总兵衔。率部从左宗棠进军新疆，打击入侵的中亚浩罕国阿古柏，功冠诸军，授提督衔，后任甘肃西宁镇总兵、伊犁镇总兵。光绪二十一年（1895）任喀什噶尔提督，后继董福祥任甘肃提督。光绪二十五年（1899），应诏入京，任北洋武卫全军翼长，领中军。病逝后，光绪帝题词"名重边陲，功留瀚海"，下诏立专祠奉祀。诗人仰慕乡贤张俊立功绝域、收复新疆的功业，遂献诗时任喀什葛尔提督的张俊，赞其为国之砥柱，功比名将赵充国，极表敬仰之情。

[2]赵充国（前136—前51），字翁孙，陇西郡上邽县（今甘肃天水市清水县）人，西汉名将。为人有勇略，汉武帝时，随贰师将军李广利出击匈奴，功拜中郎，历任车

骑将军长史、大将军都尉、中郎将、水衡都尉等职。率军击败武都氐族叛乱，并出击匈奴，俘虏西祁王。与霍光等拥立汉宣帝，封营平侯。计定羌人叛乱，屯田戍边，卓有功勋。年八十六去世，绘像麒麟阁，为"麒麟阁十一功臣"之一。

[3]韦苏州：指中唐诗人韦应物，世称韦苏州。张俊通文墨，称儒将，故诗人比之韦苏州。

[4]薏苡明珠：薏苡即薏米，被进谗的人说成明珠。比喻遭人诬陷，蒙冤受屈。典出《后汉书·马援传》。

邠州野望[1]

人家隐隐住山腰，樵路行行隔水遥。称寿兕觥春酒熟，无踪鸿爪雪泥消。民愁卒岁衣无褐，地讶凌空石架桥。周代桑麻何处是，晚风吹野客萧萧。

【注释】

[1]诗人行南豳之野，见窑洞、樵路，遥想周人教民稼穑之事，诗境皆从《诗经·豳风·七月》之"称彼兕觥，万寿无疆""为此春酒，以介眉寿""无衣无褐，何以卒岁"化出，古意盎然。

有 感[1]

龙失深渊鸟失巢，诗书乱后任人抛。文章今古多标榜，时势英雄起草茅。变法大都攒故纸，杀机深恐祸同胞。杜陵无限悲秋意，闲里吟诗字细敲。

【注释】

[1]感于时局之乱，礼乐崩坏，群雄并起，大政流于空文，深恐祸及同胞，引杜少陵之悲秋为同调，书生忧国，徒唤奈何，托之诗词，聊以解忧。

述 怀[1]

煮酒敲诗涤俗缘，思潜亭畔古城边。旧无相识添新雨，少未成名况暮年。吾道不行皆命也，世途虽险自怡然。素怀人似黄花瘦，莫把升沉去问天。

伤心字字出新裁，工部诗成半写哀。松到苍时才见节，火看红处恐飞灭。家居我已甘藏拙，世变人争喜见材。一事无成空建设，干城祖国要真才[2]。

【注释】

[1]此诗写暮年家居之感怀。诗酒自娱，知命怡然，为无大建树而伤怀，呼吁有真

正的国之干城出现。诗境低沉萧索。

[2]干城：干，盾牌。城，城墙。典出《诗经·周南·兔罝》："赳赳武夫，公侯干城。"比喻卫国之才。

游平山堂歌[1]

淮东岿然平山堂，高踞广陵依蜀冈。十里柳湖汇一曲，诸天梵宇耸中央。闻昔庐陵守维扬[2]，公余寻乐兹徜徉。宾僚宴饮称嘉会，分题击钵诗盈囊。贤守风流寄烟水，邗江民俗劝农桑。六朝名胜委榛莽，斯构终古垂灵光。我曾祝之一瓣香，抚兹杨柳怀芬芳。颜书大字何淋浪，龙蛇结体神采彰。万松亭上春风拂，一粟庵中宵月凉。更喜梅花环左右，清沁肺腑馨袭裳。第五名泉试一掬[3]，陆羽茶品烹头纲[4]。良朋精舍置壶觞，欢然谈笑尽日长。前辈髯苏欣坐侍，蓬瀛旧学好商量。沂州太守吏部郎，粲花妙论擅词场。昔年月下簪毫客，今续冶春吟慨慷。文正勋名焕钟鼎，苏湖教泽遍江乡。爱物于人必有济，好乐自古戒无荒[5]。

【注释】

[1]平山堂：位于江苏扬州市西北郊蜀冈中峰大明寺内。始建于宋仁宗庆历八年（1048），时任扬州知州欧阳修激赏其地之清幽古朴，遂筑堂于此，因江南诸山历历在目，似与堂平，故得名平山堂，被誉称"壮丽为淮南第一"。欧阳修公事之余与文人士大夫置酒高会于平山堂，坐花载月，诗酒唱和，文采风流，极一时之雅，传为美谈。诗人游历至此，睹景思人，仰慕前贤，以歌行体作游平山堂歌，语言平易，清丽疏朗，情景相得，叙议间出，于轻松明快的格调中发人深思，在慕寿祺的诗歌中别具一格。

[2]庐陵：欧阳修为江西庐陵（今吉安市永丰县）人，此借指欧阳修。

[3]第五名泉：即"天下第五泉"，位于扬州蜀岗中峰大明寺康熙、乾隆御花园内，茶圣陆羽曾为此泉作记。

[4]陆羽：(733？—804？)，字鸿渐，复州竟陵（今湖北天门市）人，字季疵，号竟陵子、桑苎翁、东冈子，又号"茶山御史"，唐代茶学家。一生嗜茶，精于茶道，撰《茶经》三卷，论茶的性状、品质、产地、种植、采制、烹饮、器具等，是世界上第一部茶叶专著。后被誉为"茶仙"，尊为"茶圣"，祀为"茶神"。

[5]好乐自古戒无荒：好乐无荒，典出《诗经·唐风·蟋蟀》："蟋蟀在堂，岁聿其莫。今我不乐，日月其除。无已大康，职思其居。好乐无荒，良士瞿瞿。蟋蟀在堂，岁聿其逝。今我不乐，日月其迈。无已大康，职思其外。好乐无荒，良士蹶蹶。蟋蟀在堂，役车其休。今我不乐，日月其慆。无已大康，职思其忧。好乐无荒，良士休休。"言贤良之士娱乐而不废正业之意。

病中留别亲友[1]　选四

献策金门愿未酬,舌耕家住古兰州。文章有骨师班马[2],恩怨无心说李牛[3]。九百万人劫何苦,五千余载史新修。其他月露风云作,残藁从教岁岁留。

劫后沧桑屡变迁,尚从斗室事青编。报章鼓吹输三耳[4],家计油盐荷一肩。青眼高歌今老矣[5],紫蒙回望独凄然。贾生痛哭空流涕[6],几见娲皇石补天。

生小原州素业儒,几番偕计到皇都。文章策论新花样,锦绣河山旧版图。避难诗成唐杜甫,读书台忆汉王符。年来莫怪修羊薄[7],我亦空空一鄙夫。

政令牛毛无定裁,江南赋罢子山哀[8]。衣冠鳞介伤时局,楼阁烟霞化劫灰。退笔堆成三尺冢[9],新莹坐对九州台。袖川门外西原路,可有亲宾送我来?

【注释】

[1] 该组诗为作者晚年病中留别亲友之作。追怀自己一生行止,感叹怀才而大志未伸,本意施政济世,最终舌耕著书。语出真情,诗境凄婉。笔力健劲老到,用典精切入微,对仗工稳,学力深厚,才情雄富,于凄清悲凉中含壮慨之气。

[2] 班马:指汉代史学家司马迁、班固。

[3] 李牛:指唐代牛李党争中的党首牛僧孺、李德裕。

[4] 三耳:典出《孔丛子·公孙龙》,谓两耳之外别有一耳,主听。

[5] 青眼:世传"竹林七贤"之一的阮籍能作青白眼,敬重者以青眼看之,轻蔑者以白眼看之。

[6] 贾生痛哭:西汉贾谊上汉文帝《治安策》云:"臣窃惟事势,可为痛哭者一,可为流涕者二,可为长太息者六。"后指忧国忧民。

[7] 羊薄:指南朝宋时书法家羊欣、书法家薄绍之,并称"羊薄"。此处喻著书。

[8] 子山:南朝文学家庾信,字子山,羁留北朝,作《哀江南赋》。

[9] 退笔堆成三尺冢:南朝书法家智永和尚集用废笔头埋而为冢,人称"退笔冢",诗用此典。

◎ 慕寿祺

慕寿祺,镇原县平泉镇古城山人,光绪贡生,系固原学正、西宁教谕、宁灵厅教授慕暲之长子,慕寿祺之兄。

县议会成立[1]

高原四面古岩疆，士气从今望发扬。本为民艰需革弊，敢矜予智损谦光。三挝羯鼓容曹相[2]，一斛珍珠谢宋皇[3]。议论凛然无两可，口诛笔伐厉锋铓。

【注释】

[1]清亡，民国建立，行宪政，倡民权，各地成立议会，选议员，作者赋诗以志，期望议员能发扬士气，持论凛然，革弊为民。

[2]此用祢衡击鼓骂曹之典，喻直言敢谏。

[3]一斛珠：本为宋词牌名，此借用其意，指为国进言。

◎慕承藩

慕承藩，字价人，镇原平泉镇古城山人，慕寿祺之子，能诗善文。

晚渡县川河进镇戎门[1]

始信家乡好，群安畎亩耕。四围乱山色，千古此河声。向晚云归岫，随人月进城。镇戎旧题字，凭眺待天明。

【注释】

[1]慕承藩少随父读书，客居兰州，回乡见山川旧城，晚云月色，农人耕稼，倍感亲切，于月下的镇戎门城楼久久伫立，凭栏远眺，表现了浓厚的乡土之情。意象浑融，余味悠长。

◎吴寿平

吴寿平，字吉生，河南人，清光绪间举人，民国七年（1918）任宁县县长。

题南山寺壁[1]

茫茫孰与叩苍穹，心绪闲来诉远公[2]。三径有怀知倦鸟[3]，一官无赖寄生虫[4]。头颅尚戴三边雨[5]，书剑难禁两袖风。借问觉边何处海，万花丛里一声钟。

【注释】

[1]这是登宁县南山寺访僧人闲话的题壁诗，所言怀恋乡土、倦鸟知返、为官无奈的心绪已见出倦于宦游、辞官归里的心迹。

[2]远公：东晋高僧慧远。此指南山寺僧人。

[3] 三径：归隐者的家园。典出赵岐《三辅决录·逃名》："蒋诩归乡里，荆棘塞门，舍中有三径，不出，唯求仲、羊仲从之游。"知倦鸟：即倦鸟知返。喻久在外乡奔波而有倦意，欲返故乡。

[4] 无赖：无奈，无可奈何。

[5] 三边：明代指延绥、宁夏、甘肃为三边。此泛指西北边地。

◎庞凤仪

庞凤仪，华池县悦乐镇新堡村人，清末民国间地方名士。

题新堡镇敦古砦[1]

古砦敦仁新堡村，层层叠叠起高崇。楼台远望深林内，阁屋近看密林中。卷石堆成千年盛，勺水积就万世隆。方圆规矩公输巧，垒土诛茅用妙工。

【注释】

[1] 民国十四年（1925），华池新堡镇敦古砦维修并重修砦内天德观，庞凤仪作《新堡镇敦古砦记》，并作该诗以美之，勒石立于天德观内，今存。

◎张祥麟

张祥麟，庆阳县人，清末廪生。民国时，曾任陕甘宁边区陇东分区庆阳县议会议员。

欢送王维舟旅长[1]

镇守庆阳已九春，训兵有法爱平民。万方多事频遭劫，四野欢腾欣得人。敬老尊贤不挟贵，奉公洁已又怜贫。骊歌载唱行旌动，无计挽留只颂仁。

【注释】

[1] 王维舟（1887—1970），字天桢，四川省宣汉县人。曾参加辛亥革命和四川的护国、护法战争。1920年5月在上海加入朝鲜共产党，1921年中国共产党成立以后被批准转入中共。因此，被称为"入党比建党还早的革命家"。长期在川东组织武装斗争，后参加川陕苏区反围剿和长征，到达陕北后任中共中央军委四局局长，中国工农红军第33军军长。抗日战争时期任一二九师三八五旅副旅长、旅长兼政委，于1937年10月率军驻防庆阳县，担任保卫陕甘宁边区西大门的任务。1946年4月调任中共四川省委副书记。后又任西南军政委员会副主席，西南民族学院第一任校长，全国人大常委。王维舟率军驻庆阳九年，严于治军，勤政爱民，敬老尊贤，廉洁奉公，关心民瘼，深入群众，无官僚气，深受民众爱戴，人称"王善人"。离任之时，庆阳县百姓自发于街道两

旁摆瓜果、香案，争相话别，自早至晚，场面感人，军民之情，堪比鱼水。作者有感而发，为诗以赞之。

◎袁耀庭

袁耀庭，镇原人，民国时任甘肃省张掖县县长。与慕寿祺主持重刊乾隆甲戌本《潜夫论》。

雨夜闻匪窜镇原有感[1]

久作边城客，茫茫感百端。故乡兵劫后，连夜雨声酸。燕子身巢幕，鲛人泪满盘[2]。民生果何罪，充作剥皮丹[3]。

【注释】

[1]作者远在河西而心怀乡土，雨夜闻镇原遭兵匪浩劫（指1931年陕军甄寿山残部杨万青窜居镇原侵扰乡民事），不禁涕泪交流，感叹民生多难。

[2]鲛人：神话传说中鱼尾人身的生物，水居如鱼，滴泪成珠。典出干宝《搜神记》。

[3]剥皮丹：指荒年之粒食。典出《清异录》："唐末，天降奇祸，兵革遍海内，时多饥俭……粒食价踰金璧。通衢有饭肆偶开，榜诸门曰：货剥皮丹，每服（碗）只卖三千。彼时之民，与犬豕何以异。"

◎刘养锋

刘养锋（1894—1960）名葆锷，以字行，甘肃西峰区人。留学日本帝国大学，后任冯玉祥国民军十九师吉鸿昌部政治处长，河间县长，宁夏省教育厅厅长，镇原中学校长。中华人民共和国成立后，当选甘肃省人大代表、政协委员。工书法、诗词，有《养锋诗文集》《离骚笔笺》《习字入门》等著作。

屯字镇解围[1]

山县古高平[2]，农安畎亩耕。忽然滋变故，长此住新营。仗剑来千里，当途踞一城。麟游残部落，鼠窜四纵横。尘起无天色，渠流血有声。相持亦劲敌，况复出奇兵。已断水泉汲，而犹蛮触争。民贫匪严谷，谁与扫欃枪[3]？贼退枭心死，军逢虎力生。渔人真得利，甲士竞投诚[4]。地腾怀忠冢，诗闻奏凯赓。原州仍似旧，魂梦莫相惊。

【注释】

[1]1931年，陕军甄寿山残部杨万青窜居镇原县城、太平、屯字镇等处，侵扰地

方，与陇东军阀陈珪璋部激战三月有余，至六月战乱始平。作者时在宁夏，闻听家乡民生涂炭，忧念于怀。及战事平，为作此诗以记。

［2］高平：原州古称，即镇原县。

［3］欃枪：彗星别称，主凶。此喻邪恶势力。

［4］指杨万青残部为陕军杨子恒部收编事。

◎马锡五

马锡五（1899—1962），陕西省保安县（今志丹县）人。1930年参加革命，历任陕甘边区苏维埃政府粮食部长、陕甘省苏维埃政府国民经济部长等职。1936年5月后，任陕甘宁省苏维埃政府主席、中共陕甘宁省委常委。抗日战争时期，先后担任陕甘宁边区庆环分区、陇东分区专员，常驻庆阳县。1943年4月，兼任陕甘宁边区高等法院陇东分庭庭长。1946年，任陕甘宁边区高等法院院长。中华人民共和国成立后，历任最高人民法院西北分院院长、西北军政委员会政治法律委员会副主任、最高人民法院副院长。其所创造的"马锡五审判方式"及办理的"封芝琴婚姻案"影响深远。

题七七零团纪念碑[1]

数代荒山变良田，屯军积粮依此川。为国爱民皆模范，白河将士古今传[2]。

【注释】

［1］1942年，响应中共中央大生产运动的号召，三八五旅七七零团进驻大凤川开荒，历时两年，开地三万四千亩，修筑营房四百余间，使昔日"野山僻壤，林木参天，人烟无几，兽群遍行"的荒凉的大凤川变成了"粮食满仓，蔬菜有余，牛马成群，猪羊满圈，革命家业日趋雄厚"的"陇东的南泥湾"。1944年11月，七七零团全体指战员奉命撤离大、小凤川奔赴抗日前线，马锡五时任陕甘宁边区陇东分区专员，特为之题诗褒奖，并立碑大凤川口。

［2］白河将士："白河"为八路军一二九师三八五旅七七零团代号。此指七七零团指战员。

◎田维岚

田维岚（1901—1951），号映松，镇原县屯字镇人，能诗善画，为民国甘肃才女。先后入北京女子高等师范学校、北京政法大学求学，1929年入职北京晨报社，参与创办陇东留平学会《泾涛》期刊，倡导妇女解放、男女平权。与吴瑞霞（字梦芸）合作《松芸诗集》，由商务印书馆出版，于右任题签。

自兰赴京绝句三首[1]

平滩系缆夕阳残,沙岸无垠感百端。负笈何年酬素志[2],故园回首泪阑干[3]。

极目黄河入海流,斜阳一片使人愁。巍巍秦帝今何在,惟有长城万古留。

滩外渔翁唱短歌,闲云来去影婆娑。塞花野草无情致,高挂云帆下碧波。

【注释】

[1] 这几首诗见作者与吴梦芸合著的《由甘肃至京师长途旅行记》。1919年7月,甘肃省教育厅保送在甘肃省立女子师范学校读书的田维岚、吴瑞霞、邓春兰等六名女子去北京女子高等师范学校深造。自7月26日至8月26日,历经32天长途跋涉,水陆并行,始到北京。遂将沿途所见之山川险阻、风土民情逐日记出。内有绝句五首,今选三首,题目为编者加。观其诗,可见辞亲远游的眷恋、愿酬素志的胸怀、塞上长城黄河落日的壮阔、云帆高挂的期许,才思蕴藉,寄情自然,婉丽明快。

[2] 负笈:背着书箱,指外出游学。

[3] 阑干:纵横错落,此指泪落之状。

吊梦芸义妹[1]

满腔热血洒空林,三尺孤坟葬汝身。异地栖迟休念我,天涯侬是未归人。

【注释】

[1] 田维岚与吴梦芸总角交谊,形影相依,情同姐妹,同赴京师求学。1930年吴梦芸毕业于北平大学法学院,受聘担任宁夏省立女子师范学校校长,1931年病逝于银川,时年30岁。田维岚闻之,五内俱伤,为诗以悼。想当年同乡姐妹一同外出游学,感今日三尺孤坟葬于他乡,"天涯侬是未归人",一语道尽万千哀痛。

◎王孝锡

王孝锡(1903—1928),字遂五,甘肃宁县太昌镇人,革命烈士。1918年入平凉省立第二中学,1924年考入国立西北大学。1926年加入中国共产党,1927年秋,主持成立中共彬宁支部,是中国共产党在甘肃省的第一个农村党支部。1928年5月参与组织旬邑暴动,1928年12月在兰州壮烈牺牲。

秋风歌[1]

明皎皎天高气清，音朗朗远来飞鸿。风过东篱香满座，黄叶飘落动远人。志在振，去从戎，黄沙血染，草木尽宁。

【注释】

[1] 1921年5月，王孝锡因公开反对封建礼教和学校的陈腐制度，引起平凉二中校方不满，被学校开除。他对前途充满希望与信心，徒步至兰州求学，以《秋风歌》明志，表达了他的不屈心志。

咏长江[1]

大江滚滚浪排空，革命高潮在望中。破浪乘风今日事，疆场纵马建丰功。

【注释】

[1] 1927年8月，在国共第一次合作完全破裂、大革命失败的危急关头，中国共产党在汉口召开"八七会议"，确定了开展土地革命和武装反抗国民党的总方针。王孝锡时在武汉，以《咏长江》为题，表达了高潮在望、乘风破浪的革命浪漫主义情怀和革命必成、疆场建功的豪情壮志。

登华山有怀[1]

跨上苍龙游太空，群峦环抱拱中峰。登高一呼万山应，声势如雷震苍穹！

【注释】

[1] 1927年8月，王孝锡自武汉返回甘肃，途径华阴，遂登华山，托物寄志，而有此作。明写华山一峰凸起而群峦环拱、一呼万应而声势如雷，暗寓革命必将有燎原之势。该诗豪气干云，有慷慨之气。

吊故友七人[1] 选一

挽救工农登仙阶，努力实现苏维埃[2]。生平浩气终难泯，革命史上第一页。

【注释】

[1] 1928年5月7日，王孝锡参与组织旬邑起义，占领旬邑县城，至月底起义失败，领导人许才升、吕佑乾等七人被活埋，王孝锡因去彬县百子沟煤矿组织暴动而幸免

于难。事闻，王孝锡悲愤莫名，作诗哀悼，对七位战友给予了高度评价。

［2］苏维埃：俄语音译，意即"工农代表会议"或"工农代表委员会"，是指俄国无产阶级于1905年革命时期创造的领导群众进行革命斗争的组织形式。十月革命以后，苏维埃成为俄国新型政权的标志。

◎ 袁国平

袁国平（1906—1941），湖南省邵东县人，中国共产党党员。生于贫苦农家，1922年考入湖南省立第一师范学校。1925年10月入黄埔军校第四期政治科。先后参加北伐战争、南昌起义、广州起义、五次"反围剿"作战及红军长征。在陕甘宁边区，历任西北革命军事委员会后方办事处政治部主任、西北红军大学政治委员、中国工农抗日红军教导师政委等职。1936年12月底，红军教导师进驻庆阳城，不久继周昆兼任师长。开展军事干部培训、"反冯灭霸"斗争，多有建树。1937年全面抗战爆发，受中共中央指示，组建中共陇东特别委员会（简称中共陇东特委），袁国平任书记兼八路军驻陇东办事处主任。1938年3月，调任新四军政治部主任。1941年1月，"皖南事变"中牺牲于安徽泾县。

答国民党参观团黄埔军校同学劝降[1]

一

三年同学十年仇，百战纠缠一战休。差幸干戈化玉帛，愿从风雨济同舟。

二

逐鹿中原为国是，十年征战听人评。相逢休话阋墙事[2]，莫使神州大陆沉。

【注释】

［1］1937年8月，国民党军事考察团来庆阳县城考察红军教导师。其中几位国民党将领系袁国平黄埔军校同学，见袁国平生活水平一般，遂以高官厚禄策动其投靠国民党。袁国平不为所动，即席赋诗二首明志。表达了以民族大义为重、国共合作、共同抗日的心迹。

［2］阋墙：阋，争斗。亦作兄弟阋墙，指兄弟之间的纠纷，比喻内斗。典出《诗经·小雅·棠棣》："兄弟阋于墙，外御其侮。"

自题戎马照[1]

十年辛酸斗兵戎，北伐长征人犹在。愧我吴下旧阿蒙[2]，千伤万死鬼亦雄。半壁山河沉血海，弹丸挣扎鱼龙变。满地干戈斗沙虫，天翻地覆见大同。

【注释】

[1]此诗写在一张袁国平骑马戎装照的背后,诗题为编者加。诗下有袁国平的签名及"37年于甘肃庆阳"等字。这首诗寄给其在湖南的一位堂兄。既以诗报平安,也以诗明志,表达其坚定的革命意志和革命必将胜利的坚定信念。这幅照片和诗幸存于今,由袁国平的堂侄袁占宏收藏。

[2]吴下旧阿蒙:指三国吴之名将吕蒙,后用以指学识尚浅者。也指人学识、名位大进。典出《三国志·吴志·吕蒙传》:初权谓蒙及蒋钦曰"卿今并当涂掌事,宜学问以自开益"。……蒙始就学,笃志不倦,其所览见,旧儒不胜。后鲁肃上代周瑜,过蒙言议,常欲受屈。肃拊蒙背曰:"吾谓大弟但有武略耳,至于今者,学识英博,非复吴下阿蒙。"作者借以自况,言革命事业之进步。

◎陆刚

陆刚(1907—1983),字筱三,别号问异氏,庆阳县人。幼从舅氏胡廷奎学,后毕业于庆阳首设完全小学校,考入兰州某法律学校学习。毕业后任庆阳县管狱员,调武山、靖远、榆中、皋兰等地法院工作。不愿同流合污,遂辞职归里,从师学医,兼以耕读。1962年,会同杨景修、贾元吉等远赴兰州,与从弟陆为公在原张精义编纂的《庆阳县志》手抄本基础上,删编了第二本《庆阳县志》。著有《琐尾文集》《问异诗选》等。有诗才,今存诗五百余首。

己巳奇荒[1]

兵锋未靖遇奇荒[2],饿杀贫民绝户乡。黠吏狼贪无厌日,豪门勒价写田庄。

【注释】

[1]诗咏民国十八年(1929年,岁次己巳)大年馑。是年庆阳大旱,粮绝收,麦斗银八元,米斗银十元,民食苜蓿、树皮、草根、观音面,饥民饿死者众多。诗人感叹兵祸连接而天灾又至,官吏贪得无厌,豪强乘灾压价强买贫民田庄,悲悯天灾人祸,民生多难。

[2]兵锋未靖:指1926年陕军姜宏谟部攻庆阳城。1927年4月,甘军黄得贵、韩有禄部攻庆阳城。1928年9月、1929年3月,清乡司令谭世麟与傅明玉匪部多次激战于贵家渠、桐川桥。1929年8月,冯玉祥国民军骑一师田金凯部围剿盘踞驿马关的傅明玉匪部,毙敌四百余,匪悉溃散。

西峰筑外城[1]

何来樊二劫狼营[2],一纸飞传增外城。百里征夫疲板筑,巡工鞭笞比秦嬴。

【注释】

[1] 1916年（民国五年）秋九月二十日，陕军樊钟秀部，由宁县夜袭西峰老城，拂晓攻城。陇东镇守使张兆钾仓皇失措，逾城遁，幕友梅某被杀。炮营官沈某，帮办宋有才、警备队长马象乾，东西分击，激战二小时，樊腿部受伤，败走什社、南义井而去。张兆钾遂谋筑西峰新城，划定地址，刻日兴工，调集民夫，督工鞭笞，民受其害，城于次年竣工。

[2] 樊二：指陕军樊钟秀（1888—1930），河南宝丰人，迁居陕北洛川，时民间称樊老二。初起绿林，后投奔孙中山，平陈炯明叛乱，参加北伐战争，任国民革命军四十五军军长。1930年参加阎锡山、冯玉祥倒蒋之役，在许昌为蒋军所杀。狼营：陇东镇守使张兆钾，贪狼毒辣，盘剥百姓，人送绰号"张狼"。

辛未登城有感[1]

庆阳禹贡属雍州，不窋开基八百秋。二水环流如凤舞，四山拱翠若蟠虬。千秋节烈昭忠寺，一代勋名镇朔楼。九里边城何远否[2]，兵氛迭起动人愁[3]。

【注释】

[1] 庆阳古城，不窋开基，范韩建功，山环水绕，人物风流，好山好水好城池，却迭遭荒旱兵燹，天灾人祸。诗人登城，看山水，思古贤，而以"动人愁"作结，体现了忧时伤民的悲悯情怀。辛未：1931年，民国二十年。

[2] 九里边城：庆城周长近似九里，故称九里边城。

[3] 1930年9月，陇东军阀陈珪璋自平凉遣旅长孙远志、谢绍安、蒋云台围攻庆阳城，庆阳民团司令谭世麟溃逃。

观范仲淹书"飞云破空"碑[1]

千年墨迹龙图公，笔似飞云万里雄。高坐破空如勒石，鹅池胜景增光风。

【注释】

[1] 范仲淹宋时所题"飞云破空"，已毁而无存。作者所见之"飞云破空"四字，系其从弟陆为公从范公字迹中选出四字放大，欲刻而未果。民间传说鹅池洞下洞南壁有范仲淹书写的"飞云破空"四字，今已佚。

平凉见米万钟墨屏[1]

环江未遇米家船，铁画银钩道署悬。满幅清明光日月，拒书何怕魏忠贤[2]。

民 国 | 323

【注释】

[1]作者于平凉道署亲见乡贤米万钟书屏,铁画银钩,笔法凝重,清光满幅,而想见其为人,拒为阉党魏忠贤书屏遭削职夺籍,赞其刚直不阿的人格风范令后人敬仰。

[2]明熹宗天启间,奸宦魏忠贤擅权乱政,米万钟不满阉党专权,拒绝为魏忠贤书写屏风,遭其忌恨,被诬陷罢官。

道情登台[1]

鱼鼓抨抨简板鸣,一人歌唱几和声[2]。环州自有前朝曲,献礼京都陇剧名[3]。

【注释】

[1]环县道情皮影换作真人登台演出,是地方文化中的一大创举,并由此而定名陇剧。作者以诗记录了这一历史片段。

[2]一人歌唱几和声:一人唱,数人和,即"嘛簧",是道情戏演唱独有的艺术形式。

[3]将道情皮影换作真人登台演唱,是一大创造。后以《枫洛池》一剧赴京演出成功,定名陇剧,成为甘肃省唯一的地方剧种。

惠莲塘故居[1]

文笔翠麓诞先生,百粤清名荐上京。大事花门存记略,破窑春草自枯荣。

【注释】

[1]惠莲塘即惠登甲,字胪三,号莲塘(详见前《土窑》一诗注释[1])。世居于庆城南门外文笔峰下,莲池之畔。作者凭吊乡贤故居,虽只有破窑几孔,而追思其清名及作《庆防记略》的事功,遂有贤名长存,草木留香之叹。

斩断山[1]

何年斩断此山岗?泥水东流一邑康[2]。惆怅莲池花不见,山歌犹唱周赧王[3]。

【注释】

[1]作者自注"癸酉旧作",即民国二十二年(1933)。该诗写斩断山之来历及息水患之功用,并及民间之传说,而词彩浏亮婉丽,明快自然,情思蕴藉,气韵悠长,有唐人风致。斩断山:在庆城县南三里许,马莲河穿流其中。相传两岸之山,原本相连,水绕山西而过,形成迴流,遇暴雨即上涨,漂没南关。斩断后,水患遂息。

[2]泥水:马莲河古名泥水。

[3]山歌犹唱周赦王：庆城县民间口歌曰："周赦王坐庆阳龙脉斩断。"

田家城[1]

节度称雄河北天[2]，城成四里族人迁。沧桑几变空遗恨，遍种桑麻少姓田。

【注释】

[1]庆阳城北关皇城北门外有田家城，城周四里，高三丈，传为唐节度使田承嗣后裔所居，故名。诗人感叹昔日繁华古城今日遍种桑麻，簪缨望族今已不复当年之盛。

[2]指唐魏博节度使田承嗣（705—779），平州卢龙（今河北卢龙）人。行伍出身，原为安禄山部将，累功至武卫将军，随其反唐，攻陷洛阳。安史之乱失败后在莫州降唐，并依靠仆固怀恩，被封为魏博节度使，加封同中书门下平章事，赐爵雁门郡王，而愈发骄纵，拥兵自重，朝廷征讨无果，上表请罪得免。占据魏博相卫洺贝澶七州，拥兵五万，为河北藩镇中割据的重要地方势力。大历十四年（779），田承嗣病死，并将节度使之位传于侄子田悦，开藩镇世袭之先例。有子十一，为当时望族。

驿马关[1]

关城擅胜锁原州，北郡安危重臂喉。遥忆元胡穷暮日[2]，中山曾此驻骅骝[3]。

【注释】

[1]驿马关：雄踞董志塬北，为通庆阳城的军事咽喉要地，也是陕甘盐道上的货物集散地、商道早码头。诗人追忆元末明初徐达北伐，围攻庆阳城四月，曾在驿马关驻军，斩元末骁将张良臣的史事，感慨昔日重兵鏖战之地，今已关城无存。

[2]明太祖洪武元年（1368），徐达北伐，元将李思齐、张思道自河南、陕西溃退至甘肃兰州。四月，张思道留其弟张良臣固守庆阳，以城池高险，徐达围攻四月方克，张良臣被斩。

[3]中山：指中山王徐达（1332—1385），字天德，濠州钟离（今安徽凤阳市）人，朱元璋的淮西二十四将之一。至正二十三年（1363）大败陈友谅。至正二十四年（1364），朱元璋以为左相国。至正二十七年（1367），率军消灭张士诚地方割据势力。同年，任征虏大将军，与副将常遇春一同挥师北伐。明太祖洪武元年（1368），攻入大都，灭亡元朝。官至太傅、中书右丞相、参军国事兼太子少傅，封魏国公。洪武十八年（1385），徐达去世，追封中山王，谥号武宁，又配享太庙。为明朝开国第一功臣，位列开国"六王"之首。

重修周旧邦坊[1]

郡府门前周旧邦,经营几代邑无双。千金不惜存文物,翻读豳风听雨窗。

【注释】

[1]周旧邦木坊系明孝宗弘治十八年(1505)庆阳知府郝镒为纪念周祖发祥之地庆阳而建,其得名取自《诗经·大雅·文王》"周虽旧邦,其命维新",故名"周旧邦",立于庆城南街旧府署之前,已历五百年之久。其间多次维修,宣统三年(1911)庆阳知府善昌又加修葺,今完好。诗人府前观木坊,雨中读《豳风》,访古思贤,别有意趣。

闻"九一八"事变[1]

半壁河山陷日魔,同仇敌忾欲挥戈。才短未学孙武法,爱国心萦鸭绿波。

【注释】

[1]1937年9月18日,日本关东军寻衅进攻东北军驻沈阳北大营,张学良率军退入关内,驻军西北之西安、兰州,东北全境沦陷。作者忧心国事,慨叹有投笔报国之志,无孙武武略之才,而心系东北,表达了强烈的爱国之情。

乙酉八月抗战胜利[1]

日寇贪残忘势穷,金戈铁马扑河潼[2]。八年抗战终归胜,到处鞭炮庆祝红。

【注释】

[1]乙酉年即1945年,是年八月十五日,日寇势穷,无条件投降,举国欢庆。是日庆城万人空巷,到处鞭炮声不绝,锣鼓震天,载歌载舞,群情沸腾,作者喜以志之。

[2]河潼:指河南、潼关。

吴 起[1]

杀妻求将太无情[2],相楚强兵列国惊。公族废疏群怨起,性行残刻不终生。

【注释】

[1]诗人有读史杂咏多首,皆品评人物之作,从中可见其史识之不俗。吴起为将,与士卒同甘苦,武略超群,威震列国;为相,裁官削爵,变法图强,多有建树。然以为人无情,刻薄寡恩,为人所忌,自身不保。吴起:(前440—前381),卫国左氏(今山

东省菏泽市曹县）人，战国初期军事家、政治家、改革家，兵家代表人物。曾从学于曾参之子曾申，母亡不归，以不孝被逐。初仕鲁，后仕魏，魏文侯用为将，攻秦拔五城，为河西守以拒秦。为魏相，公权所忌，奔楚。楚悼王用为令尹，明法令，削贵族爵禄，裁冗官，务在富国强兵，史称"吴起变法"。楚之贵戚、大臣多怨吴起。楚悼王死，被宗室大臣所诛杀。有《吴子兵法》传世。

[2]杀妻求将：吴起在鲁国时，齐人攻鲁，鲁欲将吴起，吴起取齐女为妻，而鲁疑之。吴起遂杀其妻，以明不与齐也。鲁卒以为将而攻齐，大破之。后以杀妻求将，喻忍心害理，以追求功名利禄。

范　蠡[1]

佐越灭吴功若无，千金三致散贫孤。良知不可同安乐，绿酒红颜泛五湖。

【注释】

[1]范蠡佐越灭吴，功莫大焉，是功名可以轻取；千金之财，富可敌国，是财富可以轻致。而高位富贵皆轻弃之，视之若无，弃功名而载西施以泛江湖，千金之财三致三散，其风神潇洒，令后人仰慕；其德其智，启发后人者良多。范蠡：（前536—前448），字少伯，春秋时期楚国宛地三户（今河南淅川县）人。春秋末著名的政治家、军事家、经济学家和道家学者。范蠡为中国早期商业理论家，楚学开拓者之一。被后人尊称为"商圣"，"南阳五圣"之一。虽出身贫贱，但是博学多才，与楚宛令文种相识、相交甚深。因不满当时楚国政治黑暗、非贵族不得入仕而一起投奔越国，辅佐越国勾践，兴越灭吴，一雪会稽之耻。功成名就，知勾践不可共富贵，遂急流勇退，化名姓为鸱夷子皮。十九年间三次经商成巨富，三散家财。后定居于宋国陶丘（今山东省菏泽市定陶区南），自号陶朱公。世人誉之："忠以为国，智以保身，商以致富，成名天下。"后人尊之为财神。

◎赵殿举

赵殿举（1908—1980），字子贤，陇南西和县人。曾入冯玉祥国民革命军，历任至军法官。学习无线电，任冯玉祥第二集团军总部电务员。后至宁夏，任银川回蒙学校交通人员训练所训育主任。1933年返乡，任职于西和县民众教育馆、鼓楼南学校。编有《乞巧歌》，并有其他诗文等著作。

安定王符[1]

纵观三代察忧乱，务本慎微并实边[2]。道气之思开后哲[3]，切言爱日迈前贤[4]。

【注释】

[1]诗赞"后汉三贤"之一的安定临泾(今甘肃镇原)人王符(王符事迹见前韩愈《王符赞》注),称其《潜夫论》察三代忧乱,元气论启后人哲思,《务本》《慎微》《实边》《爱日》诸篇所言之政治思想均有"开后哲""迈前贤"之效。此诗录于《仇池诗词》(吉林文史出版社)。

[2]务本慎微实边:指《潜夫论》中《务本》《慎微》《实边》诸篇。

[3]《潜夫论·本训》曰:"道德之用,莫大于气。"气生于道而化成万物。

[4]爱日:《潜夫论》篇名,爱惜日力(劳动时间)之意。

安定李恂[1]

授徒千百身为师[2],报答相知守墓时[3]。不赂不收心坦荡[4],夷清西路寿期颐[5]。

【注释】

[1]诗赞东汉廉吏、安定临泾(今甘肃镇原)人李恂。李恂字叔英,历任侍御史、兖州刺史、张掖太守、西域副校尉、武威太守,为官清廉,不阿权贵,才学宏富,为一时大贤(《后汉书》卷五十一有传)。该诗四句各系一事,而李恂为师、为人、为官、为将之大节俱备。此诗录于《仇池诗词》。

[2]授徒千百身为师:李恂年轻时及致仕归乡后,均教授生徒,从学者数百人。

[3]报答相知守墓时:安定太守、颍川人李鸿敬慕李恂才华,请其署理功曹,未上任而被朝廷任命为凉州从事。时李鸿去世,李恂弃职送李鸿归葬颍川故里,并守丧三年以报知遇之恩。

[4]不赂不收:李恂任张掖太守,时大将军窦宪驻兵武威,地方官吏皆赂以厚礼,独李恂奉公不阿,是为"不赂";李恂为西域副校尉,西域各国官商纷纷馈以厚礼,他一无所受,是为"不收"。

[5]夷清西路寿期颐:李恂为西域副校尉,斩杀北匈奴将领,悬首军门,西域道路自此太平,畅通无阻,此言其军功。期颐,年寿百岁之称。李恂享寿九十六而卒,故曰"寿期颐"。

◎张才千

张才千(1911—1994),湖北省麻城人。1930年参加中国工农红军,1931年加入中国共产党。土地革命时期,历任红军各级指挥员至师长职,参加长征。抗日战争时期,任八路军三八五旅七七零团团长,驻防庆阳县驿马关。解放战争时期,任旅长、纵队参谋长、军分区司令员、十二纵队司令员。1955年授中将军衔。有《留守陇东》一书。

办社筹资本[1]

办社筹资本,全团争献金。为国可捐躯,对党能掏心。克敌渡难关,建军何惜银。涓溪可江海,众志能铸城。国强军新日,再叙陇东情。

【注释】

[1]1939年秋,为响应中共中央号召,学会做经济工作,七七〇团在庆阳县驿马关办起了"军人合作社",办社资金全靠干部战士入股集资。团长张才千献出自己仅有的在鄂豫皖苏区打土豪分得的"救命银圆"三块。回忆艰难困苦的革命岁月,作者思绪万千,作了这首诗,表现了众志成城、共克时艰的革命精神。

◎ 王哲夫

王哲夫,河北定县人,1943年自晋察冀边区随抗属子弟中学学生至陕甘宁边区陇东分区参加革命工作,余不详。

赞抗日阵亡将士[1]

觓觓烈士抗东洋[2],碧血万丈飞光芒。青石有缘勒忠碑,人生何幸作国殇[3]。

【注释】

[1]此诗摘自《庆阳县抗日阵亡将士纪念碑序》之末尾,标题为编者加。该碑为八路军三八五旅旅长王维舟、副旅长耿飚发动全县党政军各界人士修建,于1939年7月7日正式落成。1947年3月1日,为国民党胡宗南部炮火所毁。该诗赞抗日英烈有幸为国而死,光芒永在,有豪壮之气。

[2]觓觓:刚直之貌。

[3]国殇:指为国捐躯。

◎ 乔日麟

乔日麟(1916—1975),甘肃宁县中村人。少随父游历陕甘川藏多地,博览群书,有诗才,存诗400余首,有《乔日麟诗文选》。

化 土[1]

一日不见九回肠,除却水坡不是乡[2]。但愿来生齐化土,质泥烧瓦作鸳鸯[3]。

【注释】

[1] 这是一首言情诗。"生同衾，死同穴"已是深情之语，诗人却翻新出奇想，纵然同穴化土，也愿烧成一对泥质鸳鸯，则可无生无死，超越生死而永久相伴。非深情刻骨，不能作此语也。

[2] 水坡：诗人家乡宁县中村水坡头村。

[3] 质泥：质地为泥。

离歌四首[1] 选一

凤飞梧桐一天愁，众里送别两厢忧。万种情怀难得语，扳鞍上马几回头。

【注释】

[1] 送别诗古来多有，而此诗将当众送别，满腹深情，欲言不得的情景定格于一瞬："扳鞍上马几回头"，语出深情，细腻生动，回味悠长。

客舍除夕夜[1]

灯火灿烂竹爆声，难遣今宵远别情。谁家楼台歌子夜，尽诉乡愁与客听。

【注释】

[1] 万家灯火的除夕团圆之夜，人家楼台的歌声在客居他乡的游子听来却尽是乡愁。乐景写哀情，一倍增其哀乐。格调清婉，意味隽永，有唐人风致。

题王昭君墓[1]

奇策安边付女流，琵琶一曲自千秋。宫凝青冢烟犹惨，声咽长河水带愁。忍辱肯为胡地妾，论功羞杀汉关侯。炎刘已尽单于殁[2]，唯有昭君土一丘。

【注释】

[1] 诗咏昭君和蕃事，巧用反讽、对比，赞王昭君忍辱和蕃安边之功。对仗工稳，情景相得，议论警拔。

[2] 炎刘：亦名"炎汉"，五行家言汉以火德而王，故习称"炎刘""炎汉"。单于：匈奴君主称号，此指南匈奴王呼韩邪单于。

冬 望[1]

倚楼推窗极目望，园木叶稀鸟不藏。一阵冷风寒侵面，几杯美酒暖诗肠。

仰望飞鸿一字起[2]，凭眺板桥二分霜[3]。山谷清幽香气洁，经雪梅花易新装。

【注释】

　　[1]写冬日之景，仰观飞鸿，远眺寒霜，风寒酒暖，状物细腻，感受真切。

　　[2]一字：言鸿雁在天飞出阵型作"一"字状。

　　[3]二分霜："二分"指二十四节气的"春分""秋分"，合称"二分"，与"二至"（夏至、冬至）相对。春秋二分之时皆有薄霜，二分霜言板桥霜之薄也。

崆峒山晓[1]

　　嵌岚锁翠峰，缓步小桥东。穹飞无色云，崖拔千年松。烟霞迷古道，花影沐新风。极目高平外[2]，间闻晓寺钟。

【注释】

　　[1]诗写崆峒山色，状烟岚云霞，松风花影，极目远眺，闻翠峰之外拂晓的钟声，意境清远悠扬。

　　[2]高平：固原古称。

客路早行[1]

　　月挂芳林残星茫，晓烟白露五更霜。青山岚气朝云渡，禽带饥声噪山庄。

【注释】

　　[1]疏星残月、朝云晓烟、五更霜露、鸟噪山庄，状山乡客路早行所见之风物、感受如在目前。

美人风筝[1]

　　飞燕迎风起[2]，腰肢胜小蛮[3]。有心朝玉阙[4]，无意恋尘寰。若乏红丝系，安能合浦还[5]。爱他高格调，青云早跻攀。

【注释】

　　[1]这是一首咏物诗，咏美人风筝而寓有心朝天，高步青云之"高格调"，立意新颖，别有意趣。

　　[2]飞燕：风筝为美人状，此用汉成帝皇后赵飞燕之体态轻盈以喻之。

　　[3]小蛮：唐诗人白居易有两家姬名樊素、小蛮，白居易诗曰："樱桃樊素口，杨柳小蛮腰。"后用樊素口、小蛮腰指代樱桃小口、杨柳细腰。

[4] 玉阙：神话中玉帝所住宫阙。

[5] 合浦还：即合浦珠还。典出《后汉书·循吏传·孟尝》，合浦（今广西北海市合浦县）与交趾交界，盛产珍珠，官吏多盘剥，民逃交趾。孟尝至，尽除弊政，民复归合浦。后用以比喻人或物去而复归。

庆祝抗日战争胜利[1] 选二

梨杏重开八月天，胜利庆祝太平筵。威震强敌收故土，名扬中外河山还[2]。

数载战争一旦平，普天同庆歌大风[3]。将士血染长江水，还我河山八月中。

【注释】

[1] 1945年8月，日寇投降，抗战胜利，万民欢腾，宁县中村乡召开庆祝大会，并开酒宴。诗人自注"李氏花园梨杏重开二度，千古未见之闻"，以为祥瑞之兆，并吟诗数首，以记时事并志庆。

[2] 河山还：典出赵与时《宾退录》："徽宗尝梦吴越钱王引徽宗御衣云：我好来朝，便终于还我河山。"后指从侵略者手中收复本属自己的国土。民国文人周承忠集岳飞手书墨迹为"还我河山"四字，传遍天下。

[3] 大风：指《大风歌》，典出《史记·高祖本纪》。高祖称帝还乡，作《大风歌》曰："大风起兮云飞扬，威加海内兮还故乡，安得猛士兮守四方！"

绝句四首[1] 选一

身退公门好归耕，清游自带竹林风[2]。秉烛夜读南华篇[3]，窗外白鹅来听经[4]。

【注释】

[1] 退隐田园，竹林清游，夜读《庄子》，白鹅助兴，尽显高情逸趣。该诗风雅飘逸，意境淡远，清新疏朗，耐人玩味。

[2] 竹林风：诗人家有竹林，既是写实，亦暗用"竹林七贤"之典，喻隐逸之风。

[3] 南华篇：即《南华真经》，《庄子》的别名。

[4] 白鹅来听经：诗人自注曰："家养白鹅数只，每夜见灯而鸣。"

◎王秉祥

王秉祥（1916—1993），甘肃省宁县人，中国共产党党员。1935年参加革命，历任陕甘边三路指挥部所属宁县一支队队长、中共新宁县委组织部长、宣传部长、保卫科长。1946年后任关中地委组织部副部长、宣传部长、警一旅一团政委、西线指挥部政委兼新宁县委书记、陇东地委书记兼军分区政委。中华人民共和国成立，任职至中共甘肃省委书记兼省政法书记。有诗集《陇原抒怀》。

保卫延安[1]

关中地委夜,羽檄传戎情。保卫延安城,偏师战陇东。

【注释】

[1] 1947 年 3 月,国民党调动 30 万兵力,向陕甘宁边区发动重点进攻。3 月 18 日,中共中央撤出延安。西北野战军在彭德怀、贺龙、习仲勋等指挥下,以 2 万多人的劣势兵力,抗击了 23 万敌军的进攻。西北野战军主力在陕北青化砭、羊马河、蟠龙三战三捷后,挥师西进陇东,先后取得了西华池、将台、悦乐、合水老城、环县城等战斗的胜利。该诗作于 1947 年,陇东之役,作者所亲历。语言简古大气,气韵沉雄壮慨。

开国大典颂[1]

日照千山万水红,天安门上礼炮鸣。五星红旗光华夏,万国衣冠拜北京。

【注释】

[1] 该诗歌颂中华人民共和国开国大典,其红日普照、旗光华夏、万国向往的意象,豪迈大气,充满昂扬向上的气象。

◎黄罗斌

黄罗斌(1916—1998),陕西省蒲城县人,中国共产党党员。1929 年参加渭北苏区游击队。1932 年参加红军,历任红军连指导员、红二十六军团政委、陕北东分区司令部司令员、红一团团长。1937 年 1 月入抗日军政大学学习。抗日战争时期,历任陕北神府分区保安司令部司令员、陕甘宁边区保安司令部参谋长、八路军一二九师三八五旅副旅长、警三旅旅长。解放战争时期,历任陇东警备区司令、西北野战军四纵队警三旅旅长、西北军区独立二师政委、陕北军区代理司令员、独立一师师长兼政委。中华人民共和国成立后,历任宁夏省军区第一副司令员兼副政委、中共宁夏省委副书记、军区第一副司令员兼政委。1983 年 5 月任甘肃省五届政协主席,12 月任甘肃省顾委主任。中共七大代表,十三届中顾委委员,十四大代表。

欢庆日寇投降[1]

扬鞭走马越山川,庆阳城头月如弦。日寇投降传喜讯,街头歌舞浪潮翻。

民 国 | 333

【注释】

　　[1] 1945年8月，中共中央军委任命黄罗斌为八路军一二九师三八五旅副旅长。8月12日自延安出发，行至甘肃省合水县时喜闻日寇投降的消息。8月16日到甘肃省庆阳县城，见群众欢庆抗战胜利的热烈场面，有感而作。该诗记录了日寇投降时庆阳县群众万人空巷、载歌载舞、欢庆抗战胜利的一个历史片段。

参考文献

别　集

1. ［汉］王符：《潜夫论》，日本浪花六艺堂刊本，镇原县图书馆藏。
2. ［西晋］傅玄撰：《傅鹑觚集》，见《汉魏六朝百三名家集》，扫叶山房刊印。
3. ［西晋］傅咸著：《傅中丞集》，见《汉魏六朝百三名家集》，扫叶山房刊印。
4. ［唐］苏颋撰：《苏廷硕集》。
5. ［唐］韩愈撰：《昌黎先生集》，国家图书馆出版社，2019。
6. ［唐］杜牧：《樊川集》。
7. ［唐］殷璠辑：《河岳英灵集》，北京图书馆出版社，2002。
8. ［宋］魏野：《草堂集》。
9. ［宋］范仲淹著，李勇先、王蓉贵校点：《范仲淹全集》，四川大学出版社，2007。
10. ［宋］石介著，陈植锷点校：《徂徕石先生文集》，中华书局，1984。
11. ［宋］苏舜钦：《苏舜钦集》，上海古籍出版社，2011。
12. ［宋］司马光：《温国文正司马公文集》，商务印书馆。
13. ［宋］王安石著：《临川集》，商务印书馆。
14. ［宋］范纯仁：《范忠宣公集》。
15. ［宋］苏轼：《东坡集》，国家图书馆出版社，2006。
16. ［宋］黄庭坚撰：《山谷集》，吉林出版集团有限责任公司，2005。
17. ［明］马文升：《马端肃公诗集》。
18. ［明］李梦阳撰：《空同集》，上海古籍出版社，1991。
19. ［明］马理撰：《溪田文集》，齐鲁书社，1997。
20. ［明］毛伯温撰：《东塘诗集》。
21. ［明］何景明撰，李淑毅点校：《大复集》，中州古籍出版社，1989。

参考文献 | 335

22. ［明］张珩：《南川录》。

23. ［明］陈棐著：《文冈集》。

24. ［明］汤显祖撰：《玉茗堂文集》。

25. ［明］赵邦清：《鹤唳草》《游艺海纳集》。

26. ［明］李本固：《碧筠馆集》。

27. ［明］米万钟著：《澄澹堂文集》。

28. ［明］傅振商著：《爱鼎堂文集》。

29. ［明］朱之蕃著：《纪胜诗》《落花诗》。

30. ［明］孙传庭撰，王欣欣点校：《孙忠靖公全集》，上海古籍出版社，2018。

31. ［清］阮元校刻：《十三经注疏》，中华书局，1980。

32. ［清］米汉雯著：《存始集》《漫园集》。

33. ［清］傅弘烈：《傅忠毅公全集》，清咸丰元年刊本。

34. ［清］雷和：《介庵诗集》。

35. ［清］巩我麓：《槐影堂文集》。

36. ［清］姚宏烈：《帆野集》。

37. ［清］仇侄：《琴岩诗集》。

38. ［清］折遇兰著：《折霁山文稿》《看云山房诗草》。

39. ［清］康纶钧：《梦芸诗稿》。

40. ［清］苏履吉著：《友竹山房诗草》《友竹山房诗草续钞》。

41. ［清］惠登甲撰，马啸校释：《庆防纪略》，天津古籍出版社，2011。

42. ［清］钱旭东著：《瓣香斋诗集》。

43. ［清］胡廷奎：《湖学堂集》。

44. ［清］杨立程：《慵轩诗集》。

45. ［清］张精义：《公余诗文集》。

46. 慕寿祺著：《求是斋诗钞》《歌谣汇选》。

47. 田维岚、吴瑞霞著：《松芸诗集》。

48. 陆刚：《问异诗选》。

49. 乔曰麟：《乔曰麟诗文选》。

50. 《清末民国初庆阳四家诗选》，政协庆阳县委员会文卫法史工作委员会编印。

总　集

1. 王秉钧等选注：《历代咏陇诗选》，甘肃人民出版社，1981。
2. 王重民、孙望、童养年辑录：《全唐诗外编》，中华书局，1982。
3. 逯钦立辑校：《先秦汉魏晋南北朝诗》，中华书局，1983。
4. 颜廷亮、许奕谋主编：《甘肃历代诗词选注》，兰州大学出版社，1988。
5. 路志霄、王干一编：《陇右近代诗钞》，兰州大学出版社，1988。
6. 郭茂倩辑：《乐府诗集》，上海古籍出版社，1993。
7. 甘肃省社会科学院文学研究所、甘肃历代文学概览编写组编：《甘肃历代文学概览》，敦煌文艺出版社，1994。
8. 吕律编：《陇东解放区诗词选》甘肃省诗词学会印，1994。
9. 许逸民、林淑敏点校，钱谦益撰集：《列朝诗集》，中华书局，2007。
10. 郭文奎总主编：《庆阳历史文化丛书》，中国文联出版社，2007。
11. 彭定求等编：《全唐诗》，中华书局，2008。
12. 郭含殿主编：《华池诗词》，作家出版社，2015。
13. 《汉魏六朝百三家集》，扫叶山房刊印。
14. 王延龄、王连珍、王琪等：《陇干文献录》清抄本，藏于甘肃省图书馆。
15. 齐社祥选注：《陇东历代诗文选注》，甘肃人民出版社，2016。

方志及其他文献

1. 慕寿祺撰：《甘青宁史略》，兰州俊华印书馆，1936。
2. 王柄枢、周俊生等编纂：《重修宁县志》，宁县档案馆藏（手抄本），1938。
3. 刘郁芬：《甘肃通志稿》，甘肃省图书馆油印本，1964。
4. 张维：《陇右著作录》，中国西北文献丛书（第三辑），1990。
5. 王烜：《甘肃文献录》，甘肃省人大办公厅内部印行，1997。
6. 焦国理，慕寿祺总纂，梁希孔校点：《重修镇原县志》，2000。
7. 傅学礼、杨藻凤撰：《庆阳府志》，甘肃人民出版社，2001。
8. 张精义纂修，刘文戈审校：《庆阳县志》，甘肃文化出版社，2004。
9. 折遇兰纂修，王立明点注：《正宁县志》，甘肃文化出版社，2005。
10. 赵本植修纂，庆阳市地方志办公室整理，张玺、王立明、齐社祥、马啸点校:《乾隆新修庆阳府志》,中华书局,2013。

11. 郭汉儒著:《陇右文献录》,甘肃文化出版社,2014。

12. 郝润华主编:《甘肃文献总目提要》,甘肃人民出版社,2014。

13. 张述辕:《康熙镇原县志》,九州出版社,2015。

14. 高观鲤纂修,环县地方志编纂委员会办公室整理,王镇海、胡茂生校注:《乾隆环县志》,陕西人民出版社,2021。

15. 升允、长庚修:《甘肃新通志》,清宣统元年刻本。

16. 杨景修:《庆阳金石录》,庆城县图书馆藏(油印本)。

17. 陶奕曾纂修:《乾隆合水县志》,抄本。

18. 晋显卿撰,王星麟纂辑:《康熙宁州志》,北京图书馆藏。